셰어하우스

THE FLATSHARE by Beth O'Leary

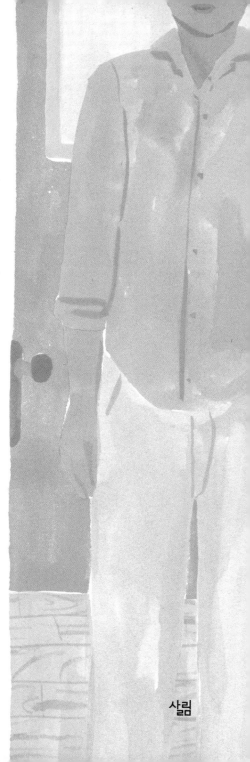

셰어하우스

♥

The Flatshare

베스 올리리 장편소설 ― **문은실** 옮김

살림

차례
〰〰

2월

1

~~~~

티피

절박해야 한다. 그래야 마음이 열리는 법.

필사적으로 좋은 점을 보고 싶다. 손톱만 한 구석이라도. 주방 벽에 핀 형형색색의 곰팡이는 문질러 없애면 된다. 잠깐이라도 그렇게 지내자. 더럽다는 말도 무색한 매트리스는 내버리고, 싸구려를 하나 사 오면 그만이다. 변기 뒤에서 자라는 버섯들은 자연의 정취를 느끼게 해준다.

하지만 거티와 모가 나처럼 절박할까? 나만큼 긍정적으로 볼 의지가 있을 턱이 없었다. 경악 그 자체의 표정이었다.

"이게 사람 사는 데라고 생각해?"

거티가 말했다. 하이힐 부츠 신은 양발을 딱 붙이고, 양 팔꿈치는 있는 힘껏 끌어안고서. 이곳에 있는 것 자체가 너무도 못마땅한 나머지 최소한의 공간만 차지하려는 것처럼. 법정에서 쓰는 가발을 편하게 뒤집어쓰기 위해 머리는 아래쪽으로 말아 묶은 참이다. 지금 우리가 열을 올리며 토론 중인 주제가 내 생활에 관한 것이 아니었다면, 그녀는 가히 우스꽝스럽게 보였을 것이다.

"네 예산에 맞는 집이 또 어디 있을 거야, 티피."

보일러를 살피고 온 모가 걱정스러운 표정으로 말했다. 턱수염에 매달린 거미줄 때문에, 그는 평소보다도 더 부스스한 모습이었다.

"어젯밤에 봤던 집보다 심하다."

부동산 중개업자가 어디 있는지 살펴본다. 다행스럽게도 우리 이야기가 들리지 않는 곳, 발코니에서 담배를 태우고 있었다. 이 집과 연결된 옆집 차고 위 옥상. 출입금지 푯말이 붙어야 할 것처럼 위험해 보이는 곳이었다.

"이런 거지 같은 집들을 얼마나 더 보러 다녀야 돼?"

거티가 손목시계를 보며 말했다. 아침 8시였다. 그녀는 9시까지 서더크 법정에 가야 한다고 했다.

"다른 방법을 찾는 게 낫겠는데."

"그냥 우리 집에 데려가면 안 될까?"

모가 의견을 내놓았다. 지난 토요일부터 다섯 번쯤은 해온 제안이었다.

"그 얘기는 그만 좀 하지?"

거티가 쏘아붙였다.

"어차피 평생 데리고 살 수도 없고, 티피가 우리 집에서 자려면 서서 잘 수밖에 더 있어?"

그녀가 짜증이 치밀어 오르는지 나를 쏘아보았다.

"키나 작았으면 좀 좋아? 175센티미터만 됐으면 식탁 아래라도 구겨 넣을 거 아니냐고."

나는 미안한 표정을 지어 보였다. 하지만 나로서는, 모와 거티가 지난달에 공동 투자로 산 코딱지만 하면서도 눈 튀어나오게 비싼 아파트에서 지내느니 정말 여기에 사는 편이 나을 것 같았다. 대학 시절에조차 그들은 한 번도 같이 살아본 적이 없었다. 가뜩이나 둘이 룸메이트가 되겠다는 결정이 둘의 우정을 종치게 하지 않을까 우려되는 판에 나까지 끼어들 마음은 없었다. 모는 칠칠맞지 못하고 깜빡깜빡하는 성격이었다. 비교적 작은 체구임에도 막대한 공간을 차지해버리는 불가사의한 능력도 겸비했다. 반면에 거티는 지난 3년간 사람이 사는 곳이 맞나 싶을 정도로 깨끗한 아파트에서 살아왔다. 어찌나 완벽한지, 컴퓨터로 구현해낸 것처럼 보이는 집에서. 이 두 가지 라이프스타일이 무슨 수로 한데 합쳐질지 나로서는 알 길이 없었다. 웨스트 런던을 결딴내지나 않으면 다행이었다.

다른 집 마룻바닥에 빌붙을 생각이었으면 그냥 저스틴의 집으로 도로 들어가버리면 된다는 것도 주요한 고민거리였다. 목요일 밤 11시를 기해서 나는 그것이 더 이상 대안이 될 수 없다고 결론 내렸다. 이제 털어내야 했다. 끝내야 했다. 저스틴의 집으로 돌아가지 않아도 될 만큼 마음이 가는 곳이 필요했다.

모가 이마를 문질렀다.

"티피, 우리가 돈을 좀 빌려주면….."

"누가 돈 빌려달래?"

본의 아니게 말이 날카롭게 튀어나왔다.

"됐고, 이번 주 내로 정리가 됐으면 좋겠어. 여기 아니면 거기 셰어하우스야."

"하우스 셰어가 아니라 침대 셰어 아니야?"

거티가 말했다.

"왜 꼭 지금이어야 하는지 물어봐도 돼? 네가 그놈 집을 나오는 건 물론 기쁜 일이야. 그런데 지난번하고 뭐가 달라졌는지 싶어서. 너는 내가 이름조차 입에 올리기 소름끼쳐하는 그 인간이 친히 또 와주시기를 기다리고 있었잖아?"

움찔 놀랐다. 모와 거티는 저스틴을 좋아하지 않았다. 단 한순간도. 어차피 저스틴은 집에 잘 들어오지 않았는데도, 그들은 내가 그의 집에 얹혀사는 데 질색했다. 내가 놀란 것은 거티가 어떤 식으로든 저스틴 이야기를 꺼내는 일이 없었기 때문이다. 우리 네 명의 평화를 맺어보려는 최후의 만찬 자리가 격렬한 다툼으로 막을 내린 후에 나는 모든 노력을 포기한 바 있었다. 그들에게 저스틴 이야기는 꺼낼 생각도 하지 않았다. 그렇게, 오래된 버릇은 쉽게 바뀌지 않는다고, 내가 저스틴과 깨진 후에도 우리는 그에 관한 이야기는 피해왔다.

"왜 그렇게까지 싼 집을 구해야 하는 건데?"

거티가 모의 경고하는 눈길을 외면하며 말을 이었다.

"네가 쥐꼬리만큼 받고 일하는 건 알아. 하지만 솔직히 말해보자, 티피. 런던에서 400파운드짜리 월세를 얻는 건 불가능해. 그걸 알고는 있지?"

침을 삼켰다. 모가 나를 유심히 바라보는 것이 느껴진다. 심리 상담사를 친구로 두면 이래서 골치다. 모는 독심술사라고 해도 과언이 아니었다. 게다가 그 초능력은 쉬는 시간도 없이 돌아가는 것 같았다. 하다못해 아이언맨도 쉬는 시간은 있을 텐데.

"티파니?"

그가 상냥하게 말을 붙여왔다.

이런 빌어먹을, 그냥 해치워버리자. 달리 도리가 없다. 눈 딱 감고 해치워버리자. 그 길이 최선이다. 반창고를 확 떼어내듯, 아니면 찬물에 들어가거나, 집안 물건을 부숴버린 걸 엄마한테 실토할 때처럼.

폰을 들고 페이스북 메시지 창을 연다.

티피.

어젯밤 네 행동은 완전히 실망스러웠어. 도를 넘어도 완전히 넘었다고. 거긴 내 집이야. 티피. 나 내키는 대로 언제든, 누구든 데리고 갈 수 있다는 얘기야.

내 집에 널 살게 해주고 있잖아? 네가 좀 더 감사하는 마음을 가져주면 좋겠어. 우리가 헤어진 게 너한테 얼마나 힘든지 알아. 네가 아직 나갈 준비가 되지 않았다는 걸 안다고. 하지만 네가 계속 이 집에 있을 생각이라면, 규칙을 좀 세워보자. 이제 지난 몇 달간의 집세를 내줘야겠어. 앞으로의 집세도 전액 지불해주기를 바라. 퍼트리샤가 그러는데, 네가 나를 이용해먹고 있대. 공짜나 다름없이 내 집에 살고 있지 않느냐고. 나는 여태까지 네 편을 들었지만, 어젯밤 소동 후로는 퍼트리샤 말이 맞을지도 모른다는 생각을 지울 수가 없네.

저스틴 XX

다시 읽는데 배알이 뒤틀렸다. '네가 나를 이용해먹고 있대'라는 말 때문에. 나는 결코 그럴 의도가 없었다. 그저 알지 못했을 뿐이다. 이번에는 그가 정말로 나를 떠날 생각인지.

모가 먼저 읽고 나서 말했다.

"목요일에 또 불쑥 왔다고? 퍼트리샤하고?"

나는 시선을 피했다.

"틀린 말도 아니지 뭐. 이렇게 오랫동안 살게 해준 것만도 정말 봐준 거 아니니?"

"웃기시네."

거티의 어조가 험악해졌다.

"내가 볼 때 그놈은 널 계속 집에 두고 싶어해. 느낌상 확실해."

이상한 말도 다 있다. 하지만 어떤 면으로는 나도 그런 느낌이 들었다. 내가 저스틴의 아파트에 계속 있는 한, 우리 관계는 완전히는 끝나지 않는다. 한 번, 한 번, 헤어졌던 때, 그때마다 그는 결국은 돌아왔다. 하지만… 목요일 밤에 퍼트리샤가 나타났다. 눈이 시리도록 예쁜 여자였다. 저스틴이 나를 가차 없이 차버릴 만도 했다. 여자 때문에 그가 나를 떠난 적은 이번이 처음이었다.

모가 내 손을 잡았다. 거티가 다른 쪽 손을 잡았다. 우리는 창밖에서 담배를 태우고 있는 부동산 중개업자를 시야에서 지우고 손을 잡고 있었다. 일순 눈물이 터졌지만, 그대로 있었다. 굵은 눈물이 양쪽 뺨에 딱 한 방울씩 떨어져 내렸다.

"그래, 어찌 됐든 간에."

나는 눈물을 닦으려고 손을 거두며 애써 밝게 말했다.

"그 집에서는 나와야 해. 지금 당장. 설령 저스틴이 퍼트리샤를 데리고 다시 나타나는 걸 참으며 산다 해도, 그 집세는 어떻게 감당하겠어? 나는 저스틴에게 돈을 잔뜩 빚졌고, 지금은 정말 누구한테도 손벌리고 싶지 않아. 스스로 생활비를 내지 못한다는 게 얼마나 끔찍한 건데. 그래서 솔직히 말하는 거야… 이 집 아니면, 셰어하우스야."

모와 거티가 시선을 주고받았다. 거티가 고통스러운 체념으로 눈을 감았다.

"여기가 아닌 건 분명해."

그녀가 눈을 뜨고 손을 내밀었다.

12

"그 광고 좀 다시 보여줘 봐."

저스틴의 메시지를 닫고 셰어하우스 광고를 열어서 보여주었다.

> 스톡웰의 햇빛 잘 드는 아파트. 넓은 침실에 침대 하나. 공과금 포함. 한 달
> 350파운드. 즉시 입주 가능. 최소 6개월.
>
> 스물일곱 살의 호스피스 병원 간호사와 아파트(방과 침대) 셰어. 야간 근무
> 하며 주말에는 집에 없음. 월요일부터 금요일, 오전 9시에서 6시까지만 집
> 에 있음. 나머지 시간은 전부 당신 차지! 9시부터 5시까지 일하는 사람에
> 게 완벽한 조건.
>
> 집을 보려면 L. 투메이에게 연락 주세요. 자세한 사항은 아래를 참조.

"이건 그냥 셰어하우스가 아니야, 티피. 한 침대를 쓰는 거야. 한 침
대를 나눠 쓰는 건 이상하지 않아?"

모가 근심에 잠겨 말했다.

"이 L. 투메이라는 사람이 남자라면?"

거티가 물었다. 예상 질문.

"상관없어."

내가 차분하게 말했다.

"동시에 한 침대에 있는 것도 아닐 텐데, 뭐. 한집에 같이 있을 일도
없다고."

지난달에 저스틴의 집에 뭉개고 있는 것을 합리화했던 말과 처참할
만큼 비슷했다. 하지만 그게 뭐 대수인가 싶다.

"넌 그 남자와 함께 잠을 자는 거야, 티파니!"

거티가 말했다.

"집을 셰어할 때 제1 규칙은 룸메이트와는 자면 안 된다는 거야. 세상 사람이 다 아는 규칙이지."

"여기서 룸메이트와 자니 마니 하는 얘기가 왜 나오는지 모르겠네."

나는 거티에게 성난 표정을 지어 보였다.

"그게 말이야, 거티, 사람들이 '같이 잤다'고 할 때는 말이야. 그게 정말 뜻하는 건-"

거티가 한 점 흔들림 없는 눈빛으로 나를 물끄러미 바라보았다.

"그래, 깨우쳐줘서 고맙다, 티파니."

거티가 사나운 눈빛을 쏘아 보내자 키득거리던 모의 얼굴에서 웃음기가 사라졌다.

"내 생각에 셰어하우스의 제1 규칙은 원래 집에 살고 있는 사람과 잘 지내는 거야."

거티의 쏘아보는 눈길을 약삭빠르게 내 쪽으로 돌려놓으며 그가 말했다.

"더군다나 이런 상황에서라면 말이야."

"당연히 이 L. 투메이라는 사람부터 만나볼게. 만약 잘 지내지 못할 사람 같으면, 그 집에는 들어가지 않을게."

모가 고개를 끄덕이며 내 어깨를 꽉 움켜쥐었다. 우리 세 사람 모두 난감한 얘기를 나누고 난 후 찾아오는 침묵 속으로 빠져들었다. 헤쳐 왔다는 기분에 반쯤은 감사한 마음이, 어떻게든 넘어갔다는 생각에 반쯤은 안도감이 들었다.

"좋아. 꼭 해야겠다면 해. 이런 거지 같은 굴에서 사는 것보다는 나아야 할 테지만."

부동산 중개업자가 발코니에서 돌아오는 걸 보며 거티가 말했다.

"그리고 당신 말이에요."

그녀가 목청을 높였다.

"당신은 이 사회가 낳은 쓰레기야."

현관문을 쾅 닫고 나가는 그녀를 보며 부동산 중개업자가 눈을 끔벅거렸다.

그가 담뱃불을 비벼 껐다. 어색한 침묵도 잠시,

"그래, 이 집 관심 있어요?"

일찍 출근해 의자에 몸을 파묻었다. 내 책상은 지금 이 순간 내게 가장 집 같은 곳이었다. 반쯤은 수공예 작업으로 탄생된 나의 안식처. 버스에 싣고 가자니 너무 무거운 물건과 화분들로 가득했다. 사람들 시야에서 벗어나려고 이것저것 벽처럼 쌓아놓은 것이다. 나 같은 말단 사원들 사이에서 나의 화분 장벽은 영감을 불러일으키는 인테리어 사례로 회자되고 있었다. (뭐 대단할 것도 없었다. 그냥 자기 머리 색과 같은 색의 식물을 가져다놓으면 된다. 내 경우는 빨간색이었다. 그러고는 화분을 가림막 삼아 뭘 해달라고 다가오는 사람들의 눈에 띄지 않게 숨거나 달아나면 되는 것이다)

오늘 첫 업무는 캐서린과의 미팅이었다. 내가 좋아하는 저자 중 한 명인 캐서린은 대바늘뜨기와 코바늘뜨기에 관한 책을 쓴다. 그녀의 책은 그다지 잘 팔리지 않지만, 그게 바로 버터핑거스 출판사가 하는 일이다. 우리 회사는 공예와 DIY[01] 책을 내는 데 특화된 출판사로, 틈새시장을 노린다. 침대 시트를 염색하거나, 자기 옷을 스스로 디자인하

---

01   'Do it yourself'의 약어로, 재료를 직접 사서 필요한 물건을 만들어내는 활동을 뜻한다.

고 코바늘로 전등갓을 만들거나, 사다리를 뜯어 온갖 가구를 만드는, 그런 종류의 것 말이다.

나는 이 회사에서 일하는 게 좋다. 그게 여기서 일해온 유일한 이유다. 런던에서의 생계유지비에 미치지 못하는 급여를 받으면서도 이 상황을 타개하려는 어떤 노력도 하지 않는 이유. 그러니까, 진짜 돈을 만지는 출판사에 지원하지 않는 이유. 거티는 내가 야망이 없다고 자주 말하지만, 그건 뭘 모르는 소리다. 나는 좋아하는 일을 할 뿐이다. 어렸을 때 나는 끝도 없이 책을 읽거나, 마음에 들 때까지 장난감을 손보는 일로 시간을 보냈다. 바비 인형의 머리를 염색하거나, 포크레인 장난감을 개조하거나. 이제 나는 책을 읽고 물건을 만들며 돈을 벌어 먹고살고 있다.

뭐, 잘 먹고살 정도로 번다고 할 수는 없다. 그래도 그것도 돈이다. 딱 공과금이나 낼 정도지만.

"있지, 티피. 색칠하기책 다음 트렌드는 코바늘뜨기책이 될 거야."

캐서린이 말했다. 그녀는 우리 출판사의 가장 좋은 회의실에 편안하게 앉아 다음 책에 대한 계획을 주르륵 늘어놓았다. 나를 향해 까닥이는 그녀의 손가락을 유심히 바라보았다. 양손에 끼고 있는 반지가 50개는 되어 보였다. 그중에 어떤 반지가 결혼이나 약혼의 징표인지 분간이 가지 않았다. 그녀가 결혼이나 약혼을 했는지 모르겠지만, 만약 했다면 내 추측으로는 그 기념 반지가 한두 개는 아닐 것이다.

캐서린은 별난 괴짜들 중에 딱 턱걸이로 봐줄 만한 축에 속했다. 밀짚 같은 색깔의 금발머리는 땋아 내렸는데, 세월이 흐르며 퍽 근사하게 그슬렸다. 그녀는 젊었을 적 런던의 히피 생활 이야기를 하곤 했는데, 어디다 오줌을 누었다는 둥 끝도 없는 이야기보따리를 가지고 있었다. 그녀는 한때 진정 반항아였다. 심지어 오늘날까지도 브라를 착용하지 않는다. 꽤 편안한 브라가 시판되고, 대부분의 여자들이 권력에 맞서 싸우는 것을 포기한 오늘날에도 말이다. 그 일은 비욘세가 우리 대신 해주고 있다.

"그러면 좋겠네요."

내가 말했다.

"'세심한'이라는 단어가 들어간 부제목을 붙여보면 어때요? 꽤 세심한 책이잖아요, 안 그래요? 엉성한 책은 아니잖아요?"

캐서린이 머리를 젖히며 웃었다.

"아, 티피. 편집자가 하는 일이란 참 어처구니가 없어."

그녀가 내 손을 다정하게 쓰다듬더니, 괜히 자기 핸드백을 뒤졌다.

"그 왜 마틴이란 사람 있잖아? 유람선 수업은, 아주 멋지고 젊은 조수를 하나 붙여주면 하겠다고 전해줘."

으으, 참 잘도 돌려 말한다. 캐서린은 이런 일에 나를 끌고 들어가기를 좋아한다. 옷을 디자인할 때 사이즈 재는 방법을 보여주는, 실제 사람 모델이 필요한 수업마다 나를 끌어들이는 것이다. 내가 그 일을 해주겠다고 자청하는 치명적인 실수를 저지르고 만 다음부터, 나는 그녀의 믿고 맡기는 선택지가 되었다. 홍보팀은 이런 종류의 행사에 캐서린을 끌어들이는 데 필사적이었으므로 그들도 함께 간청에 나섰다.

"이건 정말 너무하잖아요. 제가 선생님하고 같이 유람선을 타러 간다고요?"

"공짜잖아! 사람들이 유람선 타겠다고 수천 파운드씩을 들이붓는 거 모르지는 않겠지?"

"선생님은 그저 아일섬의 둘레길을 걸어다니고 싶어서 허락한 거잖아요."

내가 그녀에게 상기시켜주었다. 마틴이 이번 행사에 대해 이미 브리핑을 해준 터였다.

"게다가 주말이에요. 저는 주말에는 일하지 않아요."

"그건 일이 아니지. 친구와 아름다운 토요일 항해를 즐기는 거지."

캐서린이 메모지들을 긁어모아 핸드백에 아무렇게나 쑤셔 넣으며 우겼다.

"여기서 친구란 나야. 우리 친구 맞지, 그렇지?"

"저는 선생님 편집자예요!"

그녀를 회의실 밖으로 몰아내며 내가 말했다.

"생각은 해볼 거지, 티피?"

그녀가 내 반응은 아랑곳하지도 않고 외쳤다. 마틴이 캐서린 앞에 나타났다. 그는 아까부터 프린터 옆에 도사리고 있다가 지름길을 거슬러 온 터였다.

"티피가 하지 않겠다면 나도 하지 않을 거야. 어이, 마틴! 당신이 상대할 사람은 내가 아니라 티피라고!"

그리고 캐서린은 가버렸다. 지저분한 사무실 유리문이 그녀가 떠난 자리에서 흔들거렸다.

마틴이 내게 다가왔다.

"부츠 멋지네요."

그가 번지르르한 미소를 머금고 말했다. 나는 몸서리를 쳤다. 홍보팀의 마틴은 참을 수 없는 인간이었다. 그는 회의에서 "행동 개시하자고요" 같은 말을 하고, 루비에게 손가락을 딱딱 부딪쳐 보이기도 했다. 루비가 마케팅팀 수장인데도 마틴은 루비를 개인 조수쯤으로 생각하는 듯했다. 그는 고작 스물세 살이었는데, 상급자로 도약하려는 야망은 무자비할 정도였다. 그래서 실제보다 나이 들어 보이려 하고, 그 끔찍하게 우스꽝스러운 목소리로 우리 출판사 상무에게 골프 얘기로 말 붙이려고 애를 쓰는 것이었다.

하지만 내 부츠가 끝내주기는 했다. 보라색 닥터마틴 스타일의 부츠에 하얀색 백합꽃을 그려 넣었다. 지난 토요일 내내 공들인 작업이다. 저스틴이 떠난 이래로 나의 수예와 커스터마이징 실력은 일취월장을 거듭하고 있다.

"칭찬 고마워요, 마틴."

나는 안전지대인 내 책상으로 옆걸음질치며 말했다.

"어디서 들었는데, 당신이 살 곳을 찾고 있다고."

마틴이 말했다.

대꾸할 말을 찾지 못했다. 마틴이 왜 이런 얘기를 하지? 좋은 이유는 절대 아닐 것 같았다.

"우리 집에 남는 방이 있어요. 페이스북에서 봤을지도 모르겠네요. 그래도 직접 얘기해주는 게 좋겠죠? 침대는 싱글이지만, 요즘 당신 형편에 그게 문제가 될 것 같지는 않고. 우리는 친구니까, 해나와 나는 한 달 500파운드에 방을 내주자고 결정했어요. 공과금은 별도고."

해나는 늘 내 패션 감각을 비웃는 마케팅팀 직원이다.

"정말 감사해요! 하지만 살 곳을 막 구했답니다."

뭐, 말하자면 그랬다. 그런 거나 다름없다. 오, 하느님, 만약 L. 투메이가 나를 받아주지 않는다면 마틴과 해나와 함께 살아야 한다는 말입니까? 말이 나와서 말인데, 이미 나는 회사에서 하루하루를 그들과 보내고 있고, 솔직히 그 정도면 마틴과 해나와 보내는 시간은 충분한 것 이상이다. 저스틴의 집을 떠나겠다는 결의, 이미 흔들리고 있는 그 결의 정도로는 마틴 집에 사는 걸 견딜 수 없을 것이다. 마틴이 집세를 독촉하고 해나가 아침마다 오트밀로 얼룩진 내 〈어드벤처 타임〉 잠옷을 본다고 생각하니 견딜 수 없었다.

"아, 그렇군요. 그래요. 그럼 다른 사람을 한번 찾아봐야겠네요."

마틴의 표정이 교활하게 바뀌었다. 그는 내 죄책감의 냄새를 맡은 것이다.

"대신에 캐서린과 유람선 행사에 가는 걸로 내게 보상을 해주면-"

"싫어요."

그가 과장된 한숨을 내쉬었다.

"세상에, 티피. 공짜 유람선이라고요! 늘상 크루즈 여행을 다니는 건 아니잖아요?"

나는 한때 유람선을 늘상 탔다. 나의 근사한 전남친이 데려가주었지. 우리는 카리브해의 섬 사이를 로맨틱한 환희의 현기증 속에서 항해했다. 또 유럽의 도시들을 탐험하다가 배로 돌아와 비좁은 침상에서 끝내주는 섹스를 즐겼다. 무한 뷔페로 배를 잔뜩 채우고, 갑판에 누워 미래의 우리 아이들 이야기를 한가로이 나누었다. 머리 위를 빙빙 날고 있는 갈매기들을 바라보면서.

"유람선이라면 신물이 나요."

내가 전화기를 집어 들며 말했다.

"자, 실례가 안 된다면 전화할 일이 좀 있어서요."

2

~~~~

리언

파텔 박사가 백혈병에 걸린 어린 소녀 홀리의 처방전을 써주고 있는데, 핸드폰이 울린다. 타이밍이 좋지 않다. 몹시 좋지 않다. 파텔 박사는 방해받기를 질색하고, 그 점을 확고히 밝힌 터다. 더불어, 야간 간호사인 내가 오전 8시에는 퇴근해야 한다는 점도 잊은 듯 보인다. 퇴근 시간이 지났는데도 나는 이곳에 남아 아픈 사람들과 파텔같이 불만 많은 의사들을 상대하고 있다.

황급히 '통화 거절'을 누른다. 나중에 음성 사서함을 확인해야지. 그리고 벨소리도 좀 덜 민망한 걸로 바꾸자고 다짐한다. 「Jive」는 호스피스 병원의 분위기에 비해 다소 흥겨웠다. 물론 아픈 사람들이 흥겨운 음악을 듣지 말라는 법은 없다. 하지만 생뚱맞을 때가 있기는 했다.

홀리   왜 안 받아요? 전화 안 받는 건 무례한 거 아니에요? 그 짧은 커트 머리의 아저씨 여친이면 어쩌려고?

파텔 박사   진짜 무례한 게 뭔지 아니? 회진을 도는데 핸드폰을 무음으로 해놓지 않는 거란다. 이 시간에 대체 누가 이 아저씨에게 전화 걸 생각을 했을까? 그게 놀랍기는 하네.

박사가 반쯤은 짜증이 나고, 반쯤은 재미있다는 표정으로 나를 흘깃 본다.

파텔 박사   홀리, 너도 여기 리언이 과묵하다는 건 눈치를 채지 않았나 싶은데?

박사가 짓궂은 표정을 지으며 홀리 쪽으로 몸을 기울인다.

파텔 박사 어떤 수련의가 그러는데, 리언은 근무할 때 말할 단어의 수를 정해놓는대. 이 시간쯤 되면 할 얘기가 다 떨어지는 거지.

박사의 장단에 놀아날 기분이 아니다. 짧은 머리의 여자 친구 얘기가 나왔으니 말인데, 케이에게 셰어하우스 얘기를 아직 꺼내지 못했다. 꺼낼 시간이 없었다. 당연히 뒤따를 싸움을 피하려는 마음이 컸지만, 그래도 더 이상은 미룰 수 없다. 전화를 걸어야 한다.

오늘 밤 근무는 좋았다. 통증이 누그러진 프라이어 씨가, 참호에서 사랑에 빠졌던 남자 얘기를 했다. 검은 머리칼의 멋쟁이, 조니 화이트라는 사람이었다. 할리우드 스타처럼 조각 같은 턱에 눈이 반짝거리던 사람. 그들은 공포와 긴장이 넘쳐나고, 로맨틱하고, 전쟁으로 짓밟힌 여름 한 철 동안 사귀었다. 그러고는 헤어졌다. 조니 화이트는 전쟁으로 얻은 트라우마 때문에 병원에 실려 갔다. 그 후 두 사람은 다시는 만나지 못했다. 프라이어 씨는 엄청나게 고초를 겪을 뻔했다. 하물며 오늘날에도 그런데, 당시에 군대에서 동성애라니, 말해 뭐할까.

피곤했다. 커피의 약발도 떨어지고 있었다. 하지만 프라이어 씨 곁에 계속 머물렀다. 그는 병문안 오는 사람 하나 없는 환자고, 여력이 되면 이야기하기를 아주 좋아했다. 그리고 우리의 대화 끝에는 반드시 목도리 전달식이 따랐다. 프라이어 씨에게 받은 목도리가 이번으로 열네 개째다. 아무리 사양해도 막무가내였다. 뜨개질 속도가 얼마나 번개 같은지, 산업혁명이 일어날 필요도 없었을 것 같다. 기계보다 그의 손이 더 빠를 테니까.

지난주 〈마스터셰프〉를 보며, 또 데워도 되나 싶은 상태의 닭볶음을 먹는다. 그리고 음성 사서함을 듣는다.

음성 사서함 안녕하세요. L. 투메이신가요? 아차, 음성 사서함이니 대답을 못 하실 텐데. 제가 늘 이런다니까요. 좋아요, 그냥 당신이 L. 투메이라고 가정하고 말할게요. 제 이름은 티퍼 무어고, 소셜 미디어 광고를 보고 연락드렸어요. 방 광고 내신 거 맞죠? 제 친구들은, 비록 다른 시간대이기는 하지만 한 침대를 공유하는 게 이상하다고 생각하더라고요. 하지만 당신만 괜찮다면 저는 상관없어요. 솔직하게 말할게요. 저는 그 가격에 런던 중심가 아파트에 당장 이사할 수 있다면 거의 무슨 짓이든 할 수 있어요. [잠시 침묵] 아, 아니지. 무슨 짓이든 할 수 있는 건 아니에요. 제가 할 수 없는 짓은 아주 많아요. 난 그런 사람이 아니…. 아니, 마틴, 지금은 안 돼요. 나 지금 통화 중….

마틴은 또 누구지? 아이가 있는 건가? 횡설수설하는 이 여자가 내 아파트에 아이를 데려오려는 것인가?

음성 사서함이 계속됨 미안해요. 제 동료예요. 어느 중년 여자가 노인들을 대상으로 한 유람선 코바늘뜨기 수업을 하는데요. 거기에 나더러 함께 가달라는 거예요.

내가 기다리던 설명은 아니다. 아이가 아니라 동료라니 한결 다행이기는 했지만, 그렇다고는 해도 많은 의문을 낳는 말이었다.

음성 사서함이 계속됨 저기요. 아직 방이 나가지 않았다면 저한테 전화를 주시거나 문자해주실 수 있나요? 저는 완전 깔끔하고요. 당신 앞에 나타나는 일은 절대 없을 거예요. 또 저녁식사를 두 배로 요리하는 버릇이 있으니까, 만약 당신이 집밥을 좋아한다면 남겨둘 수도 있고요.

그녀가 자기 전화번호를 읊는다. 깜빡 넋을 놓다가 받아 적는다. 짜증나는 스타일이다. 의심의 여지가 없이. 게다가 여자라니, 케이가 기꺼워할 리 없다. 하지만 이제까지 연락 온 사람은 단 두 명밖에 없었다. 한 명은 애완 고슴도치들을 키워도 되냐고 물었다. 나는 고슴도치들을 이 집에서만 키우지 않으면 된다고 대답했다. 다른 한 사람은 더 들어볼 것도 없이 마약 딜러가 분명했다. 어림짐작이 아니다. 통화 도중에 내가 직접 제안을 받았다. 케이의 도움 없이 살게 수임료를 지불하려면 한 달에 350파운드의 수입이 더 필요하다. 이것이 유일한 대안이다. 더구나 이 짜증나는 여자를 실제로 볼 일도 결코 없다. 같은 시간에 집에 있을 일이 없으니까.
문자를 보냈다.

안녕하세요. 티피. 연락해주셔서 감사해요. 당신을 직접 만나 내 아파트에서의 규칙을 정리해보는 게 좋겠어요. 토요일 아침 어떤가요? 그럼.

리언 투메이.

좋다. 멀쩡한 사람의 메시지다. 마틴의 유람선 계획을 물어보고 싶은 욕구, 솟구치는 욕구를 이겨냈다. 하지만 호기심이 일기는 했다.
곧장 답장이 왔다.

안녕! 좋은 생각이에요. 당신 아파트에서 10시 어때요? X

9시로 합시다. 10시면 제가 한창 꿈나라일 때라서! 그럼 그때 봐요. 광고에
주소가 있어요. 안녕.

리언.

옳지, 됐다. 한 달 350파운드, 손 안 대고 코 푸는 것만큼 쉽게 버는
돈이다. 벌써 수중에 들어온 셈이나 다름없다. 이제 케이에게 말할 차
례다.

3

~~~~

티퍼

당연히 호기심이 인다. 구글링을 해봤다. 리언 투메인는 흔한 이름
이 아니다. 그의 페이스북은 쉽게 찾아낼 수 있었다. 다른 출판사에서
저자들을 빼내 오려고 연마해둔 오싹한 스토커 기술까지 구사할 필요
도 없었다.

내 타입과는 거리가 멀어도 한참 먼 것을 확인하니 안심이 되었다.
일이 한결 순조롭게 풀릴 것이다. 저스틴이 혹시 리언을 만나는 일이

생긴다고 해도, 경쟁자로는 보이지 않겠다 싶었다. 연한 갈색을 띤 피부에 숱 많은 곱슬머리를 한 남자. 머리칼은 귀 뒤로 넘길 만큼 길었다. 게다가 그는 내 취향으로 보자면 너무 멀대 같았다. 팔꿈치니 목이니 다 흐느적거리는 그런 타입. 하지만 사람은 좋아 보였다. 보는 사진마다 달콤한 미소를 살짝 짓고 있는데, 오싹하거나 살인을 저지를 사람처럼은 보이지 않았다. 물론 그런 생각을 하고 보면 세상 모든 사람이 도끼 휘둘러대는 살인마처럼 보이긴 하지만, 그런 생각은 머릿속에서 몰아내기로 했다. 그는 친절해 보일 뿐 위험해 보이지는 않았다. 좋은 징조다.

하지만 진짜 남자일 줄은 꿈에도 생각하지 못했다.

나는 정말 모르는 남자와 침대를 공유할 수 있을까? 심지어 저스틴과 한 침대를 쓰는 것도 어떨 때는 싫었다. 사귀는 사이였는데도. 그가 자는 쪽 매트리스는 가운데가 푹 꺼져 있었고, 그는 체육관에 갔다 와서는 샤워도 하지 않고 잠자리에 드는 일이 많았다. 그의 이불에서는 땀 냄새랄까, 좋지 않은 냄새가 났다. 나는 땀에 젖은 쪽에 눕지 않으려고, 항상 같은 자리에 누우려고 굉장히 조심했다. 하지만, 한 달에 350파운드라니! 그리고 리언은 내가 있는 시간에는 그 집에 절대 있지 않는다고 했다.

"티파니!"

고개가 번쩍 올라갔다. 젠장, 레이철이다. 그 망할 놈의 케이크 굽기 책 원고를 달라고 닦달하려는 것이었다. 종일 외면 중인 원고를.

"주방으로 슬금슬금 내빼거나 통화 중인 척할 생각은 하지도 마셔."

화분으로 둘러싼 내 장벽 너머로 레이철이 말했다. 직장에 친구가 있는 게 이래서 문제다. 술에 취해 스스로 터득한 수법, 일을 피하는 수법을 흘려버렸고, 방어 불가능한 상태가 되고 만 것이다.

"머리했네!"

곤란한 대화의 싹을 싹둑 자르려고 시도해본다. 화제를 돌려보려는 계책이기는 했지만, 그녀의 머리가 오늘 유난히 예쁜 건 사실이었다. 평상시대로 땋은 머리였지만, 오늘은 군데군데 밝은 청록색 끈을 얇게 땋아 내렸다.

"그건 어떻게 하는 거야?"

"나의 대가급 솜씨로 화제를 돌리는 짓은 안 통해, 티파니 무어."

레이철이 물방울무늬로 완벽하게 칠한 손톱을 두드리며 말했다.

"원고 언제 받을 수 있지?"

"그냥…. 조금만 더 시간을…."

나는 페이지 숫자가 레이철의 눈에 보이지 않게 안간힘을 쓰며 가렸다. 아직 10페이지도 못 넘겼다.

그녀가 눈을 가늘게 뜬다.

"목요일?"

나는 열심히 고개를 끄덕였다. 안 될 게 뭐람? 지금 봐서는 결코 지킬 수 없는 마감일이다. 하지만 목요일에 가면 금요일까지 해도 되겠느냐는 말이 훨씬 달콤하게 들리리라. 그러니까 그때 가서 또 넘기면 된다.

"내일 밤에 술 마시러 갈 거지?"

망설였다. 임박한 빚더미 걱정에 이번 주는 가만히 지낼 생각이었다. 돈은 한 푼도 쓰지 않으면서. 하지만 레이철과 나가서 노는 밤은 예외 없이 끝내줬다. 지금 나는 카르페 디엠이 좀 필요했다. 게다가, 목요일에 레이철이 숙취에 시달린다면 원고 때문에 나를 들볶을 힘도 없을 것이다.

"좋아."

*

술 취한 남자 1번은 들이대는 타입이었다. 술기운이 오르면 자기 왼편이나 오른편에 누가 있든지, 뭐가 있든지 간에 팔부터 두르고 보는 부류. 지금까지는 그것이 커다란 가짜 야자수가 되었다가, 삼부카[02] 쟁반을 든 여직원이었다가 했다. 그다음에는 꽤 유명한 우크라이나인 모델이 희생양이 되었다. 그는 모든 동작이 과장스러웠는데, 걸음걸이조차 그랬다. 왼발을 앞으로 놓고, 오른발을 앞으로 놓고, 그걸 반복하는 모양새가 어색하고 과했다. '둥글게 둥글게' 춤을 보는 것 같았다.

술 취한 남자 2번은 가식적인 부류였다. 사람들 얘기를 들으면서 한 점 흔들림 없는 표정을 유지한다. 정신이 아주 말짱하다는 걸 증명하려는 것이다. 간혹 고개를 끄덕이기도 하니 그럴듯해 보였다. 하지만 맨정신이라기에는 눈을 너무 적게 깜빡였다. 그리고 여자들 가슴을 바라보는 시선은 그 자신이 생각하는 것보다 훨씬 노골적이었다.

이들이 나와 레이철을 어떻게 생각할지 궁금해졌다. 이들이 우리에게 왔지만, 기분이 마냥 좋지는 않았다. 저스틴과 사귈 때, 레이철과 클럽 간다고 하면 그는 남자들이 나를 '괴상한 여자', '절박하고 헤픈 여자'로 생각할 것임을 잊지 않게 늘 일깨워주었다. 언제나 그랬듯이 그가 옳았다. 괴상한 여자가 생기발랄한 치어리더 타입의 여자보다 섹

~~~~~

02 이탈리아에서 생산되는 아니스 향의 리큐어.

<center>28</center>

스 상대로 만만한 걸까? 이렇게 스스럼없이 다가오는 남자들을 보니 그런 궁금증이 들었다. 접근하기 더 쉽고, 당연히 남자 친구가 없을 것 같으니까? 돌이켜보니, 저스틴이 나와 레이철의 밤을 탐탁지 않아 했던 또 하나의 이유가 그것이었다.

"그러니까, 케이크 만드는 법에 관한 책 같은 거 말이죠?"

술 취한 남자 2번이 말했다. 이 말을 함으로써 자기가 남의 얘기를 경청하는 기술이 있으며 술에 취하지 않았음을 증명하려는 것이다. 도대체 왜 이럴까 싶다. 술을 마시지 않은 척할 생각이라면 뭐하러 저녁 내내 삼부카 샷을 부어라 마셔라 하는 건가?

"맞아요!"

레이철이 말했다.

"아니면 책장 만드는 법이나 옷 만드는 법도 있고. 그쪽은 뭘 하고 싶은데요?"

레이철은 남자 2번이 매력적이라고 느낄 만큼 취해 있었다. 하지만 가만 보니 나를 남자 1번에게 이어주려고 2번의 정신을 딴 데 팔게 하는 중이었다. 두 남자 중에는 1번 남자가 확실히 나았다. 우선 키가 컸다. 첫 번째 관문. 나는 183센티미터다. 물론 나보다 키가 작은 남자들과 사귀는 데는 조금도 문제가 없다. 하지만 내가 3~4센티미터 정도만 더 커도 불편해하는 남자들이 더러 있다. 상관없다. 여자보다 키가 작다고 신경 쓰는 남자들에게는 나도 관심이 없으니까. 큰 키는 유용한 방어막이기도 했다.

"뭘 하고 싶냐고요?"

술 취한 남자 2번이 레이철의 말을 되풀이했다.

"이름도 구리고 비싸기만 한 술을 파는 바에 앉아 계시는 아리따운 여성분들과 춤을 추고 싶죠."

그가 난데없이 활짝 웃었다. 그의 의도보다 더 들척지근하고 느른한 미소. 그런데 그게 꽤 매력적이기는 했다.

레이철도 같은 생각을 하는 게 보였다. 그녀는 속으로 셈을 하며 나를 보았다. 레이철은 사실 그다지 취한 것도 아닌 모양이었다. 나와 술취한 남자 1번 사이를 가늠하고 있는 걸 보니.

나도 남자 1번을 바라보며 나름대로 재보았다. 그는 키가 클 뿐 아니라, 어깨도 넓고 멋졌다. 관자놀이께에서 세어가는 머리칼은 꽤 섹시했다. 나이는 30대 중반쯤으로 보였다. 눈을 가느다랗게 뜨고 보거나 어두운 조명 아래서 보면 약간 90년대의 조지 클루니처럼 보이기도 했다.

나는 마음에 드는 남자와 잘 수 있다. 싱글이니까.

이상하다.

저스틴과 사귄 후에 다른 사람과 잘 생각은 해본 적이 없다. 싱글이되어 섹스를 하지 않으면 시간이 남아돈다. 섹스를 하는 순간뿐만 아니라, 다리 면도를 하고, 예쁜 속옷을 챙기고, 다른 여자들이라면 비키니 왁스를 할까 안 할까 생각하는, 기타 등등의 시간이 생긴다. 그런 면에서 섹스를 하지 않는다는 것은 장점이 정말 컸다. 물론 성인으로서의 삶에서 아주 큰 부분이 사라졌다는 생각에 만감이 교차하기는하지만, 싱글이 되면 아주 많은 일을 할 수 있었다.

우리는 석 달 전에 헤어졌다. 다른 사람과 잠자리를 하는 것이 이론적으로는 문제될 리 없다. 하지만… 저스틴이 뭐라고 할까 하는 생각이 떨쳐지지 않았다. 그가 얼마나 화를 낼지. 도덕적으로는 문제없는 일인지 모른다. 하지만 나는 괜찮지 않았다. 머릿속에서는 아직 아니라고 말하고 있었다.

레이철이 내 마음을 읽었다.

"미안, 친구."

그녀가 남자 2번의 팔을 토닥이며 말했다.

"나는 내 친구와 춤을 추고 싶네요."

그녀는 냅킨에다 자기 전화번호를 휘갈겨서 그에게 주었다. 펜은 또 어디서 난 걸까? 마술사 같다. 레이철은 내 손을 잡고 댄스 플로어 한가운데를 헤치고 나갔다. 음악이 머리 양쪽을 내리쳤다. 고막이 다 떨릴 정도였다.

"술 취한 여자가 이러면 되겠어?"

저 옛날 데스티니 차일드의 노래에 맞추어 엉망진창으로 춤추는 동안 레이철이 물었다.

"내가 왜 약간⋯ 사려 깊잖아."

내가 외쳤다.

"저 멋진 남자와 자기에는 분석을 너무 많이 하는 성격이랄까."

레이철이 여직원이 들고 다니던 쟁반에서 술잔을 집어 들었다. 그러고는 사람들 사이를 돌아다니며 바가지 씌우는 그 여자에게 현금을 주었다.

"너 별로 안 취했구나."

그녀가 술을 건넸다.

"아무리 편집자기로서니, 세상 어떤 술 취한 여자가 '분석' 같은 단어를 쓰냐고."

"보조 편집자죠."

그녀의 말을 바로잡아주고는 잔을 쭉 들이켰다. 예거마이스터 폭탄

주. 다음 날이면 뒷맛에 토가 나오는 술이다. 더할 수 없이 역겨운 이 것이 댄스 플로어에서는 맛있게 느껴지다니 세상 신기한 일이었다.

레이철은 내게 하룻밤 내내 술을 들이붓고, 눈에 보이는 남자마다 노닥거리며 내 쪽으로 떠밀었다. 나는 꽤 거나해져서 그녀가 뭐라고 떠들거나 말거나 아무 생각이 없었다. 그녀는 이날 밤 그저 나의 멋진 친구가 되어주고 있었다. 춤추는 무리와 알록달록한 색깔의 술과 함께 밤이 빙빙 돌아갔다.

그런데 왜 하필 오늘 밤에 술을 마시자고 했을까? 이 생각이 든 것 은 모와 거티를 보고 나서였다.

모는 지금 막 뭔가를 알고서 황급하게 달려온 행색이었다. 수염은 잠을 잔 쪽으로 비스듬하게 눌려 있고, 내 기억으로 대학 시절부터 입 었던 닳아빠진 티셔츠를 입고 있었다. 지금은 그에게 좀 작아 보였다. 거티는 평상시와 다름없이 도도하고 아름답고 화장기가 없었다. 아무 지게 끌어올린 머리카락은 발레리나처럼 정수리에서 묶여 있었다. 원 래 오늘 밤 이곳에 올 계획이었을까? 그녀는 어쨌거나 원래 화장을 하 지 않고, 늘 흠잡을 데 없이 옷을 입고 다닌다. 아무리 바쁜 와중이라 도 조금 높은 굽의 구두와 스키니진을 입고 오는 게 거티였다.

두 사람이 댄스 플로어를 헤치고 다가왔다. 모가 이곳에 올 계획이 아니었다는 짐작은 들어맞았다. 춤을 추지 않았기 때문이다. 클럽에 왔는데 춤을 추지 않는 모라니, 상상조차 할 수 없는 일이다. 레이철과 보내는 평범한 수요일 밤에 이들이 왜 나타난 것일까? 레이철과는 잘 아는 사이도 아니면서. 그들은 그 지난했던 생일 술자리나 집들이에서 나 봤던 사이다. 사실을 말하자면, 거티와 레이철은 서로 잘났다고 같 잖은 다툼을 벌이는 중이었다. 우리 네 사람이 모이면 대개는 두 사람의 언성이 높아지는 것으로 자리가 끝났다.

오늘 내 생일이라도 되나? 술기운 섞인 의문에 잠긴다. 뭐 신나는 얘기라도 있는 걸까?

나는 레이철을 돌아봤다.

"이게 무슨-?"

"테이블로 가자."

레이철이 클럽 안쪽의 부스를 가리키며 말했다.

안간힘을 쓰며 댄스 플로어를 벗어난 거티는 다시 다른 곳으로 자리를 옮기자는 말에도 웬일로 짜증을 내지 않았다.

좋지 않은 예감이 들었다. 하지만 나는 그때 음주의 가장 행복한 지점에 도달해 있었다. 걱정되는 생각일랑 다 미뤄두자는 마음이 드는 지점. 내가 4주간의 뉴질랜드 휴가 경품이나 뭐 그런 것에 당첨됐다는 얘기를 전해주러 온 것이라고 생각하고 싶었다.

하지만 아니었다.

"티피. 이 얘기를 어떻게 할지, 방법을 잘 모르겠더라고."

레이철이 말했다.

"그래서 생각해낸 최고의 계획이 이거야. 널 기분 좋게 취하게 만들고, 남자에게 작업 거는 게 어떤 기분인지 일깨워주는 거. 그러고는 지원군을 부르는 거."

그녀가 내 양손을 붙들었다.

"티피. 저스틴이 약혼했대."

4

~~~~

리언

셰어하우스에 대한 대화는 전혀 예기치 않게 흘러갔다. 케이는 그녀답지 않게 화를 냈다. 자기 말고 다른 사람이 내 침대에서 잠을 잔다는 게 언짢은 걸까? 하지만 케이는 어차피 우리 집에 잘 오지도 않는다. 짙은 녹색 벽과 나이 많은 이웃들에 질색을 했다. '당신은 노인들과 너무 많은 시간을 함께해'라는 생각의 연장선상이었다. 우리는 늘 벽이 밝은 회색이며 이웃들은 쿨하고 젊은 사람들뿐인 그녀의 집에서 만났다.

다툼은 이도 저도 결론이 나지 않고 서로 지친 채로 끝났다. 케이는 광고를 내리고 이 여자와의 계약을 없었던 일로 하면 좋겠다고 했다. 나는 결정을 바꿀 생각이 없었다. 매달 그만한 돈을 벌기에 그보다 더 쉬운 방법을 생각해낼 수가 없었다. 돈 벌 계획을 세우면서 복권 당첨을 고려 요소로 넣을 수는 없는 노릇이지 않은가? 350파운드를 빌리는 짓은 다시 하고 싶지 않았다. 해보니 우리 관계에 하등 도움이 되지 않는 일이었다.

케이는 그만큼이나 나를 생각해주는 사람이다. 그러니 마음을 풀 것이다.

한가한 밤. 홀리는 잠을 이루지 못했다. 우리는 체커를 한다. 아이는 패를 놓기 전에 마법의 주문을 불러 모으듯이 보드 위로 손가락을 왔다 갔다 한다. 보나마나 심리전을 펼치려는 수작이다. 상대 선수가 다음 수에 대한 생각을 하지 못하게 하려고. 자신의 수를 지켜보게 하면서 말이다. 일곱 살짜리가 이런 심리 전술을 어디에서 배웠을까?

물어본다.

홀리 아저씨, 참 순전하시기도 하네요.

'순진'을 '순전'으로 잘못 발음하는 것을 보니, 생전 처음 입 밖으로 내본 단어라고 짐작된다. 어디 책에서 읽어보기만 했던 거겠지.

나 내가 얼마나 세상 물정에 밝은데. 고마운 말을 다 해주네, 홀리!

가소롭다는 눈길이 돌아온다.

홀리 괜찮아요, 아저씨. 아저씨는 너무 착해요. 사람들이 다 발깔개처럼 뭉개고 다니겠지요. 그거, 내기라도 걸 수 있다고요.

이런 표현도 어디서 주워들었을 것이다. 아빠한테 들었을까? 홀리가 좋아하지도 않는 사탕을 들고 독한 담배 연기 냄새를 풍기며 일주일에 한 번씩 찾아오는 사람이다. 멋들어진 회색 양복을 입고.

나 착한 건 좋은 거야. 또, 강한 동시에 착할 수도 있지. 꼭 한쪽만 되라는 법은 없어.

또다시 가소롭다는 눈길.

홀리 있잖아요, 케이 언니는 강한 거고, 아저씨는 착한 거라고요.

아이는 '세상 일이 다 그런 법이야'라고 말하듯 손을 펼쳐 보인다. 깜짝 놀랐다. 케이의 이름까지 알 줄이야.

집에 들어서는데 전화가 울린다. 전력 질주. 집 전화로 다이얼 돌릴 사람은 리치밖에 없었다. 주방에 낮게 드리워진 주방 등에 그만 머리를 부딪치고 만다. 이 멋진 아파트에서 가장 마음에 들지 않는 것, 낮게 드리워진 이 전등.

머리를 문지르며 눈을 감는다. 리치의 목소리에 유심히 귀를 기울인다. 불안해하고 있지는 않은지, 정말 어떻게 지내고 있는지 알고 싶다. 살아 있으며 숨 쉬는, 괜찮게 지내는 리치의 목소리를 듣고 싶다.

리치 들을 만한 얘기 좀 없어?

눈을 더 질끈 감는다. 이런 말을 하는 걸 보면 이번 한 주가 좋지 않았다는 뜻이다. 주말은 더 좋지 않았다. 감옥의 주말은 더 느리게 흘러가기 마련이다. 말투에서부터 가라앉아 있는 게 드러난다. 우리 두 사람만의 억양이었다. 런던과 아일랜드 남서부 코크의 사투리가 섞인 말투. 리치는 우울하면 아일랜드 억양이 더 많이 튀어나온다.

그에게 홀리 얘기를 해준다. 홀리의 체커 기술 등. 나더러 순진하다고 했던 말도 했다. 리치가 가만히 듣고 있다가 말한다.

리치 그 아이 죽어?

어려운 문제였다. 사람들은 홀리의 모든 것이 생사만의 문제가 아니라는 걸 잘 이해하지 못한다. 말기 환자 병동은 그저 천천히 죽음을 맞이하러 가는 곳이 아니다. 죽어 나가는 사람보다 살아 나가는 사람이 더 많다. 피할 수 없고 고통스러운 시간을 좀 더 편안하게 해주는 것이 내가 다니는 병동의 목적이다. 힘든 시간을 조금이라도 편안하게 지내게 해주는 것.

하지만 홀리로 말하자면… 죽을 가능성이 높다. 병이 몹시 중하니까. 사랑스럽고 소중한, 그리고 아주 아픈 아이다.

나 통계적으로 볼 때 홀리같이 어린 나이에 걸리는 백혈병은 치유 확률이 꽤 높아.

리치　통계 얘기해달랬나? 재미있는 얘기 해달라고 했지.

　어린 시절 기억에 절로 미소가 지어진다. TV가 고장 났던 때였다. 오스트레일리아 드라마 〈이웃들〉의 이야기를 우리끼리 연기하곤 했다. 리치는 재미있는 이야기라면 사족을 못 썼다.

나　홀리는 나을 거야. 잘 자랄 거고…. 암호 만드는 사람이 될 거야. 암
　호 전문가 말이야. 체커 기술을 총동원해서 디지털로 만든 새로운 음
　식을 발명하겠대. 이 세상에 굶는 사람이 없어지게. 그럼 U2의 보노[03]
　가 크리스마스 시즌에 일감이 떨어지겠지?

　리치가 웃는다. 웃음이라고 할 수 없는 웃음이지만, 그래도 위장에 뭉쳐 있던 걱정 덩어리가 좀 풀린다.

　잠깐의 침묵. 다정한 침묵 혹은 그저 딱히 찾을 말이 없어서 이어지는 침묵.

리치　여긴 지옥이야, 형.

　지옥이라는 단어가 명치를 훅 가격한다. 지난해부터 감옥은 지옥 같은 곳이라는 생각을 하면 위가 꽉 움켜쥔 주먹 같은 상태가 되었다. 며칠간 눈을 감았다가 현실이 새삼 불어 닥칠 때, 리치와 통화하는 이런 시간에 그랬다.

나　항소가 곧이야. 준비하고 있어. 살이 그러는데―

리치　에이, 살이 원하는 거야 수임료밖에 더 있어? 살의 승소율을 봐.
　이길 수가 없어.

　리치의 목소리는 무겁고 느리고 뭉개지기까지 했다.

나　왜 그래? 친형에 대한 믿음을 잃어버린 거야? 내가 백만장자가 될

~~~~~

03　기부와 자선활동으로 유명한 아일랜드의 싱어송라이터.

거라고 말해놓고.

마지못한 웃음이 들린다.

리치   형은 지금까지도 충분히 해줬어.

절대 아니다. 충분하지 않다. 아무리 해도 충분할 수 없다. 이 일만큼은 아니다. 동생을 구하기 위해서라면 나라도 감옥에 들어가서 살고 싶은 심정이었다. 그런 생각을 수도 없이 했다.

나   궁리가 섰어. 돈을 만들 궁리 말이야. 네가 들으면 아주 좋아할걸.

전화기 저쪽에서 실랑이하는 소리가 들린다.

리치   여. 형. 잠깐만ㅡ

숨죽인 목소리. 심장이 빠르게 뛴다. 동생과 통화를 할 때면, 그가 안전하고 조용한 곳에 있지 않다는 걸 까먹어버리곤 한다. 그와 내 목소리만 들리는 그런 곳에 있다고 무심코 생각해버린다. 하지만 당연히 아니었다. 그는 감옥 마당에서 늘어선 줄을 뒤에 두고 통화를 하고 있는 것이다. 나와 30분 전화하기를 선택할지, 일주일에 한 번밖에 없는 샤워할 기회를 선택할지 결정하면서.

리치   끊어야겠어. 형. 사랑해.

지이이이이잉….

토요일 8시 30분. 바로 출발해도 늦을 것이다. 더럽혀진 시트를 가느라 출발조차 못 하고 있다. 파텔 박사가 시킨 일이었다. 코럴 병동 간호사의 지시에 따라 프라이어 씨의 피를 뽑았다. 거기다가 수련의인 소차가 켈프 병동에서 환자의 임종을 도와달라고 했다.

뛰어가면서 케이에게 전화를 걸었다.

케이   아직 병원에 묶여 있는 거지?

제대로 설명해주고 싶지만 숨이 너무 가빴다. 병동 사이는 너무 멀어서 응급 상황에 대처하기 쉽지 않다.

케이 괜찮아. 내가 대신 만날게.

몸이 휘청거린다. 놀랐다. 물론 부탁할 생각이기는 했다. 그것이 집에 들어오겠다는 여자가 아니라 케이에게 전화를 건 이유였다. 여자와의 약속을 취소해달라고 전화를 걸려고 했다. 하지만… 일이 쉽게 풀려버렸다.

케이 셰어하우스 계획이 마음에 든다는 뜻이 아니야. 하지만 당신은 돈
    이 필요하지. 그러니까 이해해. 하지만 내 기분이 상하지 않으려면, 모
    든 일이 나를 통해 이루어지는 게 좋겠어. 내가 티피란 사람을 만나볼
    게. 내가 모든 일을 처리할 거야. 누군지도 모르는 여자가 당신 침대에
    서 자는데, 당신과 실제로는 전혀 교류를 하지 않게 말이야. 그렇게 하
    면 너무도 이상한 이 기분이 사라질 것 같아. 당신이 나서서 처리할 필
    요가 없어지면. 솔직히, 어차피 당신은 시간도 없잖아?

쐐기처럼 찌르는 사랑의 아픔. 물론 지금 단계의 우리 관계에서는 바늘 한 땀을 뜨는 정도일 수 있다. 그래도 여전히 아프다.

나 정말… 해줄 거야?

케이. 단호한 어조로 그래, 내 계획대로. 그리고 주말에는 일하지 않는
    거야. 알겠지? 주말은 내 차지야.

공평한 듯하다.

나 고마워, 고마워. 그리고 그 사람한테 말해주겠어….

케이 그럼, 그럼. 5호에 사는 이상한 남자 얘기도 해주고 여우들 얘기
    도 해줄게.

쐐기 같은 사랑의 통증이 선연해진다.

케이   내가 당신 말에 귀 기울이지 않는다고 생각하지? 이제 그게 아니
라는 거 알아줬으면 좋겠네.

 켈프 병동까지는 족히 1분은 걸린다. 속도를 제대로 조절하지 못했
다. 신참이나 하는 실수였다. 언제 어디서 어떤 상황이 벌어질지 모르
는 이 병원에서 정신을 못 차리고 또다시 이런 실수를 했다. 이 모든
죽어가는 사람들과 욕창, 어디로 튈지 모르는 치매 환자들. 나는 이런
호스피스 병동에서 살아남는 기본적인 법칙을 까먹고 있었다. 천천히
뛸 것, 내달리지 말 것. 늘 시간을 확인할 것. 펜을 꼭 챙길 것.

케이   리언?

 깜빡하고 대답을 하지 않고 있었다. 그저 힘겹게 숨을 몰아쉬고 있
었을 뿐. 꽤나 음흉하게 들렸을 것 같다.

나   고마워. 사랑해.

5

~~~~

티피

 선글라스를 쓸까 하다가 만다. 2월에 선글라스를 쓰고 나갔다가는
팝의 여왕처럼 보일 것 같았다. 팝의 디바처럼 받들어 모셔야 할 룸메
이트를 원할 사람은 없을 것이고.

물론 문제는 있었다. 딱 봐도 지난 이틀을 내내 울면서 보낸, 감정적으로 만신창이인 여자보다는 팝의 디바가 낫다고 생각할지 모를 일이니까.

어느 집에 룸메이트로 들어가거나 하는 상황은 아니라고 스스로를 다독여본다. 리언과 나는 서로 잘 지낼 필요도 없다. 같이 사는 게 아니니까. 그렇다고 할 수 있지 않나? 우리는 다른 시간대에 같은 공간을 점유할 뿐이다. 어쩌다 내 자유 시간을 줄곧 울면서 보낸다고 한들 그가 거슬려할 이유가 뭔가?

"재킷."

레이철이 옷을 건네며 명했다.

아무리 그래도 나는 다른 사람이 옷을 입혀줄 지경까지는 아니었다. 하지만 레이철은 어제 우리 집에서 잤다. 레이철이 이곳에 있는 건 이곳에서 벌어지는 모든 일을 관장한다는 뜻이다. 즉, 내가 무슨 옷을 입을지 정해주는 것부터.

상심이 너무 큰 나머지 반발할 기운조차 없었다. 재킷을 받아 들고 입었다. 내가 사랑하는 재킷이었다. 중고 옷가게에서 찾아낸, 거대한 무도회 드레스를 직접 리폼한 재킷. 드레스를 조각낸 다음에 재탄생시켰다. 비즈가 달린 부분은 내키는 대로 이어 붙였다. 그리하여 오른쪽 어깨와 재킷 뒤와 아랫부분, 밑가슴을 가로질러 스팽글과 자수가 장식되었다.

"이거 너한테 주지 않았었나?"

얼굴이 찌푸려졌다.

"작년 언젠가 줬던 것 같은데."

"네가 이 옷을 남한테 준다고?"

레이철이 인상을 썼다.

"네가 날 사랑하는 건 알지만, 그만큼은 아니야. 네가 이 옷을 줄 만큼 사랑하는 사람은 이 세상에 없어."

맞다. 당연하다. 생각이란 걸 똑바로 할 수 없을 만큼 제대로 엉망진창이었다. 하지만 오늘 아침에는 정신이 들어서 내가 무슨 옷을 입었는지 알아볼 정도는 되었다. 나는 힘들 때면 손에 잡히는 대로 아무거나 집어서 입는다. 주변 사람들은 차림새를 보고 내 상태를 짐작했다. 저스틴의 약혼 소식을 들은 그다음 날 출근할 때는 겨자색 코듀로이 바지에 프릴이 달린 크림색 블라우스와 초록색 카디건을 입고 갔다. 사무실이 술렁거렸다. 마케팅팀의 해나는 주방에서 커피를 입에 반쯤 머금고 있다가 나를 보자 기침인지 발작인지 모를 괴성을 터뜨렸다. 내가 느닷없이 왜 이렇게 속상해하는지는 아무도 몰랐다. 직원들이 머리를 굴리는 게 보였다. '또 뭐 때문에 우는 거지? 저스틴에게 차인 건 몇 달도 더 되지 않았어?'

그들의 생각은 틀린 것도 아니었다. 저스틴의 연애가 약혼으로 이어졌다는 게 왜 이토록 괴로운지 모를 일이었다. 이번에는 정식으로 이사를 나가기로 이미 결심한 터였다. 게다가 그와 결혼하기를 바란 것도 아니었다. 그저, 그가 다시 돌아올 거라고 생각했던 것 같다. 예전에도 늘 그랬으니까. 그가 나간다. 문이 쾅 닫힌다. 나를 외면한다. 전화를 받지 않는다. 이윽고 자기 실수를 깨닫는다. 그러고는 그를 잊을 준비가 되었다고 생각할 무렵에 다시 돌아온다. 손을 내밀며 끝내 주는 모험을 함께 떠나자고 한다.

하지만 이번에는 끝이다. 아닌가? 그는 결혼한다. 이번에는, 이번에는….

레이철이 어른스러운 척하며 티슈를 건넨다.

"화장 다시 해야겠다."

최악의 순간이 한바탕 지나고 나서 내가 말했다.

"정말 시간이 없다고."

레이철이 핸드폰 화면을 흔들어대며 말했다.

망할. 8시 반이었다. 바로 출발하지 않으면 늦을 것이다. 첫 만남부터 늦게 나타나면 좋은 인상을 줄 수 없다. 각자 아파트에 있는 시간 규칙을 엄격하게 준수하기로 한 터다.

"선글라스?"

"선글라스."

레이철이 선글라스를 건네준다.

가방을 집어 들고 문으로 향한다.

노던선 열차가 터널 안을 덜컹거리며 굴러간다. 창에 비친 모습을 보며 매무새를 약간 고친다. 그런대로 괜찮아 보인다. 흐릿하고 여기저기 긁힌 선글라스가 도움이 되었다. 인스타그램 필터를 통해 보는 것 같달까? 구릿빛 빨간 머리도 새로 감았다. 눈물 때문에 아이라이너가 다 지워지기는 했지만, 립스틱은 다행히 지워지지 않았다.

좋다. 해낼 수 있다. 혼자서도 잘 해낼 수 있다.

스톡웰역의 출구에 이르기까지 영원 같은 시간이 걸렸다. 밖으로 나오자 차를 몰고 가던 어떤 남자가 "그 엉덩이 좀 치워!"라고 고함을 쳤다. 나보고 한 말이다. 그 충격에 이별 후에 빌어먹게 엉망진창 살고 있는 티피로 돌아가고 만다. 빨려 들어가듯이. 너무 속상한 상태라, 몸을 돌려 내 신체에 대해 그따위로 말하지 말라고 지적할 힘도 없다. 그의 요구대로 몸을 돌릴 기운조차 없다.

5분쯤 걷다가 아파트를 찾았다. 제대로 찾아냈다. 역에서도 가깝고, 훌륭하다. 내가 곧 살 곳을 찾을 거라는 생각에 아파트 앞에서 눈물을 닦았다. 아파트를 제대로 살펴보았다. 아파트는 오래되고 땅딸막한 벽돌 건물이었다. 앞에는 작은 마당이 있었고, 처량한 런던 스타일의 잔디는 잔디라기보다는 잘 잘라낸 건초 더미 같았다. 그곳에 각각의 입주자에게 배정된 주차 구역이 있었다. 어떤 입주민은 차 댈 공간을 터무니없이 많은 바나나 상자를 보관하는 저장소로 사용하고 있었다.

밖에서 3호 벨을 누르는데 눈앞에서 뭔가가 휙 움직인다. 여우였다. 여우는 양철 쓰레기통 뒤에서 어슬렁거리며 나왔다. 거기 사는 것 같았다. 여우는 허공에 발을 들고 서서 내게 시건방진 눈길을 던졌다. 여우를 이렇게 가까이서 본 적은 처음이었다. 그림책에서 본 것과는 달리 너무 추레했다.

아파트 정문이 지잉 소리 후에 딸깍 열렸다. 안으로 들어섰다. 건물 안은 뭐랄까… 온통 갈색이었다. 갈색 카펫, 비스킷 색깔의 벽. 하지만 그런 건 상관없었다. 아파트 안만 괜찮으면 되었다.

3호 문을 두드리는데, 신경이 그야말로 직각으로 곤두서는 느낌이 들었다. 초조하다는 말로는 다 표현할 수 없었다. 공황에 가까운 기분이었다. 정말로 저지르는 건가? 웬 알지도 못하는 사람의 침대에 잘 생각을 하고 있다니! 정말로 저스틴의 아파트를 떠나서?

오, 세상에. 어쩌면 거티 말이 옳을지도 몰랐다. 이건 말도 안 되는 짓이다. 정신이 혼미해진 순간에 저스틴의 집으로 돌아가는 상상을 했다. 크롬처럼 번쩍번쩍 빛나고, 온통 하얗고 안락한 아파트로 돌아가는 상상을. 그가 돌아올지도 모른다는 상상을. 하지만 이런 상상은 의외로 별로 기분 좋지 않았다. 아마 지난 목요일 밤 11시 무렵부터였을까? 저스틴의 아파트는 조금 달라져 보였다. 나도 마찬가지로 달라지기 시작했다.

어렴풋이나마 알 수 있었다. 좋은 일이 될 수도 있다는 것을. 너무 많이 생각하지 않으면 그렇게 느껴졌다. 여기까지 먼 길을 왔다. 이제 와서 돌아갈 수는 없다.

이곳을 좋아해야 했다. 그것이 내 유일한 선택지였다. 그리하여, 딱 들어도 리언이 아닌 사람이 문 너머에서 대답하는 소리를 들었을 때도 이대로 밀고 나가자는 자세가 되었다. 놀라지도 않았다.

"안녕하세요!"

"안녕하세요."

문을 열어준 여자가 말했다. 그녀는 올리브색 까무잡잡한 피부에 체구가 아주 작았다. 머리는 프랑스 여자 같은 느낌의 아주 짧은 커트 스타일. 프랑스 여자처럼 보이려면 머리가 아주 작아야 한다. 곧장 내 몸집이 거대하게 느껴졌다.

그녀는 바로 그런 느낌을 온몸으로 느끼게 해주고 있었다. 아파트로 들어서는데 나를 위아래로 훑어보는 눈길이 느껴졌다. 집 안 장식을 둘러보았다. 아, 짙은 녹색 벽지. 이보다 더 70년대스러울 수가 없었다. 조금 시간이 지나자 그녀의 눈빛이 거북해지기 시작했다. 몸을 돌려 정면으로 그녀의 눈을 보았다.

오, 여자 친구. 얼굴에 명백히 쓰여 있다. 그녀의 눈이 이렇게 말하고 있었다.

'예쁠까 봐 걱정했지. 저 침대를 자기 침대처럼 쓰면서 내 남자 친구를 빼앗아갈까 봐. 하지만 실제로 보니 그럴 일은 없겠군. 그러니 좋아! 들어와!'

그녀는 이제 함박 미소를 짓고 있었다. 뭐, 아무려나 좋았다. 이 집에 들어오는 데 플러스 요소가 된다면 아무 이유나 상관없었다. 이런 상황에서 이런 여자에게 움츠러들 수는 없었다. 내가 얼마나 절박한지 조금도 모르는 여자에게.

"케이예요."

그녀가 손을 내밀며 말했다. 내 손을 단단히 움켜쥐는 손.

"리언의 여자 친구."

"그런 것 같았어요."

나는 살짝 긴장한 미소를 지어 보였다.

"만나서 반가워요. 리언은 집에…."

침실 쪽으로 고개를 빼본다. 침실과 한쪽에 주방 있는 거실이 집의 전부였다.

"…욕실에 있나요?"

비어 있는 침실을 보며 물어본다.

"리언은 직장에서 못 나오고 있어요."

거실로 안내하던 케이가 말했다.

퍽 미니멀하고 약간 낡은 공간이었지만, 깨끗했다. 사방에 도배된 70년대식 벽지는 끝내줬다. 어디 힙한 벽지 회사에서 이런 벽지를 만들어 판다면 한 롤당 80파운드라고 해도 살 사람이 줄을 설 것이다. 주방에는 펜던트 조명이 낮게 드리워져 있었다. 이곳의 다른 장식들에 비해 다소 튀어 보였지만, 그래도 근사했다. 닳아빠진 가죽 소파, 플러그가 꽂혀 있지도 않은 TV도 꽤 멋졌다. 카펫은 최근에 청소한 모양이었다. 모든 것이 장밋빛 미래를 보여주는 듯했다.

어쩌면 좋을 수도 있겠다. 아니, 아주 훌륭할지도 모르겠다. 내가 이곳에 있는 모습을 머릿속으로 재빨리 그려본다. 소파에 늘어져 있는 나, 주방에서 사부작거리는 나. 이 공간을 혼자 사용한다는 생각에 갑자기 신이 나 펄쩍 뛰고 싶어졌다.

"그럼 저는… 리언을 만날 일이 없는 건가요?"

모가 일러준 셰어하우스에 관한 첫 번째 규칙이 기억나서 움찔하는 마음이 들었다.

"흠, 언젠가는 만나게 되겠죠."

케이가 말했다.

"하지만 당신이 상대할 사람은 나예요. 그를 대신해서 내가 이 집을 관리할 거니까요. 두 사람이 같은 시간에 이 집에 있을 일은 절대 없을 거예요. 주중에 이 아파트는 저녁 6시부터 아침 8시까지 당신 차지가 돼요. 그리고 주말도 전부 당신만 쓰고요. 지금으로서는 계약 기간이 6개월이에요. 괜찮겠어요?"

"그럼요, 딱이네요."

잠시 말을 멈추었다.

"그리고… 리언이 느닷없이 들어오거나 하는 일은 없겠죠? 근무 시간에 나온다거나, 뭐 그런?"

"그런 일은 절대로 없어요."

그런 일은 확실히 없게 할 작정이라는 여자의 기운을 온몸으로 풍기며 케이가 말했다.

"오후 6시부터 오전 8시까지 이 아파트는 당신 거예요. 온전히 당신 혼자만 쓰는 거죠."

욕실을 살펴봤다. 세상 어느 곳이든 화장실이 다 말해주는 법이다. 구석구석 깨끗하다. 환한 하얀색에 진한 파란색이 섞인 샤워 커튼, 정체불명의 남성용 크림과 액체를 담은 병들이 잘 정돈되어 있었다. 흠집이 있지만 못 쓸 정도는 아닌 거울도 좋았다. 훌륭하다.

"들어올게요. 저를 받아준다면."

그녀가 수락할 것이라는 확신이 든다. 복도에서 그녀의 눈을 보자마자 알았다. 리언의 룸메이트 기준은 어떤지 모를 일이지만, 케이에게는 한 가지가 분명히 있다. 나는 '적정한 수준으로 매력적이지 않은' 범주에 들어갔다.

"좋아요."

케이가 말했다.

"리언에게 알려줄게요."

6

~~~

리언

케이 완벽해.

버스 안에서 꾸벅꾸벅 조는 중이었다. 감기는 눈을 겨우겨우 끔벅거리는 아주 짧고도 달콤한 쪽잠.

나 정말? 짜증스러운 타입은 아니고?

케이가 짜증스럽다는 목소리로 그게 문제야? 깨끗하게, 잘 정돈하며 살겠다고 했어. 곧장 들어올 수 있대. 당신이 정말 결심이 섰다면 말인데. 이 이상은 바랄 수가 없어.

나　5호에 사는 이상한 남자는 거슬리지 않는데? 아니면 여우 가족은?

짧은 침묵.

케이　둘 다 문제없대.

달콤한 끔벅임. 이번에는 좀 길게 눈이 감긴다. 조심해야 한다. 이대로 종점까지 가버리면 먼 길을 되돌아오는 낭패를 겪을 것이다. 오랜 한 주를 보내고 나면 늘 도사리고 있는 위험이다.

나　어떤 사람인데?

케이　뭐랄까… 별나 보여. 사람이 아닌 것처럼 크고. 아직 한겨울인데 커다란 뿔테 선글라스를 썼더라고. 꽃을 잔뜩 그려놓은 부츠를 신고 말이야. 어쨌거나 중요한 건 그녀가 빈털터리인 데다가 이렇게 싼 방을 구해서 신바람이 났다는 거야.

'사람이 아닌 것처럼 크다'라는 말은 과체중인 사람을 두고 케이가 쓰는 표현이다. 그런 말은 하지 말았으면 싶다.

케이　그래, 지금 오는 중이지? 자세한 얘기는 집에서 하면 되겠네.

나의 계획은 도착해서 늘 하던 대로 케이에게 키스를 하며 인사하고 유니폼을 벗어던지는 것이었다. 그다음에 물을 마시고, 케이의 침대에 들어가 영원히 잠을 자는 것이었다.

나　얘기는 오늘 밤에 하면 어떨까? 자고 일어난 다음에?

침묵. 짜증이 가득 섞인 침묵. 나는 케이의 침묵에는 전문가가 다 되었다.

케이　그럼 오자마자 침대로 직행이란 말이지?

입을 다문다. 이번 한 주가 어땠는지 미주알고주알 털어놓고 싶은 마음이 굴뚝같았지만, 꾹 참는다.

나   얘기하고 싶으면 잠은 안 자도 돼.

케이   아니야, 아니야. 당신도 잠을 자야지.

정신을 잃으면 안 된다. 버스가 이즐링턴에 도착할 때까지 이 달콤한 쪽잠을 최대한 누리면서도.

케이가 냉랭한 환영인사로 나를 맞이한다. 리치 얘기를 한 것이 실수였다. 분위기가 한층 더 싸해졌다. 다 내 탓이다. 케이는 리치의 이름만 꺼내도 재생 버튼을 누르듯이 똑같은 논쟁을 시작하니까. 케이가 '아저'(아침과 저녁을 조합한 말이었다. 밤 생활자나 낮 생활자나 모두에게 들어맞는 표현을 고안한 것이다)를 만드느라 바쁜 와중에, 이런 논쟁이 항상 어떻게 끝나는지 상기한다. 그녀의 사과로 끝난다는 것을.

케이   그래, 주말에는 어쩔 건지 나한테 물어볼 생각 있어?

그녀를 바라본다. 대답이 쉽게 나오지 않는다. 바쁘고 고된 밤을 보내고 나면 때로 말하기조차 힘겹기 마련이다. 입을 벌려 의미가 담긴 말을 조합해내는 것이 아주 무거운 물건을 드는 일같이 느껴진다. 혹은 뛰어야 하는데 다리는 끈적끈적한 시럽 속을 헤치는 듯한 기분이랄까?

나   뭘 물어봐?

오믈렛 팬을 든 케이가 입을 닫는다. 그녀는 주방 창으로 들어오는 겨울 햇살을 받아 무척 예뻤다.

케이   주말 말이야. 티피가 당신 집에 있는데, 당신은 주말에 어디에 있을 거냐는 얘기야.

아, 이제야 알아들었다.

나 여기에 있으면 했는데. 일하지 않는 주말에는 어쨌거나 늘 여기에
  있었잖아?

  케이의 얼굴에 미소가 떠올랐다. 정답을 말했다는 만족감이 들었다.
뒤이어 쥐어짜는 듯이 엄습하는 이 불안감은 또 뭘까.

케이 여기 묵을 계획이란 건 알고 있었어. 그냥 당신 입으로 그 말을 듣
  고 싶어서.

  그녀가 어안이 벙벙해진 내 얼굴을 마주 본다.

케이 보통 주말에는 여기에 그냥 온 거잖아. 계획을 세웠기 때문이 아
  니라. 우리의 인생 계획이기 때문이 아니라.

  '계획'이라는 말 앞에 '인생'이 붙자 어찌할 줄 모르는 마음이 된다.
나도 모르게 허겁지겁 오믈렛을 먹고 있다. 케이가 내 어깨를 쥐었다
가 손가락으로 내 뒷덜미를 훑어내린다. 그러고는 머리카락을 잡아당
긴다.

케이 고마워.

  거짓말이라고는 할 수 없었지만 죄책감이 느껴진다. 주말마다 이곳
에 올 거라고 생각하긴 했다. 그럴 생각으로 집을 세준 것이었다. 그
저, 그런 식으로는 생각하지 못했다. 인생 계획이라는 쪽으로는.

  새벽 2시. 호스피스 야간조에 처음 들어갔을 때, 밤 근무는 잠들지
않고 앉아서 햇볕이나 그리워하면 되는 일인 줄로 알았다. 하지만 이
제 이 시간이 나의 시간이 되었다. 도시가 숨죽이는 시간, 런던이 잠들
어 있거나 만취해 있는 시간. 나는 근무시간 관리자가 펑크를 메워달
라고 할 때마다 일을 도맡았다. 주말을 빼고는 그런 때 받는 급여가 가
장 세다. 케이에게 이제 주말 근무는 하지 않겠다고 했다. 더욱이 그렇

게 해야 셰어하우스가 돌아간다. 주말 근무는 이제 고려할 요소가 아니었다. 그냥 계속 야간 근무를 해야겠다고 생각한다.

새벽 2시는 보통 리치에게 편지를 쓰는 시간이다. 그가 걸 수 있는 전화는 제한적이지만, 편지는 몇 통이라도 보낼 수 있다.

지난주 목요일은 리치가 선고를 받은 지 석 달째 되는 날이었다. 이런 기념일은 또 어떻게 기려야 하는 것인지 모르겠다. 술잔을 들어 올리며? 벽에다 또 하나의 작대기를 그으면서? 리치는 선고를 비교적 덤덤하게 받아들였다. 살은 리치가 투옥되었을 때 2월에는 그를 빼내주겠다고 했었다. 그러니, 이제는 암담했다.

변호사 살, 그는 최선을 다하고 있다. 그렇게 믿는다. 하지만 무고한 리치는 아직 감옥에 갇혀 있다. 그러니 리치의 변호사인 살에게 서운함이 약간 느껴지는 건 어쩔 도리가 없었다. 실력이 나쁜 사람은 아니다. 거창한 단어들을 사용하고, 서류 가방을 들고 다니며, 자기 자신을 의심하는 법이 없는 사람이다. 자신감 넘치는 변호사의 전형 아닌가? 하지만 그는 계속 실수하고 있었다. 이를테면, 생각지도 못하게 유죄 선고를 받는 것처럼.

하지만 달리 무슨 길이 있는가? 저렴한 수임료에 리치를 맡아주겠다고 관심을 보이는 변호사는 없다. 그런 사건에 익숙한 변호사도 없고, 감옥에 있는 리치를 위해 준비된 변호사도 없다. 새로운 변호사를 구할 시간이 없다. 하루하루가 갈수록 리치는 점점 가라앉아갔다.

살을 상대하는 것은 늘 내 몫이다. 그와 연락하려고 진 빠지게 전화를 돌려대는 일이 내 몫이라는 뜻이다. 엄마는 결코 그런 일을 할 수 없다. 소리 지르고 탓할 뿐이니까. 살은 민감한 사람이라 그런 일이 있고 나면 리치 사건은 처리하는 둥 마는 둥 했고, 우리는 변호사를 바꿀

여력이 없다.

지쳐간다. 새벽 2시에 법적인 문제를 가지고 씨름하는 것은 더없이 끔찍한 일이다. 최악의 시간. 자정이 힘겹고 고된 시간이라면, 새벽 2시는 영원히 흐르지 않는 시간이다.

머리라도 식힐 겸 인터넷을 들여다보는데, 어느새 조니 화이트를 검색하고 있었다. 할리우드 배우처럼 턱이 조각 같다는, 오래전에 사라져버린 프라이어 씨의 애인.

인터넷이란 본래 이럴 때 쓰라고 만들어진 것 아니던가?

'조니 화이트 전사자'를 검색어로 넣다가, 나 자신에게 화들짝 질려버렸다. 조니가 죽었다는 가정을 하다니, 프라이어 씨를 배신하는 것처럼 느껴졌다. 하지만 가능성을 하나하나 제거해나가는 것이 효율적일 수밖에 없다.

'전사자 찾기'라는 웹사이트를 발견했다. 이런 웹사이트가 있다는 데 처음에는 경악을 하다가, 이내 경이로운 생각이 들었다. 이곳에서는 모든 사람이 기억되는 것이다. 검색 가능한 디지털 묘비 같다고 할까. 이름, 소속 연대, 생일, 어떤 전쟁이었는지 등으로 검색할 수 있었다. '조니 화이트'를 치고, 상세검색란에 '제2차 세계대전'을 넣었다. 넣을 수 있는 검색어는 그게 다였다.

제2차 세계대전 때 복무하다가 사망한 조니 화이트는 78명이었다.

의자에 등을 기대고 목록을 응시했다. 존 K. 화이트. 제임스 더들리 조너선 화이트. 존 화이트. 존 조지 화이트. 존 R. L. 화이트. 조너선 레지널드 화이트. 존-

이제 그만. 리스트를 보고 있자니 프라이어 씨의 사랑 조니 화이트가 죽었을 것이라는 확신이 문득, 맹렬하게 몰려들었다. 전사하지 않은 병사들을 담은 비슷한 데이터베이스가 있으면 하는 아쉬움이 들었다. 있으면 좋겠다. 생존자 리스트. 새벽 2시에 깨어 있는 자로서, 인간의 잔인함과 대량 살육을 자행하는 능력에 새삼 충격을 받지 않을 수 없다.

케이　리언! 당신 호출기 울리잖아! 내 귀에서!

　프린트를 하고 노트북을 소파에 올려둔 후, 문이 달리지 않은 침실로 갔다. 케이가 이불을 머리까지 뒤집어쓴 채 호출기를 허공에 들고 있었다.

　호출기와 핸드폰을 집었다. 내 근무시간이 아니었다. 근무 외 시간에 호출하는 걸 보면 중요한 일이 분명했다.

수련의 소차　리언, 홀리예요.

　이미 신발을 꿰어 신고 있다.

나　얼마나 나쁜데요?

소차　감염이 왔어요. 예후가 좋지 않아요. 아이가 간호사님을 찾아요. 어찌할지 모르겠어서. 달리 어디 전화를….

　빨래 바구니 밑에서 열쇠를 챙겨 들었다. 문으로 가는데 소차가 귀에 대고 백혈구 수치가 어떤지 얘기하고, 신발 끈이 풀려버리고-

케이　리언! 당신 잠옷 바람이잖아!

　망할. 평소보다 빨리 문에 도달했나 싶더니 이 모양이다.

7

~~~~

티피

새로운 아파트는 퍽… 충만했다. 아늑했다.

"고물상 같네."

거티가 침실에서 유일하게 발을 디딜 만한 곳에 서서 단언했다.

"고물상이야, 아주."

"너도 알잖아, 내 취향이 좀 다양하다는 거!"

작년 여름에 브릭스턴 마켓에서 찾아낸, 알록달록 염색된 사랑스러운 담요를 만지작거리며 반발을 해봤다. 긍정적인 표정을 지어보려고 안간힘을 썼다. 짐을 싸서 저스틴의 집을 나서는 것은 참담했다. 차를 타고 이곳까지 오는 길은 구글이 알려준 것보다 네 배나 오래 걸렸다. 계단으로 죄다 짐을 실어 나르는 일은 말할 것도 없이 고역이었다. 그러고는 열쇠를 주러 온 케이와 오랜 대화에 붙들려 있어야 했다.

"리언하고 의논한 거야?"

모가 침대맡에 앉으며 물었다.

"네 짐 몽땅 가져오는 거 말이야."

이마를 찌푸렸다. 당근 다 가져와야지! 그게 의논이 필요한 일인가? 나는 여기에 살러 들어온 것이다. 그 말인즉슨 내 물건도 여기서 나와 함께 산다는 뜻이다. 이 모든 짐이 그럼 어디 가서 살겠나? 나는 숙박하는 게 아니라, 여기 정식으로 사는 것이다.

그래도 다른 사람과 침실을 함께 쓰게 된다는 사실은 극명히 의식이 된다. 그 사람도 자기 물건이 있으니까. 이번 주말까지 이 집은 그의 물건만으로 가득했다. 내 짐을 전부 끼워 넣으려니 빠듯하기는 했다.

몇 가지 문제는 물건들을 집의 다른 쪽으로 옮기는 것으로 해결했다. 가령, 내 촛대 여러 개가 이제 욕조 틀에 자리 잡게 되었다. 멋진 라바 램프[04]는 거실에서 훌륭한 자리를 찾아냈다. 그렇지만 리언과 의논해 치울 건 좀 치우는 게 좋겠다는 생각이 든다. 내가 이사 들어오는 걸 알면서 미리 좀 치웠으면 좋으련만. 그러면 경우가 참 바른 사람으로 보였을 것 아닌가?

내 짐 일부를 부모님 집에 가져다놓는 게 좋았을지도 모른다. 하지만 그간 내 물건 대부분은 저스틴의 창고에 잠자고 있었고, 어젯밤 온갖 짐을 캐내고 있자니 기분이 몹시 좋아졌다. 레이철은 라바 램프를 찾아낸 나를 보고 〈토이스토리〉에서 장난감 주인 앤디가 우디와 재회한 것 같다고 농담을 던졌다. 저스틴의 창고에서 물건을 다시 찾아내고 있자니 뜻밖에도 감정이 북받쳐올랐다. 복도에 잠시 앉아, 계단 밑 벽장에서 쏟아져 나온 알록달록한 잡동사니를 바라보는 중에. 내가 가장 좋아하는 물건들, 저 쿠션들이 창고에서 나와 다시 숨을 쉴 수 있다면 나 역시 다시 숨을 쉴 수 있겠다는 묘한 기분에 사로잡히는 순간도 있었다.

핸드폰이 울린다. 캐서린이었다. 내가 토요일에도 전화를 받아주는 유일한 저자. 자기가 저지른 아주 재미난 일을 이야기해주려 걸었을 것이다. 이를테면 이제는 아주 유력한 정치인이 된 인물과 80년대에

---

04 투명한 액체와 왁스가 담겨 있어서, 전구를 켜면 왁스가 위아래로 움직이는 형태의 램프.

찍은 터무니없이 적절치 못한 사진을 트위터에 올렸다거나, 늙은 엄마에게 부분 염색을 해주었다거나 하는 이야기.

"내 총애하는 편집자님은 안녕하신지?"

전화를 받자 그녀가 물었다.

"새집에 이사 다 들어왔죠!"

나는 모에게 주전자를 올리라고 손짓하며 말했다. 모는 살짝 성가시다는 표정이었지만, 시키는 대로 했다.

"아주 좋아! 끝내줘! 자기, 다음 주 수요일에 뭐 해?"

"일하지 뭐 하겠어요?"

머릿속으로 다이어리를 뒤져보며 대답한다. 수요일에는 해외 저작권 담당자와의 따분한 회의가 잡혀 있다. 내가 지난해 여름에 계약한 책에 관한 회의. 벽돌공이었다가 트렌디한 인테리어 디자이너로 변신한 저자의 첫 책이었다. 책 계약을 따냈을 때 소셜 미디어에서 그가 가진 세계적인 유명세에 대해 거품을 물고 떠들어댔었다. 실상 구체적인 얘기는 거의 없었다. 내가 떠벌린 것에 비하면 그의 유명세는 훨씬 하찮았다.

"훌륭해!"

캐서린은 뭔가 수상한 냄새를 풍기면서 신나 있었다.

"정말 좋은 소식이 있어."

"아, 정말요?"

원고를 일찍 줄 수 있겠다거나, 모자와 목도리 챕터에 대한 마음을 갑자기 바꾸었다거나 하는 말이 나오기를 내심 기대했다. 그녀는 모자와 목도리 챕터를 빼버리겠다고 위협하는 중이었다. 절대 안 될 일이었다. 책이 몇 권이나마 팔리게 할 만한 유일한 부분이기 때문이다.

"유람선 쪽 사람들이 '코바늘뜨기로 내 옷 쉽게 뜨기' 강연을 갑자기 수요일로 변경했지 뭐야. 그러니까 결국은 자기가 나를 도와줄 수 있게 됐단 뜻이지."

흠. 이번에는 업무 시간이었다. 저작권 담당자와의 회의를 적어도 한 주는 미룰 수 있는 기회. 답은 정해져 있었다.

"좋아요, 할게요."

"진심이야?"

"진심이에요."

모가 건네주는 차를 받아들며 말한다.

"하지만 말은 한마디도 하지 않을 거예요. 그리고 지난번에 그랬던 것처럼 나를 당기고 쥐어짜고 하지도 마세요. 멍이 한참을 갔다고요."

"살아 있는 모델로서 겪어야 할 고난과 시련이지. 응, 그렇고말고."

그녀가 내 생각을 하며 웃고 있다는 의심이 꿈틀거린다.

거티와 모가 갔다. 이 아파트에 이제 오로지 나 혼자였다.

온종일 엄청나게 쾌활하게 행동했고, 모나 거티, 케이에게 리언의 아파트에 들어와 기분이 이상하다거나 울컥한 티를 내지 않으려고 굉장히 애를 썼다.

하지만, 솔직히 좀 이상하기는 했다. 또다시 울고 싶은 심정이 되었다. 침대 발치에 늘어져 있는 사랑스러운 염색 담요를 본다. 리언의 이불과 하나도 어울리지 않았다. 검은색에 회색 스트라이프 이불이었다. 그렇다고 달리 어떻게 할 수도 없었다. 왜냐하면 이 침대는 이제 내 것이기도 하지만, 리언의 것이기도 하니까. 리언이란 사람이 누구인지는 모르겠으나, 그의 반 벌거숭이 몸 혹은 실오라기 하나 걸치지 않은 몸이 이 이불 아래서 자는 장면에까지 자연스럽게 상상이 미쳤다. 이 순간까지 침대를 함께 나누는 상황에 대한 생각은 회피하고 있었다. 막상 몸을 누이려고 하니 썩 내키지 않는 경험이었다.

폰이 진동한다. 케이였다.

이사 잘 마치셨나요? 냉장고에 있는 음식은 마음대로 드세요(다 추스르고 당신대로 장을 볼 때까지는). 리언이 당신더러 침대의 왼쪽 편에서 자달라고 부탁하네요. 케이.

이렇게 되었다. 끝내 눈물이 터졌다. 이건 정말이지 빌어먹게 괴상한 짓이었다. 도대체 이 리언이란 남자는 누구지? 왜 나는 그를 아직 만나지 못하고 있는 걸까? 전화를 걸어볼까 하는 마음도 든다. 광고에서 전화번호를 알아두었다. 하지만 임대인 역할은 케이 몫이라는 게 명백했다.

코를 훌쩍이고 눈물을 닦고서 냉장고로 갔다. 냉장고는 주인이 직장에서 오랜 시간을 보내는 것치고는 놀랍도록 빼곡하게 채워져 있었다. 내 마음대로 라즈베리 잼과 마가린을 꺼내고, 식빵을 토스터에 올린다. 좋다.

안녕. 케이. 이사 잘했어요. 고마워요. 아파트가 정말이지 아늑하네요! 어느 쪽에서 잘지 알려줘서 고마워요.

침대의 어느 편에 잘지를 의논하는 것치고는 지나치게 형식적인 감이 있는 문자였다. 하지만 케이가 나와 너무 친해지는 건 원하지 않는다는 인상을 받은 터다.

문자로 몇 가지 질문을 더 했다. 바깥 복도 전구 스위치는 어디에 있는지, TV 코드를 꽂아도 되는지, 그런 따위의 질문. 잼 바른 토스트를 손에 들고 침실로 돌아왔다. 내 시트로 갈아 끼우면 불쾌해할까? 새로 이사 오는 사람을 맞이해 시트를 깨끗하게 세탁했을 것이다. 하지만… 만에 하나 빨지 않았다면? 아이구야, 이번에는 그 생각이 뇌리에서 떨쳐지지 않는다. 시트를 갈아야겠다. 보고 싶지 않은 무엇이라도 눈에 띌까 겁이 나서 눈을 질끈 감고 시트를 잡아 뺐다.

됐다. 아마도 새로 빨았을 깨끗한 시트는 다시 세탁기로 들어갔다. 그리고 빤 사실이 100퍼센트 확실한 나의 사랑스러운 시트를 간다. 이런저런 일을 하고 나니 숨이 좀 찼다. 다시 보니, 방은 아까 이사 왔을 때보다 한결 나다워져 있었다. 그렇다. 이불은 여전히 틀렸다. 하지만 이불까지 갈면 너무 나대는 것처럼 보이지 않을까 걱정이 되었다. 그래도 나의 갖가지 물건들을 놓고, 옷장에 내 옷을 걸어놓으니 한결 나았다. 담요는 혼자 자는 동안에라도 머리맡까지 끌어올려 두면 될 것이다.

담요를 머리맡으로 끌어올리고 있는데, 침대 아래 검은색 비닐봉지가 삐져나와 있는 것이 보였다. 털실같이 보이는 것이 봉투에서 조금 나와 있었다. 내가 풀지 않은 쓰레기봉투겠지. 뭐가 들어 있는지 보려고 꾸러미를 끄집어냈다.

봉지에는 목도리가 잔뜩 들어 있었다. 손뜨개질로 짠 근사한 목도리. 내 건 아니다. 하지만 대단한 솜씨가 발휘된 이 목도리들은 아름다웠다. 어지간한 재능이 아니고서는 이렇게 뜰 수 없다. 내 것이어야 했다. 주머니를 털어서라도 사고 싶을 정도였다.

그제야 리언의 물건을 뒤지고 있다는 자각이 들었다. 침대 밑에 넣어둔 걸 보면 누가 보지 않았으면 했을 가능성이 높다. 그래도 이 손뜨개 목도리를 만지작거리는 손이 멈춰지지 않았다. 봉지를 있던 자리에 돌려놓았다. 원래 모양대로 놓으려고 조심을 기울여서. 어떤 의미와 사연이 담겨 있는 걸까? 이렇게 많은 핸드메이드 목도리를 아무 이유 없이 간직하고 있다는 건 평범한 일이 아니다.

리언은 정말로 이상한 종자일지도 몰랐다. 목도리를 가지고 있는 것만으로는 이상하지 않을 수도 있지만, 이것이 빙산의 일각이라면? 목도리의 수가 꽤 된다는 것도 의심을 부추겼다. 최소 열 개는 넘었다. 만약 훔친 것이라면? 망할. 혹시 그가 살해한 여자들에게서 포획한 전리품이라면?

어쩌면 연쇄 살인범일지도 모른다. 사람들이 목도리를 두르는 겨울철만 노리는 살인범.

누군가에게 전화를 걸어야 했다. 이 목도리들과 혼자 있자니 진정으로 두려움이 몰려왔다.

"무슨 일?"

레이철이 전화를 받으며 말했다.

"리언은 연쇄 살인마일지도 몰라."

내가 말했다.

"왜? 그 남자가 널 죽이려 한다든지, 뭐 그랬어?"

심드렁한 반응. 이 문제를 별로 심각하게 받아들이지 않는다니, 신경이 쓰였다.

"아니, 아니. 아직 만나지도 못했어."

"여자 친구는 만났지?"

"응, 왜?"

"그 여자도 아는 것 같아?"

"뭘?"

"그가 살인자라는 거."

"어… 아니? 모르지 싶은데?"

케이로 말하자면, 매우 멀쩡한 사람 같았다.

"그렇다면 그 여자는 꽤나 둔한 모양이야. 그의 아파트에서 단 하룻밤을 보내고 있는 중에 증거를 알아챈 너에 비하면 말이야. 그 여자가 거기에서 얼마나 많은 시간을 보내고, 증거를 볼 기회가 있었을지 생각해봐. 그런데 증거를 찾지도 못하고, 네가 찾은 명백한 답도 찾지 못했잖아!"

잠시 침묵. 레이철의 지적은 찝찝할 만큼 단순했지만, 정확했다.

"너는 참 훌륭한 친구야."

"알아. 감사는 넣어두고. 그래도 끊어야겠어. 나 데이트 중이라고."

"아, 이런. 미안!"

"아냐, 뭘. 걱정도 넣어둬. 괜찮대. 그렇죠, 레기? 괜찮다고 하네."

폰 저쪽에서 입을 막는 소리가 들렸다. 레이철이 레기를 어디에다 묶고 있는 장면이 절로 상상되었다.

"하던 일 계속해."

내가 말했다.

"사랑해."

"나도 사랑한다, 아가. 아니, 아니, 당신 말고, 레기. 입 좀 다물어요."

8

~~~~

리언

불이 푹 꺼진 홀리가 지친 눈으로 나를 올려다본다. 덩치가 작아진 것처럼 보였다. 온몸이 다 그랬다. 손목이며, 등 뒤로 엉망으로 흘러내린 머리카락 하며⋯. 눈빛만이 총총하니 크게 빛났다.

아이가 힘없이 미소 짓는다.

홀리 저번 주말에 여기 있었잖아요.

나 있다가 없다가 하지. 필요하다니까 왔던 거야. 일손이 부족해서 말이야.

홀리 내가 불러서 왔던 건 아니고?

나 말도 안 되는 소리. 내가 제일 안 좋아하는 환자가 너라는 거 잘 알잖아.

조금 밝아진 미소.

홀리 짧은 커트 머리 여자 친구하고 주말 재밌게 보내고 있었어요?

나 그래, 실은 그랬지.

단박에 짓궂은 표정이 떠오른다. 공연히 희망을 부풀리고 싶지는 않지만, 홀리의 안색이 이제 눈에 띄게 나아져 있었다. 지난 주말에는 저런 미소를 전혀 볼 수 없었다.

홀리 그런데도 나 때문에 여자 친구를 내버려두고 와야 했다는 말이죠!

나 일손이 모자르다고 말했잖아, 홀리. 집을 나와야– 아니, 일할 사람이 부족해서 와야 했어.

홀리 아저씨 여자 친구는 아저씨가 자기보다 나를 더 좋아해서 짜증이
나겠죠?

소차가 커튼을 살짝 열고 얼굴을 내민다.

소차 리언.

내가 홀리에게 금방 다녀올게, 가정파괴범 씨.

나, 소차에게 어때요?

그녀는 지친 모습이지만 환한 미소를 짓고 있다.

소차 피가 막 돌기 시작했어요. 항생제가 드디어 잘 듣기 시작했고. 방
금 통화를 했는데요. 아이가 나아지고 있으니 자기네 병원으로 올 필
요가 없다고 하네요. 사회복지기관도 같은 의견이고.

나 항생제가 잘 들어요?

소차 넵. CRP와 백혈구 수치 둘 다 떨어지고 있고, 열도 이제 없어요.
젖산도 정상. 모든 예후가 안정됐어요.

파도처럼 밀려드는 안도감. 환자의 병세가 나아졌다는 얘기를 들었
을 때와 비교할 수 있는 감정이 세상에 있을까?

집에 오는 내내 홀리가 나아졌다는 사실 덕분에 기분이 들떴다. 길
구석에서 대마초 태우는 십 대 아이들 얼굴마저 천사 같아 보인다. 버
스 안에서 양말을 벗어 냄새나는 발을 긁는 남자에게도 그저 진심 어
린 동정심만 일었다. 런더너의 진정한 적인 느릿느릿한 관광객을 보면
서도 한껏 미소를 짓게 되는 귀갓길.

오전 9시의 저녁식사는 벌써 멋들어지게 계획해두었다. 집에 들어
서자 제일 처음 느껴진 것은 냄새였다. 그것은… 여자 냄새였다. 톡 쏘
는 향내 같기도 하고, 꽃 가판대 냄새 같기도 하고.

다음으로 눈에 들어온 것은 거실에 산더미같이 쌓인 잡동사니였다. 고물상을 옮겨놓은 듯한 잡동사니. 아일랜드 바 너머로 책이 산을 이루고 있었다. 소파에는 소 모양의 쿠션, 커피 테이블에는 라바 램프가 있었다. 라바 램프라니! 이게 다 뭐지? 이 여자가 우리 집에서 자선 바자회라도 열 셈인가?

어리둥절한 채로 평소 열쇠를 놓던 자리로 향했다. 거기에마저 강아지 캐릭터 저금통이 놓여 있는 게 아닌가. 기가 막혔다. 무슨 인테리어 프로그램에 나오는 최악의 집 같았다. 내 아파트는 어디서부터 바로잡아야 할지도 알 수 없을 만큼 형편없이 다시 장식되어 있었다. 일부러 한 짓이 아니고서야 이렇게는 할 수 없다. 이 세상 어떤 사람도 고의가 아니고서야 이런 끔찍한 취향을 가질 수는 없다.

케이가 이 사람에 대해 뭐라고 했는지 뇌를 들쑤셔봤다. 편집자라고 했던가? 합리적 취향을 갖췄을 법한 직업 아닌가. 케이는 이 여자가 기묘한 물건의 수집가라고는 언급하지 않았다. 그건 확실했다. 그렇기는 했지만….

옆에 놓인 빈백[05]에 한동안 몸을 묻는다. 한 달 350파운드를 생각해야 했다. 이 방법이 아니었다면 이번 달에 살게 돈을 주지 못했을 것이다. 긍정적으로 생각하자고 마음먹는다. 예를 들어, 이 페이즐리 문양의 빈백만 해도 아주 훌륭하다. 말할 수 없이 편하다. 라바 램프에는 코믹한 요소가 있다. 요즘 세상에 누가 라바 램프를 놓고 사나 싶지만.

한구석 건조대에 걸려 있는 시트가 눈에 들어왔다. 이 여자가 시트

---

05   작은 스티로폼 알갱이들이 내장된 커다란 쿠션. 몸을 누이면 신체 굴곡대로 모양이 잡혀 안락하다.

를 세탁했다. 시트를 세탁하느라 오랜 시간과 공을 들이고, 그 때문에 병원에 지각까지 했던 것을 생각하니 기분이 언짢아졌다. 하지만 이 짜증나는 여자가 실제로는 나와 모르는 사람이란 것을 상기해야 한다. 내가 낯선 이를 들이면서 당연히 시트를 빨 사람이란 걸 모를 수도 있다.

자, 침실은 어떤 꼴일까?

두려움 없이, 무모하게 모험에 나서보지만, 헉 하고 단말마 같은 비명이 터져 나왔다. 누군가 무지개와 날염을 토해놓기라도 한 것 같았다. 온 사방이 알록달록하고, 어떻게 봐도 어울리지 않는 조합으로 뒤덮여 있었다. 침대 위 좀이 슨 담요는 경악을 자아냈고, 어마어마하게 큰 재봉틀이 책상을 거의 다 차지하고 있었다. 그리고 옷…. 사방팔방이 옷으로 가득했다.

옷은 어지간한 규모의 가게를 차려도 다 못 집어넣지 않을까 싶을 정도로 많았다. 옷장 반을 비워놨음에도 턱도 없었다. 문 뒤편, 벽을 따라서도 옷들이 걸려 있었다. 오래된 액자걸이 레일에다 걸어놓은 건 사실 퍽 영특한 방법 같기는 했다. 창문 아래에 있는 의자는 걸쳐놓은 옷들 때문에 거의 모습을 감추었다.

전화 걸어 항의할까 약 3초 동안 생각해봤다. 하지만 분위기만 어색해질 것 같았다.

며칠쯤 지나면 신경도 쓰이지 않을 것이다. 눈에 들어오지도 않겠지, 라고 생각하는 순간, 이 여자에 대한 호감도가 바닥을 찍는다. 매우 매력적인 그 빈백으로 돌아가려는 참인데, 프라이어 씨가 짜준 목도리 봉지가 침대 아래로 삐죽 나와 있는 것이 아닌가!

목도리는 까맣게 잊고 있었다. 열네 개의 손뜨개 목도리가 침대 아래 숨겨진 것을 발견했다면, 나를 이상한 사람이라고 생각했을 것이다. 목도리를 자선물품 가게에 가져갈 생각을 했던 게 언제였는지도 까마득하다. 이 여자가 그런 내 뜻을 알았을 리 만무하다. 나를 목도리 수집가라든지, 뭐 그런 이상한 사람으로 생각하면 곤란하다.

펜과 종이를 들고 '기부할 것'이라고 휘갈겨 쓰고는 봉지에 붙인다. 옳지. 눈치 보는 게 아니다. 까먹을지 모르니까 나 자신을 상기시키려고 쓴 것뿐이다.

빈백에 앉아 저녁을 먹고 침대에 들어간다. 어지간히 피곤했나 보다. 이 끔찍한 날염 담요마저 예뻐 보이기 시작한다.

9

~~~~

티피

결국 오고야 말았다. 그래서 얼어붙을 듯 추운 부두 위에 서 있다. 캐서린이 편하게 작업할 수 있도록 무난한 옷을 찾아내 입고서. 캐서린이 뻔뻔스러운 줄도 모르고 내게 환한 미소를 반짝였다. 우리는 유람선이 정박하기를 기다리고 있었고, 캐서린의 밀짚색 머리카락이 불어오는 바람에 날려 그녀의 볼을 찰싹거렸다. 세 척의 배가 바람 부는 바다로 떠났다. 승선 준비 중인 배들이 더 있었다. 그동안 우리는 계속 대기했다.

"자기는 정말 비율이 완벽해."

캐서린이 말했다.

"내가 제일 좋아하는 모델, 티피. 정말이라니까. 이번엔 완전히 대박일 거야."

나는 눈썹을 꿈틀거리며 바다를 내다보았다. 캐서린에게 뭘 고르고 자시고 할 만큼 모델이 줄을 선 것도 아니고, 또 지난 수년간 사람들에게 들어온 내 비율에 대한 칭찬도 좀 질렸다. 내 키는 여자 평균보다 20센티미터 정도는 컸다. 키뿐만이 아니다. 체형의 어느 모로 보나 그렇다. 엄마는 내가 통뼈라고 곧잘 말한다. 아빠가 젊었을 때 벌목꾼이었기 때문이란다.

가는 곳마다 여자치고는 키가 아주 크다는 걸 의식하지 않을 수 없는 나다. 어떨 때는 필요 이상의 공간을 차지한다는 따가운 눈총을 받기도 한다. 위협감을 느끼는 사람도 있다. 특히 여자들과 얘기를 나눌 때 내려다보는 데 익숙한 남자들이 그렇다. 하지만 사람들은 비율에 찬사를 보내는 것으로 돌려 표현했다.

"자기는 소련 사람들이 좋아할 법한 여자야."

캐서린이 인상 쓴 나를 조금도 의식하지 못한 채로 말을 이었다.

"왜, 당시 포스터 보면 남자들이 나가 전투를 치르는 동안에 여자들은 밭에 나가 일을 하잖아. 그런 거 말이야."

"코바늘로 뜬 옷을 많이도 입었나 봐요, 그 소련 여자들?"

질문에 성마른 기분이 배어 나왔다. 가랑비가 내렸고, 이렇듯 부산한 항구에서 바라보는 바다는 몹시 다른 느낌이었다. 해수욕장에서 바라보는 바다의 찬란함과는 너무도 달랐다. 지금 보이는 바다는 그냥 소금이 가득 담긴 거대한 대야 같았다. 봄 시즌 신간을 해외에 수출하는 주제로 회의 중인 저작권 담당자는 지금 얼마나 따뜻할까?

"그랬을 수도 있지. 뭐, 그랬을 수도 있어."

캐서린이 반색을 했다.

"좋은 아이디어야, 티피. 어떨까? 다음 책에는 코바늘뜨기의 역사를 담은 챕터를 집어넣는 거지."

"안 돼요."

내가 잘라 말했다.

"선생님 독자들한테는 인기가 없을 거예요."

캐서린으로 말하자면 그 아이디어란 걸 싹부터 싹둑 잘라내야 한다. 그리고 이 문제에서는 내가 전적으로 옳다. 역사를 배우고 싶어 하는 사람이 세상에 어디 있나? 독자들은 손주들에게 줄 새로운 코바늘뜨기 아이템을 원할 뿐이다. 손주들이 입고서 침을 흘릴 옷을.

"하지만—"

"저는 단지 선생님께 시장의 무자비함을 일깨워드리는 거랍니다."

내가 즐겨 쓰는 말 중 하나다. 저 유구한 '시장'이라는 단어는 써먹기가 참 좋다. 언제나 탓을 돌릴 핑계는 있는 법.

"코바늘뜨기책에서 역사를 읽고 싶어 할 사람은 없어요. 사람들은 예쁘장한 사진과 쉬운 설명서만을 바란다고요."

우리는 서류가 다 통과되고 나서 배에 올라탔다. 어디까지가 부두이고 어디서부터가 배인지 헷갈렸다. 그냥 건물에 들어갔는데, 바닥이 이리저리 흔들리고 아주 살짝 어지러운 것 같달까? 이 행사에서는 우리가 스페셜 게스트로서 좀 다른, 요란한 환대를 받을 것이라고 예상했다. 하지만 할 일 없는 손님들과 함께 느릿느릿 배에 들어가는 것으로 끝이었다. 승객들은 하나같이 나보다 적어도 스무 배는 부자 같았고, 옷이야 말할 것도 없이 더 잘 차려입었다.

유람선치고는 퍽 작은 배였다. 비유하자면 런던이라기보다는 영국 남부의 군항 포츠머스 정도밖에 안 되는 크기? 우리는 몸가짐을 정중히 하고서 엔터테인먼트 구역의 한구석으로 총총 갔다. 우리의 대기실 같은 곳. 강연은 승객들의 점심식사 후에 시작하기로 되어 있었다.

우리 몫의 점심은 없었다. 캐서린은 샌드위치를 직접 만들어왔다. 정어리 샌드위치였다. 그녀가 샌드위치 반쪽을 내게 나눠주었다. 참으로 다정도 한 캐서린. 처음에는 사양했다. 하지만 배가 하도 우렁차게 꾸르륵거리는 바람에 패배를 인정해야 했다. 샌드위치를 받아 들었다. 마음이 요동쳤다. 지난번 유람선 여행에서는 저스틴과 함께 그리스의 섬들 사이를 돌아다녔다. 나는 사랑과 섹스 후의 호르몬으로 그야말로 빛이 났다. 지금은 대바늘과 코바늘, 털실이 든 에코백 세 개, 왕년의 히피와 함께 정어리 샌드위치를 들고 한구석에 웅크린 신세였다. 내 인생이 나쁜 쪽으로 터닝 포인트를 돌았다는 사실은 이제 부정할 수 없이 확실해졌다.

"그래, 계획이 뭐예요?"

나는 샌드위치 한쪽을 베어 물고 우물거리며 물었다. 가장자리 쪽은 생선 비린내도 썩 나쁘지 않았다.

"제가 뭘 하면 되죠?"

"우선 자기 치수 재는 법을 시연할 거야."

캐서린이 말했다.

"그리고 초보자를 위한 코 뜨기 방법을 설명해주는 거지. 그다음에 본인들 몸에 꼭 맞는 옷을 만드는 요령을 알려줄 거고. 물론 '내 몸에 맞게 재기'를 위한 내 최고의 팁 다섯 가지도 보여주고 말이야."

'내 몸에 맞게 재기'는 캐서린이 밀고 있는 캐치프레이즈 중 하나였다. 아직 유행어가 안 된 게 문제였지만.

마침내 시작할 시간이 되었을 때는 군중이 꽤 모였다. 캐서린은 사람들 불러 모으는 요령을 알았다. 예전 그 시절에 시위 같은 걸 하며 익혔으리라. 청중은 대부분 나이 든 여인들과 그들의 남편이었다. 하지만 이삼십 대 젊은 여자들도 있었고, 젊은 남자도 두엇 있었다. 힘이 났다. 코바늘뜨기가 뜨고 있다는 캐서린의 말이 옳을지도 모른다.

우리의 마술쇼를 준비하는 중에 캐서린이 "내 아름다운 조수에게 큰 박수를!"이라고 말했다. 마술사가 여자 조수를 소개하는 식의 이 말을 듣고서 엔터테인먼트 구역의 다른 한쪽에 있던 진짜 마술사가 발끈하는 표정을 지었다.

좌중이 예의상 박수를 쳐주었다. 나는 명랑하고 옷 입기 좋아하는 사람처럼 보이려고 애를 썼다. 하지만 여전히 으슬으슬했고, 입고 있는 무난한 옷은 추레하게 느껴졌다. 하얀색 진에 옅은 회색 티셔츠와 아리땁고 따뜻한 핑크색 카디건. 작년 언젠가 팔았다고 생각했는데, 오늘 아침에 옷장에서 발견한 옷이었다. 이 옷은 오늘 내 의상에서 유일하게 무채색이 아니었고, 나는 곧 캐서린이 할 말을 알았다.

"카디건 벗어요!"

이미 내 카디건을 벗기며 캐서린이 말했다. 춥고 민망했다.

"자, 여기 잘 주목해주세요. 폰은 꺼주시고! 냉전시대 때 우리는 5분에 한 번씩 페이스북을 확인하지 않고도 잘 살아남지 않았나요?"

터져 나오는 웃음을 내리눌렀다. 이것이 캐서린의 트레이드마크였다. 그녀는 냉전시대를 들먹이면 사람들이 고분고분해질 것이라고 입버릇처럼 말한다.

그녀는 내 몸 치수를 재는 것으로 수업을 시작했다. 목, 어깨, 가슴, 허리, 엉덩이. 정신을 차리고 보니 내 치수는 꽤 많은 사람들에게 낭송되고 있었다. 웃음을 터뜨리고 싶은 욕구가 한층 더 커지고 말았다. 거기에 클래식 음악까지 얹으니 말 다 했다. 웃으면 안 되는 자리였다. 하지만 그럴수록 웃고 싶은 마음이 문득 더 커지는 것이다.

캐서린이 힙 사이즈를 재면서 경고의 눈초리를 보냈다. '궁둥이에 여유'를 주기 위해 주름을 잡아주는 얘기를 하는 중이었다. 내 몸이 웃음보를 억누르느라 떨리기 시작했음을 캐서린도 분명히 느꼈다. 프로답게 처신해야 한다. 지금 이 자리에서 웃음을 터뜨려버리면 안 된다. 캐서린의 위신을 완전히 깎아내리고 말 테니까. 하지만… 내 꼴을 보라. 저쪽에 앉은 늙은 여인이 내 허벅지 안쪽 사이즈를 노트에 적고 있다. 그리고 저 뒤쪽에 있는 남자는 마치—

뒤쪽에 있는 저 남자는… 저 남자는…

저스틴이다.

내가 알아보자 그는 자리를 옮겨 좌중 사이로 슬그머니 섞여들었다. 하지만 자리를 뜨기 전에 그는 나를 바라보았다. 충격이 온몸을 휩쓸었다. 그냥 평범한 아이 콘택트가 아니었기 때문이다. 그건 매우 특별한 아이 콘택트였다. 사람을 그 순간에 갇혀버리게 하는, 그런 아이 콘택트. 테이블에 20파운드짜리 지폐를 던져놓고 복잡한 술집 안을 비집고 나가 집으로 가는 택시를 잡기 직전의 순간, 혹은 와인 잔을 내려놓고 잠을 자러 2층에 올라가는 순간의 그런 것.

섹스를 예열하는 아이 콘택트였다. 그의 눈이 말했다.

"나는 머릿속으로 네 옷을 벗기고 있어."

몇 달 전에 나를 떠난 남자, 그 후로 내 전화조차 받지 않던 남자, 아마도 이 유람선에 약혼녀도 함께 타고 있을 남자가… 그가 나에게 그런 눈길을 보낸다. 그 순간 나는 저 많은 노파들이 노트에 내 사이즈를 적고 있을 때보다도 더, 철저히 벌거벗겨진 기분이 들었다.

10

~~~~

리언

나 서로 다시 찾아볼 수도 있었잖아요. 사랑은 길을 찾아내는 법이에요, 프라이어 씨! 사랑은 방법을 찾아낸다고요!

프라이어 씨는 넘어가지 않았다.

프라이어 씨 기분 나쁘라고 하는 말은 아니네만, 선생은 그 시절을 몰라. 물론 아름다운 얘기가 많았지. 자기 남자가 전사한 줄로만 생각했던 여자들. 집으로 돌아왔는데 군복을 입은 그가 지친 모습으로 걸어오는 거야. 데이지처럼 싱그러운 이야기들이지… 하지만 연인이 끝내 돌아오지 못한 사연도 숱하게 있어. 조니는 아마 죽었을 거야. 아니면 웬 신사 혹은 숙녀와 옛날 옛적에 결혼했거나. 나는 잊혀진 거야.

나 하지만 그가 리스트에 없다고 하셨잖아요.

인쇄한 전사자 목록을 가리켰다. 이 일을 왜 이토록 강하게 밀어붙이게 됐는지 알다가도 모를 일이다. 프라이어 씨는 내게 조니를 찾아

달라고 부탁한 적이 없다. 그저 그리워할 뿐이었다. 추억에 잠길 뿐이었다.

하지만 나는 이곳에서 아주 많은 노인을 본다. 추억을 더듬는 모습에는, 그리움에 잠기는 모습에는 익숙하다. 그런데 이 경우는 무언가다른 것 같았다. 프라이어 씨에게는 마무리 짓지 못한 회포가 남아 있었다.

프라이어 씨 없는 것 같아. 맞아. 하지만 나는 건망증이 심한 늙은이지. 그리고 컴퓨터는 너무 복잡한 신문물이야. 우리 둘 다 틀릴 수도 있어. 안 그런가?

그는 내가 나 자신을 위해 이 일을 하고 있다는 표정으로 다정하게 미소 지었다.

그를 더 자세히 들여다본다. 다른 환자들을 찾아온 문안객들 얘기나 하자고 그를 찾아왔던 모든 밤을 떠올렸다. 무릎에 손을 얹고 한쪽 구석에 조용히 앉아 있는 프라이어 씨를 보던 모든 밤들을. 슬퍼 보이지 않으려는 듯이 얼굴의 주름살을 찌푸리지 않고 앉아 있는 그의 모습을.

나 장단 좀 맞춰줘요. 사실을 말해주세요. 어느 연대였어요? 태어난 곳은? 눈에 띄는 특징이라도? 가족은요?

프라이어 씨가 작고 반짝거리는 눈동자로 나를 올려다봤다. 그가 어깨를 으쓱하고는 미소를 띤다. 미소 짓는 바람에 검버섯이 피고 종잇조각같이 버석한 얼굴이 접혔다. 목에 그을린 부분과 그을리지 않은 부분 사이 잉크같이 새겨진 선이 꿈틀거렸다. 수십 년간 입었던 셔츠가 새겨놓은 선.

그가 약하게 고개를 흔들었다. 마치 나중에 누구라도 붙들고 오늘

날의 간호사란 사람들이 얼마나 별나고 제정신이 아닌지 얘기하겠다는 표정으로. 하지만 그는 입을 열고 내 질문에 답하기 시작했다.

목요일 아침에 엄마와 짧은 통화를 했다.

엄마, 몽롱한 채로 소식 있어?

몇 개월째 인사 대신 나오는 첫 마디.

리언 미안해요, 엄마.

엄마 내가 샐에게 전화해볼까?

리언 아니, 아니에요. 그 일은 내가 알아서 하고 있어요.

길고도 힘겨운 침묵. 우리는 그 길고도 비참한 침묵 속에서 뒹군다.

엄마가 가까스로 미안하구나, 아가야. 너는 어떻게 지내니?

통화를 끝내고 집에 돌아오니 뜻밖의 즐거움이 기다리고 있었다. 두툼한 팬케이크가 주방 수납장에 놓여 있는 것이었다. 알록달록한 말린 과일과 씨앗이 그득 올려져 있었다. 이 여자는 음식조차 색의 전쟁을 치르지 않고는 만들지 못하나 보다. 하지만 쟁반 옆에 놓인 메모를 보자 반감이 덜해졌다.

마음껏 드세요! 좋은 밤/낮을 보냈기를. 티피 x

굉장한 진전이다. 한 달에 350파운드에다가 공짜 밥이라면 무시무시한 잡동사니 더미와 기괴한 램프 정도는 단연코 견뎌낼 수 있다. 한 조각 커다랗게 챙긴 다음, 리치에게 편지를 쓰려고 앉았다. 홀리의 상태를 적었다. 리치에게 보내는 편지에서 홀리는 '순진한 어린 소녀'였다. 그리고 과장을 좀 곁들이기도 했다. 더 예리하고 신랄한 쪽으로,

75

더 귀여운 쪽으로. 접시를 쳐다보지도 않은 채 한 조각 더 집어 들고 두 번째 페이지를 이어나간다. 생면부지의 여자가 싸들고 온 물건을 묘사할 차례였다. 어떤 건 너무 터무니없어서 리치가 믿지 않을 거라는 생각이 든다. 이를테면, 아이언맨 모양의 다리미라든가. 실제 피에로가 신는 신발은 무슨 예술 작품이라도 되는 듯이 벽에 걸려 있다. 뒤축에 징이 박힌 카우보이 부츠도 있는데, 닳은 것으로 보아 그녀가 진짜 종종 신고 다닌다는 결론을 내릴 수밖에 없었다.

우표를 붙이려는데, 팬케이크를 무심코 네 조각이나 먹었음을 깨달았다. "마음껏 드세요"라는 그녀의 말이 진심이었기를 두 손 모으고 바랄 수밖에. 볼펜을 쥔 참에 그녀가 남긴 쪽지 뒤쪽에 끼적인다.

고맙습니다. 너무 맛있어서 거의 다 해치워버렸네요.

메모를 다 쓰기 전에 잠시 망설였다. 나도 그녀에게 보답을 해야 할 것 같았다. 쟁반에는 팬케이크가 정말로 얼마 남지 않았다.

고맙습니다. 너무 맛있어서 거의 다 해치워버렸네요. 저녁식사가 필요하면 냉장고에 남은 버섯 스트로가노프[06]가 있어요(팬케이크가 다 사라져버렸으니 하는 말이에요). 리언.

이제 버섯 스트로가노프를 만들어야겠다.

---

[06] 저민 소 등심, 양파, 버섯 등을 버터에 볶은 뒤 사워크림과 섞어 만든 러시아 음식.

내게 남겨진 쪽지는 팬케이크를 먹으라는 것만이 아니었다. 욕실 문에도 쪽지가 붙어 있었다.

안녕, 리언.

변기 커버 좀 내려주실 수 있을까요?

이 말을 기분 상하지 않게 전할 재간이 내게는 없네요. 진짜 요. 쪽지라는 게 그렇잖아요. 펜과 포스트잇 쪽지를 들고 글로 쓰면 곧장 나쁜 년이 되니까요. 그러니까 괜한 멋은 부리지 않 을게요. 결정타로 웃는 얼굴을 그려 넣을까 싶어요.

티피 x

메모지 맨 밑을 따라 웃는 얼굴이 줄줄이 그려져 있었다.

터져 나오는 웃음에 콧방귀가 다 나왔다. 얼굴들 중 하나는 몸이 달 렸는데 포스트잇 구석으로 오줌을 누고 있었다. 이런 그림이 그려져 있을 줄은 생각지 못했다. 이 여자를 모르니 확신할 수 없지만, 유머 감각이 이렇게 뛰어날 줄은 상상하지 못한 바였다. 어쩌면 그녀가 다 룬다는 책이 전부 DIY에 관해서여서 그런가.

11

~~~~

티피

"말도 안 돼."

"그러게."

내가 말했다.

"그걸로 끝이었다고?"

레이철이 큰 소리로 외쳤다. 움찔. 어젯밤에 와인 한 병을 다 마시고 잤다. 패닉 상태에서 구운 파이를 먹고, 잠은 거의 못 잤다. 고함 소리를 감당하기 힘든 상태였다.

우리는 회의실에 앉아 있었다. 레이철은 본문 레이아웃을 인쇄해 테이블에 주르륵 펼쳐놓은 참이었다. 문제의 베이킹 책이었다. 숙취에 고통받으며 엄벙덤벙했다는 게 고스란히 드러나는 초고.

"그러니까, 유람선에서 저스틴을 봤어. 그가 너랑 하고 싶어 하는 눈길을 보냈는데, 넌 그냥 하던 일을 했고, 그러고는 그를 다시 못 봤다는 말이지?"

"그러게 말이야."

말로 표현이 되지 않게 참담한 기분이었다.

"말도 안 된다고! 왜 찾으러 가지 않았는데?"

"캐서린 때문에 바쁜 걸 어떡해! 그나저나 캐서린이 나한테 진짜 부상을 입혔다고."

나는 판초를 벗고서 캐서린이 시연 중에 꼬집다시피 주무른 내 팔뚝의 시뻘건 자국을 가리켰다.

레이철이 상처를 힐긋 본다.

"그걸 무기로 그녀의 원고 날짜를 앞당겨오면 좋겠는데."

그녀가 말했다.

"저스틴이었던 건 확실해? 그냥 갈색 머리의 백인 남자가 아니고? 그러니까 내 말은 유람선이란 본디-"

"레이철, 나는 저스틴이 어떻게 생겼는지 알아."

"그래, 좋아."

레이철이 기획서를 테이블 저쪽으로 치웠다.

"기가 막힌다. 이 너절한 결말은 뭐지? 선실 이 층 침대 섹스에 관한 스토리는 종말을 고했다고 생각했는데 말이야. 갑판 위였나? 아니면 바다 한가운데든지, 나룻배 위든지!"

실제로 일어났던 일은 이랬다. 나는 강연의 나머지 시간을 생각이 마비된 채 보냈다. 두려움과 서스펜스가 흘러넘치는 가운데, 캐서린에게 지시를 경청하고 있음을 보여주려고 필사적으로 노력했다. "팔 올려, 티피!" "머리칼 조심하고, 티피!" 동시에 관객 뒤편으로 향하는 눈길을 거둘 수 없었다. 내 상상 속에서 일어난 일이 아닌가 하는 의심이 들기 시작한 터였다. 그가 이 유람선에 나타날 확률이 도대체 얼마나 될까? 그가 유람선을 좋아하는 건 나도 잘 알았다. 하지만 영국은 넓다. 국토를 온통 둘러싼 해안으로 수많은 유람선이 다닌다.

"다시 말해봐."

레이철이 말했다.

"그 눈빛 말이야."

"으으, 설명할 수가 없어."

앞에 놓인 종이에 이마를 얹었다.

"우리가 사귀었을 때의 경험에서 그냥 알게 된 표정이라고…."

위가 꼬여왔다.

"무슨 그런 눈빛을 보내는지. 세상에, 그의 여자 친구, 아니, 약혼녀를 생각하면 말이야."

"붐비는 곳에서 네가 반쯤 벗고 찬란하게 너다운 모습으로 중년의 괴짜 저자와 실없는 짓거리 하는 걸 저스틴이 봤고…. 네 바지를 벗기는 공상을 했단 말이지."

레이철이 결론을 내렸다.

"그거네."

"그게 아니야…."

하지만 그게 아니라면 무슨 일이었던 건가? 분명 무슨 일이 일어나기는 했다. 아무것도 아니라고 할 수 없는 눈빛이었다. 갈비뼈 아래로 불안감이 요동쳤다. 밤이 새도록 생각을 해봤는데도, 이 감정을 어찌해야 할지 도저히 결론이 나지 않았다. 한편으로는 저스틴이 유람선에 나타나 내 눈에 띈 것이 더없이 로맨틱하고 운명적인 것 같았다. 그러다가 오싹하고 속이 거북해지는 느낌이 들었다. 항만에서 집으로 돌아오는 여정도 불안 그 자체였다. 부모님 집에 갈 때 말고 런던 밤을 나혼자 다녀본 건 오랜만의 일이었다. 저스틴은 내가 늘 기차를 잘못 타는 것에 과민하게 반응했다. 그래서 내가 어디를 갈 때마다 따라와주었다. 그런 일을 생각하면 그는 다정한 사람이었다.

사우샘프턴역의 어둠 속에서 홀로 기차를 기다리면서, 분명히 스코틀랜드행 같은 기차로 잘못 탈 것이라는 조바심이 들었다.

핸드폰을 집어 들었다. 다이어리에 레이철과 하는 이 '회의'는 30분쯤이라고 적혀 있었고, 이제는 정말 캐서린 책의 첫 세 챕터를 편집해야 할 시간이다.

새 문자 하나가 와 있었다.

> 어제 너 봐서 정말 좋았어. 일 때문에 거기 갔는데, '캐서린 로젠과 조수' 프로그램이 있더군. 생각했지. 그 조수가 너겠다고.
>
> 누가 자기 치수를 사람들에게 공개하는데 웃을 수 있는 사람은 세상에 너밖에 없을 거야. 대부분의 여자는 남들이 자기 사이즈 아는 걸 질색할 텐데 말이야. 하지만 그게 너를 특별하게 만들어주는 점이겠지. 저스틴. xx

손이 떨렸다. 레이철에게 폰을 내밀었다. 그녀가 손을 입에다 가져다대며 헉 소리를 냈다.

"이 남자 널 사랑하네! 아직도 너를 사랑하고 있는 거야!"

"진정해, 레이철."

심장이 목구멍으로 튀어나와 달아나려고 하는 판국이었다. 목이 막히는 와중에 과호흡이 오는 것 같았다.

"답장 보낼 거야? 그런 발언이야말로 온 세상 여자들이 자기 사이즈에 그토록 안달복달하게 하는 이유라고? '대부분의 여자는 남들이 자기 사이즈 아는 걸 질색할 텐데 말이야'라고 선언하는 것 말이야. 여자들의 몸매에 관한 고정관념을 공고히 하고, 여자들끼리 서로 적대시하게 만든다고. 그게 오늘날 페미니즘이 해결하려는 가장 큰 문제잖아?"

눈을 찡그린다. 그녀가 환하게 싱긋거렸다.

"아니면 그냥 이렇게 써도 되지. '고마워, 그럼 와서 내가 얼마나 특별한지 밤새도록 보여주지그래?'"

"으, 너하고 얘기하는 내가 바보다."

"나 아니면 마틴이랑 얘기해야 하잖아?"

레이철이 교정지를 끌어모으며 지적한다.

"바뀐 거 반영할게. 너는 가서 네 남자를 찾아와, 알았지?"

"안 돼."

내 말이 끝나기가 무섭게 거티가 말했다.

"문자 보내지 마. 너를 개똥 취급하고 친구들과의 사이를 갈라놓으려고 한 놈이야. 너를 버리고 바람을 피운 쓰레기라고. 네가 친절하게 문자해줄 필요도 없는 놈이란 말이야."

대화가 끊겼다.

"왜 문자를 보내고 싶은 거야, 티피?"

모가 거티가 한 말을 번역해주겠다는 듯이 물었다.

"그냥… 그와 얘기를 해보고 싶어."

목소리가 아주 작게 흘러나왔다. 피로감이 파도처럼 덮쳐왔다. 나는 핫초코를 들고 빈백에 구겨져 있고, 모와 거티는 소파에서 나를 내려다보고 있다. 걱정 어린 두 얼굴. 아니다. 사실 거티는 그저 화가 난 표정이었다.

거티가 내 문자 초고를 다시 읽었다.

"안녕, 저스틴. 네 소식을 들으니 너무 반가워. 같은 배에 타고도 회포를 풀지 못한 게 너무 아쉽고!' 그리고 키스 표시 두 개."

"키스 두 개는 저스틴이 먼저 보냈어."

수세에 몰린 내가 저항했다.

"키스 표시 같은 건 지금 중요한 문제도 아니야."

거티가 말했다.

"너 정말 저스틴과 다시 연락하고 지내고 싶은 마음이 있는 거야? 그 아파트에서 나오고 나서 혼자서도 훨씬 좋아 보이는데?"

모가 말했다.

"우연이 아닐 수도 있다는 생각이 들기도 하고."

내가 아무 말을 하지 않자 모가 한숨을 내쉬었다.

"네가 저스틴을 나쁜 쪽으로 생각하기 어렵다는 거 알아, 티피. 하지만 다른 모든 일은 백 번 양보해서 봐주고 넘어간다고 하자. 그래도 그가 다른 여자 때문에 떠났다는 사실에 눈감을 수는 없는 거야."

움찔.

"미안해. 하지만 사실은 사실이야. 저스틴이 약혼녀랑 헤어졌는지도 확실히 모르잖아. 설령 둘이 헤어졌다고 해도 그전에 널 버리고 그녀에게 갔다는 사실은 변함이 없어. 네가 어떤 식으로 궁리를 하더라도 그 사실에서 벗어날 수는 없어. 또 모든 게 네 착각이라고 생각해서도 안 돼. 퍼트리샤를 네 눈으로 봤잖아. 페이스북 메신저를 다시 봐. 저스틴이 그녀를 데리고 집에 나타났을 때 기분이 어땠어?"

으, 왜 얘들은 내가 듣고 싶지 않은 얘기만 골라 하는 걸까? 레이철이 보고 싶어진다.

"무슨 속셈인 것 같아?"

모가 물었다. 불현듯 너무 몰아붙이는 모. 초조해서 견딜 수가 없다.

"친하게 지내자고. 다시 연락하고 지내려고."

"그가 만나자고 하지는 않았잖아?"

모가 지적했다.

"그리고 듣자 하니 그 눈빛은 친밀한 거 이상이었다면서?"

거티가 말했다.

"나는⋯."

사실이다. 그의 눈빛은 '이봐, 너무 보고 싶었어. 다시 연락하고 지냈으면 좋겠는데'는 아니었다. 하지만 의미가 없다고 할 수 없는 눈빛이었다. 물론 그에게 약혼녀가 있다는 사실을 외면할 수는 없다. 하지만 그 눈빛이 없던 일이었다고 생각할 수도 없다. 그 눈빛은 무슨 의미였을까? 혹시 우리가 다시 합치기를 바란다는 것이었을까?

"그럴 생각이야?"

거티가 물었다.

"뭘?"

달리 대꾸할 말을 찾으며 되물었다.

거티는 대답하지 않았다. 그녀는 내 속을 훤히 다 들여다보았다.

지난 몇 달 동안 얼마나 참담했는지, 그의 아파트에 안녕을 고하는 게 얼마나 암울했는지 떠올렸다. 페이스북에서 퍼트리샤를 얼마나 많이 뒤져봤으며, 노트북 키보드 위로 얼마나 많은 눈물을 흘렸는지 떠올렸다. 이러다 감전사하는 게 아닌지 걱정될 정도였다.

그와 사귀었던 건 너무도 큰 행운이었다. 저스틴은 정말이지⋯ 1년 365일 재미있었다. 그와 있으면 눈이 핑핑 돌아갔다. 비행기를 타고 이 나라 저 나라를 날아다니고, 뭐든 덤벼들었다. 새벽 4시까지 뜬눈으로 지새우다가 해돋이를 보러 옥상에 올라갔다. 맞다. 엄청나게 싸워댄 것도 사실이다. 그와 연애할 때 나는 실수를 아주 많이 저질렀다. 하지만 나는 그와 사귀는 것이 대체로 크나큰 행운이라고 느껴졌다. 그 없는 나는⋯ 길을 잃고 헤매는 것 같았다.

"모르겠어."

내가 말했다.

"하지만 내 마음속의 목소리는 그와 다시 합치길 원한다고 하네."

"걱정 마."

거티가 벌떡 일어나 내 머리를 쓰다듬으며 말했다.

"우리가 그렇게 되게 놔두지 않을 테니까."

12

~~~

리언

안녕, 리언.

좋아요, 말할 게 있어요. 나는 패닉에 빠지면 베이킹을 해요. 슬프거나 힘들 때면. 왜냐고요? 부정적인 마음을 맛있고 칼로리 폭발하는 음식으로 바꾸는 거죠. 케이크에서 눈물 맛이 느껴지지 않는 한, 내가 왜 이번 주 내내 케이크를 굽는지 묻지 말아주세요.

그게 말이에요. 전남친이 내 유람선*에 나타나서 나와 눈이 마주치고는 사라졌기 때문이에요. 그래서 지금 난 완전히 뒤죽박죽이에요. 그는 내가 얼마나 특별한지 어쩌고 하는 달콤한 문자를 보냈지만, 나는 답장을 하지 않았어요. 하고 싶었지만, 친구들이 성화를 부려서 못 했죠. 짜증 나는 친구들이에요. 하지만 대체로는 걔들 말이 옳아요.

어쨌든 이게 당신이 이렇게 많은 케이크를 먹게 된 이유예요.

티피 x

*내 유람선은 아니에요. 기분 나쁘라고 하는 말은 아닌데요. 내가 유람선 소유주였다면 당신과 침실을 공유하고 있지는 않겠죠. 총천연색 탑들을 장착한 스코틀랜드의 성에 살았지.

전남친 얘기 안타깝네요. 친구들의 반응을 보아, 당신에게 바람직한 남친이 아니었다고 생각하나 봐요. 당신도 같은 생각이에요?

저는 전남친을 응원해야겠어요, 그게 맛있는 케이크를 의미한다면.

리언.

안녕, 리언.

모르겠어요. 나한테 바람직한 사람이었는지, 그런 식으로는 사실 생각해본 적이 없어요. 그냥 생각해보면, 좋은 남자 친구였어요. 하지만 곰곰이 생각해보면, 모르겠어요. 우리는 부침이 무척 심했어요. 사람들의 입방아에 오르는 그런 커플 있죠? 우리는 전에도 몇 번 헤어졌다가 다시 만나고 그랬어요. 행복했던 기억은 쉽게 떠올라요. 행복했던 기억이 아주 많기도 하구요. 멋진 추억들. 하지만 헤어졌기 때문에 행복했던 시간만 기억하는 거겠죠. 그 기억들 때문에, 그와의 순간들이 재미있었다는 건 알아요. 하지만 그렇게 살았던 게 내게 바람직한 일이었을까요? 휴. 모르겠어요.

이게 홈메이드 잼을 바른 빅토리아 샌드위치를 마련한 사연이랍니다.

티피 x

메모는 인쇄되어 링으로 제본된 책 위에 붙어 있었다. 제목,『만들어지다: 벽돌공에서 하이엔드 인테리어 디자이너가 된 나의 경이로운 여정』.

솔직하게 말할게요. 이 책을 보는 순간 제목이 참 웃기지도 않게 쓰레기 같다고 생각했어요. 그런데 한번 펼치니 내려놓을 수가 없었어요. 낮 12시까지 잠에 들지 못했어요. 이 남자가 당신 전남친이에요? 아니라면, 내가 그와 결혼해도 될까요?

리언.

안녕, 리언.

책을 재밌게 봤다니 아주 기쁘네요. 벽돌공에서 인테리어 디자이너로 변신한 나의 아름다운 저자는 내 전남친이 아니에요. 그리고, 나보다는 당신과 결혼하고 싶어 할 가능성이 훨씬 크기는 해요. 하지만 케이가 가만있지 않을 것 같은데요.

티피 x

케이는 내가 벽돌공에서 디자이너가 된 아름다운 저자와 결혼할 수 없다고 하네요. 안부 전해달래요.

어제 케이 만나서 반가웠어요! 내가 당신에게 케이크를 잔뜩 먹여 뚱뚱하게 만들고 있다고 하더군요. 이제부터 나의 감정적 대혼돈을 좀 더 건강한 쪽으로 돌려보라고 약속을 시키더라고요. 그래서 캐롭과 대추로 건강식 브라우니를 만들었어요. 미안해요, 정말 못 먹어줄 맛이네요.
이 포스트잇 쪽지는 『폭풍의 언덕』 위로 옮겨놓아요. 『만들어지다』는 회사로 다시 가져가야 하거든요! x

찬장 위에 내가 붙인 메모.

또 물어보네요. 우리 쓰레기 버리는 날이 언제라고 했죠?
리언.

농담이죠? 난 이곳에 산 지 5주 됐어요! 당신은 5년을 살았고! 쓰레기 버리는 날이 언제냐는 질문을 나한테 하면 어떡해요?
…하지만 그래요, 어제였어요. 그리고 우리는 까먹었죠. x

아, 그럴 줄 알았어요…. 화요일Tuesday인지, 목요일Thursday인지 도대체 기억을 할 수가 없어요. T로 시작하는 요일인데, 영 헷갈리네요.

전남친에게서는 무슨 소식이라도? 요즘 케이크를 만들지 않더군요. 그래도 괜찮아요. 냉장고 안에 비축된 것만으로도 얼마간 버티겠어요. 하지만 당신이 또 위기를 겪기를 강렬하게 바라게 되네요. 가령 5월 중순쯤.

리언.

안녕,

완전히 연락두절이에요. 그는 트위터나 페이스북 업데이트도 하지 않고 있어요. 그러니 그쪽으로 스토킹을 해볼 수도 없고. 그는 아마도 약혼녀와 헤어지지도 않았을 거예요. 그가 유람선에서 했던 행동이라고는 날 좀 이상한 눈으로 본 것뿐이에요. 아마 내가 유람선에서의 순간을 완전히 오해했던 거겠죠. 그리고 아마도 내 친구 거티가 말한 바대로 그는 야비한 인간이고요. 그나저나 그에게 빌린 돈을 전부 갚았어요. 대신에 은행에 무시무시하게 많은 돈을 빚지게 되었고요.

리조또 고마워요. 맛있었어요. 당신은 끼니를 제때 챙겨먹지도 못하는 사람치고는 정말 요리를 잘하네요!

티피 x

베이킹 쟁반 옆에 메모를 붙인다.

이런, 약혼녀 얘기는 몰랐어요. 돈 얘기도요. 당신이 이 당분 폭탄 케이크를 만들었다는 건 또 어떤 소식을 들었다는 뜻일까요?

케이크를 담은 쟁반 옆으로 이제 부스러기가 가득해진다.

아무 소식도 없어요. 그는 돈을 받았다는 메시지조차 보내지
않았어요. 비극의 완결이죠. 하지만 어제 생각해보니 한꺼번에
갚지 말걸 싶은 거 있죠? 한 달에 몇백 파운드씩 갚을걸 하고
어느새 아쉬워하고 있는 거예요. 그래야 그와 계속 연락을 주
고받을 여지가 생기니까. 그리고 마이너스 통장을 그렇게 많이
쓰지도 않았을 거고요.
요약하자면, 그는 유람선 때 보낸 문자 이래로 나에게 단 한마
디 소식도 없어요. 나는 바보 인증을 한 거예요.
티피 x

그래요. 사랑은 우리 모두를 바보로 만들지요. 케이를 처음 만
났을 때 나는 내가 재즈 뮤지션이라고 했어요. 색소폰 연주자
라고. 그녀가 좋아할 거라고 생각했거든요.
전자레인지에 칠리 넣어두었어요.
리언 x

4월

13

~~~

티피

"나 심계항진 오나 봐."

"심계항진이라는 단어를 마지막으로 쓴 사람이 어느 시대 사람일지 궁금해지네."

레이철이 말했다. 그러면서 편집팀장이 내게 사다준 라테를 듬뿍 들이마셨다. 말도 안 되게 많은 양이었다. 국장은 버터핑거스 출판사가 내게 급여를 쥐꼬리만큼 준다는 죄책감 때문에 거금 2.2파운드를 종종 뿌리곤 했다.

"이 책, 이 책이 날 잡네."

"널 잡는 건 포화지방산이야."

레이철이 내가 우적거리며 먹고 있는 바나나 브레드를 쿡 찔렀다.

"너의 베이킹 습관은 점점 더 심각해지고 있어. 아니, 몸을 봐서는 오히려 나아졌다고 해야 하나? 도대체 살은 왜 안 찌는 거지?"

"살찌고 있어. 하지만 난 너보다 몸이 크니까 변화가 잘 안 보이는 거야. 알아보지 못하겠지만 케이크로 불어난 몸무게가 차곡차곡 쌓이고 있다고."

"일이나 하셔!"

레이철이 기획서를 찰싹 내리치며 말했다. 캐서린의 책 때문에 일주일에 한 번씩 하던 우리의 회의는 3월이 지나가면서 일례 행사가 되었다. 이제 4월, 인쇄 날짜가 겨우 두 달밖에 남지 않았다는 무시무시한 깨달음에 직면했고, 매일 하는 회의는 매일같이 먹는 점심에까지 이어졌다.

"그리고 모자와 목도리 사진들은 언제 가져다줄 건데?"

레이철이 덧붙였다.

아, 그놈의 모자와 목도리! 모자와 목도리 걱정에 한밤중에 자다가도 깰 정도였다. 이렇게 촉박한 의뢰에 목도리와 모자를 만들어줄 만큼 일손이 남아도는 회사는 없다. 그리고 캐서린은 정말로 시간이 없었다. 또, 계약서상으로는 캐서린이 모든 샘플을 직접 만들 필요가 없었다. 캐서린에게 그야말로 애걸복걸해보기도 했다. 하지만 그녀는, 비록 야멸찬 어조는 아니었지만, 나더러 스스로 망신을 사고 있다고 말했다.

슬픔에 잠겨 바나나 브레드를 물끄러미 바라본다.

"해결 방법이 없어."

내가 말했다.

"마감이 코앞이고, 모자와 목도리 챕터는 사진을 빼고 인쇄에 들어가야 할 거야."

"아니, 안 될 말이지. 첫 번째 문제점부터 말해줄까? 사진이 들어갈 자리를 메울 텍스트가 부족하다는 거야. 일해! 그리고 무슨 수를 쓰든지 간에 해내! 그것도 빨리!"

으, 나는 어쩌다가 레이철을 다시 좋아하게 된 걸까?

집에 오자마자 곧장 주전자부터 올린다. 차 한잔이 당기는 그런 저녁이었다. 주전자 아래쪽에 리언이 예전에 붙여놓은 메모가 있다. 이제는 사방이 포스트잇 쪽지 천지였다.

개수대 옆에 반쯤 차 있는 리언의 밀크 커피. 그는 항상 토끼 만화 그림이 그려져 있는 이 빠진 하얀 머그컵에다 커피를 마신다. 항상 반쯤만. 시간에 쫓겨서 반밖에 못 마시는 거겠지. 씻어서 식기 건조대에 놓여 있는 날도 있는데, 그런 날은 그가 용케 알람에 맞춰 일어났다고 미루어 짐작되었다.

이 아파트는 이제 꽤 내 집처럼 느껴진다. 거실 일부는 리언에게 되돌려주어야 했다. 지난달 언제인가 그는 내 쿠션들의 절반가량을 걷어내서 현관으로 가는 복도에 쌓아놓고 메모를 붙여놓았다. '이제 마침내 소파 아래 발을 내리고 앉을 수 있게 됐네요(미안)'. 쿠션이 좀 과하게 많았다는 그의 생각이 틀렸다고는 할 수 없다. 소파에 앉기 점점 힘들어지고 있는 건 사실이었으니까.

침대는 이 셰어하우스에서 여전히 제일 이상한 부분이었다. 처음 한 달쯤은 내 시트를 다음 날 아침에 다시 벗겨냈다. 잠은 내 자리인 왼편에서도 한껏 가장자리에서, 베개도 그의 베개에서 뚝 떨어뜨려 놓고 잤다. 하지만 이제는 시트를 씌웠다 벗겼다 하는 수고를 들이지 않는다. 어차피 나는 내 쪽에만 몸을 누이니까. 이제는 모든 게 퍽 별일 아닌 것처럼 돌아간다. 물론 나의 룸메이트를 만난 적은 아직 없다. 만난다면 분위기가 그야말로 요상할 것임은 인정하지 않을 수 없었다. 그래도 우리는 서로에게 점점 더 많은 메모를 남기고 있었다. 가끔은 우리가 직접 만나 대화를 한 것 같은 착각이 들 정도였다.

가방을 툭 떨어뜨리고는 차를 우리는 동안 빈백에 쓰러졌다. 솔직하게 인정하자. 나는 기다리고 있었다. 몇 달을 기다려왔다. 저스틴을 본 그때 이래로.

틀림없이 연락이 올 것이다. 그에게 답을 보내지 않은 것은 맞다. 답장을 보내지 못하게 한 거티와 모가 간혹 가다 미워지기도 했다. 하지만 유람선에서 그런 눈빛을 보낸 건 그였다. 시간이 너무 오래 지나서 그 눈에 담긴 표정이 정확히 어땠는지는 거의 다 까먹었다. 이제는 저스틴의 얼굴이 지었던 갖가지 표정의 모음집만이 남아 있을 뿐이다. 좀 더 현실적으로 말하자면, 페이스북 사진들로 기억하는 표정…. 그래도 당시에 그의 표정은 정말이지…. 그 느낌이 무엇이었는지는 아직도 모른다. 매우 특별했다는 것만 빼고.

시간이 흐를수록 다른 날도 아닌 캐서린이 '코바늘뜨기로 내 옷 쉽게 만들기' 강연을 하던 바로 그날에, 다른 배도 아닌 바로 그 배에 저스틴이 있었다는 사실이 정말로 이상한 일임을 새삼 반추하게 된다. 그가 일부러 나를 보러 올 일은 있을 수 없다. 비록 혹하는 생각이긴 했지만. 강연 일정은 임박해서야 변경되었다. 내가 그곳에 갈 것임을 그가 알 리 없었다. 그는 일 때문에 유람선에 탔다고 했다. 굉장히 그럴싸한 말이었다. 그는 유람선과 런던 관광 투어 같은 일을 기획하고 진행하는 엔터테인먼트 회사에서 일한다. 사실을 말하자면, 나는 그가 어떤 일을 하는지 자세하게는 알지 못했다. 빡빡하고 스트레스가 심한 일 같기는 했다.

그러므로 그가 그 강연을 알고 일부러 온 것이 아니라면, 그렇다면 약간은 운명처럼 느껴질 수도 있지 않은가?

어찌할 바 모르는 기분으로 찻잔을 들고 침실로 갔다. 저스틴과 다시 합치기를 바라는 것도 아니었다. 아니, 합치고 싶은 건가? 이번이 헤어진 기간이 가장 길었다. 이번에는 느낌이 달랐다. 그가 다른 여자 때문에 나를 떠났고, 그러고는 바로 청혼을 했기 때문이리라.

사실 그의 연락에 신경을 쓰는 것 자체가 말도 안 되는 일이다. 그럼 내가 어떤 사람이 되겠는가? 나를 두고 바람이 났을 가능성이 농후한 남자의 전화를 기다린다니, 내가 뭐가 되나?

"그건 네가 한눈을 팔지 않고, 의심도 할 줄 모르는 사람이라는 뜻이야."

전화를 걸어 바로 이 질문을 하자 모가 대답한다.

"저스틴이 다시 접촉을 시도하는 이유가 바로 너의 그런 성격 때문이지."

"너도 저스틴이 다시 연락을 할 거라고 생각해?"

나는 간절하게 위안이 필요했다. 그래서 더욱 짜증이 치솟았다.

가만히 있을 수도 없을 만큼 마음이 어지러워 미국 드라마 〈길모어 걸스〉 DVD를 정리하기 시작했다. 순서가 뒤죽박죽이었다. 정리하다 보니 시즌 1과 시즌 2 사이에 또 메모가 끼워져 있었다. 메모를 떼어 훑어보았다. 나는 리언에게 몹시도 고품격인 나의 DVD 컬렉션을 시발점으로 해서 TV를 용도에 맞게 좀 써보자고 설득하는 중이었다. 그는 넘어가지 않았다.

"연락이 올 거야. 거의 확실해."

모가 말했다.

"저스틴은 그런 짓에 습관이 든 것 같아. 하지만… 너는 어때? 연락이 왔으면 좋겠어?"

"얘기를 해보고 싶어. 적어도 나를 아는 척이나 해주든지. 무슨 생각인지 모르겠어. 내가 자기 아파트에 산다고 그렇게 화를 낼 때는 언제고, 유람선에서 날 본 다음에 보낸 문자는 또 뭐 그렇게 다정한 거냐고. 그래서… 모르겠어. 전화를 해주면 좋겠어. 으."

눈을 질끈 감았다.

"이게 뭐지?"

"어쩌면 저스틴이 자기 없이 세상사를 헤쳐 나가지 못할 거라고 네 귀에 못이 박히도록 말했기 때문이겠지."

모가 상냥하게 말했다.

"그게 네가 그와 다시 합치고 싶은 이유야. 심지어 그를 원하지 않을 때조차 합쳐야 할 것 같은 이유."

화제를 돌릴 길을 모색하며 허둥거렸다. 베네딕트 컴버배치가 나온 드라마 〈셜록〉의 최신 에피소드? 출판사에 새로 들어온 직원 얘기? 하지만 화제를 돌릴 기운조차 없다.

모가 묵묵히 기다리다가 말했다.

"사실이잖아? 그렇지 않아? 혹시 다른 사람 만나볼 생각 해봤어?"

"나도 다른 사람하고 데이트할 수 있어."

발끈한다.

모가 한숨을 내쉬었다.

"유람선에서 저스틴의 눈빛을 보고 정말 느낀 기분은 어땠어?"

"모르겠어. 이제 5만 년은 된 일이야. 뭐랄까⋯ 뭔가 섹시했다고 할까? 저스틴이 나를 원한다고 생각하니 기분 좋은?"

"무섭지는 않았고?"

"뭐라고?"

"두려움을 느끼지 않았느냐고 묻는 거야. 저스틴의 표정에 움츠러 드는 기분이 들지 않았느냐고."

인상이 찌푸려졌다.

"모, 정도껏 해. 그냥 눈빛일 뿐이야. 나를 무섭게 하려던 의도가 절

97

대 아니었어. 그한테서 연락이 오기는 할까 얘기나 좀 하자고 전화 건 건데. 고마워. 네 덕분에 기분이 좀 나아졌네. 그 얘기는 이쯤에서 그만두자."

핸드폰 너머에서 긴 침묵이 이어진다. 몸이 살짝 떨렸다.

"저스틴과의 관계에서 너는 상처를 입었어, 티피."

모가 사근사근하게 말했다.

"그는 널 비참하게 만들었다고."

머리를 흔든다. 저스틴과 나는 많이 싸웠다. 하지만 언제나 화해했고, 싸우고 난 다음에 우리 사이는 한층 더 로맨틱해질 따름이었다. 우리의 다툼은 다른 커플들과는 달랐다. 싸움은 한없이 아름답고 정신없는 롤러코스터 같았던 우리 관계의 일부일 뿐이었다.

"언젠가는 전부 이해되는 날이 올 거야, 티피."

모가 말했다.

"그때가 되면 나한테 얘기해, 알겠지?"

모의 말을 제대로 이해도 못 한 채 고개를 끄덕였다. 내게 뭔가 불리한 듯한 이 상황을 외면하고 싶었다. 관심을 돌릴 완벽한 물건이 눈에 들어온다. 리언의 침대 아래 있는 목도리들. 이곳에서 보낸 첫 번째 밤에 발견한 것이었다. 그때 나는 리언이 무슨 연쇄 살인범일 것이라고 확신했었다. 봉지에 전에 보지 못했던 메모가 적혀 있다. '기부할 것'.

"고마워, 모."

내가 핸드폰에 대고 말했다.

"일요일에 만나서 커피 마시자."

나는 이미 펜을 찾으며 전화를 끊었다.

안녕,

그래요, 우리(당신) 침대 아래 들쑤신 거 미안해요. 절대로 용납할 수 없는 일이죠. 하지만 이 목도리들은 정말 기가 막힌다고요. 디자이너 제품 수준으로 끝내준다는 말이에요. 우리 목도리 얘기한 적 없죠? 하지만 당신이 침대에 생면부지의 아무 사람(나)을 들였다면, 그건 돈이 쪼들렸기 때문일 거예요.

자선물품 가게에 헌 옷을 가져다주는 건 훌륭한 일이에요. 나도 대부분의 물건을 기부물품 가게에서 사거든요. 나 같은 사람에게는 당신 같은 사람이 필요하답니다. 하지만 판매하는 것도 고려해보면 어떨까 해서요. 개당 200파운드쯤은 받을 수 있을 거예요.

당신의 사랑스러운 룸메이트에게 90퍼센트 할인된 가격으로 하나 줄 생각이 있다면, 반대는 안 할게요.

티피 x

추신, 그나저나 다 어디서 난 거예요? 물어봐도 괜찮다면.

14

~~~

리언

허리에 손을 짚고 팔꿈치를 쫙 벌린 교도관. 이 깐깐해 보이는 교도관이 열과 성을 다해 몸수색을 한다. 내가 면회실로 마약이나 무기를 들여갈 만한 프로필에 들어맞나 보다. 그녀가 속으로 확인하고 있을 목록을 상상해봤다. 성별: 남자. 인종: 가늠하기 어려움. 하지만 피부색은 바람직하지 않게 어두운 쪽임. 나이: 세상 물정 알기에는 젊은 나이. 외모: 후줄근함.

위협이 안 되는 사람, 선량한 시민처럼 보이는 미소를 지어 보이려고 애를 썼다. 생각해보니 그 시도가 잘난 척하는 인상을 준 것 같다. 초조한 마음이 들기 시작한다. 여기가 어떤 곳인지 다시 실감이 나기 시작한다. 두터운 철제 펜스 위에 달린 가시철조망과 창문 없는 건물들, 마약 밀반입에 대한 살벌한 경고문을 외면해보려고 기를 썼지만 소용없었다. 작년 11월부터 최소 한 달에 한 번 찾아올 때마다 애써봤지만, 헛수고였다.

보안 검색대에서 면회실로 가는 길이 최악이다. 콘크리트 미로와 가시철조망. 가는 길목마다 다른 교도관들에게 인도된다. 그들은 엉덩이에서 열쇠 꾸러미를 빼서 문을 연다. 다음 길에 채 발을 들여놓기도 전에 등 뒤에서 철컹 잠기는 문. 아름다운 봄날이었다. 철조망 사이로 보일까 말까 하는 하늘은 이곳을 비웃듯이 푸르렀다.

면회실은 그나마 나았다. 어린아이들이 테이블 사이를 아장아장 다니고, 우락부락한 아빠들이 아이들 목마를 태워주고 있었다. 죄수들은 면회객들과 구분을 두기 위해 밝은 색깔의 조끼를 걸쳤다. 형광 주황색 옷을 입은 남자들이 여자 친구와 손깍지를 꼭 끼고 가까이 붙어 있다. 규정을 아슬아슬하게 넘기는 거리. 공항에서의 해후는 이곳의 울컥함에 미치지 못한다. 영화 〈러브 액츄얼리〉는 재회 무대를 공항이 아니라 감옥 면회실로 했어야 했다.

지정된 테이블에 앉아 기다린다. 교도관들이 리치를 데리고 나오는데, 위장이 바깥으로 튀어나오겠다고 발버둥을 친다. 지치고, 씻지 못해 꾀죄죄한 모습. 볼은 푹 꺼지고, 머리는 아무렇게나 밀었다. 그는 감옥에서 지급한 죄수용 운동복 바지를 내게 보이고 싶지 않아서, 가지고 있던 유일한 청바지를 입고 있었다. 하지만 청바지 허리가 너무도 헐렁했다. 끔찍했다. 너무도, 너무도.

일어나 미소를 짓고 포옹하려고 팔을 뻗으며 그가 다가오기를 기다렸다. 지정된 범위를 벗어나면 안 되기 때문이다.

리치가 손바닥으로 내 등을 치며 좋아, 형. 멀끔하네.

나 너도 마찬가지야.

리치 거짓말. 나 꼭 데운 똥 같은 꼴 아니야? E동에서 무슨 난리가 나고 나서 수도가 끊겨버렸어. 언제 다시 나올지도 모르겠고. 그때까지 화장실 사용은 추천하지 않을게.

나 잘 알겠어. 어떻게 지내?

리치 이보다 더 좋을 수는 없지. 혹시 살한테서는 무슨 소식 없어?

이 주제를 1분이라도 피할 수 있으리라고 생각한 내가 바보다.

나 서류 작업 때문에 항소가 늦어지고 있대. 미안하다고 전해달라고.

리치, 살은 준비하고 있어.

리치의 얼굴이 가까이 다가온다.

리치 더는 못 기다리겠어, 리언.

나 다른 변호사를 구해줄까? 찾아볼게.

침울한 침묵이 흐른다. 새로운 변호사를 구하면 일이 한층 더 지체될 것임을 리치도 나만큼 잘 알았다.

리치 알디에서 CCTV 영상 받았대?

살이 알디에 영상을 요청하기나 했는지가 리치가 던지는 진짜 질문이다. 살은 요청했다고 했다. 그러나 나 자신도 그게 정말인지 의심이 가는 참이었다. 뒷덜미를 문지르고 신발을 내려다본다. 리치와 내가 이곳 말고 다른 곳에 있었으면 좋겠다. 그 어느 때보다 온 힘을 다한 소망. 여기만 아니면 어디든 좋았다.

나 아직.

리치 그게 열쇠야, 형. 확실해. 알디 카메라가 그놈들을 보여줄 거야. 내가 아니란 걸 재판부에 알려줄 수 있다고.

꼭 그렇게 되기를 바라는 마음뿐이다. 해상도는 어느 정도일까? 목격자 증언에 배치될 만큼 화면이 깨끗할까?

거의 한 시간 내내 항소 얘기만 한다. 그 주제에서 리치를 떼어놓을 재간이 없었다. 포렌식, 간과한 증거, CCTV 얘기가 빠지지 않고 나왔다. 희망, 희망, 희망.

무릎이 휘청거리는 채로 역으로 가는 택시를 잡아탔다. 당분이 필요했다. 티피가 만들어둔 먹거리가 가방에 들어 있었다. 3,000칼로리쯤 되는 음식을 먹는 사이에 기차가 시골길을 굴러간다. 드넓은 평야가 끝도 없이 이어진 끝에, 기차는 나를 내 동생에게서 떼어놓았다. 모든 사람들이 그를 잊은 곳으로 나를 데려다놓았다.

집에 도착하니 침실 한가운데 목도리 봉투가 놓여 있었다. 티피의 메모와 함께.

프라이어 씨가 200파운드짜리 목도리를 만든다고? 별로 시간도 안 걸려서 뜨던데! 아아, 그가 주려고 했던 새 목도리며, 모자, 장갑, 주전 자 덮개를 고사했던 시간들이여. 나는 지금쯤 백만장자가 됐을 수도 있었다.

침실 문에 이렇게 붙여놓았다.

안녕, 티피.
목도리 얘기 고마워요. 맞아요, 돈이 필요해요. 우리 팝시다.
어떻게 팔지 추천해줄 수 있어요?
목도리는 병원에 계시는 신사분이 뜬 거예요. 그분은 받겠다는
사람만 있다면 누구에게든지 나눠주세요. 안 그랬으면 나도 그
분 목도리를 팔아 돈을 버는 게 마음 편치 않았을 거예요.
리언.

안녕,
아, 당연하죠. 핸드메이드 상점인 엣시나 프리러브드를 통해
팔면 돼요. 좋아서 난리 칠 고객이 잔뜩 있을걸요.
흠, 이상한 질문 하나. 병원에 계시다는 그 신사분이 혹시 수
주를 받고 일을 해주실 수도 있을까요?

티피 x

무슨 말인지 알아듣지 못했어요. 그리고 제일 마음에 드는 목
도리 하나 가져요. 나머지는 오늘 웹사이트에 올려야겠네요.
리언.

**침실 문 옆에 주저앉았다. 뭐가 어떻게 돌아가는 건지 따라잡기가
어렵다.**

좋은 아침,
『코바늘뜨기로 내 옷 만들기』라는 제목의 책을 작업하고 있거
든요(말 안 해도 알아요. 내 인생 최고 역작 중 하나라고 할 만한 책
이죠). 그리고 우리 회사에서는 목도리 네 개와 모자 여덟 개
를 빨리 떠주실 분이 필요해요. 급구! 사진을 찍어 책에 넣어
야 해서요. 색상이나 코와 땀을 뜨는 방법 등은 저자의 설명에
따라주셔야 해요. 급료도 드릴 수 있어요. 아주 많이는 아니지
만. 그분과 연락할 방법을 알려줄 수 있어요? 난 지금 아주 절
박하고, 그분은 솜씨가 말도 안 되게 대단하시니까요.
세상에, 나 이 목도리 맨날 하고 다닐 거예요. 지금이 봄인 건
상관없어요. 너무 마음에 들어요. 고마워요!
티피 x

다시 침실 문.

그래요. 안 될 거 없겠죠. 그런데 수간호사님에게 먼저 알려야
해요. 당신이 편지를 한 통 써서 주면 수간호사님께 전달할게
요. 그녀가 오케이를 하면 뜨개질쟁이 신사에게 가는 거고요.
맨날 프라이어 씨의 목도리만 하고 다닐 계획이라면 지금 옷
장의 당신 구역을 차지하고 있는 500개의 목도리는 처분을
할 수 있을까요?
다른 소식: 첫 번째 목도리가 235파운드에 팔렸어요! 미쳤나
봐요. 별로 예쁘지도 않던데!
리언.

주방의 간이 식탁, 봉하지 않은 봉투 옆에.

안녕,
그 문장에서는 '내 구역'이라는 게 핵심적인 부분이에요, 리
언, 내 쪽. 그리고 난 내 쪽을 목도리로 가득 채우고 싶어요.
편지는 여기 있어요. 수정할 내용이 있으면 알려줘요. 그런데
언젠가 이 메모들 좀 정리해야겠어요. 아파트가 영화 〈뷰티풀
마인드〉의 한 장면처럼 보이기 시작하네요.
티피 x

나는 티피의 편지를 수간호사에게 전해주었다. 그녀는 흔쾌히 수락
했다. 티피의 책에 들어갈 목도리와 모자를 프라이어 씨에게 떠달라고
부탁해도 된다고. 나로서는 대바느질과 코바느질이 뭐가 다른지 전혀
알 수 없다. 언젠가 티피가 자세한 설명을 담은 장황한 쪽지를 쓸 것

이다. 그녀는 장황한 설명을 좋아하니까. 다섯 마디를 할 수 있는데 왜 한마디만 하냐는 식이랄까. 별나고 특이하고 재미난 여자다.

프라이어 씨는 하룻밤 사이에 벌써 모자를 두 개나 완성했다. 내 눈엔 모자처럼도 보이고 그냥 털뭉치처럼도 보이는 물건인데, 자세히 파고들지 않기로 한다.

이 일에서 유일하게 곤란한 점은 프라이어 씨가 티피에게 푹 빠져버렸다는 것이다.

프라이어 씨 그러니까 책 편집자란 말이지.

나 그래요.

프라이어 씨 참으로 흥미로운 직업이야.

그가 잠시 말을 멈춘다.

프라이어 씨 그리고 선생과 함께 살고?

나 그게 말이에요….

프라이어 씨 정말 흥미롭군.

그가 메모를 적는 사이에 곁눈질해본다. 그가 말뚱말뚱 빛나고 천진한 눈으로 나를 바라보고 있었다.

프라이어 씨 선생이 다른 사람과 함께 사는 걸 좋아하는지는 몰랐어. 워낙 홀로 있는 걸 좋아하는 사람이니까 말이야. 그게 케이하고 같이 살지 않는 이유 아닌가?

내 사생활 얘기를 환자들과 나누는 짓을 이제 그만두어야겠다.

나 이건 다른 거예요. 저는 티피를 만나지 않아도 돼요. 우린 그냥 메모를 주고받는 것뿐이라고요. 정말이에요.

프라이어 씨가 생각에 잠겨 고개를 끄덕인다.

프라이어 씨 편지의 예술이란 게 있지. 몹시도… 친밀한 행위야. 편지

맞지?

의구심에 젖어 그를 바라봤다. 무슨 뜻으로 하는 말인지 헷갈렸다.

나 냉장고에 포스트잇을 붙여놓는 거예요, 프라이어 씨. 향수 냄새 밴 편지지를 인편으로 보내는 게 아니고.

프라이어 씨 그래, 선생 말이 맞겠지. 두말하면 잔소리. 포스트잇이라니. 거기에 무슨 예술이! 그건 확실해.

이튿날 밤이 되자 홀리까지 티피에 대해 알고 있었다. 환자의 상당수가 병상을 못 벗어나는 병동들 사이로 별 흥미로울 것도 없는 소식이 빨리도 퍼진다. 신기할 따름이다.

홀리 예뻐요?

나 나도 몰라, 홀리. 그게 중요해?

홀리가 말을 멈췄다. 머리를 굴리고 있었다.

홀리 착해요?

나, 잠깐 생각하고 나서 그래, 착해. 좀 야단스럽고 특이하지만, 착해.

홀리 무슨 뜻이에요, 아저씨의 '룸메이트'라는 거?

나 '룸메이트'란 집을 함께 쓴다는 뜻이야. 우리는 같은 아파트에서 사는 거야.

홀리가 휘둥그레지며 남자 친구하고 여자 친구처럼?

나 아니, 아니야. 여자 친구 같은 거 아니야. 친구지.

홀리 그럼 둘이 딴 방에서 자요?

때마침 울린 호출기 덕분에 살았다.

5월

15

~~~~

티피

찬장 문, 테이블, 벽. 포스트잇 쪽지와 테이프로 붙인 종이 쪼가리를 벗겨내는데 배시시 웃음이 난다. 휴지통 뚜껑에까지 붙어 있었다. 리언을 알아간다. 지난 몇 달간 이 모든 메모를 적는 사이에. 평범한 방법은 아니었다. 언제 이렇게 되었나 싶기도 했다. 남은 음식 먹으라고 간단한 메모를 끼적이던 때가 있었다. 그런데 정신을 차리고 보니 정식 서신 교환이 매일같이 이어지고 있었다.

소파 뒤를 따라 속내를 털어놓은 자취를 살펴보니, 내가 리언보다 다섯 배는 많은 말을 늘어놓았다. 그리고 내가 쓴 쪽지는 훨씬 더 개인적이고 누설이 많았다. 메모를 다시 읽자니 기분이 조금 이상해졌다. 우선 내 기억력이 얼마나 부실한지가 보였다. 어떤 메모에는 작년 레이철의 생일 파티 초대 소식을 저스틴에게 까먹고 전하지 않은 얘기를 적었다. 그 바람에 몹시 어색한 상황이 초래됐다고. 이제 기억이 났다. 나는 그를 초대했다. 내가 파티에 가도 된다, 안 된다를 놓고 심하게 싸웠던 것이다. 저스틴은 내 기억력이 형편없다는 말을 입에 달고 살았다. 그가 옳았다는 증거가 버젓이 적혀 있으니 몹시 짜증이 났다.

이제 4시 반이었다. 오늘은 일을 일찍 마쳤다. 사무실 사람들 모두 어떤 직원의 송별 파티를 하러 빠져나가는데, 나는 돈이 쪼들려서 갈 수 없었다. 그래서 그냥 집에 가기로 했다.

오늘은 드디어 리언을 볼지도 모르겠다는 생각이 들었다. 5시쯤 집에 돌아왔기 때문이다. 기분이 이상하게 들썩거렸다. 집에 일찍 돌아와서도 안 되고, 그와 마주치는 일이 있어서도 안 됐으니까. 계약하면서 맺은 공식적인 조건이었다. 이 합의를 결행하기로 했을 때 우리가 같은 시간에 아파트에 함께 있지 않을 것임은 알았다. 그것이 이 셰어하우스가 그토록 좋은 아이디어인 이유이기도 했다. 하지만 정말 단 한 번도 만나지 않고 살 거라고는 생각지 못했다. 네 달이 꼬박 지나가도록 한 번도 만나지 않을 것이라고는.

남은 한 시간을 모퉁이의 카페에서 보낼까 생각도 해보았다. 하지만 생각이 바뀌었다. 친구면서 실제로는 만나지 않는다는 게 이상했다. 정말이지 우리가 친구라는 기분이 들었다. 서로의 공간에 항상 있는데 친구가 아니라고 생각하기가 더 어려운 것 아닌가?

그가 계란을 어떤 식으로 부쳐 먹는 걸 좋아하는지 나는 정확히 안다. 비록 먹는 모습을 직접 본 적은 없지만, 노른자가 홍건히 남아 있는 접시를 늘 본다. 거실의 빨래 건조대에 걸린 옷을 입은 그의 모습을 본 적은 없지만, 그의 옷 입는 취향을 퍽 정확하게 안다. 그중에서도 가장 이상한 점은 그의 냄새를 안다는 것이었다.

우리가 왜 만나면 안 되는지 어떤 이유도 생각해낼 수 없다. 만난다고 해서 이곳에 사는 조건이 달라지지도 않을 것이었다. 만나서 얼굴을 익히게 된다고 치자. 그건 길을 걷다가 서로 마주치면 알아볼 수 있게 된다는, 내 룸메이트의 얼굴을 알아본다는 의미 이상은 없다.

전화벨이 울렸다. 이건 또 뭐지? 집 전화? 처음에는 내 폰부터 찾았다. 하지만 내 벨소리는 삼성 갤럭시의 딸랑딸랑 명랑한 소리다. 지금 거실 어딘가 보이지 않는 곳에서 흘러나오는 그 옛날의 따르르르릉

소리가 아니다.

주방 조리대 근처에서 전화기를 찾아냈다. 프라이어 씨의 목도리와 리언이 버터를 다 써버린 건지 아닌지 논한 메모들 사이에서.

집 전화라니! 이런 일도 다 있다! 집 전화란 모뎀 시대의 유물인 줄로만 알았더니.

"여보세요?"

전화기에 대고 소심하게 말을 붙였다.

"아, 안녕하세요."

전화선 건너편의 남자가 말했다. 그는 놀란 눈치였다. 여자가 전화를 받을 거라고는 예상 못 한 것 같았다. 그의 억양은 독특했다. 반쯤은 아일랜드인 같고, 반쯤은 런던 사람 같은 억양이었다.

"저는 티피예요!"

내가 말을 걸었다.

"리언의 룸메이트요."

"그렇군요! 안녕하세요!"

리언에게 룸메이트가 생겨서 기분이 엄청 좋은 것이 느껴지는 목소리라고 해야 하나?

"침대 메이트는 아니란 뜻인가요?"

흠칫.

"우리는 룸메이트로 가기로 했답니다."

"잘하셨네요."

어찌 된 셈인지 그가 짓궂게 미소 짓는 소리가 들리는 것 같았다.

"얘기 나누게 되어 반가워요, 티피, 난 리치예요. 리언의 동생."

"반가워요, 리치."

리언에게 동생이 있다는 건 알지 못했다. 그런데 또 생각해보면 내가 리언에 대해 알지 못하는 것은 셀 수도 없이 많을 것이다. 잠들기 전에 무슨 책을 읽는지 알고 있기는 했다. 그는 실비아 플라스의 소설 『벨 자』를 아주 조금씩 읽고 있었다.

"리언을 놓치셨네요. 제가 30분 전에 집에 돌아왔는데, 벌써 가고 없던걸요."

"형은 일을 너무 열심히 해요. 벌써 5시 반인 줄 몰랐네요. 퇴근 카드 찍는 시간이 언제이신데요?"

"보통은 6시예요. 하지만 오늘은 일찍 끝났어요. 핸드폰으로 전화를 걸어보면 어때요?"

"아, 있잖아요…, 티피. 그럴 수가 없어서요."

나는 눈살을 찌푸렸다.

"핸드폰으로 전화를 걸 수 없다고요?"

"솔직하게 말하자면 얘기가 깁답니다."

리치가 잠시 말을 중단한다.

"긴 얘기를 줄이자면, 나는 철통 경비 중인 감옥에 있어요. 내 주머니 사정으로 걸 수 있는 유일한 번호가 리언의 집 전화예요. 핸드폰에 걸려면 돈이 두 배로 들죠. 감옥 건물을 청소해서 일주일에 24파운드를 버는데, 그 돈은 이곳에서 나가는 데 써야 해서…. 말하자면 핸드폰에 걸기는 어림도 없는 돈이라는 거예요."

머리를 한 방 맞은 기분.

"망할! 무슨 그런 일이. 괜찮아요?"

괜찮냐니! 무심결에 상황에 맞지 않는 말이 튀어나왔다.

놀랍게도 리치가 웃음을 터뜨렸다. 리치 자신도 놀란 것 같았다.

"괜찮아요."

잠시 후에 그가 말했다.

"신나는 일이죠. 이제 7개월이 됐거든요. 나는 그… 리언이 뭐라더라? 형이 하는 말로 표현하면, 적응해가고 있어요. 1분, 1분을 헤쳐나가면서 살아남는 법을 배우고 있죠."

고개를 끄덕인다.

"그것만이라도 어디예요? 적어도 그것만이라도. 어디쯤으로 볼 수 있겠어요? 알카트라즈[07]하고 힐튼 호텔 사이에서?"

그가 또 웃었다.

"그 사이 어디쯤에 있는 건 분명하겠네요. 그날그날 기분이 어떤지에 따라서요. 하지만 많은 사람들과 비교하면 난 꽤 운이 좋은 편이에요. 그 얘기는 해야겠네요. 독방을 쓰고, 한 달에 두 번씩 면회객을 받을 수 있으니까."

내 상황에 견주니 그가 운이 좋다는 생각은 들지 않았다.

"돈이 많이 든다면 계속 붙들고 있고 싶지 않네요. 리언에게 전할 말 있나요?"

전화선 건너편에서 말없이 덜컹거리는 것 같은 소리가 났다. 리치 뒤에서 나는 소리가 전화기를 통해 들려오는 것이었다.

"왜 들어온 건지 물어보지 않을 거예요, 티피?"

"네."

화들짝 놀라는 기분이 들었다.

~~~~

07   형무소로 쓰였던, 샌프란시스코만에 위치한 작은 섬. 탈출이 절대 불가능하다 하여 '악마의 섬'으로 불린 바 있다.

"얘기해주고 싶어요?"

"네. 조금은 그런 기분이 드네요. 보통은 먼저 질문을 받거든요."

나는 어깨를 으쓱했다.

"내가 가타부타 할 입장은 아니니까요. 당신은 리언의 동생이고, 그와 얘기하려고 전화를 걸었잖아요. 어쨌거나 우린 감옥이 얼마나 끔찍한 곳인지 얘기하고 있었고, 당신이 무슨 일로 들어갔든지 간에 감옥이 끔찍한 건 사실이죠. 감옥이 소용이 없다는 건 누구나 다 알고. 그렇지 않나요?"

"그렇죠. 아니, 그걸 누구나 다 아나요?"

"아, 그렇고말고요."

또 이어지는 침묵.

"무장 강도로 들어왔어요. 하지만 내가 한 짓이 아니에요."

"이런, 안됐어요. 그런 경우라면 진짜로 망할, 이네요."

"그렇다고 할 수 있죠, 아무래도."

리치가 말했다. 그가 내 말을 기다리다가 물었다.

"내 말 믿어요?"

"난 당신을 알지도 못하는걸요. 내가 믿고 말고가 왜 중요해요?"

"모르겠어요. 그냥… 중요하다는 느낌이 들어요."

"당신을 믿을 수 있으려면 무슨 일이 있었는지 알아야 하지 않을까요? 사실도 모르고 믿는다고 말해버리면 무슨 의미가 있겠어요?"

"그럼 그게 리언에게 전할 말이에요. 내가 당신에게 사실을 말하고 싶어 한다고 해주세요. 내 얘길 들으면 날 믿는지 말해줄 수 있겠죠."

"잠깐만요."

포스트잇과 펜을 준비한다.

"'안녕, 리언.'"

내가 적으면서 말했다.

"'리치가 전하라는 말이에요. 그가 말하기를⋯.'"

"내게 일어난 일을 티피에게 말해주고 싶어. 내가 한 짓이 아니란 걸 티피가 믿어줬으면 좋겠어. 끝내주는 미인이겠지? 딱 알 수 있어. 그런 목소리 있잖아. 깊고 섹시한, 그 왜 형도 알지—"

나는 웃고 있었다.

"그 말은 받아 적지 않을 거예요!"

"어디까지 적었어요?"

"섹시."

내가 인정했고, 리치가 웃었다.

"좋아요. 거기까지 쓰면 되겠어요. 어쨌든 마지막 부분은 남겨놔요. 당신만 괜찮다면요. 리언을 웃게 해줄 거예요."

고개를 저었지만, 나 역시 미소를 짓고 있었다.

"좋아요. 내버려두죠. 만나서 반가웠어요, 리치."

"나도요, 티피. 나 대신 우리 형 좀 잘 돌봐주세요, 알았죠?"

그의 부탁에 놀라 말을 삼켰다. 우선 돌봄을 받아야 할 사람은 리치였다. 또, 나는 투메이 가족의 어느 누구라도 돌볼 적임자라고는 할 수 없었다. 그중 한 명도 실제로 본 적이 없었던 것이다. 대꾸를 하려고 입을 열었을 때 리치는 이미 전화를 끊었고, 들리는 소리라고는 발신음뿐이었다.

16

~~~

리언

웃음을 참을 수 없었다. 리치는 감옥 마당에서조차 내 룸메이트에게 환심을 사겠다고 끼를 부리고 있었다.

케이가 내 어깨 너머로 메모를 읽는다.

케이 리치는 여전한가 보네.

뻣뻣하게 굳어졌다. 케이도 그걸 느끼고서 덩달아 뻣뻣해졌다. 하지만 했던 말을 물리겠다거나, 미안하다고 말할 생각은 하지 않았다.

나 마음의 고민을 덜어내려고 노력하는 거야. 사람들을 웃기면서. 리치가 그런 애잖아.

케이 그래, 티피는 이제 품절녀가 아니랬지?

리언 티피는 사람이야. 파는 물건이 아니고, 케이.

케이 참, 꽉 막혔다니까! 이건 그냥 사람들이 쓰는 표현이잖아. 얼마 전에 헤어졌다면서? 내가 그 불쌍한 여자를 정말로 리치에게 팔려는 생각으로 한 말이겠어?

'품절녀'라는 말에는 뭔가 잘못된 점이 더 있다. 하지만 그 주제를 따져보기에는 너무 피곤했다.

나 싱글이래. 하지만 전 남자 친구를 여전히 사랑하고 있어.

케이가 비로소 흥미를 보이며 정말?

헤아릴 길이 없다. 티피 얘기를 할 때마다 케이는 못 들은 척하며 부루퉁해졌다. 우리 집에서 만나는 건 몇 달 만의 일이었다. 케이가 오전 반차를 내고 와서 자기 전에 '아저'를 같이 먹기로 했었다. 그녀는 사방에 붙은 메모를 보고 골이 나 있었다. 이유를 알 수 없었다.

나   전남친은 평범하더라고. 그 벽돌공에서 인테리어 디자이너가 된 사
    람보다 훨씬 떨어져.

  케이가 눈을 또 크게 떴다.

케이   그놈의 벽돌공 책 애기는 좀 그만하지?

  케이도 그 책을 읽었으면 이렇게 덮어놓고 별로라고 하지는 않았을 텐데.

  몇 주가 흘렀다. 잉글랜드에서 보기 드문 화창한 날씨였다. 이곳 사람들은 이런 더운 날씨에는 익숙하지 않다. 더욱이 난데없이 찾아오면. 이제 고작 6월이었다. 아직 여름이 시작되었다고도 할 수 없었다. 출근길에 나선 사람들은 비가 내리기라도 한다는 듯이 머리를 숙이고 발걸음을 재촉했다. 어떤 남자의 하늘색 셔츠 등 부분이 땀으로 짙게 얼룩져 있었다. 티셔츠를 훌러덩 벗고 순백처럼 하얀 갈비뼈와 가슴과 툭 튀어나와 흐느적거리는 팔꿈치를 드러낸 십 대 소년들이 사방에 쏟아져 나와 있었다. 햇볕에 탄 살갗이나 양복을 입은 남자가 뿜어내는 불쾌한 열기를 스치지 않고 길을 지나가기란 불가능했다.

  나는 제국전쟁박물관 자료실에서 조니 화이트를 찾기 위한 마지막 단서를 찾아보다 돌아오는 중이었다. 백팩에 여덟 개의 이름과 주소가 담긴 리스트가 들어 있다. 기록실을 집요하게 뒤지고, 친척들에게 연락하고, 또다시 집요하게 인터넷을 검색해서 찾아낸 주소들이었다. 실패할 확률이 아주 없다고는 할 수 없다. 하지만 출발점은 될 만했다.

프라이어 씨도 가능성을 좁힐 만한 정보를 많이 주었다. 기억이 안 난다면서도 막상 입을 열게 하면 온갖 이야기를 다 하는 양반이다.

목록에 있는 사람들은 모두 조니 화이트다. 누구부터 시작해야 할지 감이 잡히지 않았다. 제일 근거리에 사는 조니?

폰을 꺼내 티피에게 문자를 보냈다. 지난달에 프라이어 씨의 조니 화이트 찾기 프로젝트에 관한 얘기를 했다. 코바늘뜨기책으로 여러모로 고초를 겪고 있다는 장문의 편지를 받고 난 후였다. 그때는 누구 얘기라도 들을 수 있는 기분이었다. 티피의 수다스러운 습관에는 전염성이 있었다. 출근하러 갈 때마다 민망한 기분이 들었다. 커피를 마시며, 그날 털어놓은 이야기를 떠올리며 건물로 들어서는 것이었다.

> 안녕, 나 여덟 명의 조니를 찾아냈어요. 그중에서 고르려고 해요. 어디서부
> 터 출발할까요? 리언

5분쯤 후에 답이 왔다. 티피는 그 정신없는 코바늘뜨기 저자의 책을 작업하는 데 온 시간을 쏟아붓고 있었다. 하지만 집중은 잘되지 않는 듯했다. 무리도 아니다. 코바늘뜨기는 이상하고 지루하니까. 그녀가 커피테이블에 놓고 간 원고를 읽으려고 시도해보았다. 혹시나 벽돌공의 책처럼 재미있을까 하고. 아니었다. 그저 상세한 코바늘뜨기 설명서, 만들기 몹시 어려워 보이는 결과물이 담긴 책이었다.

> 쉬워요. 어느 거울 고를까요. 알아맞혀봅시다.

그리고 2초도 지나지 않아 문자가 또 왔다.

어느 '것을'! 고를까요! 이놈의 자동교정! xx

나는 어둑한 버스 정류장 아래서 고분고분 리스트를 꺼내서 어느 것을 고를까, 고민했다. 버밍엄 근처에 사는 조니 화이트를 찍었다.

잘 골랐어요. 다음에 리치 면회를 갈 때 이분을 찾아가야겠어요. 버밍엄 지역에 사네요. 고마워요. 리언.

런던이 뙤약볕을 쪼이고 있는 가운데, 분주하고 땀에 젖은 거리를 뚫고 가며 선글라스 너머로 하늘을 올려다본다. 지칠 대로 지친 상태였다. 벌써 몇 시간 전에 잠자리에 들었어야 했다. 하지만 요즘은 바깥에서 햇빛을 받을 일이 좀처럼 없었고, 햇볕이 살갗에 닿는 느낌이 그리웠다. 비타민 D 결핍이 아닐까. 생각이 한가로이 노닐다가 다른 데로 옮아간다. 리치는 이번 주에 바깥 공기를 얼마나 쐬었을까. 법적으로 리치는 하루에 30분은 실외 활동을 해야 한다. 하지만 그 법이 잘 지켜지지 않았다. 교도관들 인력이 부족하기 때문이다.

그나저나 리치의 메시지를 담은 메모는 봤어요? 그의 사건 얘기를 나한테 말하라는 것도? 닦달하고 싶지는 않지만, 한 달이 넘었어요. 내가 듣고 싶어 한다는 건 알아주었으면 해서요. 말해줄 마음이 있다면. xx

문자를 응시한다. 핸드폰 화면이 햇볕에 반사되어 글자가 거의 안 보였다. 한 손으로 가리고서 다시 읽는다. 기분이 묘했다. 내가 리치 생각을 하고 있던 바로 그 순간에 티피가 이런 문자를 보내다니.

사건 얘기를 티피에게 해달라는 리치의 부탁에 어떻게 해야 할지 알 수 없었다. 둘이 대화를 나눴다는 얘기를 듣자마자, 티피가 리치를 무죄라고 생각할지 나도 모르게 궁금해졌다. 티피는 리치를 모르고 사건에 대해서는 더더욱 아무것도 모르는데 말이다. 말도 안 되는 생각이었다. 설령 그녀가 사건에 대해 낱낱이 알게 되고 나서 믿고 말고 한다고 해도, 그게 무슨 상관인가? 만나본 적조차 없는 사람인데. 하지만 늘 이 모양이었다. 그 누구를 만나도 느끼는 기분. 이 기분은 떨쳐지지가 않는다. 아주 평범한 대화를 나누다가도 어느새 생각하고 있는 것이다.

'내 동생이 무죄라면 믿겠어요?'

하지만 이런 질문을 할 수는 없는 노릇이다. 케이가 지적해주었듯이, 끔찍하고 느닷없고 난감한 질문이었다.

집에 도착해 메모로 답을 남겼다. 티피에게는 문자를 잘 보내지 않게 된다. 엄마에게 이메일을 보내는 것처럼 어색하달까. 그냥 쪽지가… 우리가 얘기하는 방식이었다.

옷장에 메모를 붙인다. 가장 최근 메모가 여기에서 멈춰 있었다.

리치에게 편지를 보내라고 말할게요. 당신만 괜찮다면요.
또 한 가지 든 생각: 혹시 말인데요. 언제, 코바늘뜨기 저자가
내가 일하는 세인트 마크스에 오실 수 있을까요? 환자들에게
오락거리를 좀 제공할 기회를 찾고 있거든요.
코바늘뜨기는 지루하지만, 편찮은 어르신들은 좀 즐겁게 해드
리지 않을까 싶어서요. x

안녕, 리언,

물론이에요. 리치만 준비되면 언제든지.

그리고 또 좋아요! 오히려 내가 부탁할 일이에요! 홍보팀은 그런 기회를 찾고 있거든요. 그런데 할 말이 있어요. 당신 타이밍 기가 막히게 잡았네요. 캐서린이 방금 전에 셀럽이 됐거든요. 캐서린이 올린 트위터를 확인해봐요.

메모 밑에 인쇄한 트위터 화면이 붙어 있다.

Katherin Rosen@KnittingKatherin

출간 준비 중인 『코바늘뜨기로 내 옷 만들기』에 당신 손으로 만들 수 있는 환상적인 목도리가 실려 있어요. 출간될 책, 각오 단단히 하고 보세요. 이 책을 읽고 작품을 만들어내세요!

댓글 117, 리트윗 8,000, 좋아요 2만 3,000

아래 다른 포스트잇 쪽지가 붙어 있다.

그래요, 리트윗이 8,000개. 프라이어 씨의 목도리에 대해 올린 글이에요. 프라이어 씨에게 꼭 말해요!

다음 포스트잇 쪽지.

트위터가 뭔지도 잘 모르죠? 당신의 노트북이 몇 달간 꿈쩍도 하지 않았던 걸 보면. 충전도 되지 않은 상태란 건 말해 뭐

하겠어요? 하지만 8,000개는 아주 많은 리트윗이랍니다, 리언. 진짜 많은 거라고요. 이게 다 DIY 유튜버인 타샤 차이-라테라는 사람이 리트윗을 하고 멘션을 달았기 때문에 일어난 일이에요.

트위터를 인쇄한 종이. 이제는 옷장에서 너무 밑에 붙어 있어서 웅크리고 앉아 읽어야 했다.

Tasha Chai-Latte @ChaiLatteDIY
코바늘뜨기가 완전 대세가 될 거예요! @KnittingKatherin의 멋진 디자인에 크나큰 경의를. #bemindful #crochetyourway
댓글 69, 리트윗 3만 2,000, 좋아요 6만 7,000

아래 포스트잇 쪽지가 두 개 더 있다.

타샤 차이-라테는 팔로워만 1,500만 명이에요. 마케팅팀과 홍보팀은 완전 뒤집어졌어요. 그래서 캐서린에게 유튜브에 대해 설명하는 상황이 된 거겠죠? 그녀는 심지어 당신보다 더심한 테크놀로지맹이에요. 게다가 홍보팀의 저 징글징글한 마틴이 캐서린이 하는 행사들을 트위터로 생중계하고 있죠. 하지만, 어쨌든 신나는 일이에요! 나의 사랑스러운 괴짜 캐서린이 정말 베스트셀러 리스트에 오를 수도 있으니까요. 뭐, 당연히 베스트셀러에 오르지는 않겠죠. 하지만 아마존에서 핫한 틈새는 될 거예요. 있죠, 공예나 종이접기, 뭐 그런 부문에서 1등이

되는 거죠. xx

…이 메모는 우선 잠부터 청하고 난 뒤 답하기로 하자.

7월

17

~~~~

티피

퇴근하고 집에 왔는데도 해가 중천에 떠 있다. 나는 여름을 사랑한다. 리언의 운동화가 사라졌다. 걸어갔나? 직장을 걸어서 갈 수 있다니, 질투심이 폭발한다. 더운 날의 지하철은 평소보다도 더 끔찍하다.

새로운 메모가 없는지 둘러본다. 요즘에는 새 메모를 찾아내기가 쉽지 않다. 집 구석구석에 포스트잇 쪽지가 붙어 있기 때문이다. 우리 중 한 명이 돌아다니며 떼어내지 않는 이상은.

주방 조리대에서 하나를 발견했다. 봉투에 붙어 있었다. 한 면에 리치의 이름과 수인 번호가 있고, 다른 면에 우리 주소가 있었다. 주소 옆에 리언의 필체가 담긴 짧은 메모.

리치가 보낸 편지가 왔어요.

그리고 안에는,

친애하는 티피,
어둡고 폭풍우가 몰아치는 밤이었어요….
그래요, 그래. 폭풍우는 안 쳤어요. 클래펌의 나이트클럽 대피에 갔던 어둡고 불쾌한 밤이었어요. 나는 이미 술에 떡이 되어 있었죠. 어느 친구네 집들이에 갔다 온 참이었거든요.

그날 밤 몇몇 여자들과 춤을 췄어요. 이 얘기를 왜 하는지는 이따 들려줄게요. 별별 사람이 다 모여 있었어요. 대학생 떼거리부터, 댄스 플로어를 어슬렁거리며 여자들이 엄청 취하기를 기다리는 족속까지. 그런데 저 뒤쪽 테이블 자리에 이런 나이트클럽에는 어울리지 않는 남자들 몇이 앉아 있었어요.

설명하기가 어렵네요. 다른 사람들처럼 술 마시고 놀려고 온 분위기가 아니었어요. 누구를 꼬시려고 하지도 않고, 진탕 술에 취할 생각도 아닌 것 같았고. 물론 춤도 추지 않았죠.

보니까 비즈니스를 하러 온 거였어요. '블루스'라고 알려진 갱단인데, 훨씬 후에야 알게 된 사실이죠. 감옥에 들어와서 여기 있는 사람들에게 들은 거예요. 그러니 당신도 그 사람들 얘기는 들어본 적이 없을 것 같네요. 런던에 사는 평범한 중산층 직장인이 알 만한 갱이 아니니까요.

그런데 거물이에요. 누군지 모르고 봐도 딱 알 수 있는. 하지만 나는 그때 엄청나게 취해 있었어요.

그중 한 남자가 자기 여자를 데리고 바에 가더군요. 일행에 여자는 두 명밖에 없었죠. 어쨌든 남자를 따라온 여자는 지루해 미치겠다는 표정이었어요. 얼굴에 쓰여 있었어요. 그녀가 나를 보았고, 문득 흥미가 동한다는 표정이었어요.

나도 마주 봤어요. 그녀가 자기 남자에게 지루해하고 있다면, 그건 그 남자 문제지, 내 문제는 아니잖아요. 남자는 이 클럽에 오는 보통의 남자들보다 세 보였죠. 그렇다고 해도 나는 예쁜 여자와 눈도 마주치지 못하는 남자는 아니에요. 그건 짚고 넘어갑시다.

나중에 화장실에서 그와 마주쳤죠. 날 벽으로 몰아세우더군요.

"건드릴 생각 마. 내 말 알아들어?"

이러는 거예요. 고함을 지르고, 이마에는 혈관이 불끈거리고.

"무슨 말 하시는지 모르겠는데요."

내가 말했죠. 아주 꼿꼿하게.

그는 계속 소리를 지르며 나를 밀쳤어요. 나는 맞받아치지 않았어요. 그는 내가 그녀와 춤추는 걸 봤다고 했어요. 나는 그런 적이 없는데. 그날 밤 몇몇 여자와 춤을 췄지만 그녀는 아니었어요. 춤을 췄다면 기억했겠죠.

그래도 그는 막무가내로 시비를 걸었어요. 그리고 클럽이 문을 닫기 직전에 그녀가 나타났어요. 나는 그녀와 얘기를 하고 싶어졌어요. 그냥 그를 열받게 하고 싶어서. 방금의 실랑이 때문이었겠죠.

우리는 시시덕거렸어요. 나는 그녀에게 술을 샀죠. 저 뒤편에서 비즈니스를 논의하고 있던 블러스는 우리가 하는 짓을 못 본 것 같았어요. 나는 그녀에게 키스를 했어요. 그녀도 받아주었죠. 얼마나 취했는지, 눈을 감으면 어지러웠어요. 그래서 그녀와 키스를 하는 동안 눈을 뜨고 있었어요. 기억해요.

그게 다였어요. 그녀는 클럽 어딘가로 사라졌죠. 모든 게 다 어렴풋하네요. 나는 고주망태였으니까요. 그녀가 정확히 언제 클럽을 나갔는지, 아니면 내가 언제 나왔는지 알 수가 없어요.

이때부터 일어난 일은 완전히 확실하게 얘기하기 힘들어요. 그럴 수 있었다면 여기에 처박혀 당신에게 편지를 쓰고 앉아 있지는 않았겠죠. 리언이 타준 밀크 커피를 들고서 당신의 저 유명한 빈백에 누워 머리를 식히고 있었을 거예요. 그때 일은 술집에 앉아 떠들어댈 무용담 정도가 됐을 테고.

하지만 나는 지금 이곳에 있고, 조각난 기억이라도 더듬으며 얘기해보려고 해요.

그들은 나와 친구들이 클럽을 떴을 때 나를 따라왔어요. 다른 친구들은 야간 버스를 타고 갔어요. 나는 가까운 곳에 살아서 걸어갔고요. 집에 가는 길에 클래펌 로드의 알디라는 24시간 주류 판매점에 들어가 담배와 맥주 여섯 캔을 샀어요. 딱히 담배와 술이 당기는 것도 아니었어요. 전혀 필요하지 않았다고요. 새벽 4시가 다 되었고, 나는 똑바로 걷지도 못했어요. 그런데도 가게에 들어가 술과 담배를 사서 집에 돌아왔어요. 그 사람들은 보지도 못했어요. 하지만 내가 가게에서 나왔을 때 근처에 있었던 게 분명해요. 상점 안에 달린 카메라에 따르면 내가 2분도 되지 않아 얼굴을 다 가리는 방한모에다가 후드를 눌러쓰고 '돌아왔다'고 하니까요.

영상을 보면 그 남자는 진짜 약간 나처럼 보이기도 해요. 하지만 내가 법정에서 지적했다시피 그는 나보다 똑바로 걸었어요. 나는 정말이지 정신없이 취해서, 할인 판매대를 습격함과 동시에 청바지 뒤에서 칼을 꺼낼 수가 없는 상태였어요.

이틀 후에 직장에서 체포될 때까지 꿈에도 생각 못 했어요. 이런 비슷한 일조차 일어났으리라고는.

그놈은 계산대 직원에게 금고를 열라고 말했어요. 금전출납기에는 4,500파운드가 들어 있었어요. 똑똑한 놈들이죠. 숙련이 됐거나. 그들은 말을 거의 하지 않았어요. 그러니 여직원은 증언대에서 별달리 할 말도 없었죠. 누가 자기 얼굴에 칼을 겨눴다는 것 말고는.

나는 CCTV에 찍혔고, 전과가 있었어요. 잡혀 들어간 거조.

내가 기소된 후에 당국은 보석 허가를 내주지 않았어요. 지금의 내 변호사는 흥미로운 사건이라며 나를 받아주었고, 나는 유일한 목격자에게 운을 걸었어요. 계산대 직원 말이에요. 하지만 그놈들은 그녀를 구워삶았어요. 그녀가 증언대에 서서 상점에 두 번째로 들어온 남자는 당연히 내가 아니었다고 말할 줄 알았어요. 강도 사건이 일어나기 전에 내가 가게에 왔지만 완벽하게 친절했으며, 도둑질할 생각은 조금도 안 하더라고 말이죠.

하지만 그녀는 법정에서 나를 지목했어요. 내가 확실하다고. 깬 채로 꾸는 악몽이었죠. 어떻게 말해야 할까요? 재판이 흘러가는 걸 보면서 배심원단의 표정이 바뀌는 걸 무력하게 지켜볼 뿐이었어요. 일어나서 발언하려고 했지만 판사가 고함을 지르며 제지했어요. 순서가 돌아오면 발언하라고. 하지만 내 순서는 영원히 오지 않는 것 같았어요. 내 순서가 돌아올 무렵에 배심원들의 마음은 이미 정해져 있었죠.

내 변호사는 망할 바보 같은 질문만 해대고, 나는 나대로 유리할 만할 말을 하지 못했어요. 머릿속이 뒤죽박죽이었어요. 재판이 너무도 뜻밖의 방향으로 흘러갔으니까요. 검찰은 몇 년 전의 내 전과를 활용하더군요. 열아홉, 내 인생 가장 밑바닥이었을 때 놀러 나갔다가 두어 번 싸움에 휘말린 적이 있었어요. 그건 다른 얘기지만 그렇게 심각한 일은 아니었다고 맹세해요.

그들은 나의 폭력적인 성향을 부각시켰어요. 검찰은 심지어 나랑 같은 카페에서 일하던 놈까지 데리고 왔어요. 나를 죽어라 싫어하던 놈이었죠. 대학 때 한 여자를 두고 사이가 틀어졌는데요. 내가 그 여자를 데리고 댄스파티에 갔거든요. 그들이 장단을 맞추는 꼴을 보자니 신기한 마음까지 들더군요. 배심원단이 나를 유죄라고 믿게 되는 과정이 쫙 보였어요.

그렇게 무장 강도 혐의로 8년을 선고받게 된 거예요.

이렇게 됐네요. 뭐라고 말해야 할지. 사건에 대해 글로 쓰거나 말할 때마다 나 자신도 점점 믿을 수가 없어져요. 말이나 되는지 모르겠지만요. 그냥 점점 더 화가 날 뿐이에요.

복잡한 사건도 아니었어요. 그러고는 살이 항소심에서 처리를 해줄 거라고 생각했죠. 하지만 망할 살은 아직 항소심 날짜도 잡지 못했어요. 선고 받은 게 작년 11월인데, 항소심이 열릴 기미조차 보이지 않는다고요. 나는 형이 해결하려고 애쓴다는 것도 알고, 그 이유로 형을 사랑해요. 빌어먹을, 사실을 말하자면, 내가 감옥에서 나가기를 바라며 신경 써주는 사람은 형 말고는 아무도 없어요. 그리고 엄마 정도.

솔직하게 얘기할게요, 티피. 나는 지금 떨려요. 괴성을 지르고 싶어요. 이곳은 최악이에요. 비빌 구석 하나 없어요. 팔굽혀펴기가 지금 나의 친구가 되어주는데요. 하지만 사람은 때로 달리기도 해야 하잖아요? 그런데 침대와 변기가 세 발자국 사이인 곳에서 어떻게 뛰겠어요.

여하튼 그래요. 아주 긴 편지였네요. 쓰는 데 시간이 꽤 걸렸어요. 지금쯤이면 우리가 나눴던 대화를 잊었을지도 모를 텐데.

답장하지 않아도 돼요. 혹시 답장하고 싶다면, 리언의 편지에 같이 넣어주면 되겠어요. 우표와 봉투도 동봉해주면 좋고요. 당신이 나를 믿어주기를 바라는 마음이에요. 그 누구보다 더. 왜냐하면 당신은 형에게 중요한 사람 같으니까요. 그리고 형은 내게 절대적으로 중요한 유일한 사람이라고 할 수 있어요.

진심을 담아,

리치 ××

이튿날 아침에 둥지처럼 이불을 감싸고 편지를 다시 읽었다. 감기에 걸려 살갗이 까끌까끌했다. 이 남자 때문에 울고 싶은 심정이었다. 나는 그의 이야기에 단숨에 사로잡혀버렸다. 그 편지 때문에 토요일 새벽 5시 반에 깼다. 그만큼 끔찍한 사건이었다.

거의 무의식적으로 핸드폰에 손을 뻗었다.

"거티, 너 유능한 변호사지?"

"변호사 일에 익숙하기는 하지. 그게 거의 매일 아침 6시에 깨어 있는 주된 이유이기도 하고. 토요일 아침은 빼놓고 말이야."

시계를 보았다. 6시였다.

"미안. 하지만— 네가 무슨 종류의 법을 다루는지 한번 더 말해줄 수 있어?"

"형법, 티피. 나는 형법을 다뤄."

"맞아, 맞아. 근데 그게 뭐하는 거야?"

"나는 너한테 지금 무죄추정의 원칙을 부여하겠어. 엄청나게 긴급한 일이 아니면 이런 만행을 저지를 수 없다고 생각하겠다는 얘기야."

거티가 말했다. 그녀는 귀에 다 들리게 이를 갈았다.

"형법 변호사는 사람과 그들의 재산을 상대로 한 범죄를 다뤄."

"무장 강도 사건 같은 거?"

"그래. 좋은 예야. 참 잘했어요."

"너 나 밉지? 지금 네 증오 리스트의 꼭대기에 내가 등극해 있겠지?"

"내가 늘어지게 잘 수 있는 하루야. 그러니까, 맞아. 넌 도널드 트럼프를 젖혔어. 내내 콧소리를 흥얼거리는 그 우버 기사도 젖혔고."

젠장. 좀 더 잘 풀어보자.

"그 왜 변호사들이 무료로 혹은 돈을 덜 받는 특별한 사건들 있지?"

거티가 잠깐 뜸을 들였다.

"무슨 얘기 하려는 거야, 티피?"

"잠깐만 들어봐 줘. 무장 강도로 유죄 선고를 받은 어떤 남자에게 편지를 한 통 받았거든. 그거 한번만 봐줄래? 너는 아무것도 하지 않아도 돼. 그를 의뢰인으로 받아주라는 얘기가 아니야. 그냥 읽기만 해 달라고. 그리고 의문점을 정리해 써준다거나?"

"어디서 난 편지야?"

"얘기가 길어. 그리고 어디서 났는지는 중요하지 않고. 중요한 일이 아니면 너에게 부탁하지 않았을 거란 점만 알아주면 좋겠어."

졸음에 겨운 침묵이 길게 이어졌다.

"당연히 읽어드리지. 점심 먹으러 와. 편지 가져오고."

"사랑해."

"증오해."

"그래도 내가 라테 사다줄게. 도널드 트럼프는 절대로 해주지 않을 일이지."

"좋아. 커피가 얼마나 뜨거운지에 따라 내 증오 리스트에서 네 순위를 바꿀지 말지 결정하겠어. 10시 전에는 다시 전화하지 마."

거티가 전화를 끊었다.

거티와 모의 아파트는 완벽하게 거티화되어 있었다. 모가 여기서 살기는 하는 걸까? 그의 예전 집은 빤 옷과 빨지 않은 옷이 뒤섞인 쓰레기장이었다. 옷을 정리하는 그 어떤 체계도 없었다. 비밀 유지를 해야 할 것 같은 서류가 널려 있기도 했다. 하지만 이곳에는 모든 물건에 용도가 있었다. 아파트는 아주 작았지만, 처음 봤을 때와 비교하면 그렇게 작은지도 모를 정도였다. 부드러운 여름 햇살이 비쳐 드는 창가에는 식탁이 자리해 있었다.

그녀에게 커피를 건넸다. 한 모금 마시더니 만족한다는 뜻으로 고개를 끄덕였다. 나는 멕시코와 미국 사이에 장벽을 세우겠다는 남자보다는 덜 미움받는 인간이 되었다! 그 기념으로 살짝 주먹을 흔들었다.

"편지."

거티가 한 손을 뻗으며 말했다.

거티는 쓸데없는 얘기를 하는 스타일이 아니다. 나는 가방을 쏜살같이 뒤져서 편지를 건넸다. 거티는 안경을 집어 들며 바로 편지를 읽기 시작했다. 안경은 언제나 현관 옆의 사이드 테이블에 올려져 있었다.

나는 가만히 있을 수가 없어 사부작거렸다. 그러다 초조하게 서성였다. 식탁 위 책 더미의 순서를 흩트려놓기도 했다. 그저 거티를 앞에 두고 스릴을 맛보기 위해.

"나가."

거티가 언성을 높이지 않은 채 말했다.

"방해되잖아. 저 길가에 시궁창 맛 커피를 파는 카페에 모가 있어.

개랑 있으면 심심하지 않을 거야."

"그래, 좋아. 그럼…. 다 읽고 있는 거야? 어떻게 생각해?"

대답이 없다. 나는 거티에게 눈을 흘기고는 그녀가 알아챌까 봐 두려워서 황급히 자리를 떴다.

핸드폰이 울렸을 때는 카페에 채 도착하기도 전이었다. 거티였다.

"그냥 돌아오는 게 좋겠어."

그녀가 말했다.

"응?"

"속달로 해도 공판 기록이 나한테 도착하기까지 48시간은 걸릴 거야. 공판 기록을 읽기 전까지는 쓸모 있는 말을 해줄 수가 없어."

미소가 새어 나왔다.

"공판 기록 신청하는 거야?"

"자신의 무고함에 대해 매우 설득력 있는 스토리를 가진 사람들은 많아, 티피. 나라면 범죄 사건에 대한 그들의 이야기는 믿지 않는 것을 추천하겠어. 그런 얘기들은 당연히 극도로 편향될 수밖에 없지. 또, 복잡한 법 문제에 조예가 깊은 척도 하지 말 것이며."

미소가 여전히 지워지지 않았다.

"그래도 공판 기록은 신청한다는 거잖아."

"괜히 헛물켜지 말고."

이제는 진지해진 목소리로 거티가 말했다.

"진심이야, 티피. 공판 기록은 그냥 읽어보겠다는 거야. 이 사람한테는 아무 말 말고. 근거 없는 희망을 안겨주는 건 잔인한 짓이니까."

"그래."

미소가 지워진다.

"말하지 않을게. 그리고 고마워."

"별소리를. 커피는 훌륭했어. 이제 돌아와. 토요일에 이렇게 일찍 일어나야 한다면, 최소한 심심하기는 싫으니까."

18

~~~~~

리언

조니 화이트 1번을 만나러 가는 길. 매우 이른 시간이었다. 네 시간이 걸리는 거리이기 때문에 일찍 나섰다. 조니 화이트 1번의 집에서 그라운즈워스 교도소까지는 버스를 두 번 갈아타야 했다. 면회는 오후 3시였다. 좁은 기차 칸에 앉아 있다 보니 다리가 뻣뻣해졌다. 객차에는 에어컨이 나오지 않아서 등에 땀이 났다. 셔츠 소매를 더 걷어붙이는데 끝동에 티피가 붙여놓은 포스트잇 쪽지가 나타났다. 지난달쯤 것으로, 5호의 이상한 남자가 오전 7시에 뭘 한다는 내용이었다. 당황스럽다. 이제는 집을 나서기 전에 메모가 있는지 옷을 확인해봐야겠다.

조니 화이트의 집이 자리한 그리턴은 놀랍도록 아름다운 소도시였다. 잉글랜드 중부 지방의 두터운 초록색 평야가 쭉 펼쳐진 곳. 버스 정류장에 내려 조니 화이트의 집을 향해 걸어간다. 그에게 두어 번 이메일을 보냈지만, 실제로 어떤 사람일지는 예측할 수가 없었다.

도착하자, 거구에 우락부락한 인상의 조니 화이트가 들어오라고 우렁차게 외친다. 나도 모르게 고분고분 말을 들으며 가구가 거의 없는 거실로 들어선다. 유일하게 눈에 띄는 것은 한쪽 구석에 있는 피아노였다. 뚜껑이 열려 있고, 관리가 잘되어 있었다.

나　연주를 하십니까?

조니 화이트　왕년에 콘서트 피아니스트였소. 지금은 그때만큼 치지 않지만, 이 늙은 물건을 계속 가지고 있지. 피아노가 없으면 내 집 같지가 않아서 말이야.

　신이 났다. 완벽하다. 콘서트 피아니스트라니! 세상에서 가장 멋진 직업 아닌가! 게다가 아내나 아이들이 담긴 사진이 어디에도 보이지 않았다. 훌륭하다.

　조니 화이트 1번과 나는 각자 소파와 안락의자에 서로 마주 보고 자리를 잡았다. 불쑥 꺼내기 어려운 대화 주제라는 생각이 불현듯 들었다. 제2차 세계대전에서 한 남자와 사랑에 빠지셨습니까? 런던에서 찾아온 낯선 이와 얘기하고 싶을 만한 주제는 아니리라.

조니 화이트　그래, 뭘 찾아다니고 있는 거요?

나　궁금한 것이 있습니다.

　목을 가다듬었다.

나　선생님께서는 제2차 세계대전 때 군에서 복무하셨지요?

조니 화이트 1번　배에서 총알을 빼낼 때를 제외하고 2년간 복무했지.

　나도 모르게 그의 배를 쳐다보았다. 조니 화이트 1번은 놀랍게도 환한 미소를 지어 보였다.

조니 화이트 1번　의사가 총알을 잘 찾아낸 게 틀림없다고 생각하는 게로군. 그렇지?

나 아닙니다! 배에는 생명 유지에 꼭 필요한 기관이 아주 많다는 생각
  을 하고 있었습니다.

조니 화이트 1번, 킬킬거리며 빌어먹을 독일 놈들이 그 기관들을 비껴간
  거지. 나로서는 운이 좋았던 거고. 여하튼 배보다 이 손이 더 걱정이었
  소. 건반은 비장이 없어도 칠 수 있지만, 동상이 손가락을 갉아먹으면
  칠 수가 없으니까.

  경외감과 두려움을 안고서 조니 화이트 1번을 바라봤다. 그가 다시
킬킬거렸다.

조니 화이트 1번 아, 내 오래된 전쟁 호러 스토리는 들을 일 없고. 당신
  가족의 역사를 알아보고 있다고 했나?

나 제 가족이 아닙니다. 친구의 과거를 알고 싶어서요. 로버트 프라이
  어라는 분입니다. 선생님과 같은 연대에서 복무하셨지요. 같은 시간대
  였는지는 모르겠습니다. 혹시 그분이 기억나십니까?

  조니 화이트 1번이 깊은 생각에 잠겼다. 코를 잡아당기고 머리를 삐
딱하게 기울이면서.

조니 화이트 1번 아니. 아무런 기억도 떠오르지 않는걸. 미안하오.

  그래, 어차피 가능성이 적은 일이었다. 한 명 가고, 리스트에는 여전
히 일곱 명이 더 있다.

나 감사합니다, 화이트 씨. 더 이상 시간 뺏지 않겠습니다. 그냥 궁금해
  서 여쭤보는 건데요. 혹시 결혼하신 적이 있으신지요?

조니 화이트 1번, 예와 다르게 시무룩해지며 샐리는 1941년 공습 때 죽었
  소. 나에게는 그게 끝이었지. 나의 샐리 같은 사람은 어디에서도 만나
  지 못했으니까.

  이 얘기에 눈물이 날 뻔했다. 리치가 봤으면 나를 비웃었겠지. 그는

내가 대책 없는 낭만주의자라고 늘 말한다. 아니, 그런 뜻이되, 사실은 훨씬 더 무례한 표현으로.

케이가 나와 통화하며 있잖아, 리언. 당신 마음대로 찾아다닌다고 쳐. 당
　신의 친구분들은 모두 여든 살은 족히 넘었을 거라고.

나 재미있는 분이었다는 얘기를 하려는 것뿐이야. 그분과 얘기 나누는
　게 즐거웠다고. 콘서트 피아니스트! 세계에서 가장 멋진 직업 아니야?

　어이가 없다는 듯 말을 잇지 못하는 케이.

나 하지만 아직 일곱 명이 남았어.

케이 무슨 일곱 명?

나 일곱 명의 조니 화이트.

케이 아, 그렇군.

　그녀가 말을 끊는다.

케이 한 노인의 남자 친구를 찾아내려고 주말마다 영국 전체를 유랑할
　셈인 거야?

　이번에는 내가 입을 다문다. 맞다. 주말 말고 프라이어 씨의 조니를
찾을 시간이 어디 있는가? 주중에는 일하니까 할 수 없다.

내가 주저하며 …안 되나?

케이 면회며, 일이며, 당신을 통 볼 수 없으니까 하는 말이야. 그건 알
　고 있지?

나 그래, 미안해. 나는―

케이 그래, 그래. 알아. 당신은 당신 일을 좋아하고, 리치에게는 당신이
　필요하지. 나도 다 알아. 나도 까탈스럽게 굴려는 게 아니야, 리언. 그
　냥 마음이… 당신도 신경이 쓰여야 하는 거 아닌가? 내가 신경이 쓰

이는 것만큼은? 우리가 통 만나지 못하는 거 말이야.

나　나도 신경 쓰여! 하지만 오늘 아침에도 봤잖아?

케이　30분쯤. 허둥지둥 아침 먹으면서.

　　살짝 짜증이 났다. 달게 잘 수 있는 세 시간 중에 케이와 아침식사를 하려고 30분을 포기했다. 심호흡을 했다. 창밖을 보고는 버스가 어디까지 왔는지 깨달았다.

나　끊어야겠어. 이제 들어가야 해.

케이　좋아. 우리 나중에 얘기해. 몇 시 기차 탈 건지 문자해줄 거지?

　　탐탁지 않다. 이렇게 확인하는 것 말이다. 기차 시간을 문자로 보내고, 상대방이 어디에 있는지 늘 알아야 하는 것. 하지만… 잘못한 건 내 쪽이었다. 이의가 있을 수 없다. 케이는 이미 내가 관계 공포증이라고 생각하고 있다. 요즘 그녀가 즐겨 쓰지 마지않는 단어.

나　그럴게.

　　하지만 나는 끝내 문자를 하지 않았다. 할 생각이었지만 하지 못했다. 참으로 오랜만에 최악의 다툼이 이어졌다.

19

~~~~

티피

"선생님에게 완벽한 장소예요."

사진들을 탁자에 펼치며 마틴이 말을 쏟아냈다.

나는 부추기는 미소를 얼굴에 띄웠다. 처음에는 이 거창한 행사가 웃기지도 않다고 생각했지만, 하자는 쪽으로 마음이 기울었다. 인터넷 인플루언서들이 스무 개의 유튜브 영상을 쏟아낸 터였다. 캐서린의 설명서대로 코바늘을 떠 만들었다는 옷을 입고 찍은 영상들. 상무와 예정에 없던 열띤 회의가 열렸다. 홍보팀장은 이 책이 어떤 책인지 아는 척하는 연기를 무리 없이 해냈다. 예산을 더 할당받은 것은 말할 것도 없었다. 버터핑거스 회사 전체가 이제는 속도를 올리며 흥분으로 윙윙거렸다. 지난주에만 해도 코바늘뜨기에는 콧방귀도 안 뀌던 기억은 다 사라진 듯 보였다. 어제 들은 얘기인데, 영업팀장이 이 책이 대박날 것임을 진작 예상했다고 선언했단다.

캐서린은 이 난리법석에 당혹스러워했다. 특히 타샤 차이-라테에 대해 그랬다. 처음에는 그녀도 유튜브에서는 아무 사람이나 돈을 긁어모을 수 있다는 얘기에 여느 사람들과 조금도 다름없이 반응했다. 즉, 혹한 것이다.

"나도 할 수 있어!"

그녀가 선포했다. 나는 스마트폰 구입에 투자하는 것을 출발점으로 삼으라고 조언해주었다. 천릿길도 한 걸음부터. 이제 그녀는 마틴이 자기 트위터를 맡아 관리하는 데에 짜증이 나 있었다.

"캐서린에게 믿고 맡길 수는 없어요! 우리가 관리해줘야 한다고!"

마틴이 오늘 아침 루비에게 언성을 높여가며 한 얘기였다.

"그래, 정식 출판기념회란 어떤 것일까?"

캐서린이 물었다.

"나에게 출판기념회란 보통 와인을 마시거나 귀한 걸음해주신 웬 노파하고 수다를 떠는 자리였단 말이지. 하지만 규모가 이렇게 성대할 경우에는 어떻게 되는 거야?"

그녀가 거대한 이즐링턴 홀의 사진을 가리켰다.

"아이 정말, 캐서린."

마틴이 말했다.

"물어봐주셔서 기쁩니다. 티피와 제가 2주 후에 우리 회사의 다른 중요한 출판기념회에 선생님을 모시고 가볼 거예요. 어떻게 진행되는 일인지 선생님께 보여드리게요."

"공짜 술도 있어요?"

캐서린이 쫑긋 관심을 보였다.

"아, 지당한 말씀을요. 공짜 술은 흘러넘치죠."

내게는 공짜 술은 없다더니, 마틴이 입술에 침도 안 바르고 말했다.

마틴은 거창한 출판기념회를 열도록 설득하는 임무로 돌아갔다. 캐서린은 뒤쪽에 있는 사람들이 무대를 못 보면 어쩌나 걱정이 이만저만 아니었다. 시계를 흘깃 보았다. 나는 리언의 호스피스에 제시간에 가지 못하면 어쩌나 걱정이 이만저만 아니었다.

오늘이 호스피스 병동을 방문하기로 한 날이었다. 리언이 그곳에 있을 것이다. 만 다섯 달하고도 반이 지난 오늘 밤에야 그와 드디어 만나게 되는 것이다.

이상하리만치 긴장되었다. 아침에 옷을 세 번이나 갈아입었다. 나로서는 드문 일이었다. 평소에는 일단 옷을 입으면 다른 옷을 입은 그날의 내 모습은 상상조차 할 수 없었다. 그런데 지금은 옷을 잘 입은 것인지 확신이 서지 않았다. 레몬빛 노란색으로 톤 다운된 망사 원피스에 청재킷과 레깅스를 입고 백합이 그려진 내 사랑스러운 부츠를 신은 차림. 암만 봐도 댄스파티에 가는 열여섯 살 소녀 같은 차림이었다.

"이제 출발해야 하지 않을까요?"

내가 마틴의 휜소리에 찬물을 끼얹으며 말했다. 병동에 도착해 행사 시작 전에 리언에게 감사의 말을 전하고 싶었다. 그가 저스틴처럼 강연 중간에 들어오는 것은 바라지 않았다. 캐서린이 내 몸을 재면서 핀을 꽂아대고 있는 와중일 테니까.

마틴이 캐서린의 눈을 피해 내게 희번덕거렸다. 눈빛이 어찌나 사나운지 몰랐다. 마틴의 노력이 무색하게도 캐서린은 그의 눈빛을 보았고, 재미있어하며 커피 잔에 입을 대고 킬킬거렸다. 아까 출판사에 도착했을 때는 나에게 골이 나 있었다. '무난한 옷'을 입고 오라는 그녀의 지시를 내가 또 어겼기 때문이다. 베이지색 옷은 내 생명을 빨아먹는다는 평계는 통하지 않았다.

"우리는 예술을 위해 희생을 감수해야 한다고, 티피!"

그녀가 손가락을 까닥이며 말했다. 나는 이것은 사실 그녀의 예술이지, 나의 예술이 아님을 지적했다. 하지만 그녀가 하도 상처받는 모습을 보이기에 포기하고 벙벙한 속치마는 벗는 것으로 타협을 보았다.

한마음으로 마틴을 싫어하는 것이 우리를 다시 뭉치게 해주었다.

호스피스 병동의 광경은 뻔할 것이라고 생각했다. 왜 그랬는지 모르겠다. 가본 적도 없으면서. 그래도 이 병원에는 내 상상과 일치하는 것이 몇 가지 있었다. 리놀륨이 깔린 복도, 각종 케이블과 튜브가 주렁주렁 달린 의료 장비, 허접한 액자에 담긴 싸구려 그림들. 하지만 이곳은 상상 외로 친근한 분위기가 감돌았다. 사람들은 서로를 다 아는 것 같았다. 의사들은 길을 가다가 마주친 사람들에게 짓궂은 농담을 던졌고, 환자들은 숨을 쌕쌕 몰아쉬며 서로에게 싱긋거렸다. 한 간호사가 요크셔 억양을 쓰는 늙은 남자 환자와 저녁 메뉴로 어떤 맛의 라이스 푸딩이 좋겠는지를 놓고 꽤 격론을 벌이는 모습도 보였다.

한 직원이 정신을 쏙 빼놓는 미로 같은 복도를 지나도록 우리를 안내해주었다. 병원의 거실 같은 곳에 도착했다. 우리 물건을 올려놓을 플라스틱 테이블은 다 부서져가고 있었고, 잔뜩 늘어선 의자들은 앉기 불편해 보였다. 우리 부모님 집에 있는 것과 비슷한 TV도 있었다. 몸뚱어리가 뒤로 툭 튀어나와 덩치가 어마어마한 브라운관 TV는 안에 온갖 쇼핑 채널을 쟁여놓고 있을 것 같았다.

우리는 털실과 코바늘을 내려놓았다. 스스로 몸을 움직일 수 있는 환자 몇 명이 들어왔다. 코바늘뜨기 쇼가 열린다는 소문이 널리 퍼진 것이었다. 의사와 간호사들은 잠시도 가만히 있는 법이 없이 완전히 중구난방으로 뛰어다녔다. 마치 핀볼 같았다. 시작까지는 15분이 남아 있었다. 리언을 찾아내 인사를 하기에 충분한 시간이었다.

"실례합니다."

나는 거실 구역을 정신없이 지나쳐 가던 간호사에게 말을 걸었다.

"리언은 아직 출근 안 했나요?"

"리언이요?"

정신이 딴 데 팔린 간호사가 되물었다.

"병원에 있어요. 리언을 찾으세요?"

"아, 아니요. 신경 쓰지 마세요. 저기, 제가 아파서 찾는 게 아니고요. 그냥 인사하고 이 일을 하게 해줘서 고맙다는 얘기를 하려고 했던 거예요."

나는 마틴과 캐서린 쪽으로 팔을 흔들었다. 마틴은 시큰둥하게, 캐서린은 신이 나서 엉킨 털실을 풀고 있었다.

간호사가 쫑긋하더니 그제야 내게 주의를 돌렸다.

"당신이 티피인가요?"

"아, 네?"

"오! 안녕, 안녕하세요. 도살 병동으로 가보세요. 아마 거기 있을 거예요. 안내판을 따라가세요."

"정말 고맙습니다."

나는 이미 총총거리며 사라지는 그녀의 뒤에 대고 말했다.

도살 병동이라. 좋다. 벽에 고정된 표지판을 확인했다. 왼쪽으로 가야 하는 것 같았다. 그다음에 오른쪽, 그다음에 왼쪽, 왼쪽, 오른쪽, 왼쪽, 오른쪽, 오른쪽. 이게 뭐지. 가도 가도 끝이 없다.

"실례해요."

나는 수술복 차림으로 지나가던 사람을 낚아채며 물었다.

"제가 지금 도살 병동으로 제대로 가고 있나요?"

"네, 아주 잘 가고 계세요."

그가 가던 속도를 늦추지 않은 채 말했다. 흠. 그가 내 질문을 귓등으로 흘렸다는 생각이 들었다. 이곳에서 일을 하면 길을 묻는 질문이 정말이지 지긋지긋한가 보다. 다음 표지판을 바라보았다. 도살 병동은 표지판에서 이제 흔적도 없이 사라졌다.

수술복을 입은 아까 그 남자가 가던 길을 되돌아와 내 앞에 불쑥 나타났다. 화들짝.

"미안해요. 당신이 티피는 아니겠죠? 맞나요?"

그가 물었다.

"네? 안녕하세요?"

"그렇군요! 이런."

그는 나를 꽤 노골적으로 위아래로 훑어보았다. 그러고는 이내 자신이 무슨 짓을 하는지 깨닫고 눈길을 거두었다.

"이런, 죄송합니다. 그게 말이죠. 병원 사람 중 아무도 안 믿었거든요. 리언은 켈프 병동에 있을 겁니다. 다음 꺾어지는 곳에서 왼쪽으로 가세요."

"뭘 안 믿어요?"

그의 뒤에다 대고 외쳤지만, 그는 흔들거리는 문을 뒤로한 채로 이미 사라진 뒤였다.

뭔가… 이상하다.

몸을 돌리니 밝은 갈색 피부에 검은 머리, 이만큼 떨어져서 봐도 너덜너덜한 남색 유니폼을 입은 남자 간호사가 보였다. 빨래 건조대에 걸려 있던 리언의 유니폼과 많이 비슷했다. 찰나의 순간에 우리의 눈이 마주쳤다. 하지만 그는 고개를 돌리더니 엉덩이에 달린 호출기를 확인하고는 반대편으로 뛰어갔다. 키가 컸다. 리언일까? 확실히 알아볼 만큼 가까운 거리는 아니었다. 그를 따라가려고 더 빨리 걸었다. 약간 숨이 차올랐고, 어쩐지 스토커가 된 기분이 들어서 속도를 줄였다. 젠장. 켈프 병동으로 가는 길을 놓친 것 같다.

다음 왼편으로 꺾어지는 곳에는 '오락실'이라는 표지판이 붙어 있었다. 말하자면 내가 출발했던 바로 그 자리로 돌아온 것이다. 나는 시간을 확인하며 한숨을 내쉬었다. 행사를 시작하기까지는 5분밖에 남지 않았다. 끝나고 나서 찾으면 된다. 내 이름을 아는 이상한 사람들을 만나는 일이 더 이상은 없기를 바라면서.

오락실로 돌아와보니, 꽤 많은 사람들이 모여 있었다. 캐서린은 내가 눈에 띄자 안도의 한숨을 내쉬고는 곧장 프로그램을 시작했다. 나는 고분고분하게 지시를 따랐다. 사뜨기의 가치가 얼마나 대단한지 열띤 극찬이 울려 퍼지는 가운데, 방 안을 둘러보았다. 환자들은 대부분 늙은 노인들이었고, 그중 3분의 2는 휠체어를 타고 있었다. 병에 걸린 불쌍한 중년 여자 몇 명도 있었다. 하지만 그녀들은 캐서린이 하는 말에 누구보다도 흥미를 보이며 열심히 귀를 기울였다. 아이도 세 명 있었다. 어린 여자아이 하나는, 항암 치료를 마치고 이제 막 머리가 자라기 시작하는 것 같았다. 눈이 어마어마하게 컸다. 그걸 알아본 이유가 있었다. 다른 사람들은 모두 캐서린을 바라보는데, 이 아이는 아니었기 때문이다. 아이는 나를 보고 있었다. 그것도 활짝 웃으며.

나는 아이에게 살짝 손을 흔들었다. 캐서린이 내 손을 찰싹 쳤다.

"오늘의 마네킹은 형편없네요!"

그녀가 꾸짖었다. 순간 나는 2월의 그 유람선으로 돌아갔다. 코바늘 뜨기라는 이름 아래 캐서린이 갖가지 불편한 자세로 나를 주물럭거리던 때로. 순간, 우리의 눈길이 얽혔을 때 저스틴의 표정이 어땠는지 기억이 났다. 지난 기억 속에 있는 표정, 시간이 흐르면서 희미해지고 바뀌는 표정이 아니었다. 그때 그대로의 표정이었다. 소름이 온몸을 쓸어내렸다.

캐서린이 이상하다는 눈으로 나를 보았다. 나는 힘겹게 기억 속을 빠져나와, 캐서린을 안심시켜주려고 미소를 지어 보였다. 시선을 들어 올리는데, 키가 크고 검은 머리에 병원 유니폼을 입은 남자가 문을 밀고 다른 병동으로 가는 모습이 보였다. 심장이 뛰었다. 하지만 그는 리언이 아니다. 기쁜 마음까지 들 지경이었다. 나는 불안하고 상태가 좋지 않았다. 지금은 그와 만나고 싶은 순간이 아니었다.

"팔 들어, 티피!"

캐서린이 내 귀에 대고 쪼아댔다. 나는 머리를 흔들고서 캐서린의 지시대로 했다.

20

～～～

리언

바지 주머니에 구겨진 편지가 들어 있다. 티피는 리치에게 보내기 전에 먼저 읽어보라고 당부했다. 하지만 아직 읽지 못했다. 고통스러운 일이었다. 티피가 이해하지 못할 것이라는 확신이 불현듯 몰려들었기 때문이다. 판사의 생각과 마찬가지로 리치를 용의주도한 범죄자라 썼을 것이라는 생각만이 머릿속을 꽉 채웠다. 그의 주장은 앞뒤가 맞지 않고, 성격과 과거를 보았을 때 세상 모든 사람들이 생각하는 그대로일 것이라고.

스트레스를 받아 어깨가 땡땡 뭉쳤다. 제대로 본 건 아니었다. 하지만 저쪽 도살 병동으로 가는 복도 끝에 있던 빨간 머리 여자가 그녀일지도 모른다는 느낌을 떨쳐버릴 수 없다. 만약 그녀가 맞다면, 내가 도망쳤다고 생각하지 않기를 바랐다. 도망친 게 명백했다. 그래도 내가 도망쳤다는 것을 그녀가 몰랐으면 하는 마음이었다.

그냥… 편지를 읽기 전까지는 마주치고 싶지 않았다.

그러니 편지를 읽어야만 했다. 그때까지는 켈프 병동에 숨어 있으면서 계획에 없는 조우를 피할 생각이었다.

켈프 병동으로 가는 중에 접수대를 지나는데 접수대 직원 준에게 딱 걸렸다.

준 당신 친구가 왔던걸요!

이 코바늘뜨기 행사를 내 친구가 기획한 것이라고 단 두어 명에게 말했을 뿐이다. 결과적으로, 이 소식은 믿기 힘들 만큼 흥미로운 가십거리였던 모양이다. 내게 룸메이트가 있다니까 사람들은 모욕적일 만큼 놀라워했다. 내가 곧 죽어도 혼자 살 사람처럼 보인 모양이었다.

나 고마워요, 준.

준 오락실에 있어요! 너무 예쁘더라.

눈을 끔벅거린다. 티피의 외모에 대해서는 별로 생각해본 적이 없었다. 한꺼번에 다섯 벌의 원피스를 입는 사람은 아닐까 궁금하기는 했다. 순전히 옷의 양만 보고 든 생각이었다. 머리가 빨간색인지 물어보고 싶은 유혹이 잠깐 들었으나, 마음을 접었다.

준 사랑스러운 여자던데. 정말로 사랑스러워요. 그렇게 사랑스러운 여자를 찾아내 같이 살게 됐다니 너무 기뻐요.

수상쩍다는 눈으로 준을 봤다. 준은 함박 미소를 지어 보였다. 어디에서 무슨 얘기를 들은 걸까? 홀리? 홀리는 티피에 대해 집착 수준에 이르러 있었다.

켈프 병동에서는 안 하던 짓을 했다. 커피 한잔의 여유. 편지 읽기를 더 이상 미룰 수 없다. 오늘따라 이리 뛰고 저리 뛰게 하는 환자조차 없다. 편지를 읽는 것 말고는 달리 할 일이 없다.

편지를 펼치다가 이내 눈길을 돌렸다. 심장이 뒤틀렸다. 어처구니가 없었다. 애당초 이게 왜 문제가 되는 건가?

편지를 마주한다. 어른 대 어른이 마주하는 자세로. 상대방이 뭔가를 읽어달라고 한다. 그런데 쓴 사람의 의견이 대체 왜 중요한가?

하지만 중요했다. 솔직히, 나는 집에 와서 티피의 메모를 읽는 것이 좋았다. 그래서 그녀를 잃는다면 슬플 것이다. 그녀가 리치에게 가혹한 입장이라면 그렇게 될 수밖에 없다.

친애하는 리치,

편지해줘서 정말 고마워요. 편지를 읽으며 눈물을 흘렸어요. 당신은 영화 〈미 비포 유〉, 내 전남친, 양파와 더불어 내 눈물샘을 100퍼센트 자극하는 대열에 합류했어요. 그거 참 굉장한 일인데. 나는 시도 때도 없이 질질 짜는 울보가 아니거든요. 나라는 사람은 정말 심각한 감정적 혼란이나 식물성 효소가 아니고서야 여간해서는 울지 않는답니다.

참 이런 망할 일이 다 있다니 기가 막히네요. 뭐, 이런 일이 세상에 일어난다는 건 알아요. 하지만 누군가의 입이나 펜을 통해 온전한 사연을 들었을 때는 얘기가 다르죠. 그냥 머릿속으

로 아는 거하고 세상에 그런 일이 실제로 일어난다는 걸 연관
짓게 되는 것하고는 다르잖아요? 당신은 법정에서 재판을 받
을 때 어떤 기분이었는지, 감옥 생활이 당신에게 어떤 영향을
미치고 있는지는 말해주지 않았어요…. 당신이 빼먹은 그 부분
때문에 더 눈물을 흘릴 수밖에 없었어요.

하지만 이따위 일이 얼마나 엿 같은지 말하는 건 아무 의미가
없을 테죠. 그거야 당신이 이미 더 잘 알 테니까요. 내가 얼마
나 안타까운 마음인지 말하는 것도 마찬가지일 거예요. 그런
마음은 사람들이 많이 보여줬을 테니까요. 편지를 쓰기 전에
그런 생각을 하고 있자니, 다 소용없는 짓이 아닐까 하는 기
분이 들기도 했어요. "안됐어요. 참 엿 같은 일이네요"라는 말
이나 하려고 편지를 쓸 수는 없다는 생각이 든 거예요. 그래서
내 가장 친한 친구인 거티에게 전화를 걸었어요.

거티는 대단히 훌륭한 인간이에요. 보면 딱 알 수 있죠. 그녀
는 세상 거의 모든 사람에게 못되게 굴고, 일에만 매달리는 친
구예요. 그리고 그녀를 거스르는 사람은 그녀의 인생에서 완전
히 아웃이에요. 하지만 그녀는 그녀대로 원칙을 정말로 충실히
지키는 사람이랍니다. 정말 훌륭한 친구가 되어주며, 그 무엇
보다도 정직함에 가치를 두는 사람이에요.

그런 그녀가 또 변호사가 아니겠어요? 또, 말도 안 되게 성공
적인 커리어를 일구어가고 있어요.

솔직하게 털어놓을게요. 거티가 내 부탁으로 당신의 편지를 봤
어요. 그녀는 자기대로 관심이 생겨서 당신의 공판 기록을 읽
었어요. 당신을 위해서 읽은 것이기도 해요. 하지만 그걸 인정

할 사람은 아니죠. 또 당신 사건을 맡겠다고 한 것도 아니에요 (동봉한 그녀의 메모를 보면 알 거예요). 하지만 몇 가지 질문이 있다고 하네요. 질문에 답하는 건 온전히 당신 자유예요. 당신 사건을 다루는 훌륭한 변호사가 이미 있을 테니까요. 그러니까 거티를 이 일에 끼우는 건 어쩌면 당신보다는 나에 관한 일일 지도 몰라요. 뭔가 해내고 있다는 기분을 내고 싶은 요즘이거 든요. 그러니 나보고 꺼지라고 해도 돼요.

하지만 거티에게 답장을 하고 싶은 마음이 든다면, 리언에게 보내는 편지에 써서 보내요. 그럼 전달해줄 테니까. 그리고 아 마도… 당신 변호사에게는 이 상황에 관해 말하지 않는 게 좋 겠죠?

우표 잔뜩 동봉해요. 참, 나도 사람들을 돕지 못해 애쓰는 불 쌍한 인간인 모양이에요.

안녕,

티피.

친애하는 투메이 씨,

나는 거트루드 콘스탄틴이라고 합니다. 티파니가 편지에서 내 소개를 거창하게 했으리라 짐작이 드니, 인사말은 생략합니다. 우선 확실히 해둡시다. 사건을 맡겠다는 건 아니에요. 이건 법 률적인 컨설팅이 아니라 그냥 편지입니다. 무슨 조언이라도 해 드릴 수 있다면, 그건 티파니의 친구로서 비공식적으로 해드리 는 거예요.

─당신의 공판 기록에 따르면 클래펌의 클럽 대피에 당신과 함

께 갔던 친구들 중에서 목격자 증인으로 소환된 사람이 한 명
도 없는 것 같던데요. 검찰 측이나 변호인 측 모두. 맞는지 확
인해주십시오.

-공판 기록에는 당신도 혹은 그 누구도 '블러즈'를 거론하지
않았습니다. 당신은 그 갱단 이름을 수감 생활을 하면서야 알
게 된 듯합니다. 어떤 정보를 듣고 클럽에서 본 무리와 화장실
에서 당신을 공격한 남자가 이 갱단의 멤버라고 믿게 됐는지
확인해주시겠습니까?

-클럽 화장실에서 공격을 받고 경찰에 신고를 했습니까?

-클럽 경호원들은 갱(앞으로 그들을 이렇게 지칭하겠습니다)이 당
신이 떠나자마자 나갔다고 했습니다. 그들이 받은 질문은 그것
이 다였죠. 갱이 당신이 갔던 길과 같거나 비슷한 길로 갔느냐
는 질문을 받았다면 그들이 대답할 수 있었을까요?

-배심원단은 주류 판매점 안에서 찍힌 CCTV 영상 단 한 토
막만을 바탕으로 결정을 내린 것으로 보입니다. 당신의 변호사
가 클래펌 로드, 알디 상점 주차장, 근처의 빨래방 CCTV 영상
을 요청했습니까?

거트루드 콘스탄틴

21

～～～

티피

사람들에게 코바늘과 실을 나눠줄 순서가 되었을 때, 나는 아까 나를 빤히 바라보던 여자아이에게 다가갔다. 내가 다가가자 아이가 활짝 웃어 보였다. 커다란 앞니를 다 드러내며 맹랑하게도.

"안녕."

그녀가 말했다.

"언니가 티피예요?"

나는 그녀를 바라보다가 휠체어 높이에 맞추어 쭈그리고 앉았다. 위에서 내려다보자니 어색했다.

"오늘 사람들이 계속 물어보네. 어떻게 맞힌 거니?"

"언니 예뻐요!"

아이가 신이 나서 말했다.

"언니, 좋은 사람이에요?"

"아, 나는 사실 아주 나쁜 사람이야! 왜 내가 티피라고 생각한 거야? 그리고-"

나는 조금 생각하고 나서 말을 이었다.

"예쁘다고?"

"이거 시작할 때 언니 이름 말해줬잖아요."

아이가 지적했다. 아, 맞다. 그랬다. 그렇다고 내 이름을 알고 있는 그 모든 이상한 간호사들까지 다 설명이 되는 건 아니다.

"언니 별로 나쁘지 않아요. 내 생각에는 착한 사람 같은데요? 저 아줌마가 언니 다리 치수를 재게 해준 거, 착한 일이잖아요."

"그렇고말고, 그렇지? 그 몹시 착한 행위가 이제까지는 별로 진가를 인정받지 못해서 말이야. 고맙구나. 코바늘 뜨는 법을 알고 싶니?"

"아니요."

웃음이 터져 나왔다. 아이는 그녀 뒤에 앉은 남자보다는 솔직했다. 그는 캐서린의 지휘 아래 풀매듭을 맹렬하게 뜨고 있었다.

"그럼 뭐가 하고 싶은데?"

"언니하고 리언에 대한 얘기를 하고 싶어요."

그녀가 말했다.

"아, 리언을 아는구나!"

"나는 리언이 가장 좋아하는 환자예요."

미소가 지어졌다.

"의문의 여지가 없지. 그러니까 리언이 내 얘기를 했다는 거지?"

"그렇다고는 할 수 없어요."

"아, 그렇구나. 흠-"

"하지만 내가 언니 예쁜지 알아봐주겠다고 아저씨한테 얘기했어요."

"그러셨어! 내가 예쁜지 말해달래?"

아이는 질문을 듣고 잠깐 생각에 잠겼다.

"아니요. 하지만 알고 싶어 할 거라고 생각해요."

"아닐 거 같은데…."

아이의 이름을 모른다는 것을 이제야 깨닫는다.

"홀리."

아이가 말했다.

"크리스마스 식물 이름 있잖아요."

"그래, 홀리. 나와 리언은 그냥 친구야. 친구 사이에서는 친구가 예쁜지 알 필요가 없는 거야."

문득 보니 마틴이 내 어깨 바로 옆에 와 있었다.

"얘와 포즈 좀 취해줄래요?"

그가 내 귀에 대고 웅얼거렸다. 이런, 이 남자는 인기척을 내지 않고 다가오는 데 선수다. 새를 잡아먹는 고양이처럼 목에 방울을 달아야 할 판이다.

"포즈요? 홀리하고요?"

"백혈병 걸린 아이, 그렇죠."

마틴이 말했다.

"보도자료로 뿌리려고."

"나도 귀 있는 거 알죠?"

홀리가 큰 목소리로 일러줬다.

천하의 마틴도 홀리의 말에 민망해하는 일말의 양심은 있었다.

"안녕."

그가 영혼이 별로 담기지 않은 말투로 말했다.

"마틴이라고 해."

홀리가 어깨를 으쓱했다.

"좋아요, 마틴. 우리 엄마는 아저씨한테 내 사진을 찍어도 된다고 허락한 적이 없는데요. 나는 사진 찍고 싶지 않아요. 사람들은 내가 머리카락이 별로 없고 아파 보인다고 동정을 하니까."

바로 그 이유로 사진을 찍으려는 마틴의 속이 다 보였다. 주먹을 한

방 날리고 싶다는 욕구에 문득 사로잡힌다. 적어도 정강이라도 걸어차고 싶었다. 한두 번 들었던 마음이 아니었다. 홀리의 휠체어에 걸려 사고처럼 보이게 할 수도 있지 않을까?

"그러든지."

마틴이 이미 캐서린 쪽으로 가면서 내뱉었다. 캐서린이 홀리와 비슷하게 귀여운 환자와 함께 있기를 바라면서 가는 것이었다. 말할 필요도 없었다. 출세를 위한 수작. 그래서 자기 사진이 온 인터넷에 도배가 되어도 덜 꺼릴 만한 환자를 찾아다니러.

"저 아저씨는 나빠요."

홀리가 정곡을 찔렀다.

"맞아."

별로 생각해보지도 않고 말이 나왔다.

"나빠, 그렇지?"

시계를 본다. 행사가 끝나기 10분 전이었다.

"가서 리언 아저씨 찾아볼래요?"

홀리가 영악한 눈빛으로 나를 바라보았다.

캐서린과 마틴을 보았다. 모델로서의 내 역할은 끝났고, 나는 다른 사람들에게 코바늘뜨기를 가르치는 능력이 없다. 능력은커녕 코바늘 뜨는 솜씨조차 형편없다. 털실을 다 치우려면 한참이 걸릴 것이다. 잠깐만이라도 그 일을 피해보면 좋겠다는 생각이 들었다.

캐서린에게 짧은 문자를 보냈다.

룸메이트 찾으러 가요. 행사 하게 해줘서 고맙다는 얘기만 하고 올게요. 정리할 시간에 맞춰 올 거예요. xx.

정리하러 올 생각은 추호도 없었다.

"저쪽이에요."

홀리가 말했다. 홀리는 내가 휠체어를 잘 밀지 못하고 우왕좌왕하자 웃음을 터뜨리더니 브레이크를 가리켰다.

"브레이크를 풀어야 한다는 걸 모르는 사람은 없던데."

"네가 엄청 무거운가 보다 했어."

홀리가 키득거렸다.

"리언은 코럴 병동에 있을 거예요. 표지판 따라가지 마요. 표지판 보고 가면 돌아가게 돼요. 왼쪽으로 꺾어서 가요!"

"여기 길을 정말로 잘 아는구나?"

나는 홀리의 지시에 따라 여남은 개쯤 되는 복도를 가다가 말했다.

"여기에 일곱 달을 있었거든요. 그리고 난 로비 프라이어 할아버지와 친구예요. 그분은 코럴 병동에 있는데요. 어떤 전쟁에서 아주 중요한 사람이었대요."

"프라이어 씨! 뜨개질하시는 분?"

"손에서 놓지를 않으시죠."

멋지다! 내 생명의 은인인 뜨개질쟁이와 메모 쓰는 나의 룸메이트를 만나러 가는 길이라니! 리언이 글 쓰는 것과 비슷한 식으로 말할지 궁금했다. 죄다 짧은 문장에 대명사는 어지간해서 쓰지 않는 식으로.

"헤이, 파텔 선생님!"

홀리가 지나가던 한 의사를 향해 불쑥 외쳤다.

"티피예요!"

파텔 박사가 걸음을 멈추고 안경을 내려 코에 걸치고는 미소를 반짝였다. "흠, 난 정말이지"가 그녀가 한 말의 전부였다. 그러고는 가장 가까이 있는 병실로 들어갔다.

"좋아, 홀리 양."

나는 휠체어를 돌려 홀리를 마주 보고 말했다.

"이게 다 무슨 일이야? 왜 여기 있는 사람들이 전부 내 이름을 알까? 왜 다 날 보고 놀라워하는 표정이지?"

홀리의 얼굴에 짓궂은 장난기가 떠올랐다.

"언니가 진짜라는 걸 믿는 사람이 아무도 없었거든요. 내가 리언이 어떤 여자와 살고 있고, 그녀에게 메모를 쓴다는 얘기를 다 말했는데도요. 그 사람이 아저씨를 웃게 만든다고 얘기했어요. 그런데 정말 아무도 믿지 않는 거예요. 모두 리언이 그럴 리가…."

홀리가 코를 찡그렸다.

"…룸메이트를 견딜 수 없을 거라나요. 아저씨가 너무 조용해서 룸메이트는 들이지 않을 것 같나 봐요. 하지만 사람들은 잘 몰라요. 아저씨가 사실은 정말 좋은 사람들, 예를 들면 나랑 언니같이 좋은 사람들을 위해 말을 전부 아껴놓는 거라는 걸."

"정말로?"

미소 지으며 고개를 젓고, 다시 복도를 내려가기 시작한다. 다른 누군가에게 리언 얘기를 들으니 이상했다. 지금까지 리언에 대해 얘기해주던 유일한 사람은 케이였다. 요즘에는 케이도 모습을 보이는 일이 거의 없었다.

홀리의 인도에 따라 마침내 코럴 병동에 이르렀다. 홀리는 주위를 살펴보는 시늉을 하며 휠체어 팔걸이를 꽉 붙들었다.

"프라이어 씨 어디 있죠?"

홀리가 외쳤다.

창가 의자에 앉은 노신사가 몸을 돌려 홀리에게 미소를 지었다. 주름살투성이 얼굴을 한 노인이었다.

"안녕, 홀리."

"프라이어 씨! 여긴 티피예요. 예쁘죠, 예쁘죠?"

"아, 무어 양."

프라이어 씨가 일어서서 손을 내밀려고 했다.

"이런 영광이."

나는 그가 다시 앉기를 바라며 허둥지둥 달려갔다. 몸을 펴고 일어서는 것은 그에게 현명한 행동이 아닌 것 같았다.

"뵙게 되어 큰 영광이에요, 프라이어 씨! 꼭 말씀드리고 싶었어요. 선생님 작품 정말로 좋아요. 책에 들어갈 목도리와 모자를 다 만들어주시다니, 어떻게 감사의 인사를 드려야 할지 모르겠어요."

"아, 아주 즐겁게 만들었어요. 수업에도 가려고 했는데-"

그가 무심코 가슴을 쓸어내렸다.

"몸이 좀 안 좋지 뭐예요, 안타깝게도."

"아휴, 괜찮아요. 그런 수업이 필요하실 분도 아닌데요."

나는 잠시 말을 끊었다.

"혹시 누구 보시진 않으셨을까 해서…."

프라이어 씨가 미소를 지었다.

"리언?"

"네. 인사나 하고 싶어서요."

"음, 리언은 어디 가만히 있지를 않지. 사실 방금 여기서 나갔어요. 아가씨가 여기 오고 있다고 누가 귀띔을 해준 모양이에요."

"아."

나는 창피함에 시선을 떨어뜨렸다. 병원 안을 쏘다니며 그를 잡으러 다닐 생각은 아니었다. 저스틴은 내게 멈추어야 할 때를 모른다고 자주 말했다.

"그가 보고 싶어 하지 않는다면 그냥…."

프라이어 씨가 손사래를 쳤다.

"내 말 잘못 알아들었군요. 조금도 그런 게 아니라오. 아가씨를 만나는 게 긴장이 돼서라고 말하는 게 맞을 것 같아요."

"왜 긴장이 될까요?"

나는 하루 종일 긴장하지 않았다는 것처럼 물었다.

"이유는 정확히 알 수 없지. 하지만 리언은… 변화를 좋아하지 않는 사람이에요. 하지만 당신과 사는 걸 많이 좋아하는 건 분명해요, 무어 양. 아마도 그걸 망치고 싶지 않았을 테지."

그가 말을 멈추었다가 다시 이었다.

"당신들이 지켜온 일상의 규칙에 변화를 주고 싶다면, 재빨리, 한꺼번에 해치워야 한다고 조언하겠소. 피해갈 도리가 없게 말이야."

"깜짝 선물처럼."

홀리는 자못 진지했다.

"그래요. 어쨌거나 만나 뵈어서 정말 반가웠어요, 프라이어 씨."

"한 가지 더, 무어 양."

프라이어 씨가 말했다.

"오늘 좀 울컥해 보이더군요. 편지를 한 통 들고 있던데. 아가씨가 뭐 아는 게 있을 것 같지는 않지만, 뭐 아는 거 있어요?"

"아, 이런. 제가 뭐 잘못된 말이라도 한 게 아니면 좋겠는데요."

나는 리치에게 보내는 편지에 무슨 말을 썼는지 기억해내려고 필사적으로 노력하며 말했다.

"아니, 아니, 화가 난 게 아니었다오. 어쩔 줄 몰라 하는 거였지."

프라이어 씨가 울퉁불퉁한 손으로 안경을 벗어 셔츠에 닦았다.

"보자, 내가 추측을 해보자면 그는… 좀 놀랐다고 할까."

22

~~~~

리언

감정을 주체할 수 없었다. 몸이 떨렸다. 몇 달 동안 이렇게 큰 희망은 느껴보지 못했다. 이런 감정을 어떻게 다루어야 하는지 잊고 있었다. 속은 덜덜 떨리고, 살갗은 차가운 동시에 뜨거워졌다. 한 시간이다 지나도록 심박수가 내려갈 생각을 하지 않았다.

티피에게 고맙다고 직접 말해야 했다. 그녀가 나를 찾는다고 했고, 나는 계속 숨어 다니기만 했다. 어린애 같고 어이없는 짓이었다. 기분이 이상했다. 우리가 만난다면 모든 것이 달라질 것 같은 기분, 모든 것이 달라질 것이고 원래 우리가 살던 방식으로는 다시 돌아갈 수 없을 거라는 기분. 나는 그대로가 좋았다. 지금 이대로가.

나 준, 티피 어디에 있나요?

준 당신의 사랑스러운 룸메이트?

나, 꾹 참으며 맞아요. 그 티피.

준 리언, 지금 새벽 1시가 다 됐어요. 프로그램 끝나고 나서 갔죠.

나 아. 그녀가 혹시… 메모를 남겼던가요? 아니면 뭐라도?

준 미안해요, 리언. 하지만 티피는 당신을 찾아다녔어요. 그게 위안이 좀 된다면.

위안이 되지 않았다. 메모도 없었다. 멍청이가 된 기분이었다. 고맙다고 말할 기회를 놓쳤다. 언짢았을 것이다. 그런 생각에 마음이 좋지 않았다. 하지만 나는 편지 때문에 여전히 동요하고 있었고, 온밤 들떠 있기도 했다. 그사이 티피와의 사교적 만남을 피해 복도 이리저리를 내달리던 기억이 불쑥불쑥 쳐들어왔다.

근무시간이 끝나고 평소대로 병원을 나와 버스 정류장으로 향했다. 병원 문을 나서자마자 케이에게 전화를 건다. 편지와 형법 변호사 친구, 그녀의 질문 리스트 얘기를 하고 싶어 안달이 났다.

케이는 평소답지 않게 말이 없었다.

나 진짜 좋은 일이지?

케이 그 변호사는 실제로 한 게 없어, 리언. 사건을 맡는다고도 하지 않았고. 리치의 무고함을 믿는다는 말조차 하지 않았잖아?

누군가 잡아채기라도 한 것처럼 몸이 휘청했다.

나 그래도 괜찮은 일이잖아. 너무 오랫동안 풀리는 일이 없었는데.

케이 그리고 당신이 티피를 만날 일은 없다고 생각했는데. 셰어하우스 건에 동의하면서 우리가 세웠던 첫 번째 규칙이 그거였고.

나 뭐…? 영원히? 아예 만나면 안 된다고? 그 사람은 내 룸메이트야.

케이 지금 내가 불합리하다는 식으로 몰고 가지 마.

나 당신이 그런 뜻인 줄은 몰랐어…. 그래, 어쨌거나 티피는 만나지 않았어. 당신한테 전화를 건 건 리치 얘기를 하기 위해서였고.

또 긴 침묵이 이어진다. 걸음을 늦추며 인상을 찌푸린다.

케이 리치의 상황에 대해 좀 생각을 해봤으면 좋겠어, 리언. 리치 사건
이 당신의 에너지를 다 빼앗아가고 있어. 지난 몇 달 동안에 당신은 달
라졌어. 솔직하게 말할게. 그냥 받아들이는 게 가장 건강한 대처가 아
닐까 싶어. 나는 당신이 받아들일 거라고 믿어. 시간이 꽤 지났잖아.
이 사건은 당신을 너무 짓누르고 있어. 우리를 짓누르고 있다고.

**이해가 가지 않았다. 내 말을 듣기는 한 건가? 전에 한 말을 반복한
것도 아니었다. 전과 같은 희망에 매달려 있는 것도 아니었다. 새로운
희망이 생겼다고 말한 것이다. 상황이 달라졌다고.**

나 무슨 말을 하고 싶은 거야? 그냥 포기하자고? 하지만 이제 새로운
증거를 이용할 수 있고, 뭘 찾아내야 하는지 알게 됐는데!

케이 당신은 변호사가 아니야, 리언. 변호사는 살이야. 당신 입으로 그
가 최선을 다하고 있다고 말하기도 했고. 그리고 사건이 이렇게 단순
명쾌한 마당에 이 사람이 끼어들어 리치에게 희망을 주는 건 옳지 않
아. 내 생각은 그래. 배심원 전원이 리치를 유죄로 봤다고, 리언.

**배 속으로 냉기가 흘러내린다. 심장 박동이 다시 올라갔다. 이번에
는 조금도 좋지 않은 이유에서. 화가 났다. 사랑하려고 너무도 애쓰는
사람이 최악의 말을 쏟아내고 있다.**

나 무슨 소리야, 케이? 당신이 바라는 게 뭔지 알 수가 없어.

케이 당신이 돌아오기를 바라.

나 무슨 말이야?

케이 당신을 돌려받고 싶다고, 리언. 지금 이 순간에 말이야. 당신의 삶
에 내가 있기를, 나와 함께하기를. 당신과 내가 사귀는 건 맞나 싶어.

당신은 여기 그냥 왔다가 가는 게 다야. 그것도 남는 시간에. 그때도 당신은 정말로는 나와 있지 않아. 늘 리치와 함께야. 언제나 리치에게 만 관심을 쏟아. 리치에게 더 신경을 쓰고.

나   당연히 리치가 더 신경 쓰이지.

총성이 울린 후 같은 정적이 흘렀다. 손으로 입을 친다. 뜻하지 않은 말이었다. 어쩌다 그런 말이 튀어나왔는지 알다가도 모를 일이었다.

나   그런 뜻이 아니야. 그저… 지금은 리치가 더… 보살핌이 필요하다는 얘기야.

케이   리치 아닌 다른 사람에게 줄 관심이 남아 있기는 해? 하물며 당신 자신에게 줄 관심은?

그녀가 진짜 하려는 말은 '나에게 줄 관심은?'이었다.

케이   부탁이야. 진지하게 생각을 좀 해봐. 당신과 나에 대해 진지하게 생각을 해보란 말이야.

그녀는 이제 울고 있었다. 끔찍한 기분. 하지만 배 속 깊은 곳의 뜨겁고도 차가운 포효의 감각은 멈추지 않고 소용돌이치고 있었다.

나   당신은 여전히 리치가 유죄라고 생각하지?

케이   젠장, 리언. 당신 동생이 아니라 우리 얘기를 해보자는 거잖아.

나   알아야겠어.

케이   이 단순한 게 이해가 안 가? 이게 당신이 치유될 수 있는 유일한 길이라는 얘기야. 그가 무죄라는 믿음을 계속 끌어안고 살 수도 있겠지. 그게 바라는 거라면. 하지만 당신은 리치가 감옥에 있다는 것, 앞으로도 족히 몇 년은 더 썩을 거라는 사실을 받아들여야 해. 이렇게 계속 싸울 수는 없어. 당신 삶이 조각나고 있는 걸 봐. 일하고, 리치에게 편지를 쓰고, 뭔가에 집착하는 거, 그게 요즘 당신이 하는 일의 전부야. 웬 노인의 남자 친구라거나 리치의 항소라거나. 예전에는 삶을 누릴 줄 알았어. 놀러 나가기도 하고, 나와 시간을 보내기도 하고.

나   남는 시간 같은 건 많이 가져본 적이 없어, 케이. 그 남는 시간은 늘 당신을 위해 썼고.

케이   요즘 당신은 2주마다 면회를 다니지.

진심으로, 감옥에 갇힌 동생을 만나러 가서 화가 났다는 건가?

케이   그것 때문에 화내면 안 된다는 거 나도 알아. 잘 알아. 하지만 그냥… 당신은 시간이 너무 없고, 이제 그 없는 시간 중에 더 작아진 짜투리만 내 몫이라는 기분이 든다고. 그리고….

나   여전히 리치가 유죄라고 생각해?

말이 끊겼다. 이제 나도 울고 있나 보았다. 버스가 또 한 대 지나가는 사이에 뺨이 뜨겁게 축축해졌다. 버스에 올라탈 수가 없었다.

케이   왜 얘기가 늘 이리로 돌아오는 거지? 내 생각이 뭐가 중요해? 우리 관계에 당신 동생이 이렇게 큰 부분을 차지해서는 안 되는 거잖아.

나   리치는 내 일부야. 우리는 가족이야.

케이   우리는 연인이야. 그건 아무 의미가 없어?

나   내가 당신 사랑하는 거 알잖아.

케이   우습네. 내가 그걸 아는지 이제는 잘 모르겠으니.

침묵이 계속되고, 차들이 쌩쌩 지나쳐갔다. 햇볕에 눋은 길을 내려다보며 신발을 직직 긋는다. 이 상황이 비현실적으로 느껴진다.

나   그냥 말해줘.

그녀는 기다렸다. 나도 기다렸다. 버스가 또 한 대 와서 기다리다가 떠났다.

케이   리치가 한 짓이 맞다고 생각해, 리언. 배심원단이 결론을 내렸잖

아. 그들은 모든 정보를 검토했어. 그가 저지를 만한 짓이기도 하고.

천천히 눈을 감는다. 예상했던 것과는 다른 기분이었다. 이상하지만, 안도감에 가까운 기분. 리치가 유죄라고 말하는 그녀의 목소리를 침묵 속에서 몇 달간 들어왔다. 끝나지 않던 것의 끝. 오장육부가 쉴새 없이 꼬이고, 대화의 언저리에서 끝도 없이 서성이던 날들. 알면서도 알지 않으려고 애쓰던 부단한 노력이 끝났다.

케이는 흐느끼고 있었다. 나는 여전히 눈을 감은 채 그 소리를 들었다. 몸이 허공에 붕 떠 있는 것 같았다.

케이 끝이지. 그렇지?

갑자기 명백해졌다. 끝이었다. 더 이상은 할 수 없었다. 나는 리치에 대한 사랑을 갉아먹는 짓은 할 수 없었다. 나처럼 그를 사랑해주지 않는 사람하고는 함께할 수 없었다.

나 그래. 끝이야.

23

~~~~

티피

호스피스를 방문한 다음 날, 가장 길고도 가장 두서없는 메모와 마주했다. 이제까지 리언에게 받아본 메모 중에 가장 길었다. 먹지 않고 내버려둔 스파게티 옆이었다.

> 안녕, 티피.
> 어제 좀 사방으로 뛰어다니느라고요. 하지만 리치에게 써준 편지 너무 고마워요. 어떻게 감사를 전해야 할지, 할 말을 찾을 수 없어요. 우리는 얻을 수 있는 도움이라면 절대적으로 다 필요하니까요.
> 당신을 찾지 않아서 미안해요. 전적으로 내 잘못이에요. 당신을 찾으려고 했지만, 편지를 너무 오래 있다가 읽었어요. 당신이 요청한 대로 내가 먼저 편지를 읽고 싶었지만, 오랫동안 읽을 수가 없었어요. 그냥 내가 엉망이라서 너무 오래 둔 거예요. 나는 뭘 판단하고 해결하는 게 늘 느려요. 미안해요, 괜찮다면 지금은 그냥 자러 갈게요. 다음에 봐요. x

쪽지를 한동안 바라본다. 보자, 적어도 나를 보고 싶지 않아서 피해 다닌 건 아니다. 하지만… 저녁은 왜 안 먹었을까? 이 긴 글을 쓰면서? 무슨 일일까?

그의 메모 옆에 조심스럽게 포스트잇 쪽지를 붙인다.

> 안녕, 리언.
> 당신 괜찮아요? 혹시 몰라 식사 준비 간단하게 해놓을게요.
> 티피 xx

평소답지 않게 길었던 리언의 편지는 그때 한 번뿐이었다. 다음 2주

동안 그의 메모는 평소보다 심지어 더 간단하고 더 대명사를 결여하고 있었다. 다그치고 싶지 않았지만, 무슨 일이 생겨서 속상한 것만은 분명했다. 케이와 싸웠나? 그녀가 온 지도 한참이 되었다. 그리고 그는 몇 주 동안 그녀 얘기를 입에 올리지 않았다. 하지만 말해주지 않으니 도울 길을 찾을 수 없었다. 그래서 케이크를 좀 과하게 많이 구웠다. 또 그가 아파트를 제대로 청소하지 않는다고 불평하지 않는 것으로 위로를 대신했다. 어제는 그의 머그컵이 싱크대 옆에 없고 찬장에 있었다. 카페인을 섭취하지 않고 일하러 간 것이었다.

번뜩 생각이 났다. 『만들어지다』를 쓴, 벽돌공에서 디자이너가 된 저자의 다음 책 원고를 남겨뒀다. 두 번째 책 『꼭대기에 올라가기』는 첫 책보다 심지어 더 좋은 것 같아서, 이 책이 리언의 기운을 조금이나마 북돋워주기를 바라는 마음이 들었다.

집에 오니 링으로 제본한 책 위에 메모가 붙어 있었다.

이 남자 굉장하군요!
고마워요, 티피. 그리고 아파트가 좀 엉망이라 미안해요. 곧 치울게요. 약속해요.
리언 x

느낌표를 덧붙인 것을 나아지고 있다는 뜻으로 받아들여본다.

캐서린을 데려가기로 한 출판기념회가 열리는 날이었다. 홍보팀이 캐서린에게 거창한 출판기념회를 열자고 설득하기 위해 데려가는 행사였다.

"스타킹은 안 돼."

레이철은 단호했다.

"지금 8월이라고, 나 참."

우리는 회사 화장실에서 준비를 하고 있었다. 볼일 보러 간간이 들어오는 직원들이 화장실이 드레스 룸으로 탈바꿈한 것을 보고 꺅 소리를 질렀다. 메이크업 가방에서 나온 화장품이 세면대를 따라 줄지어 서 있고, 공기는 향수와 스프레이 냄새로 자욱하고, 거울을 따라 우리 옷이 각각 세 벌씩 걸려 있었다. 거기에 우리가 지금 입고 있는 옷까지. 최종으로 낙점된 옷이다. 레이철은 라임색 랩어라운드 원피스를 입고, 나는 『이상한 나라의 앨리스』 프린트로 뒤덮인 원피스를 입었다. 스톡웰의 한 자선물품 상점에서 천을 발견하고, 우리 회사의 가장 마음 약한 프리랜서 한 명을 구워삶아 만든 원피스였다.

나는 스타킹을 힘겹게 벗었다. 레이철이 흡족하게 고개를 끄덕였다.

"낫네. 다리를 드러내니까 좋잖아?"

"다 네 마음대로 할 수 있었다면 비키니를 입히고도 남았겠지."

그녀는 립스틱을 톡톡 바르면서 거울로 뻔뻔스러운 미소를 날렸다.

"잘생긴 북유럽 남자를 만날지도 모르잖아."

그녀가 말했다.

오늘 밤은 『일반인을 위한 목공』을 위한 날이었다. 우리 회사 목공 담당팀이 가장 최근에 따낸 건으로, 저자는 노르웨이의 은둔자였다. 그가 오두막집을 떠나 런던까지 이 먼 길을 온 것은 꽤나 큰 사건이었다. 레이철과 나는 내심 그가 심하게 혼란이 와서 이 행사를 기획한 마틴을 물먹이기를 기대했다. 저자가 은둔자인 만큼, 목공에 미친 사람들로 가득한 곳에서 연설하게 시키면 안 되었다는 걸 마틴이 깨닫게 되기를 바랐다.

"잘생긴 북유럽 남자들을 만날 준비가 됐는지 모르겠네, 모르겠어."

몇 달 전에 모가 저스틴에 관해 했던 말을 돌이켜본다. 저스틴에게서 연락이 올까 안절부절못하던 때 전화를 걸자 모가 했던 말을.

"다시 연애할 준비가 영 안 되네. 저스틴과 헤어진 게 옛날 옛적인데도."

레이철이 립스틱을 바르던 손을 멈추고 걱정스러운 눈빛을 보인다.

"너 괜찮아?"

"그런 것 같아. 그래, 괜찮은 것 같아."

"그러니까 저스틴 때문이라고?"

"아니, 아니. 그런 말이 아니야. 내 인생에 지금 연애가 필요한지 모르겠다는 말이야."

사실이 아니었다. 하지만 레이철이 나를 많이 아픈 사람 보듯 했기 때문에 어쩔 수 없이 그렇게 말했다.

"필요해."

레이철이 말했다.

"넌 너무 오랫동안 섹스를 하지 않았어. 섹스가 얼마나 대단한 건지 까먹어버린 거야."

"섹스가 어떤 일인지 까먹었다는 생각은 들지 않는데? 그게 말이야, 자전거 타는 것처럼 까먹기 힘든 거 아니었나?"

"비슷하지."

레이철이 선심 쓰듯 동의해주었다.

"하지만 넌 저스틴 이래로 남자를 만난 적이 없잖아. 너희 끝난 거 맞지? 작년 11월에? 그러니까 그게…."

그녀가 손가락으로 셈을 한다.

"아홉 달도 넘었다는 거잖아."

안절부절못하는 사이에 볼 터치를 너무 열심히 했다. 얼굴이 햇볕에 탄 꼴이 되고 말았다. 으. 화장을 새로 해야겠다.

홍보팀 마틴은 짜증 유발자인 주제에, 이 목공책 출판기념회는 제대로 해냈다. 파티는 쇼어디치의 한 펍에서 열렸다. 천장에는 서까래가 드러나 있고, 테이블마다 통나무 더미가 키포인트로 장식되어 있는 곳이었다. 소나무 가지로 장식된 바도 독특했다.

나는 캐서린을 찾는 척하며 주위를 둘러보았지만, 실은 6개월간 인간과 조우하지 않았다는 노르웨이 저자를 찾고 있었다. 그가 웅크리고 있을 만한 구석진 곳을 살펴보면서.

레이철이 나를 바로 끌고 가서 술이 공짜인지 확인했다. 처음 한 시간 동안만 공짜라고 했다. 우리는 20분이나 늦게 도착한 것에 욕지기를 내뱉고 진토닉을 주문했다. 레이철은 축구 얘기를 하면서 바텐더와 금세 친해졌다.

공짜 술을 한 시간도 채 마시지 못하는 상황이니 우리는 당연히 아주 급하게 들이켰다. 그리하여 캐서린이 도착했을 때 나는 수선을 떨며 그녀를 안았다. 그녀도 기분이 좋아 보였다.

"이런 퇴폐적인 분위기의 출판기념회도 다 있네."

그녀가 말했다.

"이 남자의 책이 파티 비용을 메워줄 수 있으려나?"

그녀는 자신이 받았던 인세를 떠올리는 게 분명했다.

"오, 아니에요."

레이철이 새로 사귄 절친에게 잔을 가득 채우라고 몸짓하며 말했다. 새로운 절친이자 같은 아스날을 응원하는 팬. 사실 레이철은 웨스트햄 팬이지만.

"그럴 가능성은 별로 없죠. 하지만 가끔 가다 이런 것도 해줘야지, 안 그러면 너도 나도 다 자비출판을 한다고 할 테니까요."

"쉿."

내가 레이철의 입을 막았다. 캐서린이 딴생각을 품는 건 바라는 바가 아니었다.

여러 잔의 진토닉이 돌고 나서 레이철과 바텐더는 친구 이상이 되었다. 그 바람에 다른 사람들은 서빙을 받지 못해 애를 먹고 있었다. 캐서린은 뜻밖에도 신이 나서 활개를 치고 다녔다. 지금은 홍보팀장의 얘기에 웃고 있는데, 연기라는 게 다 보였다. 홍보팀장은 웃긴 적이 절대 없는 사람이었기 때문이다.

이 파티는 사람 구경하는 재미가 쏠쏠했다. 펍 안을 둘러보는데, 아닌 게 아니라 잘생긴 북유럽 남자들이 꽤 있었다.

누군가 마지못해서라도 북유럽 남자를 소개해줄 수도 있으니 돌아다녀볼까 생각해보았다. 하지만 어찌 된 셈인지 그럴 수가 없었다.

"개미들 같지 않아요?"

곁에서 누군가가 말을 걸어왔다. 몸을 돌려보았다. 말쑥한 비즈니스맨 차림의 남자가 바에 기대서 있었다. 그가 미소를 지어 보였다. 밝은 갈색 머리는 두피가 드러나도록 짧은데, 까칠하게 자란 수염도 딱 그 정도 길이였다. 눈동자는 예쁜 청회색에, 눈가에 잔주름이 져 있었다.

"입으로 말하니 머릿속으로 생각하던 것보다 훨씬 더 안 좋게 들리는 말이긴 한데."

인파를 둘러본다.

"무슨 말씀인지 알겠어요. 다들 너무… 분주해 보이죠. 목표가 있어 보이고."

"저 남자만 빼고요."

남자가 반대편 구석에 있던 한 남자에게 고갯짓을 했다. 그는 방금 전까지 얘기를 나누던 젊은 여자에게 버림을 받은 참이었다.

"저 사람은 길 잃은 개미네요."

내가 동의했다.

"어때요? 저 사람이 우리의 노르웨이 은둔자일까요?"

"모르겠네요."

남자가 그를 뜯어보며 말했다.

"그 사람만큼 잘생긴 것 같진 않은데요."

"왜요, 저자 사진이라도 보셨어요?"

"네. 잘생긴 남자죠. 누군가는 눈이 부시다고도 하던데요."

나는 그를 향해 눈을 가늘게 떴다.

"당신이군요, 맞죠? 당신이 저자예요."

그가 미소를 지었고, 눈가의 잔주름이 길어졌다.

"딱 걸렸네요."

"은둔자치고는 아주 잘 차려입으셨는데요?"

내가 약간 힐난조가 섞인 목소리로 말했다. 좀 바보가 된 기분이었다. 그는 심지어 노르웨이 억양조차 없는 영어로 말했다.

"이걸 읽어보면 말이죠."

이곳에 들어올 때 나눠준 견본 책을 흔들며 그가 말했다.

"내가 노르마르카에서 혼자 살기 전에 오슬로에서 투자 은행가로

일했다고 나와 있어요. 이 양복은 은퇴하던 날 마지막으로 입었었고."

"정말요? 어쩌다가 그런 결심을 하시게 됐나요?"

그가 견본 책을 펴더니 읽기 시작했다.

"고역스러운 회사 생활에 지친 켄은 옛 학창 시절 친구와 일주일간 하이킹을 하고 나서 계시를 얻었다. 지금은 목공으로 먹고사는 친구였다. 켄은 언제나 손을 쓰는 일을 사랑해왔다."

이제 그는 노골적으로 추파를 던지는 눈빛이었다.

"다시 친구의 작업장에 갔을 때, 그는 문득 집처럼 편안함을 느꼈다. 머지않아 그가 재능이 특출한 목공이라는 게 밝혀졌다."

"미리 써놓은 전기가 있다면 말이에요."

내가 눈썹을 치켜올렸다.

"새로운 사람을 만날 때마다 잘난 척하기가 얼마나 편하겠어요?"

"그럼 당신 전기를 얘기해봐요."

그가 미소와 함께 책을 탁 덮었다.

"제 전기요? 흠, 보자. 작은 마을에서 자란 티피 무어는 위대한 모험, 그 이름 런던을 찾아 나섰다. 그곳에서 평생 원해왔던 삶을 찾았다. 바가지 커피값과 지저분한 집, 스프레드시트를 다루지 않는 대졸 직업이 드라마틱할 만큼 거의 없는 삶을 말이다."

켄이 웃었다.

"실력 좋은데요? 당신도 홍보팀이에요?"

"편집부예요. 홍보팀이었으면 저기 개미들과 같이 있어야 했겠죠."

"그래요. 홍보팀이 아니라서 기쁘네요."

그가 말했다.

"나는 인파와는 떨어져 있는 편을 선호하죠. 하지만 루이스 캐럴 원

174

피스를 입은 아름다운 여성분에게 인사를 하고 싶은 마음은 누르지 못하겠던걸요."

그가 의미심장한 눈길을 던졌다. 아주 팽팽한 눈길이었다. 위장이 다 떨렸다. 하지만…. 할 수 있다. 못할 게 뭐람?

"바람 좀 쐬시겠어요?"

무심결에 튀어나온 말이었다. 그가 고개를 끄덕였고, 나는 의자에서 재킷을 집어 들고 펍의 정원으로 향하는 문으로 나갔다.

완벽한 여름밤이었다. 해가 진 지 몇 시간이 지났음에도 공기에 짙게 온기가 남아 있었다. 나무들 사이에 걸린 전구 줄이 정원에 노란빛을 은은하게 풀어놓았다. 사람이 몇 명 있었는데, 대부분 흡연자였다. 그들은 담배 태우는 사람 특유의 구부정한 모습을 하고 있었다. 마치 세상이 그들에게 등을 돌리고 있는 것처럼. 나는 켄과 피크닉 벤치에 앉았다.

"그래, '은둔자'라고 하면…."

내가 입을 열었다.

"내 입으로 은둔자라고 말한 적은 없어요."

켄이 바로잡았다.

"그렇죠. 정확히 어떻게 사는 사람을 말하나요?"

"어디 외딴 곳에서 혼자 사는 거죠. 극소수의 사람들만 만나고."

"극소수의 사람들?"

"이상한 친구, 식료품 배달해주는 여자."

그가 어깨를 으쓱했다.

"은둔자라는 사람들은 생각만큼 고요한 삶을 살지는 않아요."

"식료품 배달해주는 여자요, 아하?"

이번에는 내가 의미심장한 눈길을 던졌다. 그가 웃었다.

"인정할게요. 고독한 삶의 불편한 점이죠."

"아, 그런 말 마세요. 오두막집에 홀로 살지 않아도 섹스를 전혀 하지 않고 사는 경우도 있으니까."

입을 꾹 다문다. 대체 어디서 그런 말이 튀어나왔는지 알 수 없었다. 아마도 마지막 마신 진토닉 기운 때문이리라. 하지만 켄은 그저 웃기만 했다. 느릿하고, 정말이지 꽤 섹시한 미소였다. 그러더니 그가 몸을 숙여 내게 입을 맞췄다.

눈을 감고 그의 몸에 기대는데, 오늘 밤에 일어날지도 모를 일을 생각하니 아찔해졌다. 이 남자와 함께 집에 가는 날 막을 것은 아무것도 없었다. 햇빛이 구름을 뚫고 나오는 순간, 붕 들어 올려지는 것 같은 느낌이었다. 이제 나는 원하는 건 무엇이든지 할 수 있다. 나는 자유의 몸이었다.

그런데 키스가 깊어질수록 무언가가 기억 속을 뚫고 들어왔다. 머리가 핑 돌게, 갑작스럽게.

저스틴이었다. 나는 울고 있다. 우리는 방금 싸웠고, 전부 내 잘못 때문이다. 저스틴은 차가워지고, 거대하고 하얀 우리 침대에서 등을 돌리고 있다. 트렌디한 면 침구와 베개가 수북이 쌓인 침대에서.

몹시도 비참한 기분이 된다. 이전의 모든 기억을 뛰어넘는 비참함이었다. 그러면서도 조금도 낯설게 느껴지지 않는다. 저스틴이 내게 몸을 돌리고, 그가 갑작스럽고도 아찔하게 내 몸에 손을 얹고, 우리는 어느새 키스하고 있다. 혼란스럽고 갈피를 잡을 수 없다. 그가 이제 화를 풀었다는 이유로 감지덕지한 마음이 든다. 그는 언제, 내 몸의 어디를 만져야 할지 본능적으로 안다. 비참한 기분은 사그라지지 않는다.

여전히 버티고 있다. 하지만 이제 그가 나를 원한다. 그 안도감이 다른 모든 것을 하찮게 느껴지게 한다.

쇼어디치의 정원으로 되돌아온다. 켄이 키스를 멈추고 물러나 있었다. 그는 미소를 짓고 있다. 그는 내 살갗이 축축해졌고, 내 심장이 온갖 잘못된 이유로 뛰고 있다는 것을 모르는 듯했다.

망할, 망할. 대체 뭐였지?

8월

24

리언

리치 기분이 어때, 형?

어떠냐고? 사슬에서 풀려난 기분이다. 그리고 가슴과 몸 어딘가에서 뭔가가 제거되고, 몸이 더 이상 제 기능을 하지 못하는 것 같은 기분이다. 세상에 나 혼자가 된 것 같은 기분이다.

나 슬퍼.

리치 형이 케이를 사랑하지 않은 지는 몇 달도 더 됐어. 확실해. 형이 그녀와 헤어져서 나는 아주 기뻐. 그건 습관이지, 사랑이 아니었어.

리치의 말이 옳다. 하지만 리치가 옳다는 것이 고통을 별로 덜어주지는 못했다. 케이가 시도 때도 없이 그리웠다. 가실 생각이 없는 통증처럼. 그녀에게 전화를 걸려고 핸드폰을 들 때마다 통증은 더 악화되었다. 그녀 말고는 전화할 사람이 아무도 없다는 걸 깨닫게 된다.

나 하여간에, 티피의 변호사 친구한테서는 소식 좀 있어?

리치 아직. 아무 생각도 못 하겠어. 그녀가 편지에서 쓴 한마디, 한마디 때문에 온갖 생각이 다 드네. '젠장, 왜 그때는 그 생각을 하지 못했을까?' 같은.

나 나도 마찬가지야.

리치 내 답장 전해줬지? 그녀가 내 편지 잘 받았는지 확인한 거지?

나 티피가 전해줬어.

리치　정말이야?

나　정말이야.

리치　그래, 좋아. 미안해. 난 그냥…

나　알아. 나도 미안해.

　지난 두 번의 주말에 프라이어 씨의 남자 친구를 찾는 탐사에 나섰다. 영국을 돌며 에어비엔비에 묵고, 아주 상반된 두 명의 조니 화이트를 만났다. 한 명은 사납고 다혈질이며, 위험한 수준의 우파였다. 이동식 주택에 사는 다른 한 명은 전후의 삶에 대해 얘기하는 동안 대마초 연기를 창밖으로 뿜었다. 적어도 티피를 재미있게 해줄 소재는 좀 건졌다. 조니 화이트들에 대해 적은 쪽지는 늘 반응이 좋았다. 조니 화이트 3번을 만난 일을 묘사했을 때 돌아온 답장이다.

　　조심하지 않으면 당신과 계약을 해버릴 거예요. 책을 쓰라고
　　말이에요. 내 출간 목록에 맞으려면 당연히 DIY의 요소가 좀
　　들어가야겠죠? 조니 화이트 1번이 친히 나서서 당신에게 책장
　　만드는 법을 가르쳐주었다든지. 아니면 조니 화이트 2번을 만
　　났는데, 그는 케이크 위에 올릴 아이싱을 만들고 있었죠. 그런
　　데 어쩌다 당신도 그 자리에 끼게 됐다든지… 이런, 이거 내
　　가 생각해낸 최고의 아이디어가 될까요? 아니면 최악? 알 길
　　이 없네요. xx

　티피로 사는 것은 굉장히 피곤하겠다는 생각이 종종 든다. 심지어 쪽지의 형태로도 엄청난 에너지를 쏟아붓는 것 같으니까. 하지만 덕분

에 집에 오는 게 꽤 즐거워지기는 했다.

이번 주말 리치의 면회가 취소되었다. 교도소 인력 부족 탓이었다. 앞으로 5주에 한 번씩 면회를 하게 되었다. 리치에게는 너무 긴 시간이다. 나에게도 마찬가지고. 케이가 떠났고, 리치는 전화도 예전만큼 걸 수 없었다. 이 역시 인력 부족 탓인데, 갇혀 있는 시간이 더 늘어나고 전화기를 잡을 기회는 더 줄어들었다는 의미였다. 나조차도 내가 말을 할 일이 너무 없는 것은 아닌지 생각될 정도였다. 전화를 걸 친구들이 없는 것은 아니었다. 하지만 그들은… 대화를 나눌 수 있는 상대가 아니었다.

리치의 면회를 가려고 예약해둔 버밍엄 근처 에어비엔비는 취소했고, 다가오는 이번 주말에 머물 곳이 필요하다는 사실에 떠밀리듯 마주한다. 이런 주거 환경을 계획하면서 내 연애 관계에 대해 너무 안일하게 생각했다. 나는 이제 주말이면 노숙자 신세였다.

어떻게 할지 미친 듯이 머리를 굴려본다. 아무것도 떠오르지 않았다. 출근길, 핸드폰으로 시간을 확인한다. 하루 중 엄마에게 전화를 걸 수 있는 유일한 시간이다. 한 정류장 앞서 내려 전화를 건다.

엄마가 전화를 받으며 전화 참 자주도 거는구나, 리언.

눈을 감는다. 심호흡을 한다.

나 안녕, 엄마.

엄마 리치한테서 전화가 더 자주 와. 감옥에서 말이야.

나 미안해요, 엄마.

엄마 엄마가 얼마나 힘든지 아니? 아들들이 나하고는 생전 얘기할 생각도 안 하는 거?

나 지금 전화하고 있잖아요, 엄마. 일하러 들어가기 전에 몇 분 시간이 있어요. 할 얘기도 있구요.

엄마가 화들짝 정신을 차리며 항소 얘기야? 혹시 샬한테서 전화 왔니?

티피의 변호사 친구 얘기는 엄마에게 하지 않았다. 괜한 희망을 품게 하고 싶지 않았다.

나 아니요. 내 얘기예요.

엄마가 미심쩍다는 듯이 네 얘기라고?

나 케이하고 헤어졌어요.

엄마가 녹아내린다. 분위기가 갑자기 동정심으로 가득 찼다. 이것이 엄마에게 필요한 것이었다. 아들이 전화를 걸어와 당신이 필요하다고 도움을 구하는 것. 엄마는 연애로 인한 상심을 다루는 데 능했다. 아주 많이, 직접 경험한 덕분이었다.

엄마 오. 아가야. 그 애가 왜?

살짝 모욕감이 든다.

나 내가 끝낸 거예요.

엄마 오! 네가 그랬어? 왜?

나 그게요⋯.

아, 이렇게까지 어려울 줄은 몰랐다. 엄마에게 말하는 것인데도.

나 내가 시간을 내지 못하는 것 때문에 힘들어했어요. 내가 하는 행동
도 마음에 들어 하지 않았고요. 사람들하고 좀 더 많이 어울렸으면 했
대요. 그리고⋯ 리치가 무죄라는 걸 믿지 않았고.

엄마 뭐라고?

이어질 말을 기다리는 동안 속이 뒤틀렸다. 케이를 험담하는 것은 아직도 형편없는 기분을 안겨주었다.

엄마 그 못된 것. 언제나 우리를 내리깔아 봤지.

너 엄마!

엄마 그럼 나는 속상하지 않다. 잘 꺼져줘서 속이 다 시원하구나.

왠지 망자를 나쁘게 말하는 것처럼 들렸다. 필사적으로 화제를 돌렸다.

나 이번 주말에 가서 묵어도 돼요?

엄마 묵는다고? 여기에? 내 집에?

나 네. 원래 주말마다 케이의 집에서 보냈어요. 그게 주거 조건의 일부였어요. 티피하고.

엄마 집에 오고 싶다고?

나 네. 그냥…

입술을 깨물었다. 이번 주말만이 아니다. 해결책을 찾을 때까지였다. 일단 내가 집에 가면 엄마는 나를 받아줄 것이고, 내가 떠나지 못하게 할 것이다.

엄마 필요한 만큼, 얼마든지 있어도 좋아. 언제든지 필요할 때마다 와도 되고. 알았니?

나 고마워요.

잠시 찾아온 침묵. 엄마가 기뻐하는 소리가 다 들린다. 속이 다시 뒤틀린다. 엄마를 좀 더 자주 찾아가야겠다.

나 확인을 좀…. 엄마…. 다른 사람도 있어요? 거기 사는?

엄마가 어색하게 아무도 없어, 아가야. 혼자 산 지 몇 달 되었단다.

좋다. 흔치 않은 일이다. 엄마에게는 늘 남자가 있었다. 그리고 남자가 생기면 늘 같이 살았다. 누구를 만나든. 엄마는 꼭 리치가 경멸하고 나도 꼴 보기 싫어하는 부류하고만 엮였다. 엄마의 남자 취향은 구제 불능이었다. 항상 나쁜 남자에게 이끌려 안 좋은 길로 샀다. 백번도 넘게 한결같이.

나 토요일 저녁에 봐요.

엄마 너무 기다려지는구나. 중국 음식 좀 사다놓을게. 괜찮겠니?

대화가 다시 끊겼다. 그건 리치가 집에 오면 하는 행사였다. 엄마가 사는 동네의 해피 덕에서 사 온 음식으로 기념하던 토요일 중국 음식의 밤.

엄마 아니면 인도 음식 사다 먹자꾸나. 변화를 주고 싶은 기분이네. 너는 어떠니?

25

~~~~

티피

"괜찮아요?"

켄이 물었다.

나는 얼어붙어 있었다. 심장이 두방망이질을 쳤다.

"네. 미안해요. 전 괜찮아요."

나는 미소를 지으려 애썼다.

"같이 나갈래요?"

그는 조심스러웠다.

"파티도 거의 다 끝나가고…."

나는 같이 나가고 싶은 걸까? 1분 전만 해도 그러고 싶었다. 키스의 떨림이 아직 입술에 온기로 남아 있는데, 이제는 도망치고 싶어졌다. 머릿속에는 극도로 거슬리는 단조로운 음조가 울렸다. 그 소리는 귀에서 우우우우 하면서 커다랗게, 길게 왔다 갔다 하며 진자 운동을 했다.

누군가 내 이름을 부른다. 목소리를 알아들었지만, 누구인지 연결이 되지 않았다. 몸을 돌려 저스틴을 보기 전까지는.

그는 정원으로 나오는 문가에 서 있었다. 셔츠의 목 단추를 풀고 오래된 가죽 새철 백[08]을 어깨에 메고서. 고통스러울 만큼 익숙한 모습이었다. 하지만 그의 모습은 달라져 있었다. 머리카락은 우리가 사귀던 중에 본 적 없이 길었다. 런더너스러운 새 신발도 신었다.

그를 생각하는 것만으로 그를 불러낸 것 같은 기분이었다. 그게 아니라면 어떻게 그가 지금 이곳에 있겠는가?

그의 눈이 한순간 켄을 스쳤다가 내게 돌아왔다. 그러고서 정원에 깔린 잔디를 가로질렀다. 나는 그 자리에 본드로 붙인 듯이 멈춰 있었다. 어깨는 경직되었고 옆에 켄을 두고 몸을 웅크렸다.

"예쁘다."

이것이, 믿지 못하게도 그가 처음 꺼낸 말이었다.

"저스틴."

내가 끄집어낼 수 있는 말은 이것이 전부였다. 켄을 다시 보았다. 내 얼굴은 분명히 처참하디 처참하게 일그러져 있을 것이었다.

"맞혀봅시다."

~~~~~

08 책가방처럼 사각형이며 종종 어깨끈이 달려 있는 견고한 가방.

켄이 부드럽게 말했다.

"남자 친구?"

"전 남자 친구요."

내가 말했다.

"전 남자 친구라고요! 나는 남자 친구가 있다면 절대— 나는…."

켄이 예의 편안하고도 섹시한 미소를 짓더니, 저스틴에게도 똑같이 부드러운 미소를 보냈다.

"안녕하세요."

그가 저스틴에게 손을 내밀었다.

"켄이라고 해요."

저스틴은 켄을 거들떠보지도 않았다. 그가 켄의 손을 0.5초쯤 흔들더니 내게로 돌아섰다.

"얘기 좀 할 수 있을까?"

그와 켄 사이를 본다. 켄과 집에 갈 수도 있겠다는 생각을 했다는 게 믿기지 않았다. 할 수 없는 일이었다.

"미안해요. 나 정말로…."

"이봐요, 걱정하지 말아요."

켄이 일어서며 말했다.

"내가 런던에 있는 동안 혹시 연락하고 싶다면, 연락처는 알죠?"

그는 여전히 손에 들고 있던 견본 책을 흔들었다.

"만나서 반가웠어요."

그가 저스틴 쪽을 향해 아주 정중하게 말했다.

"그래요."

저스틴은 말하는 게 아깝다는 듯이 짧게 대답했다.

켄이 멀어져 가자 우우우 하는 소리가 잠잠해졌다. 최면 상태에서 깨어나는 듯한 기분. 떨리는 무릎으로 서서 저스틴을 마주했다.

"빌어먹을, 뭐 하는 짓이야?"

저스틴은 내 목소리에 담긴 독기에 반응하지 않았다. 내 등에 손을 얹고서 쪽문으로 나를 데려가기 시작했다. 아무 생각도 없이 몸이 기계적으로 움직였다. 그러다가 무슨 일이 일어나는 중인지 깨달았다. 곧장, 세차게 그를 물리쳤다.

"이봐, 워."

우리는 문에서 멈췄다. 그가 나를 바라봤다. 더웠고, 숨이 막힐 지경이었다.

"괜찮아? 놀라게 했다면 미안해."

"내 밤을 망쳐놓기도 했고."

그가 미소를 지었다.

"왜 이래, 티피. 너는 구조가 필요했잖아. 너는 저런 남자하고 집에 갈 사람이 아니야."

말을 하려고 벌렸던 입을 다시 다문다. 나는 더 이상 네가 알던 사람이 아니라고 말할 생각이었지만, 어찌 된 일인지 그 생각이 말이 되어 나오지 않았다.

"여기서 뭐 하는 거야?"

"그냥 술 한잔하려고 들어왔어. 여기 내가 꽤 자주 오는 곳이거든."

아니, 이건 말이 안 되었다. 믿어지지가 않았다. 유람선은 그냥 우연이었다고 할 수도 있다. 대단히 기이하지만 우연이라고 해두자. 백번 양보해서 그렇게 생각할 수 있는 정도? 하지만 이건 뭔가?

"넌 이게 이상하지 않아?"

저스틴은 영문을 모르겠다는 표정을 지었다. 응? 하는 듯이 머리를 까딱 기울였다. 속이 뒤집혔다. 머리를 작게 까닥이는 저 모습을 얼마나 사랑했던가?

"6개월 사이에 두 번을 우연히 마주쳤어. 한 번은 유람선에서였지."

설명이 필요했다. '저스틴에 대해 나쁜 생각을 할 때 그가 나타난다'는 게 틀린 생각이라고. 그것이 현재 반쯤 얼어버린 내 뇌가 믿을 수 있는 유일한 설명이었다. 나 자신에게 겁이 나고 있었다.

그가 사람 좋은 미소를 지어 보였다.

"티피, 왜 이래. 무슨 말을 하고 싶은 거야? 내가 너를 보려고 유람선에 탔다는 거야? 그저 너 하나 보자고 오늘 밤 여기에 나타났다고? 널 만나고 싶었다면 그냥 전화를 걸면 될 일 아니었을까? 아니면 너희 회사로 찾아가거나?"

그렇다. 그게… 말이 안 될 일은 아니다. 볼이 달아올랐다. 갑자기 민망해지고 말았다.

그가 내 어깨를 움켜쥐었다.

"하지만 너 봐서 좋았어. 그리고 하긴, 꽤 미친 우연이기는 하네. 운명, 어쩌면? 그 모든 밤 중에 왜 오늘 맥주가 당겼는지 궁금해."

그는 수수께끼에 빠진 표정을 과장되게 지었다. 웃음이 나오는 것을 참을 수 없었다. 그가 익살을 부릴 때 얼마나 귀여운지 잊고 있었다.

아니다. 미소 지을 일이 아니다. 거티와 모가 뭐라고 말할지 생각하며 결의를 끌어모은다.

"무슨 얘기를 하자는 건데?"

"이렇게 마주쳐서 기뻐. 나는 정말로… 전화를 할 생각이었거든. 하지만 어디에서 시작해야 할지 도무지 감을 잡을 수가 없었어."

"어떻게 하는지 알려줄까? 폰 화면을 터치하고 이름으로 연락처를 검색하는 건 어때?"

목소리가 약간 떨렸다. 그가 내 떨리는 목소리를 감지하지 않았기를 속으로 빌었다.

그가 웃었다.

"화가 났을 때 네가 얼마나 재미있어지는지 잊고 있었네. 아니, 내 말은 전화로 하고 싶지 않은 말이라서 그래."

"무슨 말인데? 맞혀볼게. 날 떠난 이유가 된 여자와 헤어졌다고?"

허를 찔렀다. 완벽한 자신감으로 뭉친 그의 미소가 무너지는 것을 보면서 작게 전율이 일었다. 이윽고 그의 얼굴에 다른 감정이 떠올랐다. 불안감 같은 것? 그를 자극하고 싶지 않다. 심호흡을 했다.

"너 만나고 싶지 않아, 저스틴. 이런다고 달라질 건 없어. 그 여자 때문에 나를 떠났다는 사실은 여전히 변하지 않는다고. 여전히- 여전히…."

"난 바람피운 적 없어."

저스틴이 말을 잘랐다. 우리는 걷기 시작했다. 어디로 가고 있는지 알 수 없었다. 그가 다시 나를 멈춰 세우더니 내 어깨를 잡고 몸을 돌렸다. 우리는 마주 보고 섰다.

"너한테 절대 그런 짓 안 해, 티피. 내가 너한테 얼마나 빠져 있는지 알잖아."

"빠졌었지."

"뭐?"

"과거형으로 말해야 한다고."

하지만 그를 보고 싶지 않은 이유가 실은 퍼트리샤와는 아무런 상관이 없다고 말하고 싶었다. 그렇지만 왜 그를 만나고 싶지 않은지 그 이유를 알 수도 없었다. 퍼트리샤가 아니라도 뭐든 이유가 될 수 있었다. 그게 뭔지는 몰라도. 갑자기 뒤죽박죽이 되었다. 저스틴이 곁에 있으면 늘 이 모양이었다. 한껏 혼란스러워져서 생각의 기차를 놓쳐버리는 것이다.

"내가 할 말을 네가 판단하지 마."

그가 잠시 눈길을 돌렸다.

"봐, 지금 우리 만났잖아. 어디 가서 한잔하면서 얘기해보면 안 될까? 가자. 저기 돌면 있는 샴페인 바를 가도 되고. 페인트 통에다 술 따라주는 데 말이야. 아니면 샤드⁰⁹ 옥상으로 가도 되고. 내가 크게 쏜다고 거기 데려갔던 거 기억해? 어떻게 할래?"

그를 바라본다. 커다란 갈색 눈, 언제나 진실하고 미칠 듯한 흥분으로 반짝거리던 그 눈은 매번 나를 사로잡았다. 완벽한 수염. 자신감 넘치는 미소. 나는 켄과 키스했을 때 떠오르던 무시무시한 기억을 떠올리지 않으려고 혼신의 힘을 다했다. 하지만 그 기억은 이제 내 체내에 똬리를 틀어버린 것 같았다. 저스틴과 함께 있으니 더 나빠졌다. 기억이 벌레처럼 살갗을 기어 다녔다.

"전화는 왜 하지 않았는데?"

"말했잖아."

그는 이제 조바심을 내고 있었다.

"어떻게 얘기해야 할지 몰랐다고."

"여기는 왜 왔어?"

~~~~~~

09 2012년에 완공된, 영국에서 가장 높은 고층 빌딩.

"티피."

그가 날카롭게 내뱉었다.

"그냥 한잔하러 가자."

움찔. 또다시 심호흡을 한다.

"얘기를 하고 싶으면 전화부터 해. 전화해서 약속을 잡아. 지금은 아니야."

"그럼 언제?"

그가 눈살을 찌푸렸다. 어깨에 무겁게 얹어놓은 손을 여전히 거두지 않으면서.

"그냥… 시간이 필요해."

머릿속이 뿌예지고 있었다.

"지금은 너하고 얘기하고 싶지 않아."

"가령 두어 시간쯤?"

"두어 달쯤."

생각할 새도 없이 말이 튀어나왔다. 입술을 깨문다. 이제 나는 데드라인을 준 꼴이 되고 말았다.

"나는 지금 너를 보고 싶어."

그가 말했다. 어깨에 올려놓았던 그의 손이 내 머리칼과 팔을 만지려 옮겨가고 있었다.

머릿속에서 기억의 플래시백이 펼쳐졌다. 나는 그를 밀어냈다.

"인내는 쓰고 열매는 달다는 말 들어봤지? 그런 게 지금 너에게 좀 필요할 것 같네."

그 말을 남긴 뒤 나는 마음이 바뀌기 전에 얼른 돌아섰고, 비틀거리며 펍으로 돌아왔다.

26

~~~~~

리언

홀리는 이제 머리칼이 거의 다 났다. 여자 해리 포터 같은 모습이랄까? 머리카락이 온통 삐죽삐죽 나와서 엄마가 아무리 애써 얌전하게 가라앉혀주려고 해도 소용이 없었다. 안색도 바뀌었다. 더 온전해지고 생기가 돌았다. 요즘에는 눈도 지나치게 도드라지지 않았다.

홀리가 나를 올려다보며 빙그레 웃었다.

홀리 작별 인사 하러 왔어요?

나 네 피를 확인하러 왔어.

홀리 완전히 마지막으로?

나 검사 결과가 어떻게 나오는지 봐야지.

홀리 심술이나 부리고. 내가 퇴원하기를 바라지 않는 거야.

나 당연히 네가 퇴원하기를 바라지. 나는 네가 건강하기를 바라.

홀리 아니, 그렇지 않아요. 아저씨는 뭐가 바뀌는 걸 싫어하니까. 내가 여기에 계속 있기를 원하는 거예요.

대꾸하지 않았다. 조그만 아이가 나를 꿰뚫고 있다니, 약이 오른다.

홀리 나도 아저씨가 그리울 거예요. 우리 집에 올 거예요?

아이 엄마는 몹시 지쳤음에도 환히 웃고 있었다.

나 너는 학교도 다니고 방과 후 활동도 하느라 아주 바쁠 거야. 누가 찾아오는 건 반기지 않게 될걸?

홀리   아니, 그렇지 않아요.

홀리 엄마   저녁식사라도 한번 하러 오시면 참 좋겠어요. 정말이에요. 홀리도 좋아할 거고요. 그저 감사 인사를 드리고 싶어서요.

순전한 희열이 홀리의 엄마를 향기로운 구름처럼 둘러싸고 있었다.

나   네, 생각해보겠습니다. 감사해요.

아이 엄마 눈에 눈물이 고였다. 이런 상황은 영 익숙해지지가 않는다. 슬슬 허둥지둥하게 되었다.

문 쪽으로 가며 채 도망에 성공하기 전에 홀리가 포옹을 했다. 불현듯 마음이 마구 흔들렸다. 울고 싶어졌다. 홀리 때문인지 케이 때문인지 분간이 가지 않았다. 하지만 누가 안아주면 눈물샘이 자극된다.

눈물을 닦으면서 홀리가 알아보지 않았기를 속으로 바랐다. 엉망진창인 홀리의 갈색 머리를 흐트러뜨렸다.

나   말 잘 들어야 한다.

홀리가 환하게 미소를 지었다. 말을 잘 들을까 말까 하는, 뭔가 꿍꿍이가 있는 미소.

퇴근길, 마침 런던 마천루 너머 찬란한 일출의 끝자락이 보인다. 해가 템스강의 강철빛 물을 비추어 푸른색과 핑크색으로 물들여놓았다. 케이가 떠난 후 시간이 남아도는 것 같다. 궁금증이 든다. 그녀는 내가 자기와 너무 시간을 보내지 않는다고 한사코 주장했다. 그 말이 사실이라면, 이 모든 시간은 다 어디에서 오는 것인가?

어디 가서 차를 마시고 집까지 걸어가기로 한다. 한 시간밖에 걸리지 않는다. 바깥 공기를 즐기고 싶은 그런 아침. 사방팔방에서 커피를 그러쥔 사람들이 출근하러 가며 웅성거렸다. 그들에게 길을 터줬다.

그러고는 기를 쓰고 뒷길을 찾아다녔다. 뒷길은 그나마 한가하니까.

어느새 클래펌 로드에 발길이 닿았다. 주류 판매점 알디가 눈에 들어오자 마음이 차게 식었다. 하지만 발걸음을 멈춘다. 그게 마땅한 일이라는 생각이 든다. 영구차가 지나갈 때 모자를 벗어드는 것처럼.

알디의 CCTV들이 사실상 거의 모든 방향을 겨누고 있음이 훤히 눈에 들어왔다. 내가 지금 서 있는 쪽까지 포함해서. 소망이 차올랐다. 케이와 왜 헤어졌는지 떠올렸다. 그간 슬픔에 허우적거리느라 리치에게 희망이 있다는 것을 잊고 있었다.

지금쯤이면 거티가 리치에게 답장을 보냈을까? 계속 걷는다. 이제는 집에 빨리 가고 싶어서 발걸음을 재촉한다. 내가 평소 시간대로 집에 돌아올 것이라고 생각하고 리치가 전화를 걸면 어쩌나? 불현듯 그가 정말로 전화를 걸었을 것만 같았다. 전화를 놓쳤다는 생각에 나 자신에게 미치도록 화가 났다.

심호흡을 했다. 열쇠를 더듬거렸다. 그런데 이상했다. 문이 이중 잠금이 되어 있지 않았다. 티피는 이중 잠금을 잊은 적이 한 번도 없었다. 집에 들어서서 도둑이 든 건 아닌지 대충 둘러봤다. 하지만 TV와 노트북은 그대로 있었다. 바로 전화기를 찾아 부재중 전화나 음성 메시지가 없는지 확인했다.

아무것도 없다. 숨을 토해냈다. 아침 햇살 아래서 파워 워킹을 한 덕분에 땀에 젖었다. 늘 두는 장소에 열쇠를 아무렇게나 던졌다. 욕실로 향하면서 티셔츠를 벗어젖히고, 총천연색 초들을 욕조 한편으로 밀어 놓은 후 샤워를 하러 들어갔다. 뜨거운 물을 틀어놓고 서서 또 한 주를 씻어낸다.

27

~~~~~

티퍼

이런, 세상에.

이런 최악의 기분은 평생 처음이다. 레이철의 스물다섯 번째 생일 파티 다음에 겪은 숙취보다 더 나빴다. 대학 시절 와인 두 병을 마시고 교직원 사무실 바깥에다 토를 했을 때도 이처럼 나쁘진 않았다.

『이상한 나라의 앨리스』 원피스는 벗지도 않았다. 이불 안으로 들어가지도 않고 그 위에 깔아둔 브릭스턴 담요만 덮고 잤다. 최소한의 판단력은 남아서, 구두는 문가에 벗어두었다.

이런, 젠장.

알람시계를 보았다. 틀림없이 고장 난 것이다. 아니고서야 8시 59분을 가리킬 수 없다.

1분 안에 회사에 있어야 했다.

어쩌다가! 허둥지둥 일어난다. 위는 요동치고 머리가 빙글빙글 돌았다. 더듬거리며 핸드백을 찾았다. 오, 좋다. 잃어버리지 않았다. 아스피린을 찾다가 어떻게 된 일인지 기억이 났다.

나는 저스틴에게서 벗어나 펍 안으로 돌아왔다. 그리고 레이철을 바텐더의 얼굴에서 끌어내 붙들고서 한동안 눈물을 흘렸다. 레이철은 그런 얘기를 쏟아내기에 최적의 상대는 아니었다. 저스틴의 편에 유일하게 남아 있는 사람이었으니까. 켄과 키스를 하면서 경험한 기이한 플래시백 얘기는 하지 않았다. 그때는 떠올리고 싶지도 않은 생각이었다. 처음에 레이철은 저스틴을 다시 찾아 얘기를 들어보라고 했다. 하지만 인내는 쓰고 열매는 달다는 내 전략을 듣고는 주장을 거두었다. 맙소사, 캐서린한테도 말했다….

아스피린을 집어삼키고 켁켁거린다. 어제 토를 했나? 펍의 화장실 변기와 아주 가까이 얼굴을 마주했던 희미하고도 불쾌한 기억이 남아 있었다.

편집팀장에게 간단한 사과 문자를 보냈다. 패닉이 몰려왔다. 나는 이 정도로 지각해본 적이 없었다. 회사 사람들은 지각이 숙취 때문임을 다 알 것이다. 모른다고 해도 마틴이 기꺼이 나서서 알려주겠지.

이런 꼴로 회사에 갈 수는 없다. 아침이 되어 처음으로 찾아온 명료한 순간에 깨달은 것. 씻고 옷을 갈아입어야 했다. 원피스 지퍼를 내려 걷어차고, 문 뒤에 걸린 수건을 집어 들었다.

물소리를 듣지 못했다. 그렇지 않아도 귓속이 끊임없이 윙윙거려서 샤워기에서 이미 물이 쏟아지는 것처럼 느껴졌다. 너무도 심하게 당황한 상태였다. 안락의자에 앉은 봉제 코끼리 인형이 살아나 해독이 필요하다고 말한다 해도 이상한 점을 느끼지 못할 정도였다.

리언이 욕실에 있는 것을 보고서야 그가 집에 있는 것을 알았다. 샤워 커튼은 반투명했지만, 몸의 윤곽이 보일 정도는 되었다.

상황이 상황이었던 만큼 그는 당황했다. 너무 당황한 나머지 생각할 겨를도 없이 커튼을 홱 젖혔다. 우리는 서로를 바라보았다. 물이 계속 쏟아지고 있었다.

그가 나보다 먼저 정신을 차리고서 커튼을 다시 닫았다.

"아아아아."

말이라기보다는 가글에 가까운 소리.

나는 외출하는 날 입는 극도로 작고 레이스가 달린 속옷을 입고 있었다. 가지고 온 타월은 몸에 두르지도 않고 팔에 걸쳐놓았다. 이런 차림이라니. 어쩐지 몸에 실오라기 하나 걸치지 않은 것보다 더 나쁘게 느껴졌다.

"오, 하느님."

목에서 꽥꽥거리는 소리가 터져 나왔다.

"정말, 정말 미안해요."

샤워기가 꺼졌다. 물소리 때문에 내 말이 들리지 않았을 것이다. 그가 등을 돌렸다. 그제야 샤워 커튼 뒤 그의 실루엣을 향한 시선을 거두어야 한다는 것을 깨달았다. 나도 그에게서 몸을 돌렸다.

"아아아아아."

그가 다시 읊었다.

"그러게 말이에요."

내가 말했다.

"이런, 정말. 이런 식으로 당신을 만나리라고는 꿈에도 상상하지 못했는데."

"혹시….''

"아무것도 못 봤어요."

재빠른 발뺌.

"좋아요. 나도 아무것도 못 봤어요."

그가 말했다.

"회사에 완전 지각이네요."

"아, 샤워해야죠?"

"네, 그러니까…."

"난 다 했어요."

우리는 여전히 서로 등을 돌리고 서 있었다. 나는 이제 타월을 몸에 두르고 있었지만, 5분도 전에 그렇게 했어야 했다.

"진짜 다 했다면…."

내가 말했다.

"수건이 있어야겠네요."

그가 말했다.

"그럼요."

수건걸이에서 수건을 빼내 돌아섰다.

"눈 감아요!"

그가 외쳤다. 나는 얼음땡이 되어 눈을 감았다.

"눈 감았어요! 눈 감았어요!"

그가 내 손에서 타월을 채갔다.

"좋아요. 이제 눈 떠도 좋아요."

그가 샤워 부스에서 나왔다. 말하자면 가릴 부분은 가리고. 하지만 여전히 많은 부분이 드러나 있었다. 가령 가슴이 훤히, 배까지도 거의 다 보였다.

그는 나보다 5센티미터쯤 컸다. 몸은 젖었고, 숱 많은 머리는 착 달라붙어 있었다. 귀 뒤로 매끈하게 넘긴 머리카락에서 물이 뚝뚝 떨어져 내렸다. 갸름한 얼굴에 눈동자는 그의 피부색보다 몇 톤 깊은 갈색이었다. 얼굴에 잔주름이 있고, 귀는 약간 튀어나왔다. 마치 머리카락을 항상 뒤로 넘기는 버릇 때문에 그렇게 된 것처럼 보인달까.

그가 옆으로 비켜서서 지나쳤다. 그는 최선을 다했지만, 욕실은 정말이지 너무도 비좁았다. 그의 따뜻한 등이 내 가슴을 스쳤다. 나는 숨을 훅 들이마셨다. 숙취도 잊혀졌다. 타월과 레이스 브라가 우리 사이를 막고 있었지만, 몸에 소름이 오돌도돌 올라왔다. 복부 가장 아랫부분에서부터 무언가가 탄산수처럼 피식피식, 뜨겁게 부글거리기 시작했다. 몸 안에서 최고로 좋은 감각이 느껴지는 바로 그곳에서부터.

그가 고개를 돌려 나를 슬쩍 봤다. 끊어질 듯 팽팽한 긴장감에 반쯤은 초조하고 반쯤은 호기심을 담은 그 눈은 내 몸을 오로지 더 달굴 뿐이었다. 졌다. 문으로 가는 그를 보았다.

그는⋯ 저건 마치⋯.

그럴 수가 없다. 틀림없이 뭉쳐진 타월 때문에 그렇게 보이는 것이다. 그가 나가면서 문을 닫았고, 나는 세면대를 등에 대고 잠시 주저앉았다. 지난 몇 분간 실제로 일어난 일이 창피하다 못해 누구한테 얻어맞은 것처럼 아팠다. 무심결에 "오, 맙소사"를 토해내며 손바닥 아랫부분으로 눈을 내리눌렀다. 숙취 해소에 도움이 되지 않았다. 숙취는 저 다 벗은 남자가 나가고서 무섭게 되돌아오고 있었다.

맙소사. 열이 올라 얼굴이 붉어졌다. 소름은 가라앉을 생각을 하지 않고, 숨도 잘 쉴 수가 없었다. 그러니까, 나는 성적으로 흥분해 있었다. 예상치 못한 일이었다. 그런 일이 가능하기에는 너무나 어색한 상황이었다. 나는 다 자란 어른이다! 다 벗은 남자를 보았다고 해서 조절을 못 한다는 게 말이 되는가? 너무 오래 섹스를 하지 않았기 때문이다. 이건 생물학적인 현상이다. 베이컨 냄새를 맡으면 군침이 돌고, 아기를 안으면 당장 직장을 때려치우고 아이를 낳고 싶은 것처럼.

당황한 마음에 몸을 홱 돌려 거울을 본다. 서린 김을 지우고 보니 창백하고 수척한 얼굴이 드러났다. 립스틱은 말라버린 입술에 배어들었고, 아이섀도와 아이라이너는 눈에서 번져 검은색 덩어리를 이루고 있었다. 엄마의 화장품을 찍어 바른 어린아이 같은 꼴이었다.

탄식을 내뱉었다. 재앙이 따로 없었다. 나는 끔찍한 꼴을 하고 있었고, 그는 정말이지 놀랍도록 멋져 보였다. 페이스북에서 그를 살펴보았던 날을 돌이켜본다. 그때는 그가 매력적이라고 생각한 기억이 없었다. 어떻게 몰라볼 수가 있었을까? 오, 맙소사. 그런데 이게 다 무슨 소용인가? 리언이다. 룸메이트 리언. 여자 친구가 있는 리언.

샤워를 하고 출근을 해야 했다. 내 호르몬과 말도 안 되게 어색해진 주거 상황은 내일 해결하리라.

이런. 완전 지각이었다.

28

~~~

리언

아아.

아아아.

침대에 누웠는데 쿵쿵 두드려대는 부끄러움에 꼼짝을 할 수 없다. 생각을 단어로 연결시킬 수가 없다. '아아아'가 넘쳐나는 경악을 표현할 수 있는 유일한 말이었다.

케이는 티피가 별 매력이 없다고 하지 않았던가? 그냥 그런가 보다 하고 넘어갔다. 아니면…. 실은 생각해본 적조차 없었다. 하지만, 이런. 그녀는 마치…. 아아아.

남자가 샤워를 하고 있는데 헐벗은 여자가 불쑥 들어올 수는 없다. 그러면 안 된다.

빨간색 속옷을 입고 욕실에 있던 여자와 내가 메모를 주고받았던 여자를 연결시킬 수가 없다. 어느 모로도….

집 전화가 울렸다. 얼음이 된다. 집 전화는 주방에 있다. 티피와 다시 마주칠 기회, 아니 가능성이 높았다.

얼어붙은 상태에서 침대에서 벗어나 몸을 털었다. 전화는 꼭 받아야 한다. 리치다. 침실에서 튀어나갔다. 타월을 허리에 동여매고. 주방 수납장에 쌓인 프라이어 씨의 모자 더미 아래서 전화기를 찾아냈다. 침실로 황급하게 돌아오며 전화를 받았다.

나 안녕.

리치 형, 괜찮아?

끙 하는 신음이 터져 나왔다.

리치가 놀라서 뭐야? 무슨 일이야?

나 아니, 아니야. 나쁜 일은 전혀 아니야. 그냥…. 티피를 만났어.

리치가 신이 나서 예뻐?

다시 터지는 신음.

리치 그렇구나! 그럴 줄 알았다니까.

나 그러면 안 되는데. 예쁘지 않다고 케이가 분명히 말했었다고!

리치 케이하고 비슷한 점이 있어?

나 응?

리치 케이는 자기처럼 생긴 사람이 아니면 누구도 예쁘다고 할 사람이
    아니니까.

흠칫했지만, 리치가 무슨 말을 하는지 대충은 알 것 같았다. 티피의
모습을 머릿속에서 몰아낼 수가 없었다. 헝클어진 빨간색 머리, 방금
침대에서 나온 것처럼 산발이었다. 창백한 피부에는 연한 갈색 주근깨
가 박혀 있었다. 팔에도 깨알같이 퍼져 있고, 가슴에도 점점이 있었다.
빨간색 레이스 브라. 터무니없이 완벽한 가슴.

아아아.

리치 지금 어디 있는데?

나 욕실에.

리치 형은 어디 있는데?

나 방에 숨어 있어.

대화가 잠시 끊어진다.

리치 샤워를 끝내면 다시 방으로 올 거라는 건 알고 있지?

나 빌어먹을!

벌떡 일어나 허둥지둥 옷을 찾았다. 그녀의 옷밖에 보이지 않았다.
지퍼가 내려간 채로 바닥에 내동댕이쳐진 원피스.

나 기다려. 옷 좀 입어야겠어.

리치 잠깐, 뭐라고?

나는 리치를 침대에 내려놓고 박서[10]와 트레이닝 바지를 꿰어 입었
다. 옷을 입으면서 엉덩이가 문 쪽을 향하고 있음을 당황스럽게 의식
했다. 하지만 앞쪽을 보이고 있을 수는 없는 노릇이었다. 바지를 입고

~~~~

10   헐렁한 남성용 속옷.

서 비로소 숨을 뱉어낸다.

나　좋아, 됐어. 주방이 가장 안전하겠지? 욕실에서 침실로 오는 길에
　　주방을 지나치지는 않으니까. 그런 다음에 티피가 나갈 때까지 욕실에
　　숨어 있으면 되겠다.

리치　대체 뭔 일이야? 형은 왜 옷을 벗고 있었는데? 잤어?

나　아니!

리치　알았어. 그래도 그런 의문이 들 만하잖아.

　　거실을 가로질러 주방으로 갔다. 욕실에서 침실로 가는 동선에서
내 모습이 보이지 않도록 냉장고 뒤로 최대한 멀리 숨어 들어갔다.

나　욕실에서 마주쳤어.

　　리치는 당연하게도 배꼽이 떨어져라 웃어댔다. 덕분에 내가 지금
몰려 있는 처지와 상관없이 미소가 배어 나왔다.

리치　그녀도 알몸이었어?

나　거의. 하지만 나는 다 벗고 있었어.

　　리치의 웃음이 최고조에 달했다.

리치　아, 형. 덕분에 오늘 하루는 즐겁겠네. 그러니까 욕실로 들어왔다
　　고? 타월을 걸치고?

나　속옷.

　　이번에는 리치가 *끄응* 소리를 냈다.

리치　좋아?

나　나 얘기 그만할래!

리치　그 마음 이해해. 형 목소리 들리는 거 아니야?

　　말을 멈추고 귀를 기울인다. 아아아.

내가 쉬쉬하며　물소리가 멈췄어!

리치　티피가 타월만 두르고 나올 건데 욕실 앞에 가 있고 싶지 않아? 그냥 다시 침실로 가는 건 어때? 일부러 침실에 들어가 있는 것처럼 보이지는 말고. 그러니까 거의 우연인 척하는 거야. 한 번 더 몸을 내던지는 거지, 형은—

나　침대에 누워 저 가여운 여자를 기다리는 짓은 하지 않을 거야, 리치! 이미 내 알몸을 보였어. 그녀도 엄청나게 충격을 받았을 거라고.

리치　엄청나게 충격을 받은 것처럼 보였어?

생각해본다. 그녀의 표정은…. 아아아. 그녀는 너무 헐벗고 있었다. 커다랗고 푸른 눈, 코를 가로질러 박힌 주근깨, 내가 지나칠 때 숨을 훅 들이마시던 모습. 너무 가까이 스쳤다.

리치　티피와 얘기해봐야지.

욕실 문이 열리는 소리.

나　빌어먹을!

뒤편으로 더 숨어 들어갔다. 아무 소리도 들리지 않아서 빼꼼 내다봤다. 그녀는 내 쪽을 보지 않았다. 타월을 겨드랑이 아래 단단히 동여매고서. 긴 머리칼은 이제 더 짙은 색이 되었으며, 등으로는 물을 뚝뚝 떨어뜨리고 있었다. 그녀가 침실 안으로 사라졌다.

비로소 숨을 내쉰다.

나　방으로 들어갔어. 나 이제 욕실로 갈 거야.

리치　그렇게까지 신경이 쓰이면 집에서 나가 있지 그래?

나　그럼 너랑 통화를 못 하잖아! 나 이거 혼자서 해결 못 해, 리치!

리치가 씩 웃는 소리가 들리는 듯했다.

리치　형, 나한테 뭐 말하지 않은 거 있지? 아니, 내가 맞혀볼게…. 형 좀 흥분했던 거야…?

이제까지 중에 가장 크고도 수치심이 서린 신음 소리를 토해냈다. 리치가 포효하듯 웃었다.

나　티피가 난데없이 나타났단 말이야! 준비되지 않은 채 맞닥뜨린 거라고! 섹스는 몇 주나 못 했고!

리치가 숨넘어갈 듯 웃으며　아, 형! 그녀가 알아챘을 것 같아?

나　아니. 절대로 아니야, 아니야.

리치　알아챘을 수도 있단 얘기네.

나　아니야. 그럴 리가 없어. 그런 생각을 하기조차 어색한 상황이었어.

욕실 문을 걸어 잠그고, 변기 뚜껑을 내렸다. 그 위에 앉아 다리를 내려다본다. 심장이 두방망이질을 쳤다.

리치　끊어야겠어.

나　안 돼! 끊으면 안 돼! 이제 어떡하지?

리치　어떻게 하고 싶은데?

나　도망치고 싶어!

리치　왜 이래, 형! 진정 좀 해봐.

나　이건 말도 안 돼. 우리는 한집에서 산다고. 발기한 채로 룸메이트 앞을 걸어 다니는 짓은 할 수 없어. 그건… 그건… 음란한 짓이야! 아마도 범법일걸!

리치　만약 그렇다면 결국 나는 여기 들어와 앉아 있는 게 맞았네. 이봐, 형, 그렇게 겁 좀 먹지 마. 형이 말했듯이 형과 케이는 헤어진 지 몇 주나 지났고, 그 전에도 한동안은 안 잤잖아.

나　네가 그걸 어떻게 알아?

리치　나 참, 뻔한 거 아니야?

나　우리가 함께 있는 거 몇 달이나 못 봐놓고.

리치 중요한 건 별일 아니라는 거야. 형은 벌거벗은 여자를 봤고, 생각이 든 거지. 생각이 머리로 든 게 아니라─ 잠깐, 형. 시간을 좀 더….

그가 한숨을 내쉬었다.

리치 끊어야 돼. 하지만 진정해, 형. 티피는 아무것도 보지 못했고, 별 의미 없는 일이야. 긴장 좀 풀라고.

리치가 전화를 끊었다.

29

~~~~

티피

레이철은 흥분을 못 이기고 말 그대로 떨고 있었다.

"장난해? 장난하냐고!"

의자에서 방방거리며 그녀가 말했다.

"딱딱해졌다니 믿을 수가 없네."

나는 끙 소리를 내며 관자놀이를 문질렀다. TV에서 사람들이 피곤할 때 그렇게 하기에, 효과를 기대했다. 헛수고였다. 레이철은 어떻게 이렇게 쌩쌩할 수 있을까? 나만큼 마신 게 분명한데도.

"안 웃겨."

내가 말했다.

"그랬을지도 모른다고. 확실히 그랬다는 게 아니라."

"아휴, 웃기지 마."

레이철이 말했다.

"그동안 활동이 너무 뜸해서 그 상태가 어떻게 보이는지 까먹은 거지? 하룻밤에 세 명의 남자라! 넌 그야말로 아주 꿈속을 살고 있구나."

나는 그녀의 말을 못 들은 체 무시했다. 편집팀장은 다행스럽게도 내가 지각한 걸 재미있는 일쯤으로 생각했다. 하지만 내 앞에는 오늘 끝내야 할 일이 산적해 있다. 한 시간 넘게 지각한 것도 엎친 데 덮친 격으로 상황을 나쁘게 만들었다.

"교정지 보는 척하지 마시지. 어떤 액션을 취할지 계획이 필요하지 않아?"

"무슨 계획?"

"무슨 계획이냐니? 은둔자 켄에게 전화할 건지, 저스틴하고 술 마시러 갈 건지 말이야. 아니면 리언이랑 욕실에 뛰어들 건가?"

"내 자리로 갈 계획이야."

내가 교정지 더미를 챙기며 말했다.

"생산적인 회의는 아니었네."

레이철이 내 뒤에다 대고 홀 앤 오츠의 「Maneater」[11]를 흥얼거렸다.

하지만 레이철이 옳다. 리언 사태에 대한 해결책을 강구해야 했다. 신속하게 얘기를 나누지 않으면 모든 것을 그르쳐버릴 위험이 있었다. 더 이상의 쪽지도 없고, 나눠 먹는 음식도 없다. 그저 침묵만이, 고

~~~~~

11 남자 사냥꾼이라는 뜻.

통스러운 어색함만이 뒤따를 것이다. 부끄러움은 곰팡이와 같다. 그냥 두면 공간 전체에 냄새가 퍼지고 녹색이 뒤덮인다.

문자를… 문자를 해야 했다.

아니다. 전화를 걸어야겠다고 마음을 바꾼다. 과감하게 나가야 했다. 시계를 본다. 오후 2시. 그가 잠들어 있을 시간이다. 그리하여 손가락만 빨고 있어야 할 찬란한 네 시간가량이 주어졌다. 교정쇄를 확인하면서 그 시간을 써야 했다. 꽤 많은 사람들이 이 책을 정말 살 수도 있으니까. 코바늘뜨기가 소셜 미디어에서 난리가 난 덕분이다.

그런데 기나긴 밤과 아침이 지나가면서, 하지 않으려고 부단히 노력했음에도 어느새 또 저스틴 생각이 났다.

스스로 생각하는 데 능하지 않은 나는 저스틴 얘기를 하려고 모에게 전화를 걸었다. 전화를 받는 그의 목소리는 마치 방금 잠에서 깬 것처럼 몽롱했다.

"어디야?"

내가 물었다.

"집이야. 왜?"

"목소리가 이상해서. 오늘 거티 쉬는 날 아니야?"

"맞아. 거티도 집에 있어."

"아."

두 사람이 나 없이 어울린다고 생각하니 기분이 묘했다. 두 사람만 있는 건 그냥… 옳지 않은 조합이었다. 대학에 입학할 때부터 나와 거티는 함께였다. 1학년이 끝날 무렵에는 우리의 우산 아래 모를 들였다. 스눕 독의 「Drop It Like It's Hot」에 맞추어 혼자 미친 듯이 춤을 추는 그의 모습을 보고 나서, 그런 춤을 추는 친구라면 우리가 놀러 나갈 때마다 꺼야 한다는 결정이었다. 그 후로 우리는 모든 일을 함께하는 삼총사가 되었다. 드물게 두 명만 뭘 하는 일이 생기면 언제나 나와 거티, 아니면 나와 모였다.

"스피커폰 켤래?"

나는 빈정 상한 티를 내지 않으려고 애쓰며 물었다.

"잠깐. 준비 완료."

"보자."

거티가 말했다.

"리언의 동생과 사랑에 빠진 거지?"

나는 대꾸를 잠시 미뤘다.

"네 레이더는 성능이 퍽 좋은데 말이야. 이번에는 완전 헛다리야."

"젠장. 그럼 리언이야?"

"그냥 수다나 떨자고 건 거면 안 돼?"

"그냥 수다나 떨자고 한 전화가 아니잖아."

거티가 말했다.

"너는 낮 2시에 수다나 떨자고 전화하지 않아. 그런 건 메신저로 하잖아."

"이러니, 모한테 전화를 걸었지."

"그래서? 무슨 일이 터졌는데?"

거티가 물었다.

"저스틴."

"우! 구관이 명관이라."

내가 눈알을 데굴거렸다.

"모가 좀 상대해주게 하면 안 돼? 토닥거려주는 모와 얘기 좀 하면 안 되냐고? 적어도 가끔이라도?"

"무슨 일이야, 티피?"

모가 말했다.

어젯밤 이야기의 요약판을 그들에게 들려주었다. 켄과 키스를 하면서 일어났던 일에 대해서는 말을 아꼈다. 전화 한 통에 다 담기에는 너무 과한 드라마였다. 게다가 통화를 하는 동시에 쪽수가 잘 매겨졌나 교정쇄를 확인하고 있는 상황이었으니까.

그렇기도 했지만, 그 얘기는 그냥 하고 싶지 않다는 마음도 있었다.

"딱 저스틴이 할 법한 일이네, 티피."

모가 말했다.

"안 된다고 한 건 잘했어."

거티가 그녀답지 않게 좋아하는 티를 냈다.

"유람선에 있었던 것도 빌어먹게 소름끼치는데, 이젠 뭐? 난 네가-"

소리 죽여서 옥신각신한 끝에 거티가 입을 다물었다. 모가 제지했겠지.

"딱히 거절이라고도 할 수 없어. 두 달 이따가 보자고 했으니까."

"그 정도만 해도 또 전부 내팽개치고 그놈과 도망가는 것보다는 훨씬 나아."

거티가 말했다.

긴 침묵이 이어졌다. 목구멍이 팽팽하게 조여왔다. 켄과의 키스에 대해 얘기해야 했다. 하지만 어쩐지 할 수가 없었다.

"거티,"

내가 결국 입을 벌렸다.

"모하고 단둘이 얘기해도 될까? 잠깐만?"

또 조용히 숨죽인 대화가 오갔다.

"좋아, 왜 안 되겠어?"

거티가 말했다. 짜증을 숨기려고 애쓰는 것이 다 들렸다.

"이제 나밖에 없어."

모가 말했다.

침을 삼킨다. 여기서 할 수 없는 얘기였다. 사무실 밖 계단을 내려가 건물 밖으로 나왔다. 바깥에는 사람들이 평소보다 약간 느리게 움직이고 있었다. 마치 더위가 런던에 진정제를 맞힌 것 같았다.

"네가 전에 말한 적 있잖아. 나와 저스틴 관계…. 내가 큰 대가를 치렀다고."

모는 아무 말도 하지 않았다. 그저 묵묵히 기다렸다.

"네가 그랬지. 언젠가는 다 가라앉아서 이해가 될 거라고. 그렇게 되면 연락하라고 했잖아?"

여전히 대답이 없다. 하지만 이런 침묵이 모의 방식이었다. 비결은 모르겠지만 커다란 안심을 주는 침묵. 마치 귀로 안아주는 것 같았다.

"어젯밤에 좀 이상한 일이 있었어. 켄이란 남자하고 있었는데, 그 사람하고 키스를 했거든. 그러다… 무슨 기억이 떠올랐는데…."

왜 말할 수 없는 걸까?

"저스틴과 싸운 다음에 잤던 게 기억나는 거야. 기분이 너무 안 좋았어."

눈물이 고였다. 훌쩍거리지 않으려고 안간힘을 썼다.

"기분이 어땠는데? 그 생각이 떠올랐을 때 말이야."

"무서웠어."

나는 순순히 시인했다.

"우리 연애가 나빴던 건 아니야. 하지만 지금 생각해보니 내가 나쁜 기억은 지워버린 것도 같고. 나쁜 부분은 까먹었달까? 모르겠어. 그런 일이 가능하기는 하나?"

"뇌는 고통에서 스스로를 구해내려고 신기한 일을 참 많이 해. 너도 모르는 사이에 비밀을 지키려고 있는 힘을 다 쓰기도 하고. 오래도록. 이런 감정이 저스틴과 헤어진 후로 많이 일었어? 다른 방식으로?"

"아주 많이는 아니고."

하지만 없지 않았다. 레이철의 생일 파티에 저스틴을 초대하지 않은 일 같은 것. 나는 그를 초대했다는 것을 알았다. 초대하지 않았다고 저스틴이 나로 하여금 믿게 했을 수도 있다. 미친 소리로 들리겠지만, 그렇다고 불가능한 얘기는 아니었다. 그런 식으로 하면 나한테 계속 화를 낼 수 있으니까. 옷과 신발, 보석 등도 계속 나오고 있었다. 내가 팔거나 기부했다고 저스틴이 말했던 물건들이.

내 나쁜 기억력 때문이라고 치부했지만, 분명 잘못된 점이 있다는 기분에 몇 달째 시달리고 있었다. 저스틴 얘기를 할 때마다 집요하고도 성가시게 찔러대는 모의 지원사격 없이도 저절로 떠오르는 감정이었다. 하지만 나는 무슨 생각을 떠올리면 좀체 멈추지를 못한다. 그래서 작정하고 생각 자체를 하지 않은 것이었다.

촉발점이 어쩌고 하는 모의 얘기가 들린다. 나는 불편하게 몸을 꼼지락거렸다. 눈물 한 방울이 기어이 눈썹에 맺히더니 볼을 타고 흘러내렸다. 끝내 울음이 터지고 말았다.

"가야겠어."

나는 코를 훔치며 말했다.

"내가 한 말 꼭 생각해봐. 알았지, 티피? 그리고 네가 어제 얼마나 잘 맞섰는지를 기억해. 너는 벌써 수백만 킬로미터는 벗어나 온 거야. 너 자신을 칭찬해줘야 할 일이야."

문득 힘이 쭉 빠진 채로 사무실로 돌아왔다. 어제는 너무 힘들었다. 올라갔다, 내려갔다, 올라갔다, 내려갔다…. 롤러코스터가 따로 없었다. 으! 그리고 숙취가 머리를 짓뭉개고 있었다.

캐서린 책의 원고를 마침내 다 확인했을 즈음에, 항상 사용하는 마음의 상자에 저스틴과 관련된 고약한 생각을 집어넣었다. 기분이 한결 차분해졌다. 치즈과자 세 봉지를 먹어치우기도 했다. 레이철에 의하면 궁극의 숙취 치료제라고 했다. 먹고 나니 중증 좀비 상태에서 반쯤은 지각이 돌아오는 듯도 했다. 레이철의 책상에 캐서린의 원고를 던져놓고, 서둘러 내 책상으로 돌아왔다. 오늘 아침부터 하지 못해 안달이 난 일을 하러. 바로 리언의 페이스북 페이지를 다시 들여다보는 것.

그가 있다. 카메라를 향해 미소 지으며. 크리스마스 파티에서 찍은 것 같은데, 그는 누군가의 어깨에 팔을 두르고 있다. 뒤로 반짝거리는 꼬마전구가 걸려 있고, 사진에 찍힌 방은 사람들 머리로 가득했다. 프로필 사진을 봤다. 전에 본 기억이 있는 사진이었다. 그때는 그가 매력적이라는 생각이 전혀 들지 않았다. 평소 내 타입이라고 하기에는 너무 멀대 같고 머리가 긴 건 사실이었다. 하지만 실제로 보면 불현듯 성적 매력이 느껴지는 딱 그런 타입이었다.

어쩌면 처음에 강타한 충격과 벌거벗은 몸 때문인지도 모른다. 어쩌면 두 번째로 보면 그저 괜찮다 싶고, 플라토닉하게 느껴질 사람일 수도 있다. 그러면 그 일을 잊고 섹시한 노르웨이 은둔자 켄에게 전화를 걸면 된다. 그가 보는 가운데 저스틴에게 그런 망신을 당하고 나서 엄두가 나는 일은 아니었지만. 아니다, 저스틴 생각은 하지 말자—

"누구예요?"

마틴이 내 뒤에 와 있었다. 화들짝 놀라는 바람에 긴급한 용무를 메모한 포스트잇 쪽지들 사이로 커피를 쏟고 말았다.

"왜 항상 인기척도 없이 다가오는 거죠?"

나는 인터넷 창을 홱 닫고 티슈로 톡톡 두드려가며 커피를 닦았다.

"그냥 당신이 잘 놀라는 거예요. 그래서 누구냐니까요?"

"친구 리언이에요."

"친구?"

내가 눈알을 굴렸다.

"언제부터 내 인생에 티끌만큼이라도 관심이 있었죠?"

그가 기이하게 거들먹거리는 눈빛을 보냈다. 마치 내가 모르는 무언가를 알고 있는 것처럼. 아니면 그저 장에 기생충이 살아서 나오는 표정인지도 모르겠고.

"뭐 필요해요?"

앙다문 이 사이로 내뱉는다.

"아무것도 아니에요, 티피. 방해 안 할게요."

그러더니 그는 가버렸다.

나는 의자에 기대어 깊이 숨을 들이마셨다. 레이철이 컴퓨터 위로 머리를 쭉 빼고서 입 모양으로 말했다.

"아직도 믿을 수가 없어! 딱딱해졌다니!"

그러고는 양 엄지를 척 들어올렸다. 나는 의자에 몸을 더 깊숙이 파묻었다. 숙취가 다시 몰려오고, 절대로, 다시는 술을 마시지 않겠다고 결심했다.

30

~~~~

리언

엄마가 어제 아침의 고통스럽고도 거북했던 기억을 잠시나마 잊게 해주었다.

엄마는 분명 큰 노력을 기울이고 있다. 지금은 싱글이라고 한 말도 사실 같다. 집에는 남자의 흔적이라고 할 만한 것이 없었다. 리치와 나는 어린 시절부터 그 흔적을 찾아내는 데 아주 능했다. 지난번에 봤던 이후로 머리와 옷도 바뀌지 않았다. 즉, 누군가에게 맞추려고 애를 쓰고 있지 않다는 의미였다.

엄마와 케이 얘기를 했다. 놀라울 정도로 기분이 좋았다. 엄마는 적절한 때에 고개를 끄덕이며 내 손을 어루만졌고, 가끔씩 눈물이 고이기도 했다. 그러고는 간식을 만들어주는데, 꼭 열 살 때로 돌아간 것 같았다. 하지만 기분이 나쁘지는 않았다. 보살핌을 받는 게 좋았다.

기분이 가장 이상한 순간은 우리가 십 대 초반에 런던으로 이주했을 무렵 리치와 내가 함께 쓰던 방에 들어선 때였다. 재판 이후 이 방에는 딱 한 번밖에 오지 않았다. 재판이 끝나고 집에 2주 동안 머무른 적 있었다. 엄마 혼자 견뎌낼 수 있을 것 같지 않았기 때문에. 하지만 나는 곧 쓸모없어졌다. 엄마는 마이크를 만났고, 그는 엄마와 둘이서만 지내고 싶어 안달했다. 그래서 나는 내 집으로 돌아왔다.

방은 달라진 게 없었다. 조개가 껍데기만 남은 분위기랄까. 물건들이 있던 자리는 텅텅 비어 있다. 오래전에 뜯겨나간 포스터 자리에는 테이프 자국만 남았고, 몇 권 없는 책들은 옆으로 쓰러져 있었다. 리치의 물건은 예전 룸메이트들이 놓고 간 그대로 상자에 담겨 있었다.

리치의 물건을 들쑤셔보지 않으려고 가공할 만한 정신적 노력을 기울였다. 쓸데없이 속상한 마음만 들 것이다. 그런 일은 피하고 싶다. 리치도 내가 그런 궁상을 떨고 있으면 아주 싫어할 테니까.

침대에 눕는데, 어느새 티피에게로 마음이 흘러갔다. 처음에는 빨간 속옷만 입은 모습이 떠올랐다. 그다음에는 타월을 두르고 소리 내지 않고 침실로 들어가는 모습. 두 번째 생각은 더더욱 용납할 수 없다. 그녀는 내가 보고 있는지조차 몰랐기 때문이다. 불편한 마음으로 꼼지락거렸다. 이렇게까지 끌리는 것은 잘못된 일이다. 아마 케이와 헤어져서 생겨난 반작용 같은 마음이겠거니 싶다.

전화벨이 울린다. 화면을 들여다보니 티피다.

받고 싶지 않다. 전화벨이 계속 울린다. 영원히 울리고 또 울리는 것 같다.

그녀는 음성 메시지를 남기지 않고 끊었다. 이상하게도 죄책감이 든다. 리치는 그녀와 얘기를 해봐야 한다고 했다. 하지만 통화하건 얼굴을 보고 만나건, 직접 말을 섞는 일이 없었으면 좋겠다. 우리 사이는 기껏해야 주전자나 문 뒤편에 붙이는 별난 메모 정도면 충분하다.

다시 누워 생각한다. 내가 원하는 게 정말로 그런 걸까?

폰이 진동한다. 문자.

안녕, 그러니까. 흠. 우리 어제 아침 일로 얘기를 좀 해야 할 것 같은데요?
티피 x

기억이 새로이 몰려왔다. 무심코 또 탄식을 내뱉고 있다. 이 문자에는 답장을 하지 않으면 안 된다. 폰을 내려놓고 천장을 올려다봤다.

폰이 다시 몸을 떨었다.

> 사과부터 먼저 하는 게 당연한 순서겠죠? 그곳에 있으면 안 되는 건 나였어요. 셰어하우스 규칙에 따르면 그렇잖아요? 내가 샤워하고 있는 당신에게 다가가 일격을 가한 거예요. 정말, 정말, 정말 미안해요! xx

이 문자를 보니 기분이 묘하게 한결 나아졌다. 문자를 보면 그녀는 엄청나게 충격을 받은 상태 같지는 않았다. 너무도 익숙한, 티피스러운 말투. 티피를 실제로 만나기 전에 내 머릿속에 있었던 티피에게서 온 문자라는 상상이 쉽게 된다. 무슨 상상을 했건 간에 이제 와 뭐가 중요한가 싶지만, 그때는 그래도 그런 상상이 내 머릿속의 '안전지대'에 자리 잡고 있었다. 티피는 압박감이나 골치 아플 일 없이 얘기를 나눌 수 있는 사람이었다. 편안하고 부담스럽지 않은 사람.

이제 티피는 머릿속 편안한 공간에 있지 않다. 결코 그렇지 않다.

답을 할 용기를 끌어모았다.

> 미안해하지 말아요. 언젠가는 마주치게 되어 있었잖아요! 신경 쓸 필요 없어요. 난 벌써 다 잊었어요.

마지막 문장을 지웠다. 명백히 사실이 아니기 때문이다.

> 미안해하지 말아요. 언젠가는 마주치게 되어 있었잖아요! 신경 쓸 필요 없

어요. 당신이 덮고 넘어가고 싶다면 나도 기꺼이 그렇게 할게요. 리언 x

보낸다. 그러고는 키스 표시한 것을 후회했다. 내가 보통 저 이모티콘을 쓰던가? 지난 메시지 몇 개를 읽어봤다. 완전히 일관성이 없다. 그게 오히려 좋을지 모른다. 침대에 누워 기다린다.

또 기다린다.

뭐 하고 있는 걸까? 그녀는 보통 답장을 빨리 보낸다. 시간을 봤다. 밤 11시가 넘어 있었다. 잠이 든 걸까? 집에 늦게 돌아온 것 같기는 했다. 하지만 드디어,

> 다 잊어버리기로 해요! 다시는 그런 일이 일어나지 않을 거라고 약속할게
> 요. 그러니까 욕실에 쳐들어가거나 시간을 넘겨서 잠자고 있다거나 하는
> 거 말이에요. 내가 셰어하우스 규칙을 깬 걸 알고 케이가 발끈하지 않았
> 으면 좋겠는데요…? 샤워하고 있는 남자 친구를 습격해버렸으니 말이에
> 요…. xx

길게 숨을 들이마셨다.

> 케이와는 2주 전쯤 헤어졌어요. x

거의 곧장 답장이 왔다.

> 오, 이런. 너무 유감이에요. 뭔가 잘못됐다는 생각을 하기는 했어요. 쪽지를
> 통 쓰지 않았잖아요. 평소보다도 더! 어떻게, 잘 견디고 있나요?

생각해본다. 나는 어떻게 견디고 있나? 엄마의 아파트 침대에 누워 벌거벗은 룸메이트의 모습을 공상하고 있다. 전 여자 친구 생각도 잠깐 해봤지만, 그 생각은 말 그대로 그냥 사라져버렸다. 완전히 건강한 행동이라고는 할 수 없다. 하지만… 어제보다는 나아진 걸까?

나아지고 있어요. x

이 문자 다음에 긴 침묵이 뒤따랐다. 괜한 말을 덧붙였나 하는 생각이 들었다. 비록 수다에 있어서라면 티피가 물러설 리가 없지만.

그래요. 당신을 좀 즐겁게 해줄 수 있을지 모르겠는데요. 어제 회사에서 숙취 상태로 프린터로 곧장 돌진했답니다. 그대로 부딪친 거죠.

피식 웃음이 났다. 이윽고 프린터 한 대를 떠올려봤다. 아주 거대하다. 티피 네 명이 들어갈 수 있을 만큼 커다란 프린터를 상상한다.

…프린터를 보지 못한 거예요?

멈춰야 할 순간에 멈춰 설 능력을 잃었던 거죠. 하지만 벽돌공에서 디자이너가 된 아름다운 나의 저자와 막 전화 통화를 끝내고 난 다음에 일어난 일이었어요. 그러니까….

아. 여전히 정신이 돌아오지 않았었다는 얘기군요.

화면이 꺼질 때까지 이 문자를 들여다봤다. '그런 날'. 그런 날이 무슨 뜻인가? 얼이 빠져 있는 그런 날? 하지만 왜- 왜냐하면 우리가….

아니, 아니다. 나 때문일 리 없다. 말도 안 된다. 다만… 아니라면 무슨 뜻으로 한 말일까?

이제 티피와 커뮤니케이션을 할 때마다 내가 이 꼴이 아니기를 하는 바람이 든다. 완전히 진을 빼는 짓이다.

31

~~~~

티피

우리 아빠는 "인생은 결코 단순하지 않아"라는 말을 즐겨 한다.

그 말은 틀렸다. 인생은 종종 단순하지만, 이루 말할 수 없이 복잡해질 때에 가서야 그걸 깨닫기 마련이다. 병들기 전까지는 건강에 감사할 줄 모르는 것처럼. 아니면 스타킹이 찢어지니 집에 남아도는 스타킹이 아쉬워지듯이.

캐서린이 타샤 차이-라테의 유튜브 게스트 출연을 막 끝냈다. 코바늘로 비키니를 뜨는 주제로 출연한 것이었다. 인터넷은 미쳐 돌아가고 있었다. 캐서린을 리트윗하는 그 모든 인플루언서들은 이제 몇 명인지 셀 수도 없었다. 그리고 캐서린은 마틴을 싫어했기 때문에, 처리할 수 없는 일이 생기거나 도움이 필요할 때마다 나를 불렀다. 그러면 홍보는 쥐뿔도 모르는 내가 마틴에게 갔다가 캐서린에게 피드백을 해주었다. 그들이 만약 이혼한 부부이고 내가 자식이었다면 사회복지기관에서 나와야 할 판이었다.

퇴근하려는데 거티에게서 전화가 왔다.

"지금 퇴근해? 급여 인상 요구는 아직 안 한 거야?"

그녀가 물었다. 시계를 봤다. 어떻게 12시간 가까이 회사에 있으면서 해놓은 일이 이렇게도 없을까?

"시간이 없었어. 그리고 여긴 급여 안 올려줘. 요구한다는 이유로 자르지나 않으면 다행이게."

"터무니없군."

"그런데 웬일?"

"응, 내가 리치의 항소심을 석 달 앞당겨났다는 소식을 듣고 싶어 하지 않을까 해서 전화했지."

거티가 대수롭지 않다는 듯이 말했다.

나는 가던 길을 불쑥 멈췄다. 내 뒤에서 길을 가던 사람이 내게 부딪치고는 욕설을 내뱉었다.

"사건 맡아주는 거야?"

"전 변호사는 형편없더군. 정말 심해. 변호사윤리위원회에 신고할까 반쯤 마음을 먹었었다니까. 사무변호사[12]도 새로 찾아줘야 해. 예전

---

12   법정변호사와 달리, 법정 밖의 사무 업무를 주로 담당하는 변호사.

놈은 내가 직접 상대해서 멋들어지게 물을 먹여줬으니까 말이야."

"사건 맡는 거야?"

"얘기를 어디로 듣고 있는 거야, 티피?"

"너무 고마워, 너무. 이런, 세상에…."

미소가 지워지지 않는다.

"리치가 리언한테 말했대?"

"아직 말하지 않았을 거야."

거티가 말했다.

"내가 리치에게 편지를 보낸 게 겨우 어제거든."

"그럼 내가 말해도 돼?"

"그럼 내 일이 좀 덜어지겠네. 그러니까 해버려."

통화를 끝내기가 무섭게 핸드폰이 진동했다. 리언에게서 온 문자. 심장이 묘한 느낌으로 쫄깃 조여왔다. 그는 지난 주말에 우리가 나눈 문자 이래로 어떤 메시지나 쪽지도 남기지 않았다.

> 미리 알림: 우리 집 문 앞에 전남친이 보낸 거대한 꽃다발이 있어요. 이 서프라이즈(좋은 쪽이든 나쁜 쪽이든)를 알려야 하나 말아야 하나 확신이 안 섰지만, 나라면 미리 귀띔을 받고 싶을 것 같아서요. x

또다시 불쑥 발길을 멈춘다. 이번에는 비즈니스맨이 탄 스쿠터가 나를 칠 듯이 스쳐갔다.

지난 목요일 이후 저스틴에게서는 아무 소식도 없었다. 전화도, 문자도. 막 믿음이 생기기 시작하던 차였다. 내가 한 말을 진지하게 받아들여 연락하지 않는 거라고. 하지만 나는 여전히 뭘 몰랐다. 내 말을 순순히 따라줄 저스틴이 아니었다. 이런 짓을 하는 것이 더 그다웠다.

나는 저스틴에게서 커다란 꽃다발을 받고 싶지 않다. 그저 그가 없어져버리기만을 원한다. 그가 온 사방에서 계속 출몰하면, 잘 지내려고 애써도 잘 지내기가 힘들다. 나는 아파트 건물로 진군하면서 입술을 굳게 다물고 마음의 준비를 단단히 했다.

꽃다발은 정말 크기도 컸다. 나는 그가 얼마나 돈이 많은지 잊고 있었다. 그리고 얼마나 터무니없는 데 돈을 쓰는지도. 그는 작년 내 생일 저녁식사 자리에서 입으라며 입이 떡 벌어지게 비싼 명품 드레스를 사주었다. 은색 실크에 반짝거리는 스팽글로 뒤덮인 옷이었다. 그 옷을 입고 밖에 나가자니 내가 아닌 다른 누군가를 코스프레하는 것같이 느껴졌다.

꽃들 사이로 쪽지가 꽂혀 있었다.

티피에게, 우리 10월에 만나서 얘기하자. 사랑을 담아, 저스틴.

꽃다발을 들고 제대로 된 카드 같은 게 없는지 밑을 확인해봤다. 없었다. 저스틴에게 카드 같은 건 너무 소박했다. 거대하고 값비싼 제스처가 훨씬 더 그의 스타일이었다.

이번 일은 제대로 내 신경을 건드렸다. 저스틴에게 내가 사는 곳을 알려준 적이 없기 때문이다. 또 저스틴이 내가 목요일에 했던 부탁을 보란 듯이 무시해버렸기 때문일 수도 있다. 그리고 나의 "두어 달이 필요해"라는 요구를 "나는 너와 두 달이 지나기 전에 만나겠어"로 만들어버린 그의 처사 때문이다.

남는 털실을 넣어두는 장식용 화분에 꽃을 쑤셔 넣었다. 나는 저스턴이 이러기만을 기다리고 있었다. 변명과 값비싼 제스처를 들고 나타나 또다시 나를 정신없이 사랑에 빠지게 하길. 하지만 페이스북 메시지, 약혼…. 그는 나를 한계까지 밀어붙여 고꾸라뜨렸다. 그리고 이제 나는 그가 나와 다시 합치려고 시도한 때와는 매우 다른 상황에 놓여 있었다.

소파에 파묻혀 꽃다발을 바라본다. 모가 말했던 것, 왜 안 하려고 애를 써도 저스틴과의 일들이 기억나는지 생각해본다. 내가 잘 까먹는다고 믿게 만든 저스틴의 농락, 그럴 때마다 얼마나 혼란스러웠는지 생각한다. 그가 집에 올 때면 매일이 반쯤은 흥분되고 반쯤은 불안했다. 목요일에 그가 내 어깨를 쥐면서 한잔하러 가자고 잡아챘을 때 위장이 어떻게 요동쳤는지 생생하게 기억이 난다.

몰려오는 그 플래시백.

이런, 나는 그때로 돌아가고 싶지 않다. 지금이 그때보다 행복하다. 이 집에서 사는 것, 나 스스로 만든 환경에서 안전하게 가려져 있는 것이 좋다. 2주 정도 있으면 계약이 끝난다. 리언은 아직 그 얘기를 꺼내지 않았다. 그래서 나도 말하지 않았다. 이사를 가고 싶지 않기 때문이다. 비록 대부분이 마이너스 통장 메우는 것으로 빠져나가기는 하지만, 이번에는 내 수중에도 돈이 아주 없지는 않았다. 이야기를 나눌 수 있는 룸메이트가 있다. 직접 얼굴을 안 보는 게 대수인가? 그리고 정확히 50퍼센트가 내 것이라고, 정말로 그렇게 느껴지는 집이 있다.

폰을 집어 들고 리언에게 답장했다.

나쁜 서프라이즈네요. 미리 귀띔해줘서 고마워요. 우리는 이제 집에 정말로 많은 꽃을 갖게 됐어요. xx

그가 거의 곧바로 답장을 보냈다. 흔치 않은 일이다.

듣던 중 반가운 소리예요. x

그러고서 1분 후에 또 문자가 왔다.

집에 꽃이 반갑다는 얘기예요. 나쁜 서프라이즈가 아니라요. 당연하게도. x

미소가 떠오른다.

좋은 소식이 있어요. xx

타이밍 완벽해요. 휴식 시간이에요. 말해봐요. x

그는 상상도 못 하고 있다. 소소한 정도의 좋은 소식이라고 생각하고 있으리라. 내가 크럼블[13] 같은 걸 만들었다는 것처럼, 작지만 좋은 소식. 손가락이 문자 키 위를 맴돈다.

기분을 업시켜줄 완벽한 소식이었다. 지금 무엇이 더 중요한가? 내 옛 연애가 왔다 갔다 하는 것인가, 아니면 리치 사건인가?

전화 걸어도 돼요? 전화 걸면 받을 수 있어요? xx

---

13 버터, 밀가루, 설탕 등을 섞은 반죽을 소보로처럼 굵게 부수어 과일 위에 덮어 만든 디저트.

이번에는 답이 좀 늦게 왔다.

　　그럼요. x

　신경이 매우 갑작스럽고도 격렬하게 요동쳤다. 리언에 대한 회상이
되살아났다. 알몸에 물을 뚝뚝 흘리며 머리를 귀 뒤로 넘긴 리언. 통화
버튼을 눌렀다. 말해버렸으니 이제는 달리 선택할 길이 없다.
　"안녕."
　그가 말했다. 조용히 있어야 하는 곳에 있는 듯이 목소리가 매우 낮
았다.
　"안녕."
　내가 말했다. 우리는 잠자코 기다렸다. 그의 벗은 몸을 떠올린다. 그
러고는 그 생각을 하지 않으려고 안간힘을 썼다.
　"근무는 어때요?"
　"한가해요. 그래서 이렇게 휴식 시간을 갖고 있는 거예요."
　그의 억양은 리치와 거의 똑같았다. 그 어떤 사람에게서도 들어본
적이 없는 억양이었다. 런던 남부와 아일랜드가 뒤섞인 듯한 억양. 소
파에 앉아 무릎을 꼭 끌어안았다.
　"그러니까, 흠⋯."
　그가 말했다.
　"미안해요."
　그와 거의 동시에 말이 튀어나왔다. 우리는 다시 기다렸다. 그리고
나도 모르는 사이에 바보 같고 어색한 웃음소리를 내고 있다. 무슨 이
런 완벽한 타이밍이 다 있는지.

"말해요."

그가 말했다.

"일단… 지난번 일을 얘기하려고 전화한 건 아니에요."

나는 말문을 열었다.

"그러니까 샤워 사태는 우리 두 사람이 함께 꾼 이상한 꿈이라고 생각하자구요. 지금 얘기하는 동안이라도. 그래야 너무 심하게 어색하지 않은 상태에서 좋은 소식을 알려줄 수 있을 테니까요."

그가 미소 짓는 소리가 들리는 것 같았다.

"좋아요."

"거티가 리치의 사건을 맡았어요."

들리는 것이라고는 날카롭게 숨을 들이마시는 소리뿐. 그리고 뒤이은 침묵. 나는 고통스러울 만큼 오랜 시간을 기다렸다. 하지만 리언이 모와 마찬가지로 무언가를 흡수하는 데 시간이 걸리는 사람이라는 느낌은 전부터 받아왔다. 그래서 그가 준비될 때까지 아무 말이라도 하고 싶은 욕구를 내리눌렀다.

"거티가 리치의 사건을 맡았다."

리언이 어리둥절하다는 뉘앙스로 내 말을 되풀이했다.

"그래요. 맡았어요. 그리고 심지어는 그게 좋은 소식도 아니라는 거예요!"

나는 이제 소파 쿠션 위에서 작게 통통거리고 있었다.

"좋은… 소식이 뭐예요?"

그가 약간 어지럽다는 듯한 목소리로 물었다.

"거티가 항소를 3개월 앞당겼다는 거예요. 내년 1월에 항소재판이 열린다고 했었죠? 그러니까 이제, 그럼 몇 월이지…."

"10월, 10월이에요. 그건 정말···."

"빠르죠! 정말로 빠르죠!"

"두 달 남은 거예요! 우린 준비가 되지 않았다고요!"

리언이 갑작스럽게 당황했다.

"만약- 거티가-"

"리언, 숨 쉬어요."

대화가 또 끊어졌다. 수화기 너머 멀리서 리언이 깊고 느리게 호흡하는 소리가 들려왔다. 나는 엄청나게 부풀어 오르는 미소를 억누르느라 뺨이 아파올 지경이었다.

"거티는 정말 훌륭한 변호사예요."

내가 말했다.

"리치에게 승산이 있다는 생각을 하지 않았다면 사건을 맡지 않았을 거예요. 정말이에요."

"그녀가 리치를 꺼내줄- 나한테 이러면 안 돼요···."

그의 목소리는 목이 졸린 듯이 끊겨져 나왔다. 측은한 마음에 위가 꼬였다.

"그녀가 100퍼센트 확실하게 리치를 꺼내준다는 얘기는 아니에요. 하지만 이제 다시 희망을 품을 이유가 생겼다고 생각해요. 진심이 아니라면 당신에게 이런 말 하지 않았을 거예요."

그가 길고 느리게 숨을 내뱉었다. 웃음소리가 반쯤 섞인 숨소리.

"리치도 알아요?"

"아직 모를 거예요. 거티가 어제 편지를 보냈다고 했거든요. 편지가 거기까지 가는 데 얼마나 걸려요?"

"그때그때 달라요. 감옥에서 쥐고 있다가 주거든요. 하지만 그 전에 리치가 전화를 하면, 내가 소식을 전해주게 되는 거예요."

"거티가 빠른 시일 내에 당신과 사건 얘기를 하고 싶어 할 거예요."

"리치의 사건을 의논하고 싶어 하는 변호사라."

리언이 말했다.

"변호사, 사건에 대해 얘기하기를 원하는."

"그래요."

내가 웃으며 끼어들었다.

"티피."

그가 갑자기 진지해졌다.

"어떻게 감사하다는 말을 해야 하죠?"

"아니, 괜찮아요, 쉿!"

"정말이에요. 리치에게 이게 어떤 의미인지 말로 설명할 수 있을까요? 내게도 마찬가지고."

"내가 한 일은 리치의 편지를 거티에게 전달해준 것뿐이에요."

"그것만 해도 그 누구도 해주지 않았을 일이에요. 그 정도면 발 벗고 나서준 거라고요."

나는 꼼지락거렸다.

"나한테 편지 한 통 빚졌다고 리치에게 말해줘요."

"그 애가 편지 쓸 거예요. 가야겠어요. 하지만 고마워요, 티피. 당신이라서 너무 기뻐요. 그 마약상이나 고슴도치 키우는 남자가 아니라."

"네?"

"신경 쓰지 말아요."

그가 재빨리 말했다.

"다음에 봐요."

32

~~~~

리언

새로운 쪽지가 여러 장 있다. 티피는 항상 여러 장을 쓴다. 한 장으로 족하는 법이 없다.

리언, 이웃들에 대해 좀 물어봐도 돼요?! 5호의 이상한 남자 말고는 아무도 안 보여서요. 그나저나 운동복 바지에 구멍 난 걸 그가 알고 있을까요? 혼자 사니까 어쩌면 아무도 말해주지 않았을 것 같아요! 1호에는 두 노파가 사는 것 같아요. 버스 정류장에서 시간을 보내며 유혈 낭자한 실화 범죄소설을 읽는 그분들 말이죠. 하지만 2호와 4호는? xx

4호는 사람은 좋은 중년 남자인데, 안타깝게도 코카인을 하는 습관이 있어요. 2호는 여우들이 키우는 사람이 아닐까 하는 생각이 들고요. x

초고 뒷면에 쓴 쪽지가 커피 테이블에 있다.

아, 그래요! 여우들. 걔네도 집세를 냈으면 좋겠네요. 파티마 여우가 새끼 세 마리 낳은 거 알아요?!

그 아래.

···파티마 여우요?

그리고 집세 얘기가 나와서 말인데요. 폰에 알림이 뜨더라고
요. 당신이 이사 온 지 6개월이 됐다고 하네요. 계약이 끝난
거라고 봐야겠죠? 더 있고 싶나요?

그리고 잠을 잔 후 그날 오후에 또 쪽지를 붙인다.

더 있고 싶은 마음이라면 좋겠어요. 이제 집세가 절실한 건 아
니에요. 목도리를 팔고, 또 끝내주는 무료 변호사가 생겼으니
까. 하지만 당신이 없으면 이 집이 어떻게 보일진 알 수 없게
됐어요. 우선 저 빈백이 없으면 난 살아남지 못할 것 같아요.
×

이 쪽지 아래에 티피는 소파에 올라타 2호로 향하는 여우 무리를 스
케치해놓았다. 각각의 여우에 세심하게 이름표가 달려 있었다.

파티마 여우! 엄마 여우예요. 말하자면 여자 대장인 거죠.
플로렌티나 여우. 서열 2위의 도도한 여우예요. 플로렌티나가
주로 출몰하는 곳은 쓰레기통들 옆 냄새나는 구석이에요.
플리스 여우. 약삭빠른 어린 여우예요. 창문을 통해 건물로 들
어오려는 시도를 하는 것이 포착되곤 하죠.
파비오 여우. 이곳에 상주하는 숫여우. 하지만 나는 이 여우가

사실은 개가 아닌가 하는 의심도 약간 들어요.

새로 태어난 아기들은 아직 이름을 짓지 않았어요. 당신이 이름을 지어주는 영광을 안겠어요?

밑에 또 쪽지가 있다.

그래요, 부탁이에요. 빈백이랑 난 이곳에서 좀 더 오래 살고 싶어요. 이를테면 6개월 더? xx

6개월 더. 완벽해요. 거래 성사. x

빈 식사 쟁반 옆에 새로운 쪽지.

미안해요, 뭐라고요? 노글, 스탠리, 아치볼드?

심지어 F로 시작하지도 않는 이름들이잖아요!

셰퍼드 파이[14]를 담은 커다란 접시 옆.

어쩌겠어요. 파비오 여우가 노글이라는 이름을 좋아하더라고요. 다른 이름 두 개는 파티마가 생각해낸 거예요.

또, 미안해요. 오늘 재활용 쓰레기를 내다버리면서 피치 못하게 내용물을 봤어요. 당신 괜찮은 거예요?

~~~
**14** 으깬 감자를 올려 구운 고기파이의 일종.

232

셰퍼드 파이가 다 사라졌다. 새로운 쪽지.

괜찮아요. 걱정하지 말아요. 사실 나는 정말로 괜찮답니다. 전 남친과 관련된 기념품들을 몰아내는 데 시간이 참 오래 걸리기도 했네요. 덕분에 침대 밑에 목도리를 쟁여둘 공간도 많이 생겼어요. 당신이 궁금할까 봐 말해두자면, 이제 우리는 공식적으로 옛 연인 사이도 아니에요. xx

아, 그래요? 나도 이젠 전 여자 친구 생각에 좀 무뎌졌다는 얘기를 해야겠네요. 목도리 놔둘 공간이 더 생기는 건 확실히 환영할 일이죠. 어제 목도리에 발이 걸렸어요. 부주의한 자를 낚아채려고 침실 바닥에 누워 도사리고 있더라고요. x

아휴, 미안, 미안해요. 바닥에 옷 늘어놓는 버릇을 고쳐야 하는데 말이에요! 또 질문이 너무 사적이라면 미리 사과할게요. 박서들을 완전 다 새로 산 거예요? 재미있는 만화 캐릭터들이 그려진 옛날 팬티들이 빨래 건조대에서 갑자기 사라졌잖아요. 그리고 당신이 세탁을 할 때마다 집이 캘빈 클라인 씨에 대한 오마주가 되더라고요.
그리고 우리 각자의 전 애인들에 관한 주제가 나온 김에… 케이한테서는 아무 소식도 없나요? xx

두 개의 새로운 포스트잇 쪽지. 내가 쓸 자리는 아주 자주 없어지고는 했다. 그리고 나는 이번 쪽지를 몹시 열심히 생각해서 썼다.

지난주에 오래된 친구의 결혼식에서 봤어요. 이상했어요. 좋기도 했고. 친구로서 얘기를 나누고, 그게 기분이 좋았어요. 리치 말이 옳았어요. 우리 관계는 오래전에 끝난 거예요.

흠, 그리고 맞아요. 대대적인 의상 점검을 실시했답니다. 내가 한 5년 동안 옷을 산 적 없다는 걸 깨달았죠. 또한 이 집에 여성이 살며, 내 빨래를 본다는 사실도 갑자기 각성이 됐고요. 당신도 쇼핑을 좀 한 거 같던데요. 문 뒤에 걸려 있는 파란색과 하얀색으로 된 원피스 마음에 들어요. 모험소설의 캐릭터들이 모험을 떠날 때 입을 옷 같아요. x

고마워요^^ 모험을 위한 원피스가 필요했어요. 지금은 여름이고, 나는 싱글이고, 여우들이 아스팔트 위에서 뛰놀고, 비둘기들이 하수관에서 지저귀고… 인생은 좋은 거예요. xx

# 33

~~~

티피

발코니에 앉아서, 아이스크림을 길바닥에 떨어뜨린 꼬마처럼 운다. 불가항력적인, 말을 이을 수조차 없으며 입을 한껏 벌린 채로 꺼이꺼이 우는 울음.

이제 기억의 공격은 완전히 시도 때도 없이 치고 들어왔다. 난데없이 불쑥 머리를 내밀고, 나를 팽이처럼 빙글빙글 돌려놓았다. 이번에는 유달리 고약했다. 수프를 데우면서 집안일을 하는 중이었다. 그때 팡! 튀어 오른 기억. 저스틴이 페이스북 메시지를 보내기 전, 집에 퍼트리샤를 데리고 나타났을 때.

그가 눈에 역겨움을 한가득 담고 나를 본다. 내게는 거의 말도 붙이지 않는다. 그러더니 퍼트리샤가 복도에 나가 있을 때 작별인사라면서 내 입술에 입을 맞춘다. 한 손으로 내 목덜미를 잡고서. 그 순간에도 내가 그의 것인 듯이. 한순간 내가 여전히 그의 것이라는 데 절대적인 공포를 느꼈다. 그 감정이 기억났다.

그랬다. 지금이 그때보다 훨씬 행복하다. 그럼에도 이 기억의 문제는 해결되지 않았다. 지금의 좋은 상태를 해코지하는 식이라고 할까? 이제 내가 피해서는 안 되는 문제가 있다는 게 확실해졌다. 정신을 딴 데로 돌리려는 전략은 통하지 않았다. 이 문제에 대해 진지하게 생각해봐야 했다.

내게 무언가 생각해본다는 것은 모와 거티가 필요하다는 의미다. 문자를 한 지 한 시간쯤 후에 그들은 함께 도착했다. 거티가 화이트 와인을 잔에 따르는 동안 초조한 기분이 들었다. 아무 말도 하고 싶지 않았지만, 한번 입을 열자 봇물처럼 쏟아져 나오는 말을 멈출 수 없었다. 그것도 두서없이 횡설수설. 기억들, 우리가 처음 사귀기 시작했던 옛날 기억에서부터 지난주 그가 보낸 꽃까지를 관통하는 기억들이었다.

나는 마침내 녹초가 되어 목소리가 잦아들었다. 나머지 와인을 들이켰다.

"중요한 얘기를 해보자."

오로지 중요한 얘기만 하고 사는 거티가 말했다.

"너에게는 머리가 돈 전 남자 친구가 있어. 그리고 그놈이 네가 사는 곳을 알아."

맥박이 빨라졌다. 가슴 안에 무언가가 들어와 갇혀버린 느낌이었다.

모가 거티를 날카롭게 바라봤다. 보통은 오직 거티만이 할 수 있는 눈빛으로.

"내가 말할게. 너는 와인을 담당하면 되잖아?"

거티가 따귀라도 한 대 얻어맞은 듯한 표정을 지었다. 그러더니 신기하게도 모에게서 고개를 돌리고는 미소를 짓는 것이 아닌가.

이상하기도 하지.

"10월에 술 마시겠다는 말을 하지 말걸 그랬어."

내가 모의 경청하는 얼굴을 마주보며 말했다.

"왜 그런 말을 했을까?"

"네가 진짜로 그 말을 했을까? 나는 그것도 잘 모르겠는데? 내 생각에는 저스틴이 그렇게 받아들이기로 했을 수도 있고, 넌 그걸 네가 한 말로 착각한 걸 수도 있어. 어쨌든 넌 그를 만나지 않아도 돼. 조금도 빚진 게 없다고."

"너희 다 기억해? 내가 말한 거 전부 다?"

내가 불쑥 말했다.

"내가 지금 상상하는 거 아니지?"

모는 잠시 망설였다. 하지만 거티는 가차 없었다.

"당연히 기억하지. 난 망할 모든 순간을 기억해. 그놈은 너에게 독이었어. 어디로 어떻게 갈지 시키고, 그렇게 하고 나서도 너를 거기까지 데려다줬지. 왜냐하면 너 혼자서는 길을 찾아갈 수 없다는 생각을 너한테 주입시키려고. 모든 다툼의 소지가 너에게서 비롯된 것으로 만들었어. 너에게 사과를 받을 때까지 포기하지 않았지. 너를 차버리고는 네가 생각할 겨를도 없이 너를 다시 집어왔어. 네가 뚱뚱하고 이상하고, 너를 원할 사람은 없다고 했어. 네가 여신인데도 말이야. 그는 널 가진 걸 행운으로 여겨야 했어. 하지만 너희 관계는 끔찍했어. 우리는 그놈을 증오했다고. 그리고 나는 지금 한 얘기를 매일 해줬을 거야. 네가 그놈 얘기를 하지 말라고 금하지 않았다면 말이야."

"아."

작게 터져 나오는 목소리.

"저스틴과의 관계에서 네가 느낀 게 거티가 말한 것과 비슷해?"

모가 물었다. 폭탄이 터져서 난장판이 된 곳을 한정된 도구로 수선하려 땀 흘리는 기술자 같은 분위기로.

"정말로 행복했던 기억도 있어."

내가 말했다.

"그게 말이야… 진짜 비참했던 기억들과 더불어서."

"그 인간이 항상 끔찍하게 굴었던 건 아니지."

거티가 다시 포문을 열었다.

"매 순간을 끔찍하게 했다면 널 계속 곁에 둘 수 없었을 테니까."

모가 이어받았다.

"그는 그걸 알았어. 똑똑한 남자니까. 그는 방법을…."

"너를 가지고 놀 방법을 알았어."

거티가 결론을 내렸다. 모가 거티의 단어 선택에 움찔했다.

"그래도 우리는 한때 행복했던 것 같아."

237

그게 왜 중요하게 느껴지는지 모를 일이었다. 나를 그따위로 취급하는데 왜 사귀었냐고 수군거리는 시선에 대한 반발 심리일까?

"물론이지. 특히 처음에는."

모가 고개를 주억거렸다.

"맞아."

내가 말했다.

"처음에는."

우리는 한동안 입을 다문 채 와인을 홀짝거렸다. 기분이 묘했다. 눈물을 흘려야 할 타이밍 같았다. 하지만 흘릴 수 없었다. 이상하고도 팽팽한 긴장감이 눈에 버티고 있었다.

"그래. 고마워, 애써줘서. 저스틴에 대해 얘기하지 말라고 했던 거 미안해."

내가 발을 내려다보며 말했다.

"괜찮아. 덕분에 적어도 우리가 계속 만날 수 있었으니까."

모가 말했다.

"네 스스로 이런 생각에 도달해야 했어. 그게 맞는 일이야. 남이 옆에서 얘기해줘서가 아니라. 예전의 너는 그에게서 떨어지고 싶은 마음만큼이나 그에게 돌아가고 싶은 마음도 강했던 거야."

용기를 끌어모아 거티를 본다. 그녀가 나를 똑바로 마주봤다. 그녀가 얼마나 노력하고 있는지 상상이 가지 않았다. 저스틴이라는 이름을 입에 올리지 않겠다고 제 입으로 한 맹세를 지키기 위해 얼마나 노력하는지.

모는 무슨 수로 거티를 설득한 걸까? 나 스스로 이만큼 올 때까지 거티는 관여하지 않았다. 하지만 그가 옳았다. 그들이 나서서 저스틴을 떠나라고 했다면 나는 그들을 밀어내버렸을 것이다. 그런 생각을 하니 속이 메스꺼워졌다.

"지금 아주 잘하고 있어, 티피."

내 잔에 와인을 그득 따르며 모가 말했다.

"앞으로도 해결 방법에만 집중해. 시도 때도 없이 쳐들어오는 기억이 힘겨울 거야. 하지만 이 일은 중요해. 있는 힘을 다해야 해."

왠지 몰라도 모가 하는 말은 진실로 들리는 힘이 있었다.

기억하는 일은 정말 힘겨웠다. 갑작스러운 기억이나 저스틴이 난데없이 나타나는 일 없이 일주일이 지나갔다. 그리고 또 흔들렸다. 동요했다. 하마터면 공든 탑을 무너뜨리고, 모두 내가 지어낸 것이라는 생각에 이를 뻔했다.

다행스럽게도 모가 있었다. 우리는 나의 기억대로 사건들을 짚어갔다. 고성이 오가는 싸움, 미묘한 힘겨루기. 교묘하게 내 독립성이 잠식되어갔던 방식. 나와 저스틴의 관계가 얼마나 건강하지 못했는지 믿을 수가 없었다. 그보다 한층 더 안 좋은 것은 내가 그걸 알아채지 못했다는 것이다. 시간을 충분히 들여 이해해야 할 문제였다.

친구들과 룸메이트를 주신 신에게 감사를. 물론 리언은 이런 내 상황을 전혀 알지 못했다. 하지만 내가 기분 전환이 필요하다는 것은 간파한 듯했다. 요리를 더 많이 했고, 한동안 쪽지가 오가지 않으면 그가 먼저 썼다. 말문을 여는 것은 언제나 내 몫이었다. 그가 먼저 물꼬를 트는 타입이 아닌 건 진작 알았다.

레이철과 집에 돌아오니 냉장고에 쪽지가 붙어 있었다. 레이철은 내가 해주는 저녁을 먹으러 왔다. 『코바늘뜨기로 내 옷 만들기』를 계약해서 자기 인생을 망쳐버렸으니 공짜 음식을 무한하게 빚졌다나?

> 조니 화이트를 찾는 일은 통 성과가 없네요. 입스위치 근처의
> 아주 지저분한 펍에서 만난 조니 화이트 4번은 내게 술을 진
> 탕 먹였어요. 그러다가 우리의 기념비적인 욕실 사건이 재현될
> 뻔했죠. 집에 돌아와 자다가 엄청 지각을 했어요. x

레이철이 쪽지를 읽으며 눈썹을 치켜올렸다.

"기념비적이라고, 응?"

"아휴, 입 닥쳐. 무슨 뜻으로 한 말인지 알면서."

"맞아, 분명히 알 것 같아. 속옷 차림의 당신 생각을 멈출 수가 없는
데, 당신도 내 벗은 모습을 생각하느냐, 라고 말하고 싶은 거야."

그녀에게 양파를 던졌다.

"그것 좀 썰어. 너도 쓸모 있는 인간이 좀 돼보라고."

말은 이렇게 해도 절로 번지는 미소를 가눌 길이 없었다.

9월

34

~~~~

리언

벌써 9월. 여름이 식어가기 시작한다. 리치가 감옥에 있는데도 시간이 이렇게 빠르게 지나가다니. 그러나 리치도 같은 얘기를 했다. 그의 시간도 천 년 만 년 길지는 않다고. 다만 질질 끌며 자국을 남기고, 1분, 1분을 느껴야 하지만, 그래도 지나가고 있다고.

다 거티 덕분이다. 그녀를 직접 만난 건 몇 번 안 되지만, 전화로는 며칠마다 얘기를 나눈다. 사무변호사가 종종 통화에 합류하기도 했다. 지난번 사무변호사와는 거의 없던 일이었다. 새로 바뀐 사무변호사는 쉬지 않고 일을 하는 것 같다. 놀랍다.

거티는 무례한 정도를 넘어 찬바람이 쌩쌩 분다. 그래도 마음에 든다. 그녀는 쓸데없는 일은 하지 않는다. 쓸데없는 일을 애초에 할 줄 모르는 사람 같다. 살의 정반대라고나 할까? 종종 우리 집에 와서 티피가 쓰는 쪽지에 동참하기도 한다. 하지만 다행스럽게도 두 사람을 구분하기는 매우 쉬웠다.

안녕! 이틀에 걸친 숙취라니, 참 안됐어요. 당신의 고통이 전해지네요. 숙취에는 치즈과자를 추천해요. 그런데… 숙취가 있는 날에는 곱슬머리가 착 가라앉아버려요! 참 말도 안 되는 일이죠. 숙취에는 좋은 점이 하나도 없다니까요. 그리고 당신이

어떻게 생겼는지 잘은 모르지만, 당신은 머리가 곱슬거릴수록 더 멋져 보일 거예요. ××

리언, 리치에게 전해주세요. 내게 전화해달라고요. 내가 지난주에 보낸 10페이지짜리 질의서에 답을 보내주지 않았거든요. 내가 보통은 뭘 검토하는 것만으로도 많은 돈을 받으며, 극도로 인내심이 없는 사람이라는 걸 상기시켜주세요. 거트루드.

지난번 리치를 면회하고 오는 길에 또 다른 조니 화이트를 만나러 갔다. 런던 북부의 요양원에 살고 있는 조니였다. 몇 분이 채 지나지 않아 그가 우리의 조니가 아님이 확실해졌다. 아내와 일곱 명의 자녀가 있다는 것이 꽤 강력한(결정적이라고는 하지 않겠다) 증거가 됐다. 하지만 지난한 대화 끝에 그가 부대에서 단 3주만 복무했음을 알게 된 것이다. 다리에 괴저가 와서 집으로 후송됐다고 했다.

그다음 주에 프라이어 씨의 병세가 악화됐다. 놀라울 정도로 괴로운 심정이 들었다. 프라이어 씨는 나이가 아주 많았다. 얼마든지 예상할 수 있는 일이었고, 나의 임무는 그를 편안하게 해주는 것이었다. 그를 만난 첫날부터 그게 내 일이었다. 나는 그가 세상을 떠나기 전에 그의 애인을 찾아낼 것이라고 굳게 믿었지만, 다섯 명의 조니 화이트들은 완전히 헛수고였다. 아직 세 명이 더 남아 있기는 했지만.

나는 뭘 잘 몰랐다. 케이였다면 분명히 그렇게 말했을 것이다.

보일러 위.

그래요, 여기까지 쪽지를 보러 왔다면 보일러가 고장 난 걸 알게 됐다는 뜻이겠죠? 하지만 걱정하지 말아요, 리언. 아주 좋은 소식! 내가 벌써 배관공을 불렀고, 그녀가 내일 저녁에 와서 살펴보겠대요. 그때까지 당신은 얼음처럼 찬물에 샤워를 해야겠지만요. 여기까지 왔다면, 이미 찬물 샤워를 마쳤을지도 모르겠네요. 어쨌거나 최악의 부분은 지나갔어요. 향신료 들어간 뜨거운 사과차를 들고 빈백에 몸을 말고 앉아봐요. 우리의 사랑스러운 브릭스턴 담요를 덮고요. 내가 그렇게 했거든요. 꽤 효과가 있어요. 맞아요, 과일차를 또 샀답니다. 우리 찬장에 이미 너무 차가 많다는 말은 하지 마세요. xx

그 담요가 '우리의' 담요인 것에 대해 어떤 기분을 느껴야 할지 알 수 없었다. 내가 침대에서 늘 걷어버리는 그 총천연색 추레한 물건을. 단언컨대 이 담요는 이 집에서 가장 최악의 물건이다.

새로운 과일차를 들고서 빈백에 앉아 티피 생각을 한다. 이곳, 바로 이 자리에 몇 시간 전에 앉아 있었을 티피를. 젖은 머리, 드러난 어깨. 타월과 이 담요만 두르고 있었을 티피를.

그러고 보니 이 담요도 그렇게 나쁘지 않다…. 개성이 있다. 어쩌면 이 담요에 정을 붙이게 될지도 모르겠다.

35

~~~~

티피

모가 아닌 다른 사람과의 첫 상담 치료 시간.

모가 먼저 한 제안이었다. 제대로 된 상담을 받아보는 것, 나를 모르는 사람과 얘기를 해보는 게 도움이 될 것이라고 했다. 그런데 레이철이 믿지 못할 얘기를 해주었다. 우리 회사의 복리후생 혜택에 15번의 심리 상담이 포함되어 있다는 것이다. 버터핑거스가 지불하는 치료라고. 최저임금을 넘을까 말까 한 봉급을 주면서 왜 카운슬링 치료비는 지급할 의지가 있는지 알다가도 모를 일이었다. 어쩌면 직원들이 스트레스 때문에 하도 그만두는 데 질려서일까?

그리하여 왔다. 기분이 굉장히 이상했다. 모가 아닌 이 사람은 루시라는 이름을 가졌으며, 거대한 크리켓 점퍼를 입고 있었다. 그 점에 곧장 그녀가 좋아졌고, 어디서 쇼핑을 하는지 물었다. 우리는 사우스 런던의 빈티지 상점들 얘기를 잠시 나눴다. 그러고는 루시가 물을 한 잔 가져다줬다. 이제 우리는 그녀의 사무실에서 똑같이 생긴 두 안락의자에 마주 보고 앉았다. 극도로 초조한 마음이 들었지만 이유를 알 길이 없었다.

"그래요, 티피. 무슨 일로 이곳에 오게 됐죠?"

루시가 물었다.

입을 열다가 다물었다. 세상에, 설명할 것이 너무나 많았다. 어디서부터 시작한단 말인가?

"그냥 거기서부터 시작해요."

그녀도 모처럼 독심술을 할 줄 아는 게 분명했다. 사람들을 심리치료사로 내보낼 때 교육 기관에서 독심술을 가르치는 게 틀림없다.

"전화를 걸어 예약을 하게 된 이유부터."

"전 남자 친구가 저한테 한 짓을 바로잡고 싶어요. 그게 무엇인지는 모르겠지만요."

이 말을 하고서 멈췄다. 깜짝 놀랐다. 만난 지 5분밖에 안 되는 생면부지의 사람 앞에서 어떻게 이토록 노골적인 말을 할 수 있을까? 너무도 창피했다.

하지만 루시는 눈 한 번 깜짝하지 않았다.

"좋아요. 그 얘기를 좀 더 해주겠어요?"

"치유됐어?"

레이철이 내 책상에 커피를 탁 내려놓으며 물었다.

아, 커피. 과로를 위한 묘약. 요즘은 커피를 차보다 더 즐겨 마신다. 내가 잠을 얼마 못 잔다는 증거였다. 자기 컴퓨터로 돌아가는 레이철에게 손 키스를 날렸다. 평소대로 메신저로 대화를 이어간다.

> **티파니** [09:07] 기분 되게 이상하더라. 만나고 10분도 되지 않아서 입에 담기도 민망한 일들을 털어놓고 있지 뭐야.
>
> **레이철** [09:08] 심야 버스에서 네가 네 머리카락에다 토했을 때 얘기를 한 거야?
>
> **티파니** [09:10] 흠. 그 생각은 떠오르지 않았네.

레이철 [09:11]   대학 다닐 때의 그 남자 성기를 부러뜨려버린 건?

티파니 [09:12]   그 일 역시 떠오르지 않았어.

레이철 [09:12]   '떠오르지 않'은 건 그때 그 남자 아니야?

티파니 [09:13]   그런 농담이 통하기는 해?

레이철 [09:15]   뭐. 어쨌든 네가 새로 애정을 품게 된 사기꾼보다 너의 민망한 비밀을 내가 더 많이 알고 있다는 게 위안이 되네. 좋아. 계속해봐.

티파니 [09:18]   정말로 말을 별로 안 하더라. 모보다도 말을 적게 하는 거야. 내가 어디가 잘못됐는지 말해줄 거라고 생각했는데. 그 대신에 나 혼자 힘으로 몇 가지 문제를 알아냈다고 할까⋯. 그녀가 앞에 앉아 있지 않았다면 절대 못 했을 거야. 참 이상해.

레이철 [09:18]   무슨 문제?

티파니 [09:19]   가령⋯ 저스틴이 때로 잔인했다는 거. 나를 자기 뜻대로 주무르려고 했다는 거. 그 밖에 다른 나쁜 문제들.

레이철 [09:22]   이런 말 해도 될까? 내 입장을 정식으로 바로잡겠어. 거티가 맞아. 그놈은 이 지구상의 쓰레기야.

티파니 [09:23]   너 방금 '거티가 맞아'라고 친 거 알고 있지?

레이철 [09:23]   거티에게는 말하지 마라.

티파니 [09:23]   벌써 캡처해서 보냈어.

레이철 [09:24]   나쁜 것. 좋아. 그래서 또 갈 거야?

티파니 [09:24]   이번 주에 세 번 상담이야.

레이철 [09:24]   어머나.

티파니 [09:25]   두려워. 왜냐하면 최초의 플래시백이 저 켄이라는 사람과 키스를 했을 때 일어났기 때문에⋯.

레이철 [09:26]   그래서?

티파니 [09:26]   혹시 또 그런 일이 일어난다면? 혹시 저스틴이, 이를테면 나를 다시 프로그래밍한 거야. 다시는 남자와 키스를 할 수 없게.

레이철 [09:29]   이런. 그거 완전 무섭다.

티파니 [09:30]   고마워. 레이철.

레이철 [09:31]   치료받아야 할 문제긴 하네.

티파니 [09:33]   [화난 이모티콘] 고맙다. 레이철.

레이철 [09:34]   아. 좀! 너도 웃었잖아. 네가 웃는 거 봤다고. 편집팀장 지나갈 때 웃다가 기침하는 척해놓고.

티파니 [09:36]   넘어간 것 같아?

"티피, 잠깐 시간 있나?"

편집팀장이 불렀다.

젠장. "잠깐 시간 있나?"는 언제나 나쁜 이유로 하는 말이다. 긴급한 일이기는 하되 무슨 사고가 터진 게 아니라면 그는 그냥 책상 앞에 앉아 뭐라고 외치곤 했다. 아니면 나쁜 얘기가 아닌 척하면서 빨간색 느낌표를 담은 이메일을 보내거나.

캐서린이 또 사고를 친 걸까? 트위터에 자기 성기 사진을 올린 걸까? 마틴의 요청으로 또 인터뷰를 해달라고 부탁할 때마다 그녀는 그렇게 하겠다고 위협해왔다.

아니면 『코바늘뜨기로 내 옷 만들기』라는 광기에 빠져 내가 완전히 외면했던 다른 수많은 책 때문일까? 제목도 가물가물해진 책들. 나는 블록 맞추기 게임을 하듯이 출간일을 이리저리 바꿔왔다. 그 때문일 것이다. 어떤 책을 너무 오랫동안 방치했는데, 그 책이 아무 텍스트도 없이 인쇄에 들어가버렸을 것이다.

"그럼요."

나는 내 생각에 사무적이고도 프로처럼 보일 것 같은 모양으로 의자를 뒤로 빼며 일어섰다.

나는 그를 따라서 사무실로 들어갔다. 그가 문을 닫았다.

"티피."

그가 책상에 걸터앉으며 말문을 연다.

"몇 달 많이 바빴지?"

침을 집어삼킨다.

"아니요, 괜찮았어요. 하지만 그렇게 말씀해주시니 감사합니다!"

내 말에 그가 언뜻 묘한 눈빛을 띠었다. 그럴 만도 했다.

"캐서린 책은 정말 환상적으로 잘해줬어. 정말이지 출판계의 쾌거야. 자네가 트렌드를 포착한 거지. 아니지, 트렌드를 만들어낸 거야. 정말, 최고야."

이해가 가지 않아 눈을 깜빡인다. 나는 그런 트렌드는 포착하지도 않았거니와, 만든 적은 더더군다나 없었다. 나는 버터핑거스 출판사에 입사한 이래로 쭉 코바늘뜨기책을 만들어왔다.

"감사합니다?"

나는 조금 찔리는 마음으로 말했다.

"자네가 해낸 일은 굉장해, 티피. 그래서 승진을 시켰으면 하고."

머릿속에서 이해가 될 때까지는 한참이 걸렸다. 마침내 이해가 되었을 때 목에서 괴이하게 켁켁거리는 소리가 났다.

"괜찮아?"

그가 미간을 찌푸리며 물었다.

목을 가다듬는다.

"좋아요! 고맙습니다!"

나는 꽥꽥거리고 있었다.

"아니, 그러니까 저는 기대를⋯."

승진할 것이라고는 기대하지 않았다. 승진은 다른 세상 얘기인 줄 알았다.

"그럴 자격이 넘쳐."

그가 자애로운 미소를 띠었다.

나도 용케 미소를 돌려줬다. 이런 상황에서는 어떻게 대처해야 하는 건지 알 수 없었다. 하고 싶은 질문은 이제 돈을 얼마나 더 받을 수 있나 하는 것이었다. 하지만 그런 질문을 품위 있게 할 수 있는 방법은 세상에 없다.

"정말 감사해요."

질문 대신에 쏟아낸 말. 그리고 나서 내가 조금 한심하게 느껴졌다. 솔직히 말하자면, 2년 전에 진작 승진을 했어야 했다. 지금 와서 굽실거리는 건 체면을 구기는 짓이었다. 온몸을 꼿꼿이 펴고 한층 더 결의에 찬 미소를 지었다.

"이만 업무 보러 돌아가야겠습니다."

높은 사람들은 이 말을 듣기를 늘 좋아한다.

"그럼, 그럼. 인사부에서 급여 인상과 기타 등등에 대한 내용을 보내줄 거야."

기타 등등이라는 말의 어감이 마음에 들었다.

승진 축하해요! 영원히 못 하는 것보다는 늦게라도 하는 게 좋겠죠? 축하하는 의미로 버섯 스트로가노프를 만들었어요. x

미소. 쪽지는 이미 포스트잇 쪽지가 한 뭉치나 붙은 냉장고에 매달려 있었다. 최근 리언의 쪽지 중에서 가장 마음에 들었던 건 5호 남자가 거대한 바나나 더미 위에 앉아 있는 모습을 그린 그림이었다. 그가 자기 주차 자리에 왜 그렇게 많은 바나나 상자를 쌓아두고 있는지는 여전히 베일에 싸여 있다.

냉장고 문에 이마를 잠시 얹었다가 종이 쪼가리와 포스트잇 쪽지들을 손가락으로 훑어본다. 엄청난 양이었다. 농담, 비밀, 이야기, 두 사람의 인생이 천천히 펼쳐지고 있는 광경. 두 사람의 인생이 바뀌어가는 광경. 아니면 뭐랄까, 동시에 똑같이 바뀌는 장면이랄까. 다른 시간대, 같은 장소에서.

펜을 집어 든다.

고마워요^^ 알지 모르겠지만, 집 안을 돌며 자축 댄스를 마구 추며 다니고 있어요. 마이클 잭슨의 문워크를 어떻게든 따라 하려는, 아주 멋없는 춤이랄까. 당신이 문워크를 한 번이라도 취본 적이 있을까. 어쩐지 상상이 가지 않네요⋯. 이번 주말에 뭐 할 건지 물어봐도 될까요? 또 당신 엄마네로 자러 가겠죠? 나를 축하해주는 의미로 한잔하러 가거나 할 수 있을까 그냥 궁금해서요. xx

이번 답장을 기다릴 때는 리언과 내가 남들처럼 메신저로 커뮤니케이션하면 얼마나 좋을까 하는 소망이 들었다. 처음 느껴본 소망이었다. 지금 당장 '읽음' 표시를 확인할 수 있으면 얼마나 좋을까? 집에 돌아오니 냉장고 내 쪽지 아래 조심스럽게 붙어 있는 답장이 보였다.

가끔 주방에서 거실까지 움직일 때 문워크하는 걸 얼마나 좋아하는데요.

주말 술 한잔은 조니 화이트를 찾아가느라 안타깝게도 못 하겠어요. 이번 조니 화이트는 브라이턴[15]에 살아요.

바로 그 아래 다른 색깔 펜으로 쓴 쪽지.

터무니없는 생각인 줄 알지만, 해변으로 여행 갈 마음 있나요? 가능하다면.

나는 냉장고를 마주하고 우두커니 서 있었다. 미소가 만개했다.

가고 싶어요! 나는 바닷가를 사랑하는 사람이에요. 우선 선햇을 써도 뭐라고 할 사람이 아무도 없잖아요. 파라솔도 마찬가지고. 그런 걸 자주 즐길 수 없다는 게 얼마나 안타까운지 몰라요. 어디서 만날래요? xx

답은 이틀이 걸려서 왔다. 리언이 겁을 집어먹었나 생각했다. 하지만 파란색 잉크로 급히 휘갈긴 쪽지에는,

토요일 9시 반에 빅토리아역에서 봐요. 데이트예요! x

~~~~~

15 영국에서 손꼽히는 해안 휴양도시이며, 성소수자들이 많이 거주하는 것으로 유명하다.

36

리언

데이트예요? 데이트예요?!

머리가 어떻게 된 거 아닌가? '거기서 봐요'라고만 써야 했다. 그게 아니라 '데이트예요'라고 써버렸다. 데이트는 아니다. 아마, 아닐 것이다. 설령 진짜 데이트라고 해도 나는 '데이트예요'라는 말 같은 건 하지 않는 사람이다.

눈을 비비고 초조하게 몸을 꼰다. 런던 빅토리아역의 출발 게시판 아래 서 있는 100명쯤 되는 사람들 사이에서. 하지만 모든 눈이 전광판에 쏠려 있는 반면에 내 눈은 지하에서 올라오는 출구 쪽으로만 향했다. 옷을 입고 있는 내 모습을 티피가 알아볼까? 옷 얘기를 하자니, 9월치고는 기묘할 정도로 더웠다. 청바지 말고 다른 시원한 바지를 입을 걸 그랬다.

브라이턴역에서 조니 화이트의 집으로 가는 길이 잘 저장되어 있는지 핸드폰을 확인했다. 기차 시간을 확인하고 어느 플랫폼인지 확인했다. 그러니까 또 몸이 배배 꼬였다.

드디어 그녀가 나타났다. 애초에 알아보지 못할 리가 없었다. 카나리아 같은 노란색 재킷에 딱 붙는 바지. 오렌지빛이 도는 붉은 머리는 어깨로 흘러내려 걸을 때마다 통통 튀어올랐다. 그녀는 주변에서 쏟아져 나오는 대부분의 사람들보다 키가 컸다. 게다가 굽이 달린 노란색

힐을 신으니 5~6센티미터는 더 컸다.

얼마나 많은 눈이 자신을 향해 있는지 전혀 모르는 눈치로 그녀가 걸어온다. 그래서 더욱 매력적이었다.

그녀가 나를 알아보고는 미소를 짓고 손을 흔들었다. 나도 미소를 지으며 어색한 몸짓으로 일어섰는데, 그녀가 이미 가까이 온 지금에 와서야 포옹하며 인사해야 할지 말아야 할지 고민이 들었다. 기다리는 10분 동안 곱씹어볼 수도 있었을 문제였다. 바로 내 앞에 와서 눈을 맞추고 섰을 때까지 아무 생각이 없었다니, 한심했다. 그녀는 역 안의 후텁지근한 공기에 얼굴이 발그레해져 있었다.

포옹하기에는 늦었다.

티피   안녕.

나   안녕.

그러고는 동시에 튀어나온 말.

티피   늦어서 미안─

나   그 노란색 구두는 본 적이 없는─

티피   미안해요, 먼저 말해요.

나   아무것도 아니에요. 그리고 안 늦었어요.

말이 겹친 게 천만다행이다. 그녀의 신발 대부분을 익숙하게 알아본다는 사실로 주의를 끌다니? 완전히 변태처럼 들릴 게 아닌가.

플랫폼을 향해 나란히 걸었다. 계속 그녀를 흘깃거렸다. 별 이유 없이 그녀가 얼마나 키가 큰가 생각만 하고 있다. 키가 클 것이라는 상상은 해보지 않았다.

눈이 마주치자 티피가 미소를 띠었다.

티피   예상이 빗나갔나요?

나 네?

티피 나요. 당신이 예상한 대로냐고요?

나 오, 난

티피가 짓궂게 눈썹을 꿈틀거렸다.

티피 그러니까, 지난달에 처음 보기 전에는 내가 어떨 거라 생각했어요?

나 그게, 당신이 그렇게….

티피 커다랄 줄은?

나 그렇게 헐벗은 차림일 줄은 몰랐다고 말하려고 했어요. 하지만 키도
   크기는 하네요. 그래요.

티피가 웃었다.

티피 당신만큼 벗고 있지는 않았는데요?

내가 흠칫하며 상기시키지 말아줘요. 미안해요, 그—

아아, 이런 문장은 어떻게 끝을 맺어야 하나? 내 상상일지도 모르겠
지만, 그녀의 뺨이 좀 더 붉게 물드는 것 같다.

티피 정말이에요. 내 잘못이었어요. 당신은 세상모르고 샤워를 하고 있
   었을 뿐인데.

나 당신 잘못 아니에요. 늦잠 한번 안 자본 사람이 세상 어디 있어요?

티피 진 한 병을 통째로 들이켜는 바람에 퍽 취했을 때는 더욱 그렇죠.

기차에 올라탔다. 그녀가 테이블이 있는 좌석을 선택했다. 찰나의
순간에 나란히 앉는 것보다는 마주 보고 앉아야 덜 어색하겠다는 판
단이 들었다. 오산이었다. 이렇게 앉으니 눈을 맞추어야 했다.

그녀가 재킷을 벗었다. 재킷 아래는 커다란 초록색 꽃으로 뒤덮인
블라우스 차림이었다. 맨팔을 드러낸 민소매에 목은 V자로 깊게 패인
블라우스. 내 안의 사춘기 소년이 그쪽에 자꾸 눈길을 주려 했고, 나는

그 유혹을 참느라 안간힘을 쓴다.

나　그러니까— 진 한 병을 통째로 말이죠?

티피　그랬어요. 출판기념회에 갔는데 말이죠. 거기에 저스틴이 나타난 거예요. 그리고— 어쨌든 그 여파로 많은 양의 진이 필요했던 거죠.

인상이 찌푸려졌다.

나　전 남자 친구요? 그거… 이상한데요?

티피가 머리칼을 흔들었다. 약간 불편한 기색이었다.

티피　내 생각도 그랬어요. 나를 찾아다닌 건가? 하지만 나를 만나고 싶었다면 그냥 회사로 왔어도 되는 일이었어요. 아니면 우리 집에 올 수도 있었겠더군요. 그 꽃다발 더미를 봐서는 내가 사는 곳을 아는 게 분명하니까요. 아마 내가 편집증인 거겠죠.

나　그가 그렇게 말했어요? 당신이 편집증이라고?

티피가 잠시 생각한 후에　아뇨, 정확히 그렇게 말했던 건 아니에요.

나, 뒤늦게 깨닫고서　잠깐. 당신 사는 곳을 말한 적이 없다고요?

티피　말한 적 없어요. 어떻게 날 찾아냈는지 모르겠어요. 페이스북이나 뭐 그런 거겠죠. 아마도.

그녀는 그건 별문제도 아니라는 듯이, 살짝 짜증이 난 얼굴로 눈동자를 돌렸다. 하지만 나는 계속 눈살이 찌푸려졌다. 이건 문제가 있다. 나는 우리 엄마의 인생을 통해 이런 부류의 남자들을 안다. 떠올리기조차 험한 의심이지만, 자신의 행동을 문제 삼는다고 여자를 오히려 미친 사람으로 취급하는 남자들이 있다. 여자의 주소를 몰래 알아내는 그런 남자들이 있다.

나　오래 사귀었어요?

티피　2년쯤이요. 하지만 아주 격렬했죠. 헤어지기도 많이 했고, 고함에 눈물바다에, 그런 거요.

티피가 살짝 놀라는 모습을 보였다. 말을 주워 담으려고 입을 열었다가, 안 하는 게 낫다고 생각한 걸까? 다시 입을 닫았다.

티피   그래요. 다 합치면 2년이네요.

나   당신 친구들은 그를 좋아하지 않고요?

티피   사실 좋아했던 적이 아예 없어요. 아주 처음부터. 거티는 그를 저
멀리서 봤을 때부터도 '나쁜 기운'이 느껴진다고 했죠.

거티가 점점 더 좋아진다.

티피   어쨌거나 그렇게 나타나더니 술을 마시자며 나를 끌고 가려고 했
어요. 늘 그랬듯이 모든 걸 설명해주겠다면서.

나   거절했어요?

끄덕임.

티피   나는 술을 마시러 가자고 할 거면 한동안 기다리라고 했어요. 적
어도 두 달은.

티피가 창밖을 내다봤다. 스쳐 지나가는 런던의 광경 앞에서 그녀
의 눈이 흔들렸다.

티피가 조용하게   안 된다고 말할 수 있을 줄도 몰랐어요. 저스틴이 그런
사람이에요. 자기가 원하는 것을 상대방이 하게 만드는 재주가 있죠.
그는 아주… 모르겠어요. 곧바로 휘어잡아버려요. 그런 힘이 있어요.

머릿속에 울리는 경고 사이렌을 외면하려고 애를 쓴다. 그녀의 상
황이 조금도 탐탁지 않다. 쪽지에서는 이런 감을 느끼지 못했다. 하지
만 티피 자신도 최근까지는 그런 감을 잡지 못했을 거라는 짐작이 들
었다. 감정적인 학대를 깨닫고, 그것을 성찰하는 데는 시간이 걸리는
법이다.

티피 여하튼! 미안해요. 세상에, 이상하네요.

그녀가 미소를 지었다.

티피 지금 막 만난 사람과 나누기에는 너무 무거운 이야기였네요.

나 우린 지금 막 만난 사이가 아니에요.

티피 맞아요. 기념비적인 욕실 충돌 사건이 있었죠.

눈썹이 또 꿈틀거렸다.

나 내 말은 우리가 아주 오랫동안 알아왔던 것처럼 느껴진다는 거예요.

티피가 이 말에 미소를 지었다.

티피 진짜 그렇죠? 그래서 털어놓기가 이렇게 편했나 봐요.

맞다. 사실이다. 털어놓기가 편했다. 그녀는 어떨지 몰라도, 나로서는 퍽 놀라운 일이다. 왜냐하면 내가 편안하게 대화를 할 수 있다고 느껴지는 사람은 이 세상에 세 명쯤밖에 없기 때문이다.

37

~~~~

티피

무슨 바람이 불어 저스틴 얘기를 해버렸는지 모르겠다. 쪽지에는 카운슬링이나 플래시백에 대해 어떤 말도 한 적이 없었다. 리언과 주고받는 쪽지는 따뜻하고 포근했다. 저스틴 얘기 따위로 망쳐버리고 싶지는 않았다. 하지만 이제 리언을 마주하고 보니 내 머릿속을 점령하고 있는 생각을 말하는 것이 문득 자연스럽게 느껴졌다. 그는 예단 같은 건 함부로 하지 않을 그런 인상의 소유자였다.

기차가 뻥 뚫린 시골로 나아가면서 우리는 침묵에 빠져들었다. 리언이 조용한 것을 좋아할 줄은 진작 알았다. 하지만 예상했던 것만큼 어색한 분위기는 아니었다. 오히려 자연스러웠다. 신기했다. 그는 말을 할 때면 조용하기는 했지만, 진심 어린 관심을 보여주었다. 긴장의 끈을 늦추지 않고.

그가 햇빛에 눈을 찡그리며 창밖을 내다본다. 그를 훔쳐볼 기회였다. 낡은 회색 티셔츠를 입은 그는 조금 후줄근하고, 목에는 왠지 생전 벗어본 적이 없었을 것 같은 가죽 목걸이가 걸려 있다. 목걸이에 어떤 의미가 있을지 궁금해졌다. 리언은 모종의 감상적인 이유가 아니라면 액세서리를 착용할 타입으로는 보이지 않았다.

자기를 쳐다보는 내 눈길을 그가 느꼈다. 속이 울렁거린다. 침묵이 갑자기 다른 느낌으로 바뀌었다.

"프라이어 씨는 어때요?"

내가 불쑥 내뱉었다. 리언이 놀란 표정을 지었다.

"프라이어 씨요?"

"네, 제 생명의 은인인 뜨개질쟁이 신사요. 지난번에 호스피스에서 그분과 얘기를 나눴어요."

나는 짓궂은 미소를 지어 보였다.

"당신이 나한테서 도망 다니느라 바빴을 때 말이에요."

"아."

그가 눈을 내리깔며 목덜미를 문지르더니, 약간 헤벌쭉한 미소를 지었다. 하도 순식간이라 못 보고 지나갈 뻔했다.

"아주 멋진 모습은 아니었죠?"

"흠."

나는 짐짓 정색을 했다.

"내가 무서워요? 그런 거예요?"

"약간."

"약간? 왜요?"

그가 침을 삼키자 목젖이 꿀렁거린다. 그러고는 머리칼을 얼굴 뒤로 넘긴다. 초조해서 안절부절못하는 모습. 한없이 사랑스러운 모습이었다.

"당신은 매우…."

그가 손을 저었다.

"시끄러워요? 야단스러워요? 몸이 말도 안 되게 커요?"

"아니에요. 그런 게 아니에요."

나는 답을 기다렸다.

"너무 고대한 나머지 막상 읽을 수가 없는 책, 그런 책 있었어요?"

"아, 그렇고말고요. 늘 있죠. 나한테 자제심이란 게 한 톨이라도 있었다면,『해리 포터』시리즈 완결 편은 읽을 수 없었을걸요? 얼마나 기대를 했는지 고통스러울 정도였죠. 앞선 책들에 미치지 못하면 어쩌지 하는 걱정 때문에요. 내가 바라던 대로가 아니면 어쩌지?"

"맞아요, 바로 그거."

그가 손을 흔들었다.

"내 생각에는… 그런 거였던 것 같아요."

"내가요?"

"그래요, 당신이."

무릎에 얹어둔 내 손을 내려다본다. 미소를 짓지 않으려고 기를 쓰면서.

"프라이어 씨로 말하자면,"

리언은 이제 창밖을 바라보며 말하고 있었다.

"미안해요. 환자 얘기는 할 수가 없어요."

"아, 당연하죠. 그의 조니 화이트를 찾았으면 좋겠어요. 프라이어 씨는 아주 사랑스러워요. 해피엔딩을 맞이할 자격이 있어요."

기차가 덜컹거리며 가고, 우리는 편안한 대화를 끊었다 이었다 했다. 그사이에 테이블 건너의 리언을 더 자세하게 훔쳐본다. 그러다 우리의 눈이 유리창에서 마주쳤다. 둘 다 재빨리 눈길을 돌렸다. 마치 봐서는 안 되는 것을 본 것처럼.

브라이턴에 도착했을 때는 우리 사이에 감돌던 어색함이 모두 사라졌다는 느낌이 들기 시작했다. 하지만 그가 머리 위 짐칸에서 륙색을 꺼내려고 일어섰을 때였다. 그는 갑자기 일어섰고, 그 바람에 티셔츠가 올라가 청바지 위로 캘빈 클라인 박서의 검은색 밴드가 드러났다. 나는 또다시 뭘 어떻게 해야 할지 모르는 상태로 돌아가버렸다. 시선을 떨구고 테이블이 매우 흥미롭게 생겼다는 등 딴생각을 하려고 기를 썼다.

브라이턴에 도착했을 때는, 9월의 태양이 힘은 좀 빠졌지만 여전히 빛나고 있었다. 가을은 채 무르익지 않았다. 역 밖으로 나와 보니 하얀색 타운 하우스들이 늘어선 길이 뻗어 있다. 간간이 술집과 카페 같은 곳이 끼어 있는데, 런던에 사는 모든 인구가 자기 동네에 있으면 기꺼이 바가지를 쓰며 들어갈 법한 곳들이었다.

리언은 부두에서 화이트 씨를 만나기로 약속해놓았다. 해안에 다다랐을 때 나도 모르게 탄성이 터져 나왔다. 잔교가 청회색 바다로 뻗어 있었다. 빅토리아 시대 사람들이 무릎까지 내려오는 우스꽝스러운 수영복을 입고 서로 어울리는 장면을 담은 해변 리조트 그림 같달까? 완벽했다. 나는 가방에서 커다랗고 헐렁헐렁한 50년대식 선햇을 꺼내 야무지게 머리에 썼다.

리언이 신기하다는 듯이 나를 바라봤다.

"대단한 모자네요."

"대단한 날이에요."

나는 팔을 널따랗게 벌리며 응수했다.

"이 모자 말고는 그 어떤 모자도 이런 곳에 어울릴 수 없다고요."

리언이 빙그레 웃었다.

"이 잔교에 말이에요?"

고개를 끄덕이니 모자가 나풀거렸다.

"이 잔교에!"

38

~~~

리언

조니 화이트는 힘들이지 않고 찾아낼 수 있었다. 잔교 끝에 매우 늙은 남자가 앉아 있었다. 말 그대로 잔교 끝, 난간 위에 앉아 발을 대롱거리고 있었다. 아무도 그에게 내려오라고 하지 않다니, 놀라운 일이었다. 더없이 위험해 보이는데 말이다.

반면에 티피는 세상 걱정이 없었다. 선햇을 나부끼며 방방 뛰었다.

티피 　봐요! 나의 조니 화이트! 저분이 진짜 주인공일 거라고 장담해요. 딱 보면 알아요.

나 　말도 안 돼요. 당신은 처음인데, 첫 참전에서 승전보를 울리는 건 안 되죠.

하지만 인정해야 했다. 이 브라이턴 주민은 잉글랜드 중부 지방에 사는 대마초 흡연자보다는 가능성이 높아 보였다.

티피는 내가 생각을 마치기도 전에, 달리 말하면 그곳에 다가갈 수 있는 안전한 수단을 강구하기도 전에 그곳에 가 있었다. 그녀는 난간에 올라가 그와 합류했다.

티피가 조니 화이트 6번에게 　안녕하세요, 화이트 씨 맞죠?

노인이 몸을 돌린다. 환하게 미소 지으며.

조니 화이트 6번 　정답. 그쪽이 리언이오?

나 　제가 리언입니다. 만나 뵙게 되어 반갑습니다, 선생님.

조니 화이트 6번이 더욱 환히 웃는다.

조니 화이트 6번 내가 더 반갑지! 당신도 올라올 테요? 내가 가장 좋아하는 자리야, 여기가.

나 안전… 한가요?

티피는 벌써부터 발을 흔들고 있다.

나 사람들이 걱정하지 않나요? 선생님이 혹시 뛰어내리거나 아니면 떨어지면 어쩌나 하고?

조니 화이트 6번 여기는 나를 모르는 사람이 없어요.

그가 솜사탕 가판대를 운영하는 남자에게 쾌활하게 손을 흔든다. 솜사탕 남자도 똑같이 쾌활하게 가운뎃손가락을 날렸다. 조니 화이트 6번이 킬킬거렸다.

조니 화이트 6번 그래, 그 가족 프로젝트란 게 뭐요? 혹시 내가 오래전에 잃어버린 손자라도 되나, 젊은이가?

나 가능성이 희박하죠. 아주 불가능하지는 않겠지만요.

티피가 호기심 어린 눈으로 나를 본다. 이곳은 태양이 물에 반사되어 열기가 더 강했다. 머리칼 사이로 땀이 흘러내렸다.

티피 우리의 친구분 때문에 왔어요. 프라이어 씨라고…?

우리 뒤로 한 마리 갈매기가 끼룩끼룩 울었다. 조니 화이트 6번이 입을 열었다.

조니 화이트 6번 그보다는 좀 더 많은 정보를 줘야 할 것 같은데.

나 로버트 프라이어 씨입니다. 전쟁 중에 선생님과 같은 연대에서 복무하셨던 것 같-

조니 화이트 6번의 얼굴에서 미소가 지워진다. 그가 손을 들어 나를 제지했다.

조니 화이트 6번 실례가 되지 않는다면 그쯤에서 멈추는 게 좋겠소. 전쟁은 그다지 좋아하는 대화 주제가 아니라서.

티피가 부드럽게 화이트 씨, 열 좀 식히러 딴 곳으로 가볼까요? 저는 이런 햇볕에는 맞지 않는 피부를 타고났답니다.

그녀가 팔을 뻗어 그에게 보여준다. 그의 미소가 서서히 돌아왔다.

조니 화이트 6번 잉글랜드 장미![16] 그것도 아주 아름다운 장미로군!

그가 내게 몸을 돌린다.

조니 화이트 6번 이런 여자를 찾아내다니, 운이 좋군. 오늘날에 이런 여자는 더 이상 없으니까 말이야.

나 그녀는 제-

티피 이 사람은 제-

나 우리는 사실 그냥⋯

티피 룸메이트예요.

조니 화이트 6번 오!

그가 우리 둘을 번갈아본다. 믿지 않는 눈치다.

조니 화이트 6번 어쨌거나. 이곳에서 열을 식히는 최고의 방법은 물에 몸을 담그는 거지.

그가 해변 쪽을 가리킨다.

나 전 수영복 안 갖고 왔습니다.

하지만 티피도 나와 동시에 말하고 있었다.

티피 선생님이 들어가시면 저도 들어갈게요, 화이트 씨!

그녀를 물끄러미 본다. 티피는 놀라움 덩어리였다. 이러려고 온 것

~~~~~

[16] 피부가 새하얗고 아름다운 잉글랜드 여성을 뜻하는 표현.

이 아닌데, 정신이 하나도 없다. 이게 과연 좋은 생각일까?

반면에 조니 화이트 6번은 티피의 제안에 신이 났다. 그녀는 그가 난간에서 내려오도록 이미 도와주고 있었다. 나도 서둘러 거든다. 갑자기 떨어질 수도 있으니까.

놀이기구와 사람들로 꽉 찬 오락실을 지나치며 잔교를 거슬러 갔다. 나   우리 중 한 명은 짐을 보는 게 좋겠어요.

조니 화이트 6번   걱정하지 말아요. 짐은 래들리에게 맡겨두면 되니까.

래들리는 구식 영국 인형극 가판대를 운영하는 남자였다. 형형색색의 터번을 머리에 두르고서 저 옛날 영국식 인형극을 하는 남자. 우리를 소개하고 짐을 내려놓는 동안 티피가 신난다는 눈길을 보낸다. '너무 신나지 않아요?' 그녀가 입 모양으로 말했다. 절로 미소가 새어나왔다. 이 조니 화이트는 어느새 내가 가장 좋아하는 조니 화이트가 되어가고 있었다. 인정하지 않을 수 없었다.

티피와 조니가 일광욕하는 사람들과 접이식 의자들을 뚫고 해안선으로 향했고, 나는 그 뒤를 따르다가 멈추고 신발을 벗었다. 발아래 자갈이 시원했다. 물을 낮게 가로질러 태양이 내리쬐고 있었고, 물에 젖은 조약돌이 은색으로 반짝거렸다. 티피의 머리칼이 붉게 타오르고 있었다. 조니 화이트는 걸어가면서 힘겹게 셔츠를 벗었다.

그리고 이제는⋯ 아아아, 이제는 티피도.

39

~~~~

티피

이런 기분은 정말이지 오랜만이었다. 몇 달 전만 해도 오직 저스틴과 함께 있을 때만 느낄 수 있는 기분이라고 생각했다. 무슨 일을 터무니없이 즉흥적으로 할 때의 북받치는 기쁨, 계획에 없던 일을 하면서 살아 있음을 문득 느끼는 것, 지각 있는 생각에 대해 훈계하는 뇌의 온갖 목소리를 차단해버리는 것…. 아아, 이런 게 그리웠다. 나는 웃고 비틀거렸다. 머리칼이 얼굴에 들러붙은 채로 낑낑거리며 진을 벗었다. 화이트 씨가 아무렇게나 쌓인 우리 옷더미에 반바지를 던지는 바람에 몸을 숙여야 했다.

리언은 우리 뒤에 서 있었다. 나는 뒤를 돌아 그를 보았고, 그도 미소를 짓고 있었다. 그 정도면 나에게는 충분했다. 화이트 씨는 팬티 바람이 되었다.

"준비됐어요?"

내가 외쳤다. 바람이 산들거리고 있었다. 머리칼이 볼을 쓸어내리고, 바람이 맨살로 드러난 내 배를 간질였다.

화이트 씨는 되풀이해 말할 필요가 없는 사람이었다. 그는 벌써 바다를 헤치며 나아가고 있었다. 적어도 아흔 살은 됐을 사람치고는 동작이 참으로 빨랐다. 리언을 돌아봤다. 그는 여전히 옷을 입고 있었고, 무슨 생각을 하는지 혼란스러운 표정으로 나를 바라보고 있었다.

“어서요!”

나는 뒷걸음질로 바다에 들어가며 외쳤다. 너무 들뜬 나머지 거의 술에 취한 것 같은 기분이었다.

“말도 안 되는 짓이에요!”

그가 외쳤다.

나는 팔을 활짝 벌렸다.

“누가 말려요?”

내 상상인지도 모르겠다. 확실히 알아보기에는 퍽 멀리 떨어져 있기도 했다. 하지만 그의 눈이 내 얼굴에만 머물러 있는 것 같지는 않았다. 다시 번지는 미소를 내리눌렀다.

“서둘러요!”

조니 화이트가 바다에서 외쳤다. 그는 이미 평영으로 헤엄을 치고 있었다.

“아주 좋구만!”

“수영복이 없어요!”

리언이 얕은 물에서 어정거리며 말했다.

“다를 게 뭐 있어요?”

내가 내 속옷을 가리키며 외쳤다. 내 팬티는 아무 무늬도 없는 검은 색이었다. 이번에는 레이스 없는 것으로 입었다. 여기 다른 사람들이 입은 비키니와 크게 다르지 않았다. 나는 엉덩이를 위로 솟구쳤다가 물로 첨벙 들어갔다. 물이 어찌나 차가운지 입술을 깨물었다.

“여자라면 아무것도 아닐지 모르겠지만, 이건 좀 다른-”

리언은 하던 말을 끝냈겠지만, 나는 나머지 말을 듣지 못했다. 나는 갑자기 수중에 처박혀 있었고, 발목에 느껴지는 타는 듯한 통증이 온 생각을 뒤덮었다.

날카로운 비명을 지르다가 짜디짠 바닷물을 한 사발 삼켜버렸다. 목구멍이 타들어가는 듯했다. 손을 허우적거리다 다치지 않은 발이 한순간 바닥에 닿았다. 하지만 다친 다른 쪽 발까지 바닥에 내려앉고 말았다. 통증 때문에 다시 넘어졌다. 나는 몸을 비틀면서 뱅뱅 맴돌았다. 물과 하늘이 언뜻언뜻 보이는 것의 전부였다. 틀림없이 발목을 삔 거야, 뇌의 어느 먼 구석에서 정보를 보내왔다. 패닉에 빠지면 안 돼, 그 소리가 말했다. 하지만 때는 늦었다. 나는 기침으로 물을 뱉어내고 있었고, 눈과 목은 불에 닿은 듯이 따가웠다. 몸을 돌릴 수도 없고, 발을 디딜 곳도 찾을 수 없었다. 헤엄을 치려고 몸을 움직일 때마다 발목은 통증으로 비명을 질러댔다—

누군가 나를 붙잡으려고 했다. 강한 손이 내 몸을 붙들려고 허우적거리는 게 느껴졌다. 그때 삔 발목이 무언가에 부딪쳤다. 비명을 지르려고 했지만 목구멍이 잠겨버린 듯이 소리가 나오지 않았다. 리언이었다. 그가 나를 바싹 끌어당기며 물에서 건져내려고 하고 있었다. 나는 그를 붙잡았다. 그는 비틀거리다가 하마터면 나와 함께 덩달아 구를 뻔했으나, 헤엄을 치기 시작했다. 내 허리를 꼭 쥐고서 바닥에 발이 닿을 때까지 해안 가까이로 나를 끌고 갔다.

너무 어지러웠다. 모든 것이 눈앞에서 왔다 갔다 흔들렸다. 숨이 쉬어지지 않았다. 나는 흠뻑 젖은 그의 티셔츠를 쥐고 있었다. 그가 해안 자갈 위에 나를 눕히는 사이에 나는 헛구역질과 기침을 토해냈다. 녹초가 되었다. 밤새 토를 하느라 잠도 이루지 못할 때 같은 피곤함, 눈조차 뜨고 있을 수가 없는 피로감이었다.

"티피."

리언이 말하고 있었다.

기침을 멈출 수 없다. 너무 많은 물을 삼켰다. 나는 조약돌 위로 물을 좍좍 토해냈다. 눈앞은 여전히 빙빙 돌아가고, 머리가 어찌나 무거운지 가눌 수가 없었다. 거의 잊혀졌던 발목이 멀리서 욱신거려왔다.

숨을 몰아쉬었다. 몸속에 물이 더 남아 있을 수는 없을 것 같았다. 이 정도나 게워냈는데. 리언이 내 머리칼을 뒤로 넘기고서 무언가 확인하는 것처럼 내 목을 부드럽게 눌렀다. 이제 그는 내 재킷으로 몸을 감싸고 팔을 문지르고 있었다. 아파서 몸을 돌려 빼내려고 했지만, 그가 나를 꽉 끌어안고 있었다.

"괜찮아요."

그가 말했다. 내 위로 그의 얼굴이 왔다 갔다 흔들렸다.

"발목을 접질린 것 같아요, 티피. 물도 너무 많이 삼켰고. 하지만 괜찮아질 거예요. 되도록 천천히 숨을 쉬어봐요."

나는 최선을 다했다. 그의 뒤로 조니 화이트 6번의 걱정 어린 얼굴이 나타났다. 바지는 이미 입었고, 점퍼를 입으려 끙끙거리고 있었다.

"티피를 데려갈 만한 곳이 가까운 데 있을까요? 따뜻한 곳으로요."

리언이 그에게 물었다.

"버니 힙 여관. 바로 저 위에 있어요."

화이트 씨가 말했다. 나는 다시 토를 하고서 이마를 자갈 위에 내려놓았다.

"내가 거기 매니저를 아오. 그녀가 방을 내줄 거예요."

"훌륭해요."

리언의 목소리는 완벽하게 침착했다.

"당신을 일으켜볼게요, 티피. 그래도 되겠어요?"

나는 머리가 지끈거리는 채로 천천히 고개를 끄덕였다. 리언이 나를 안아 든 다음에 걸음을 옮겼다. 호흡이 느려지고 있었다. 나는 리언의 가슴에 그대로 머리를 기댔다. 주위의 해변이 어렴풋했다. 사람들의 얼굴이 우리를 향해 있었다. 알록달록한 수건과 햇빛 가리개를 배경으로 분홍색과 갈색 점으로 보이는 얼굴들. 눈을 감았다. 눈을 뜨고 있으면 속이 더 울렁거렸다.

리언이 다른 사람들 안 들리게 욕지기를 낮게 내뱉었다.

"계단은 어디 있습니까?"

"이쪽."

조니 화이트가 내 왼편 어디에선가 말했다.

우리가 길을 건너가는데 브레이크를 끼익 밟는 소리와 차들이 바삐 오가는 소리가 들렸다. 리언이 힘겹게 숨을 몰아쉬었다. 그의 가슴이 내 볼에서 올라갔다 내려갔다 했다. 그와 반대로 나는 숨쉬기가 점점 편안해지고 있었다. 목을 조이던 느낌과 폐에 느껴지던 이상한 느낌이 약간 덜했다.

"바버라! 바버라!"

조니 화이트 6번이 외쳤다. 우리는 실내에 들어와 있었고, 나는 갑작스러운 온기 때문에 내가 얼마나 떨고 있었는지 깨달았다.

"감사합니다."

리언이 말했다. 내 주위로 한바탕 소동이 일었다. 순간 창피해져서 리언의 품에서 빠져나오려고 했다. 걸으려고 했다. 하지만 머리가 휘청해서 다시 그의 티셔츠에 매달렸다. 그 바람에 그도 비틀거렸다.

"가만히."

그가 말했다.

비명이 터져나왔다. 리언이 내 발목을 난간에다 박은 것이다. 그는 나를 더 가까이 끌어안으며 욕을 내뱉었다. 나는 그의 가슴으로 머리를 축 늘어뜨렸다.

"미안해요, 미안해요."

그가 계단을 다시 오르며 말했다. 계단은 현란한 액자에 담긴 그림으로 가득했다. 온통 금박을 입힌 구불구불한 액자들. 그러고 나서 문이 나타났다. 리언이 기분 근사하게 푹신한 침대에 나를 눕혔다. 낯선 얼굴들이 시야에 들어왔다 나갔다 했다. 구조요원 옷과 장비를 갖춘 사람이 있었다. 게슴츠레한 눈으로 보다가, 그녀가 이 소동이 벌어지는 동안 내내 곁에 있었는지 궁금해졌다.

리언이 한 팔로 내 몸을 지탱하며 베개를 당겨 세웠다.

"앉을 수 있겠어요?"

그가 나직이 물었다.

"나…."

말을 꺼내려고 했는데, 기침이 시작되며 옆으로 구르고 말았다.

"조심해요."

그가 흠뻑 젖은 내 머리칼을 어깨 뒤로 넘겼다.

"여기 담요 더 있습니까?"

누군가 두텁고 까칠까칠한 담요를 내 몸 위에 덮었다. 리언은 나를 앉은 자세로 일으키려고 눈물겨운 노력을 하고 있었다.

"당신이 똑바로 일어나 앉으면 내 기분이 한결 나아지겠는데요."

그가 말했다. 그의 얼굴과 내 얼굴은 바짝 붙어 있었다. 그의 얼굴에 막 자라기 시작하는 수염 그루터기가 보였다. 그가 내 눈을 똑바로 들여다보았다. 그의 부드러운 갈색 눈동자는 초콜릿색이었다.

"나 봐주는 셈 치고 그래줄 수 있어요?"

나는 베개로 지탱하며 몸을 끌어올렸다. 제대로 쥐지도 못하는 얼어붙은 손가락으로 담요를 붙들었다.

"차 마시면서 몸 좀 데워볼까요?"

누가 차 좀 가져다줬으면 하는 마음으로 주위를 둘러보며 그가 말했다. 낯선 사람 한 명이 문을 조용히 빠져나갔다. 조니 화이트의 모습은 이제 보이지 않았다. 나는 그가 따뜻한 옷으로 갈아입으러 갔으면 좋겠다고 속으로 생각했다. 이곳은 여전히 사람들로 바글바글했다. 또다시 기침이 터졌다. 쳐다보는 모든 얼굴들에게서 얼굴을 돌렸다.

"자리 좀 비켜줍시다. 모두 나가주실 수 있을까요? 네, 걱정하지 않으셔도 돼요."

리언이 사람들을 방 바깥으로 인도하며 말했다.

"차분하고 조용한 상태에서 검사를 하게 해주세요."

"정말 미안해요."

사람들이 다 나가고 문이 닫힌 다음에 내가 말했다. 기침이 나왔다. 말을 하기가 여전히 힘겨웠다.

"그런 소리 말아요. 지금은 좀 어때요?"

"춥고 좀 아파요."

"물에 빠지는 순간을 못 봤어요. 머리를 바위나 뭐에 부딪힌 기억은 없어요?"

그는 신발을 벗어던지고는 침대 끄트머리에 발을 끌어올려 책상다리를 하고 앉았다. 나는 그제야 그도 물에 빠진 생쥐처럼 젖어 떨고 있음을 알아챘다.

"이런, 당신 흠뻑 젖었잖아요!"

273

"그보다 당신이 어디서 머리를 다치거나 하지는 않았는지 확인부터 합시다. 그래야 내 마음이 좀 놓여요. 그러고 나면 가서 옷을 갈아입고 올게요. 알았죠?"

나는 약하게 미소를 지어 보였다.

"미안해요. 머리를 부딪힌 것 같진 않아요. 그냥 발목이 접질렸을 뿐이지."

"다행이에요. 지금 우리가 어디 있는지 알겠어요?"

"브라이턴. 그리고 이만큼 꽃 벽지가 천지인 곳은 엄마 집 말고는 처음 와보네요."

이 문장을 마치고 나자 기침이 났다. 그래도 리언의 찌푸린 인상이 약간 풀어졌으니 보람이 있었다. 거기에 입꼬리가 한쪽으로 살짝 처지는 그의 미소도 돌아왔다.

"정답으로 칠게요. 당신의 풀네임을 말해줄 수 있어요?"

"티파니 로즈 무어."

"중간 이름은 몰랐네요. 로즈. 당신에게 잘 어울려요."

"당신이 듣고 답을 알 수 있는 질문을 해야 하는 거 아니었나요?"

"물에 빠져 몽롱해 있던 당신이 더 마음에 드네요."

리언이 가까이 다가오더니 내 볼에 손바닥을 가져다 댔다. 몹시 긴장되는 순간, 약간 느닷없는 몸짓이었다. 그가 내 눈을 들여다보며 눈을 깜빡거렸다. 뭔가 확인하는 것 같은 모습으로.

"졸음이 와요?"

그가 물었다.

"흠, 별로요. 피곤해요. 하지만 졸리는 종류의 피곤함은 아니에요."

그는 고개를 끄덕이더니, 조금 오래다 싶을 만큼 시간이 흐른 후에 내 볼에 올린 손을 거두었다.

"전화를 걸어볼게요. 의사한테요. 응급실에서 근무 기간을 막 마친 사람이에요. 발목 검사할 때의 기본 절차를 알 거예요. 괜찮겠어요? 움직이는 모양을 봐서는 그냥 접질린 게 맞을 거 같긴 한데, 확인은 해보는 게 좋겠죠."

"흠, 그래요."

리언이 함께 일하는 의사와 대화를 나누는 것을 듣고 있자니 기분이 또 묘해졌다. 나와 얘기할 때와 다른 것은 없었다. 듣기 좋은 아일랜드 억양이 약간 가미된 조용하고 침착한 목소리. 하지만 그는… 더 어른스러워 보였다.

"좋아요. 퍽 간단한 검사네요."

리언이 전화를 끊고서 몸을 돌렸다. 인상을 쓰는 바람에 그의 이마에 고랑이 파였다. 그가 내 발목을 보려고 담요를 치우며 다시 침대에 걸터앉았다.

"내가 검사를 해도 괜찮겠어요? 응급실에 가야 될지 보려고요."

침을 집어삼킨다. 갑자기 긴장이 되었다.

"괜찮아요."

그는 내가 마음을 바꿀지 가늠해보려는 것처럼 잠시 바라보며 기다렸다. 볼이 달아올랐다. 리언이 내 발목을 천천히 눌렀다. 내가 통증 때문에 움찔거릴 때까지. 정상적이지 않은 것 같은 부분이 있는지 부드럽게 눌러보는 것이었다.

"미안해요."

차가운 손을 내 다리에 올려놓으며 그가 말했다. 거의 곧장 소름이 돋았다. 조금 창피해진 마음에 담요를 끌어당겼다. 그는 내 발을 매우 조심스럽게 양옆으로 꺾어보면서, 반응을 살피려고 내 발목과 얼굴을 번갈아 보았다.

"제일 아픈 게 10이라면, 얼마나 아파요?"

"모르겠어요. 6쯤?"

정말로는 8, 8, 8을 생각하고 있었지만, 그에게 가련해 보이고 싶지 않았다.

리언의 한쪽 입꼬리가 살짝 올라갔다. 내 본심이 무엇인지 정확하게 알고 있는 것 같았다. 그가 나를 검사하는 동안에 그의 손이 내 살갗 위를 움직이는 모양을 보았다. 그러면서 의료 행위가 얼마나 유별나게 내밀한 것인지, 손으로 살을 얼마나 많이 만지는 일인지 왜 한 번도 의식하지 못했을까 궁금해졌다.

"좋아요."

리언이 내 발을 부드럽게 내려놓았다.

"발목을 접질린 거라고 확진을 내리겠어요. 솔직히 말하자면, 응급실에서 다섯 시간 동안 시달릴 필요는 없어요. 원한다면 갈 수도 있지만."

나는 머리를 흔들었다. 그냥 여기에서 누구보다도 안전한 손의 보살핌을 받고 싶었다.

문에서 노크 소리가 났고, 중년 여인이 김이 나는 머그컵 두 개와 옷더미를 가지고 나타났다.

"오, 완벽해요. 감사합니다."

리언이 머그컵을 받아들고 내게 건넸다. 핫초코가 담긴 머그컵에서는 경이로운 냄새가 났다.

"내 맘대로 아일랜드식 핫초코를 만들었답니다."

여인이 내게 윙크를 했다.

"바버라라고 해요. 어떻게, 견딜 만해요?"

"여기 오니 한층 나아요. 정말 감사해요."

"제가 옷을 갈아입는 동안만 티피와 함께 있어주실 수 있나요?"

리언이 바버라에게 부탁했다.

"나는 괜찮…."

다시 기침이 터졌다.

"매의 눈으로 지켜봐주세요."

리언이 다짐을 시키고 나서 욕실로 들어갔다.

40

~~~~~

리언

눈을 감고서 욕실 문에 등을 기댄다. 뇌진탕은 없고, 그냥 발목이 삔 것이었다. 이보다 훨씬, 훨씬 더 나쁠 수도 있었다.

마침내 내가 추워서 얼마나 떨고 있는지 생각해볼 짬이 생겼다. 젖은 옷을 벗어던지고 뜨거운 샤워 물을 틀었다. 소차에게 간단한 감사 문자를 보냈다. 핸드폰은 바지 주머니에 들어 있던 탓에 조금 축축해지기는 했지만, 다행히도 작동이 되었다.

샤워를 하러 들어가 떨림이 멈출 때까지 서 있었다. 바버라가 함께 있으니 괜찮다. 그래도 어느 때보다도 서둘러 옷을 입었다. 바버라가 가져다준 옷. 평생 이렇게 서둘러 옷을 입은 적이 없다. 터무니없이 큰 바지였지만 벨트를 맬 생각도 미처 들지 않았다. 90년대 스타일로 팬티가 드러날 만큼 아래로 흘러내리고 있었는데 말이다.

침실로 돌아오니, 머리를 뒤로 묶어 올린 티피가 보인다. 입술과 볼에 핑크색 혈색이 살짝 돌아와 있었다. 나를 보고 미소를 짓는데, 내 가슴에서 무언가가 화들짝 하고 움직인다. 설명하기 힘든 느낌이었다. 마치 자물쇠에 철컥 하고 맞는 열쇠를 돌렸을 때의 느낌이랄까.

나   핫초코는 마실 만해요?

티피가 협탁에 놓여 있던 다른 머그컵을 내 쪽으로 밀어주었다.

티피   직접 마셔보고 말해봐요.

문에서 노크 소리가 또 들렸다. 나는 핫초코를 들고 문을 열러 갔다. 조니 화이트 6번이 매우 근심스러운 표정으로, 그리고 우스꽝스럽게 큰 바지를 입고 서 있었다.

조니 화이트 6번   우리 아가씨는 어쩌고 있지?

티피가 쉽사리 '우리 아가씨'가 되는 축이라는 느낌이 온다. 그녀는 먼 친척이나 곁에 있지도 않은 이웃들이 교류도 없으면서 친하다고 주장하고 싶어 하는 그런 종류의 여자다.

티피   괜찮아요, 화이트 씨! 제 걱정은 하지 마세요.

타이밍이 좋지 않게도 다시 기침이 시작됐다. 조니 화이트 6번이 안쓰러운 얼굴로 문가에 서서 안절부절못했다.

조니 화이트 6번   정말 미안하군. 내 책임이야. 헤엄치러 가자는 건 내 생각이었으니까. 두 사람 다 수영할 줄 아는지 확인부터 했어야 했는데!

티피가 기침을 그치며 저 수영할 줄 알아요, 화이트 씨. 그냥 발을 헛디
뎌서 당황했을 뿐이에요. 뭐라도 탓하고 싶은 심정이시라면, 제 발목
을 날려버린 바위를 탓하세요.

조니 화이트 6번은 이제 조금 걱정을 덜어낸 표정이 된다.

바버라 자, 두 사람은 오늘 밤 여기 묵는 거예요. 이의 발언은 받지 않겠
어요. 숙박비도 없고.

티피와 나는 사양하려고 애썼다. 하지만 티피가 반쯤은 헛구역질
같은 기침을 하는 바람에, 침대에 자리보전할 필요가 없다는 우리의
주장이 설득력을 잃어버렸다.

나 그럼 저는 갈게요. 당신은 이제 내가 필요하지—

바버라 말이 되는 소리를 해요죠! 내가 성가신 일을 따로 더 해야겠어
요? 티피는 누가 보살피라고? 내 의학적 소견으로 내릴 수 있는 처방
은 위스키 한 잔이 다라고요. 존, 차로 집에 모셔다드려요?

조니 화이트 6번도 그녀의 호의를 사양할 길을 찾으려고 했으나 소
용없었다. 바버라는 꼭 호의를 베풀어야 직성이 풀리는, 굳건하게 좋
은 사람이었다. 그들이 합의에 이르러 문을 나가기까지 족히 5분이 걸
렸다. 문이 찰칵 닫히는 소리가 들리자 안도의 한숨이 새어나왔다. 그
제야 내가 얼마나 고요를 원했는지 깨달았다.

티피 괜찮아요?

나 괜찮아요. 그냥 이런 건….

티피 이런 법석은 질색이란 말이죠?

고개를 끄덕인다. 티피가 담요를 바짝 끌어당기며 웃었다.

티피 당신은 간호사예요. 어떻게 이런 일을 피해 다닐 수 있어요?

나 일은 달라요. 그래도 일도 힘들기는 하죠.

티피 당신 정말 내향적인 사람이네요.

얼굴을 찌푸린다. 나는 성격 유형 테스트 같은 것을 별로 좋아하지 않는다. 가령 별자리로 비즈니스맨 타입을 나누는 것 같은.

나 그런가 보네요.

티피 나는 정반대예요. 거티나 모 혹은 레이철을 불러내지 않고는 조금
　도 생각을 진전시킬 수가 없다니까요.

나 지금 통화하고 싶어요?

티피 이런 젠장, 내 폰이….

그녀가 쌓여 있는 옷들을 본다. 해변에서부터 열을 지어 우리를 따라와 기꺼이 도움의 손길을 내밀어준 많은 사람들이 가져다준 것이었다. 티피가 환희에 젖어 손뼉을 친다.

티피 내 바지 좀 줄래요?

바지를 건네준 뒤, 그녀가 핸드폰 뒤지는 모습을 지켜본다.

나 점심거리 사 올게요. 시간 얼마나 필요하겠어요?

티피가 손에 폰을 쥐고 나를 올려다보며 얼굴에 붙은 머리카락을 뒤로 넘긴다. 그 모습에 내 가슴속에서 또다시 열쇠가 찰칵 돌아간다.

티피 30분쯤?

나 알았어요.

41

~~~

티피

"괜찮아?"

모의 첫 질문.

"응급실은?"

반면에 거티는 바로 본론으로 치고 들어갔다.

"욕실 사건 왜 얘기 안 한 거야? 네가 침대를 나눠 쓰는 남자와 사랑에 빠졌고, 결국 그 남자랑 잘 거라서 말 안 한 거지? 그러면 셰어하우스의 제1원칙이 룸메이트끼리는 잠자리를 하지 않는 거라고 내가 다시 지적할 테니까?"

"응, 나 괜찮아. 응급실엔 안 갔어. 하지만 리언이 의사 친구의 도움을 받아 내 발목을 검사해줬어. 그냥 푹 쉬면 된다나 봐. 그리고 어떤 사람의 의학적 소견에 따라서는 위스키도 처방전이 될 수 있고."

"이제 내 질문에 대답해."

거티가 말했다.

"아니, 난 리언과 사랑에 빠지지 않았어."

자세를 바꿔본다. 발목이 쑤셔서 움찔했다.

"그리고 나는 그와 자지 않을 거야. 그는 내 친구야."

"그 사람 싱글이야?"

"응, 맞아, 실은 그래. 하지만-"

"미안, 확인만 좀 하고 싶어서 그래, 티피. 누가 검사-"

"입 다물어, 모."

거티가 모의 말을 끊었다.

"얘는 지금 숙련된 간호사와 함께 있어. 괜찮을 거라고. 티피, 너 스톡홀름 증후군 아닌 거 확실해?"

"뭐라고?"

"응급실 간호사와 호스피스 간호사는 분야가 아주 다른-"

모가 겨우 끼어들지만 실패했다.

"스톡홀름 증후군?"

"그래. 이 남자는 네가 오갈 곳 없을 때 집을 내줬어. 너는 어쩔 수 없이 그의 침대에서 잠을 자고, 이제 그와 사랑에 빠졌다고 생각하는 거야."

"사랑에 빠진 게 아니라니까."

나는 거티에게 끈기 있게 상기시켜주었다.

"내가 말했잖아, 친구라고."

"하지만 이 여행은 데이트가 맞잖아."

거티는 물러설 생각이 없었다.

"티피, 너 정말 괜찮은 거 같기는 해. 다시 한번만 확인해보고 싶은 거야. 나 지금 국민의료보험의 검사지 보고 있거든? 너 발을 딛고 일어설 수 있니?"

"전화로 의사에게 지시를 받는 간호사보다 구글 검색 중인 네가 더 나을 게 있으려나?"

거티가 모에게 말했다.

"데이트라니."

나는 데이트가 맞다고 꽤 확신하면서도 말했다. 모와 거티가 집에 있을 때마다 함께 전화를 받는 이 새로운 습관이 못마땅했다. 나는 모와 얘기하고 싶어서 모에게 전화를 건 것이었다. 거티와 얘기를 하고 싶지 않다는 뜻은 아니었다. 다만 둘이 자꾸 같이 전화를 받는 이 행태는 나로서는 생소한 경험이었다. 익사할 뻔한 후에는 더더욱 느끼고 싶지 않은 기분이었다.

"이 조니 화이트 얘기가 다 뭔지 다시 설명해줘야겠어."

거티가 말했다. 핸드폰 화면으로 시간을 확인한다. 리언이 돌아오기까지 5분밖에 남지 않았다.

"전화 끊어야 해."

내가 말했다.

"하지만 모, 난 괜찮아. 그리고 거티, 그 보호본능 좀 어떻게 진정 좀 시켜봐. 그는 나와 자려거나 지하실에 잡아 가두려는 게 아니야, 응? 사실 그가 나한테 관심이나 있을지도 모르겠다고."

"하지만 너는 그에게 관심이 있지?"

거티는 집요했다.

"안녕, 거티!"

"몸 잘 챙겨, 티피."

거티가 전화 끊기 전에 모가 가까스로 말했다. 거티는 끊기 전에 인사하는 등의 예절에는 별로 관심이 없다.

바로 레이철에게 전화를 건다.

"그러니까 중요한 건,"

레이철이 말했다.

"네가 리언과 이제껏 직접 나눈 교류는 모두 네가 속옷을 보여주는 결과로 이어졌다는 거네."

"음."

"이제부터는 옷 좀 입고 있는 게 좋겠다. 너를, 뭐라더라? 그 왜 공원에서 바지 내리는 남자들 보고 부르는 말 있잖아. 그는 너를 그렇게 생각할 거야."

"이봐! 내가 무슨-"

"난 그저 세상 모든 사람들이 할 법한 생각을 말해주는 거란다, 친구야. 확실히 죽기 일보 직전은 아닌 거지?"

"나 정말 괜찮아. 그냥 쑤시고 지쳤을 뿐이야."

"좋아, 그럼. 그렇다면 공짜 호텔 실컷 즐겨. 그리고 저녁 먹는 동안에 실수로 브라를 풀게 되는 일이 발생하면 나한테 전화하도록."

노크 소리가 들렸다.

"이런. 끊어야 돼, 안녕!"

내가 레이철에게 소곤거렸다.

"들어와요."

리언이 나가 있는 동안에 나는 바버라가 가져다준 점퍼를 힘겹게 꿰어 입은 터였다. 그래서 이제 적어도 허리 위로는 적절한 차림을 하고 있었다.

리언은 피시 앤 칩스[17] 냄새를 풍기는 아주 빵빵한 봉투를 손에 들고서 미소 짓고 있었다. 신이 나서 숨이 턱 막혔다.

"딱 맞는 바닷가 음식이네요!"

"그리고…."

~~~

[17]   흰 살 생선을 튀겨서 감자튀김과 곁들여 먹는 대표적인 영국 요리.

그가 봉투에 손을 넣어 다른 봉투를 꺼내 건넸다. 봉투에는 크림치즈로 아이싱을 한 빨간색 벨벳 컵케이크가 들어 있었다.

"케이크! 최고의 케이크네요!"

"의사의 지시예요."

그가 말을 끊었다.

"소차가 그랬어요. 음식 좀 먹이라고. 튀긴 생선하고 컵케이크는 예술성을 좀 발휘한 조합이랄까요?"

그의 머리칼은 거의 다 말라 있었다. 머리는 소금기 때문에 더 곱슬거려서 귀 뒤로 자꾸 삐져나왔다. 그는 내가 보는 것을 알아채고서 머리칼을 매만져 넘겼고, 애석하다는 듯이 웃었다.

"내 이런 꼴을 볼 줄은 몰랐겠죠."

"오, 그럼 당신은 내 이런 꼴을 볼 생각이었고요?"

내가 벙벙한 점퍼와 창백한 얼굴을 가리키고 정신 사납게 엉킨 머리칼을 손으로 아무렇게나 쓸어내리며 말했다.

"내가 내 스타일 중에 '물에 빠진 쥐'를 가장 좋아한다는 거 알고 있었어요?"

"인어공주 같은?"

리언이 고쳐 제안했다.

"그런 말을 하다니 재미있네요. 사실 나 여기 지느러미 달렸는데."

나는 다리 쪽을 덮은 담요를 두드리며 말했다.

리언이 침대 위에 피시 앤 칩스를 펼쳐놓으며 미소를 지었다. 그는 신발을 벗고 내 부어오른 발목을 조심스럽게 피해 앉았다.

음식은 훌륭했다. 내게 딱 필요한 것이 이것이었다. 직접 냄새를 맡기 전까지는 알지 못했지만. 리언은 피시 앤 칩스에 곁들여 먹을 만한 음식이란 음식은 모조리 챙겨왔다. 으깬 완두콩에 어니언 링, 카레 소스, 양파 피클, 음식점 유리 진열장 안에 늘 놓여 있는 플라스틱처럼 생긴 소시지까지.

"죽음의 문턱에 서봤더니 진이 빠지네요."

갑자기 졸음이 몰려왔다.

"낮잠 좀 자요."

"내가 잠이 들었다가 다시는 일어나지 못하면 어쩌나 걱정되지 않아요?"

눈꺼풀이 벌써 늘어졌다. 배부르고 따뜻하니 세상을 다 가진 것 같았다. 배부르고 따뜻한 것을 내 다시는 당연시 여기지 않으리라.

"뇌에 외상을 입지는 않았는지 5분마다 깨워 확인할 생각이에요."

그가 말했다. 눈이 확 떠졌다.

"5분마다?"

물건을 챙겨 벌써 문으로 향하고 있던 그가 낄낄거렸다.

"다섯 시간 이따가 보자구요."

"하, 간호사가 농담을 하면 쓰나?"

내가 그의 뒤에다 대고 외쳤다. 하지만 그가 들은 것 같지는 않다. 어쩌면 생각으로만 말했는데 입 밖에 내어 말했다고 착각했을지도 모르겠다. 문이 닫히는 소리를 들으면서 나는 잠에 빠져들었다.

발목을 뚫는 통증의 일격에 번뜩 잠에서 깨어났다. 나는 비명을 지르며 주위를 둘러봤다. 꽃 벽지. 우리 부모님 집인가? 문 옆 의자에 앉아 책을 읽는 저 남자는 누구인가….

"『트와일라잇』을 읽는 거예요?"

리언이 책을 무릎에 내려놓으며 눈을 깜빡였다.

286

"당신은 무의식 상태였다가 재빨리 흠잡는 능력이 있네요."

"잠깐 기이한 꿈인가 생각하기는 했어요."

내가 말했다.

"하지만 꿈 버전에서는 당신이 훨씬 나은 독서 취향을 가졌을 것 같은데 말이에요."

"바버라에게 있는 책이 이게 다였어요. 몸은 좀 어때요?"

잠시 생각을 해봤다. 발목이 쿡쿡 쑤시고 목은 지독하게 화끈거리고 입에서는 소금 맛이 났으나, 두통은 사라졌다. 하지만 기침을 너무 해대서 배에 고통스러운 근육통이 생기리라는 예감이 왔다.

"훨씬 나아요, 진짜로."

그가 내 말을 듣고 미소를 지었다. 미소 지을 때의 그는 정말이지 귀여웠다. 진지할 때의 얼굴은 약간 엄격해 보였다. 뼈가 가는 이마와 광대와 턱 때문인 것 같았다. 미소를 지을 때면 온통 부드러운 입술과 짙은 눈동자와 하얀 이만 보였다.

핸드폰으로 시간을 본다. 무엇보다도 그와 눈길을 마주치지 않기 위해서였다. 내가 침대에 누워 있고, 머리는 헝클어져 있으며, 담요 아래로 반쯤 드러난 다리에는 아무것도 걸치지 않았다는 것이 불현듯 예리하게 의식되었기 때문이다.

"5시 반?"

"당신은 졸렸잖아요."

"내내 뭐 하고 있었던 거예요?"

그가 읽던 데를 보여줬다. 『트와일라잇』을 거의 다 읽은 참이었다.

"주인공 벨라 스완은 자기가 정말로 못생겼다고 주장하는 여자치고는 인기가 아주 많네요."

그가 말했다.

"아빠만 빼놓고 책에 등장하는 모든 남자가 그녀를 사랑하게 되는 것 같아요."

내가 근엄하게 고개를 끄덕였다.

"벨라로 사는 건 아주 어려운 일이지요."

"반짝반짝 빛나는 남자 친구들이 호락호락하지도 않고."

리언이 동의했다.

"그 발목으로 걸을 수 있을지 한번 시도해볼래요?"

"침대에 영원히 있으면 안 될까요?"

"아래 내려가면 저녁과 위스키가 있어요."

나는 그에게 얄밉다는 표정을 지어 보였다. 그는 완벽하게 평온함을 유지하면서 내 눈길을 받았다. 그가 대단히 훌륭한 간호사일 것이라는 깨달음이 갑자기 들었다. 틀림없다.

"좋아요. 하지만 먼저 고개 돌려요. 바지 좀 입게."

그는 새삼 고개를 돌리기에는 내게서 본 게 이미 너무 많다는 사실에 대해서는 일언반구하지 않았다. 그냥 안락의자를 빙그르르 돌려 『트와일라잇』을 다시 펼쳤다.

42

~~~~~

리언

절대로 술에 취하면 안 돼. 스스로에게 다짐하고 또 다짐한다. 하지만 여전히 쉴 새 없이 홀짝거리고 있다. 위스키 온 더 락. 끔찍한 맛이었다. 아니, 바버라가 공짜라고 하지 않았다면 말이다. 바버라가 호텔에서 내는 거라고 말하는 순간 위스키는 훨씬 달콤해졌다.

우리는 바다가 보이는, 부서질 듯한 나무 테이블 앞에 앉아 있었다. 티피는 소차의 지시에 따라 발을 쿠션에 올려놓았다. 이제는 다른 발도 올려놓고 있었다. 뒤로 넘긴 머리카락이 바다 너머로 지는 태양을 등지고 있어서 눈부시게 타오르는 듯했다. 르네상스 시대의 그림 같았다. 위스키가 볼의 혈색을 돌려놓았고, 가슴도 살짝 붉게 물들었다. 그녀가 딴 곳에 주의를 돌릴 때마다 그 가슴에서 눈길을 뗄 수가 없다.

오늘 온종일 거의 그녀 생각뿐이었다. 물에 빠져서가 아니었다. 그 난리가 나기 전부터 그랬다. 프라이어 씨의 조니 화이트 찾기 프로젝트는 뒷전으로 물러났다. 지난주까지 이 프로젝트는 케이가 '집착'이라고 표현하던 것이었다. 이제 이 일은 내가 원하는 일이 되었다. 티피와 공유하게 되었기 때문이다.

그녀가 부모님 얘기를 하고 있다. 반쯤 눈을 감은 채로. 간간이 머리를 뒤로 젖히는데, 그 바람에 머리카락이 의자 뒤로 흘러내린다.

티피 아로마세러피가 엄마가 놓지 않는 유일한 활동이에요. 한동안은 초를 만들었어요. 근데 돈이 되지 않았죠. 얼마 지나고 나서 돌연 포기하더니 초는 다시 슈퍼마켓에서 사겠다고 선언했어요. 그리고 엄마는 자기가 슈퍼마켓에서 초를 산다는 얘기를 하지 말라고 금지령을 내렸어요. 그다음에는 정말이지 이상한 단계를 거쳤는데요. 글쎄 교령회에 빠진 거예요.

그녀를 바라보다가 그 말에 확 깨어난다.

나　교령회요?

티피　맞아요, 그거 있잖아요. 테이블에 둘러앉아서 죽은 사람들하고 대화하려고 시도하는 모임?

웨이터가 티피가 발을 올려놓은 의자 옆으로 나타난다. 그는 의자를 보고는 이게 뭐지? 하는 표정을 살짝 지었지만 별말은 하지 않는다. 이런 곳에서 일하다 보니 온갖 종류의 인간들에게 익숙하지 싶었다. 이를테면 밥 먹는 동안 의자에 발을 올려놓는 축축하게 젖은 사람들이라거나.

웨이터　푸딩 좀 드시겠습니까?

티피　오, 아니에요. 배가 꽉 찼어요. 감사합니다.

웨이터　바버라가 그냥 내드리라는데요.

티피가 한 치의 주저함도 없이　토피 푸딩으로 부탁드려요.

나　저도 같은 걸로요.

티피　전부 공짜라니! 이건 꿈인가요, 현실인가요? 더 자주 물에 빠져야 할까 봐요.

나　부탁인데, 안 그래주셨으면 좋겠어요.

그녀가 고개를 들어 나를 똑바로 바라본다. 눈에 살짝 졸음기가 어려 있다. 그 눈으로 조금 길다 싶게 내 눈을 들여다본다. 나는 목을 가

다듬고 침을 삼킨다. 뭐라도 말을 꺼내야 할 것 같았다.

나 엄마가 교령회를 했다고요?

티피 그렇다니까요. 내가 중고등학교 다닐 때. 한 2년 동안이었나 봐요. 집에 오면 커튼이 전부 내려져 있고, 사람들이 모여서 말하는 광경을 봤어요. '모습을 드러내십시오. 그러시겠다면 노크를 한 번, 싫으시다면 두 번 노크를 하십시오'라고 말하는 광경을.

나 교령회 다음엔 뭐에 빠지셨나요?

티피가 생각에 잠기는 사이에 토피 푸딩이 도착했다. 푸딩은 거대했고, 토피 소스로 범벅이 되어 있었다. 티피가 내지르는 탄성이 내 위를 팽팽하게 만들었다. 어처구니가 없다. 푸딩을 보고 신나서 이상한 소리를 내는 여자를 보고 흥분이 되다니, 나도 제정신이 아니었다. 정신 바짝 차려야겠다. 위스키를 조금 더 마신다.

티피가 입 안 가득 푸딩을 물고 잠깐 커튼도 만들었는데, 초기 비용이 너무 많이 들어가서요. 그래서 도일리[18] 만드는 걸로 바꿨죠. 그러고 나서 아로마세러피였던 거예요.

나 우리 집에 향초가 그렇게 많은 게 그 이유군요?

티피가 미소를 짓는다.

티피 그래요. 욕실에 있는 초는 긴장을 푸는 데 도움이 되도록 세심하게 향을 골라 첨가한 거예요.

나 나한테는 정반대의 효과가 나던데요. 샤워하고 싶을 때마다 옮겨놓아야 하니까.

티피의 짓궂은 눈길.

~~~~

[18] 작은 접시나 컵 등을 올려놓는 탁상용 깔개.

티피 어떤 사람들은 아로마세러피를 해봐야 소용이 없기도 하죠. 엄마
는 내 향수도 골라줘요. '내 개성을 드러내고 고양시킨다'나 어쩐다나.

첫날에 집에 들어가 맡았던 그녀의 향수 냄새를 떠올린다. 꽃과 향
신료 냄새도 났었다. 그리고 내 아파트에서 다른 사람의 냄새가 난다
는 게 얼마나 이상하게 느껴졌는지도 기억난다. 이제는 조금도 이상하
지 않았다. 이제는 집에 갔는데 다른 냄새가 나면 더 이상할 것이다.

나 그 향수가 뭔데요?

티피가 지체 없이 처음에는 장미 향, 시간이 흐르면 사향, 정향이 돼요.
엄마 말에 따르면 뜻이….

티피가 생각에 잠겨 코를 살짝 찡그린다.

티피 '희망, 불, 힘'이래요. 그게 나인가 봐요.

나 맞는 말인 것 같은데요.

그녀가 전혀 동의할 생각이 없다는 듯이 눈을 굴린다.

티피 '무일푼의, 말 많은, 고집 센'이 더 맞죠. 엄마도 이 말을 하고 싶었
을걸요.

나, 이제는 확실히 알딸딸해서 그럼 나는 어떨까요?

티피가 머리를 기울인다. 또다시 강렬한 눈빛으로 나를 똑바로 본
다. 반쯤은 고개를 돌려버리고 싶은 눈빛, 반쯤은 테이블을 가로질러,
찻주전자 촛대 위로 키스를 하고 싶게 만드는 눈빛이었다.

티피 희망은 확실해요. 당신 동생이 그 희망에 기대고 있어요.

한 방 얻어맞은 듯이 놀란다. 리치를 제대로 아는 사람은 극히 드물
었다. 그의 얘기를 먼저 꺼내는 사람은 더 적었다. 그녀는 나를 보며
내 반응을 테스트하고 있었다. 자기가 한 말이 아팠다면 취소라도 할
것 같은 표정으로. 나는 미소를 지었다. 리치 얘기를 이렇게 하니 기분

이 좋았다. 이렇게 별거 아니라는 듯이 얘기하는 것이 좋았다.

나   그러면 내 애프터셰이브 로션에서 장미 향을 맡게 되는 건가요?

티피가 얼굴을 찌푸린다.

티피   남자들을 위해서는 아마도 완전히 다른 향의 세트가 있을걸요. 나는 아쉽게도 여자용 향수 제조술에만 조예가 깊답니다.

더 얘기해보고 싶었다. 그녀가 나를 어떻게 생각하는지 알고 싶었다. 하지만 그런 질문을 하면 잘난 척하는 것처럼 보일 것 같았다. 그래서 말없이 앉아 있었다. 찻주전자에 담긴 촛불이 우리 사이에서 획획 움직였다. 나는 위스키를 조금 더 마셨다.

43

~~~~~

티피

취하지는 않았다. 하지만 말짱하다고도 할 수 없었다. 수영을 하면 배가 고파진다고 하지 않나? 바다에 빠져 익사할 뻔하면 술이 빨리 오르는 법이다.

게다가 위스키 온 더 락은 매우 독하다.

낄낄거리기를 멈출 수 없었다. 리언도 분명히 알딸딸해 있었다. 어깨에 긴장이 풀어졌고, 한쪽 입꼬리만 내려가는 특유의 미소가 이제는 얼굴에 달라붙어서 지워지지 않고 있었다. 머리카락을 가라앉히려는 노력도 관뒀다. 컬이 귀 뒤에서 풀려 옆쪽으로 삐죽삐죽 나와 있다.

그가 어렸을 때 아일랜드 코크에 살던 얘기를 해주었다. 그와 리치는 엄마의 남자 친구를 골탕 먹이려고 정교한 덫을 고안해냈다. 낄낄거리지 않을 수 없는 일화였다.

"잠깐만, 두 사람이 복도에 철사를 달아놨단 거예요? 그럼 다른 사람들도 걸리지 않겠어요?"

리언이 머리를 흔들었다.

"우리는 엄마가 우리를 재우고 나간 뒤에 몰래 나갔어요. 위즈는 늘 밤늦도록 술집에 있었고요. 걸려 넘어지면 한바탕 욕설을 쏟아냈는데, 그때 우리는 알았죠. 아, 욕은 저렇게 하는 거구나, 하고."

나는 웃음을 터뜨렸다.

"이름이 대마초란 뜻의 위즈였다고요?"

"흐으음. 설마 태어날 때부터 그 이름은 아니었겠죠."

어느덧 그는 정신이 돌아온 것 같았다.

"사실 그는 최악의 남자 친구 중 하나였어요. 엄마를 함부로 대했죠. 엄마한테 멍청하다는 말을 달고 살고. 그런데도 엄마는 그를 벗어나지 못했어요. 쫓아내고 나서도 매번 다시 받아줬죠. 두 사람이 사귈 때 엄마가 무슨 수업을 들었는데요. 그것도 그가 곧 그만두게 했죠."

눈에 불이 켜졌다. 덫을 만들었다는 일화가 갑자기 별로 웃기지 않았다.

"진짜예요? 무슨 그런 망할 자식이!"

리언이 약간 놀란 표정을 지었다.

"내가 잘못 말한 거예요?"

"아니요."

그가 미소를 지었다.

"아니, 그냥 놀란 거예요. 당신, 욕하기 대회에 나가면 위즈와 접전을 펼치겠어요."

나는 머리를 옆으로 기울였다.

"아, 고마워요. 아빠는요? 당신 가족사에 등장하지 않는 건가요?"

리언은 이제 나만큼이나 몸을 비스듬히 하고 있었고, 내 발 의자에 자기 발을 얹어놓았다. 그가 손가락 사이에 끼운 위스키 잔을 흔들었다. 잔이 촛불 빛을 받아 빙글빙글 돌았다. 이제 이곳에는 사람이 거의 남아 있지 않았다. 식당 저편에서 직원들이 티 안 나게 테이블을 치우고 있었다.

"리치가 태어날 때 떠났어요. 미국으로 이주했죠. 나는 두 살이었어요. 그러니까 아빠가 기억나지 않아요. 아니면… 그냥 이상한 형체 같은 것만 어렴풋이?"

리언이 손을 저었다.

"그런 묘한 느낌 정도예요. 엄마는 아빠 얘기는 입에 거의 담지 않아요. 내가 아는 건 그가 더블린 출신의 배관공이었다는 것뿐이죠."

눈이 벌어진다. 내 아빠에 대해 그 정도밖에 모른다면 어떨까? 상상도 가지 않았다. 그가 내 표정을 보고는 어깨를 으쓱했다.

"평생 관심도 별로 없었어요. 그에 대해 알고 싶은 마음이 없었던 거죠. 리치는 십 대 시절에 아빠 문제로 고민을 했어요. 하지만 어쩌다 그런 고민을 하게 됐는지는 모르겠어요. 우리는 그런 얘기는 하지 않으니까."

할 얘기가 좀 더 남아 있는 것 같은 느낌이었지만, 괜히 재촉해서 이

밤을 망치고 싶지는 않았다. 나는 손을 뻗어 그의 손목에 잠시 얹었다. 그가 또 한 번 움찔하며 호기심 어린 눈빛을 던졌다. 웨이터가 다가오고 있었다. 눈치를 주지 않으면 우리의 목적 없는 대화가 한도 끝도 없이 늘어질 것임을 감지했으리라. 그가 우리 테이블에 마지막 남은 것을 치우기 시작했다. 나는 그제야 리언에게서 손을 거두었다.

"자러 가야죠."

"그래야겠죠. 바버라 아직 있나요?"

그가 웨이터에게 물었다. 웨이터는 고개를 저었다.

"퇴근하셨어요."

"아. 제가 어떤 방을 쓰면 되는지 말씀하고 가셨나요? 저와 티피가 묵고 가도 좋다고 하셨는데요."

웨이터가 나를 보더니 리언을 보고 또 나를 봤다.

"어, 제 생각에는… 그러니까 여사님이 짐작하기로는… 두 분이…."

리언이 상황을 파악하기까지는 한동안 시간이 걸렸다. 그는 끄응하는 소리를 내고는 손바닥으로 얼굴을 문질렀다.

"괜찮습니다."

다시 웃음이 터졌다.

"우리, 한 침대 쓰는 거 익숙한 거 아니에요?"

"그렇군요."

웨이터가 우리 사이를 또 보며 말했다. 영문을 모르겠다는 표정.

"그럼 괜찮으시겠습니까?"

"동시에 같이 자는 건 아니에요."

리언이 말했다.

"다른 시간대에 같은 침대를 쓰는 거죠."

"그렇군요."

웨이터가 되풀이했다.

"그럼, 제가… 뭐 또 필요하신 거 있습니까?"

리언이 부드럽게 손을 흔들었다.

"아니요. 들어가세요. 내가 그냥 바닥에서 잘게요."

"침대는 커요."

내가 말했다.

"괜찮아요. 그냥 함께 쓰면 돼요."

비명을 질러버렸다. 일어날 때 다친 발목에 몸을 한껏 실은 것이었다. 너무 욕심을 부렸다. 리언이 단숨에 내 옆에 와 있었다. 그는 꽤 많은 양의 위스키를 마신 사람치고는 반응이 아주 빨랐다.

"괜찮아요."

입으로는 이렇게 말했지만, 나는 그가 나를 부축하게 내버려뒀다. 깽깽이로 걸음을 옮겼다. 계단에 도달했을 때 그가 말했다.

"망할."

그러더니 나를 번쩍 안아 올렸다.

나는 놀라움에 소리를 지르고 웃음을 터뜨렸다. 내려달라고 말하지 않았다. 나는 그가 나를 내려놓기를 원하지 않았다. 그가 나를 안고 계단을 서둘러 올라가는 사이에, 광을 낸 난간과 구불구불한 액자에 담긴 우스꽝스러운 그림들을 또 스쳐갔다. 그가 다시 내 방, 우리 방의 문을 팔꿈치로 열었다.

리언은 침대에 나를 내려놓았다. 방은 어두컴컴했다. 창문 밖 가로등이 이불에 삼각형의 부드러운 빛을 드리우면서 그의 머리칼을 황금색으로 물들였다. 그는 내 등에서 부드럽게 팔을 빼내고 머리를 베개에 얹어놓으며 커다란 갈색 눈동자로 나를 내려다보았다. 우리의 얼굴은 단 몇 센티미터만을 사이에 두고 있었다.

그는 미동도 하지 않았다. 우리는 서로를 응시했다. 눈길이 얽혀들었다. 우리 둘 다 숨은 한두 번이나 쉬었을까? 툭 끊어져버릴 듯 격렬한 순간이었다. 겁을 집어먹으면 어쩌지? 그러면서도 그가 키스해주기를 간절히 바랐다. 패닉의 기미가 다시 돌아왔다가 기쁘게도 사라졌다. 리언의 숨결이 내 입술에 느껴지고, 어스름한 빛 속에 그의 속눈썹이 보였다.

그런데 그는 눈을 감고 물러나며 고개를 돌렸다. 짧은 한숨을 뱉어냈다. 숨을 참고 있었던 것처럼.

나도 물러났다. 갑자기 혼란스러웠다. 그리고 팽팽하던 순간이 부서졌다. 눈길이 얽히고 서로를 응시하고 입술이 거의 닿을 뻔했던 것을 내가… 다 잘못 읽은 걸까?

살갗이 달아오르고 맥박이 빠르게 뛰었다. 그가 다시 나를 보았다. 눈에는 여전히 열기가 남아 있었고, 미간을 약간 찌푸리고 있었다. 그가 키스를 할 생각이었다는 건 확실했다. 어쩌면 내가 뭘 잘못했기 때문인지도 모른다. 이런 일을 연습할 기회가 근래에는 없었으니까. 저스틴의 저주가 우리의 키스를 망치려고 손을 뻗었는지도 모른다.

리언이 등을 대고 누웠다. 처참할 만큼 어색해 보이는 표정으로. 셔츠를 만지작거리고 있는 그의 모습을 보며 내가 먼저 키스를 할까, 나를 마주 보게 그의 얼굴을 돌려볼까 생각해보았다. 하지만 혹시 내가 상황을 오해한 것이라면? 이것이 그냥 포기하고 지나가야 하는 그런 순간 중의 하나라면?

나는 그의 옆에 조심스럽게 누웠다.

"이제 자야겠죠?"

내가 말했다.

"그래요."

그의 목소리는 나직하고 조용했다.

나는 헛기침을 하며 목을 가다듬었다. 아, 그럼 이걸로 끝인가 보다.

그가 살짝 몸을 움직이는 바람에 그의 팔이 내 팔에 쓸렸다. 돋아나는 소름. 우리의 몸이 닿았을 때 그가 내는 숨소리를 들었다. 놀라서 헉 하는 소리를. 그가 일어나더니 욕실로 향했다. 나는 몸에 돋아난 소름과 두근거리는 심장과 함께 남겨진 채 천장을 올려다보았다.

44

~~~

리언

그녀의 숨결이 느려졌다. 위험을 무릅쓰고 몸을 돌려 그녀를 본다. 꿈을 꾸듯이 부드럽게 나풀거리는 눈꺼풀의 윤곽이 보인다. 그래, 잠이 들었군. 마음을 가라앉히려고 애쓰며 천천히 숨을 내쉰다.

내가 망친 게 아니기를 바랐다. 정말로, 정말로 바랐다.

나는 오늘 생각지도 못한 행동을 했다. 정말로 나답지 않은 행동. 그녀를 안아 들고, 침대에 눕히는 행동. 이건 그냥 뭐랄까… 모르겠다.

티피는 충동적이고, 그녀의 충동적인 면은 전염성이 있었다. 그럼에도 나는 여전히 나다. 그래서 이 충동성은 결정적이라고 할 만한 순간에 다 닳아 없어지고 말았다. 익숙한 우유부단, 우왕좌왕하는 마음밖에 들지 않았다. 그녀는 술에 취했고 몸을 다쳤다. 취하고 다친 여자에게는 키스를 하면 안 되는 법이다. 그렇지 않은가? 어쩌면 해야 하는 걸까? 어쩌면 그녀가 원한 건 아니었을까?

리치는 연애에는 선수다. 문제는 늘 나였다. 십 대 시절에 그는 내가 소심하다고 놀려대곤 했다. 그는 여자아이가 눈길 한번만 줘도 달려들었다. 나는 꿈에 그리던 소녀에게도 너무 두려워서 말 한마디 걸지 못했다. 초등학교 때부터 그 꼴이었다. 비록 리치와 나, 둘 다 지금은 이 모양이지만.

마른침을 삼킨다. 티피의 팔이 내 팔을 누르던 감촉을, 그녀의 살갗에 아주 살짝 스치기만 해도 내 팔뚝의 털이 꼿꼿하게 일어서던 것을 생각했다. 커튼을 치지 않았다는 것을 이제야 알아본다. 가로등 불빛이 방에 리본 모양으로 쏟아져 들어오고 있었다.

불빛이 바닥을 가로질러 일렁이는 모습을 보면서 천천히 드는 생각이 있었다. 나는 아주 오랫동안 케이를 사랑하지 않았다. 예전에는 사랑했다. 친밀한 느낌이 있었고, 그녀가 내 인생의 일부분인 게 좋았다. 안전하고 편안했다. 하지만 누군가를 만난 초반기에 느끼는 감정, 불타오르는 그 광기를 잊고 있었다. 케이와는 불타오르기는커녕 불씨조차 남아 있지 않았다. 1년쯤 전부터?

다시 티피를 본다. 눈썹이 볼에 그림자를 드리우고 있다. 그녀가 저스틴에 대해 했던 얘기를 떠올렸다. 쪽지들만 봐서도 그가 그녀를 잘 대해준 느낌은 아니었다. 왜 그녀는 갑자기 돈을 다 갚아야 했던 걸까? 하지만 쪽지에는 그녀가 기차에서 얘기했던 것처럼 걱정스러운 내용은 없었다. 하지만 또 생각해보면 그녀가 쓴 쪽지들이 아무리 의미가 있었다 한들 쪽지는 쪽지일 뿐이다. 글로 쓰면 스스로에게 거짓말을 하기가, 그것도 아무도 눈치 못 채게 하기가 더 쉽기 마련이다.

머리가 당혹감과 후회와 위스키 후유증으로 꽉 찬 나머지 잠을 이룰 수 없다. 천장을 올려다보며 티피의 숨소리를 듣는다. 뒤늦게 생각이 든다. 키스를 했는데 그녀가 거부했다면, 거부하지 않았다면….

이런 생각은 하지 않는 게 좋겠다. 생각이 바람직하지 않은 쪽으로 빠지고 있었다.

티피가 몸을 돌리더니 이불을 끌어간다. 몸의 반이 이제 밤공기에 노출되었다. 딱히 원망할 수도 없다. 물에 빠져 죽을 뻔했으니 몸을 따뜻하게 해야 하니까.

그녀가 다시 몸을 뒤척인다. 이불이 더 줄어들었다. 나는 이제 오른쪽 팔만 이불을 덮고 있었다. 이런 상태로는 도저히 잠을 잘 수 없다.

그냥 도로 당겨와보자. 처음에는 조심조심 끌어본다. 하지만 이건 뭐 줄다리기도 아니고, 티피는 이불을 악착같이 쥐고 있었다. 의식이 없는 와중에 힘이 참 세기도 했다.

잡아 뺄 수밖에 없었다. 깨지 않을지도 모른다. 어쩌면 그냥-

티피　아아!

그녀가 이불과 더불어 내 쪽으로 굴러온다. 나도 침대 한가운데로 끌려간다. 이제 우리는 어둠 속에서 얼굴을 마주하고 있었다. 찌릿하도록 가깝게.

심장이 빠르게 뛰었다. 그녀의 볼은 발그레했고, 눈은 잠기운으로 무거웠다.

그녀가 방금 '아아'라고 말한 것도 뒤늦게야 깨달았다. 내가 이불을 끌어당긴 바람에 발목이 꺾였나 보다.

나　미안해요! 미안!

티피가 혼란스러하며　이불 가져가려고 한 거예요?

나　아니에요! 그냥 내가 덮을 게 없어져서.

티피가 눈을 깜빡거린다. 키스하고 싶어 미칠 지경이다. 지금 해도 될까? 술은 깼을까? 하지만 그녀는 발목을 타고 올라오는 통증 탓에 움찔했고, 나는 세상에서 가장 나쁜 인간이 된 기분이 들고 말았다.

티피　덮을 게 왜 없는데요?

나　그게, 그러니까… 다 도둑맞아서.

티피　오! 미안해요. 다음번에는 그냥 깨워서 말해줘요. 나는 금방 잠들
　수 있으니까.

나　알았어요. 그래요. 미안해요.

티피가 턱까지 이불을 끌어당기며 반쯤은 재미있다는 듯이 졸음에 겨운 눈으로 나를 바라본다. 머리를 돌린다. 그녀가 '다음번에'라는 말을 했다는 이유로 상사병 걸린 십 대처럼 배시시 웃고 있는 모습을 들키고 싶지는 않다.

45

~~~

티피

깨어보니 해가 작열하고 있다. 햇빛이 비치는 가운데 잠에서 깨는 건 생각만큼 유쾌한 일이 아니다. 지난밤에 커튼을 치지 않았다. 빛을 피하려고 몸을 돌리는데 침대 오른편이 비어 있다는 걸 알았다.

처음에는 다른 점이 조금도 느껴지지 않았다. 리언이 없는 채로 잠에서 깨는 건 당연한 일이었으니까. 아직 잠에서 깨지 못한 뇌는 '아, 당연하지. 아니야, 잠깐, 잠깐⋯'으로 흘러 돌아갔다.

베개에 쪽지가 있었다.

아침 가지러 나가요. 페이스트리 들고 곧 올게요. ×

빙그레 미소를 짓고서 시간을 확인하려고 핸드폰을 든다.

이런. 27통의 부재중 전화, 전부 모르는 한 번호로 걸려온 것이었다.

이게 무슨-

꼼지락거리며 침대에서 나왔다. 그러다 발목을 부딪히는 바람에 비명이 터져 나왔다. 망할. 음성 사서함을 열었다. 배 속 저 밑바닥에서부터 좋지 않은 기분이 피어올랐다. 가령⋯ 어제 일들이 현실이라기에는 이상할 정도로 너무 좋았다는 기분? 뭔가 끔찍한 일이 일어났다. 사서함을 확인하면 안 된다는 것을 알았지만-

"티피, 너 괜찮아? 레이철 페이스북에서 봤어. 물에 빠져 죽을 뻔했다고?"

저스틴이다. 음성 메시지가 흘러나오자 꼼짝달싹할 수가 없었다.

"이봐, 지금 나한테 감정이 좋지 않다는 거 알아. 하지만 나는 네가 괜찮은지 알아야겠어. 전화 줘."

음성 메시지가 더 있었다. 정확하게는 열두 개 더. 상담 치료 때 여자의 힘을 끌어내는 주제로 진행한 시간이 있었다. 그 치료가 끝나고 그의 전화번호를 지웠다. 그래서 저장되지 않은 번호로 전화가 온 것이었다. 그러나 누구인지 이미 내가 알고 있었다는 생각이 들었다. 내게 전화를 이렇게 한꺼번에 계속 걸어대는 사람은 없다. 저스틴 말고는. 보통은 싸우고 나서, 헤어지고 나서 있는 일이었다.

"티피, 이건 말도 안 되잖아. 네가 어디 있는지 알면 내가 그리로 갔을 텐데. 전화해, 알았지?"

나는 몸을 떨었다. 끔찍하디 끔찍한 기분이었다. 리언과 함께 했던 어제는 사라져버린 것 같았다. 내가 어디서 뭘 하고 있었는지 저스틴이 알았다면 무슨 일이 벌어졌을지 상상했다.

몸을 흔들어 생각을 떨쳐낸다. 저절로 드는 생각이었지만 말이 안 된다는 건 알 수 있었다. 나는 또다시 지레 겁을 집어먹고 있었다.

문자를 쳤다.

괜찮아. 살짝 발목을 접질렸어. 부탁이야. 전화 더 걸지 말아줘.

바로 얼마 후에 답이 왔다.

오, 하느님. 감사합니다! 넌 내가 돌봐주지 않으면 대체 어떻게 하고 다니
는 거야?
엄청 걱정했잖아. 네 규칙 지킬게. 10월까지는 연락하지 않는 걸로. 내가
네 생각을 하고 있을 거라는 것만 알아둬. xx

메시지를 한동안 들여다본다. '대체 어떻게 하고 다니는 거야?' 내
가 아주 얼치기라는 듯이. 리언이 어제 나를 구해주었지만, 나는 주말
전체를 통틀어 이제야말로 정말 구조를 바라는 심정이 되었다.

망할. 나는 저스틴을 차단하고, 핸드폰에 있는 모든 음성 메시지를
지웠다.

나는 한 발로 욕실로 뛰어갔다. 보기 좋은 이동 방법은 아니었다. 욕
실로 뛰어가는 동안 벽에 달린 꽃무늬 천 램프가 흔들렸다. 하지만 쿵
쿵거리며 발을 뛰는 것에는 치유 효과가 있었다. 쿵, 쿵, 쿵. 멍청이, 망
할, 저스틴. 만족스러운 마음으로 욕실 문을 쾅 열어젖혔다.

리언이 아침을 사러 나가서 얼마나 다행인지 몰랐다. 그가 이 사달
을 목격하지 않아도 되었고, 그가 내 기분을 달래줄 고칼로리 음식을
가지고 돌아올 테니까.

나는 샤워를 하고 옷을 입고, 다시 한 발로 뛰어가서 침대에 풀썩 몸
을 내던지고 베개에 얼굴을 묻었다. 으. 어제는 너무도 아름다웠다. 지
금은 끔찍하고 더럽혀진 기분이었다. 마치 저스틴의 음성 메시지들이
내 몸에 오물을 쏟아부은 것처럼. 그래도, 나는 그를 차단했다. 몇 달
전이면 스스로는 결코 해내지 못할 일이었다. 그를 차단시킬 수 있게
해준 그의 음성 메시지들에 기뻐해야 할지도 모르겠다.

팔꿈치를 괴고 몸을 일으켜 앉아 리언이 쓴 쪽지를 집어 든다. 메모지 아래에 '버니 합 여관'이 쾌활한 활자체로 인쇄되어 있었다. 리언의 필체는 여느 때와 조금도 다르지 않았다. 단정하고, 작고, 동글동글한 글자들. 한순간 오글거리는 감상에 빠져 쪽지를 반으로 접어 핸드백에 넣었다.

문에서 조용하게 노크 소리가 났다.

"들어와요."

그는 앞면에 막대사탕이 세 개 그려져 있고 그 아래 커다랗게 브라이턴 막대사탕이라고 쓰인 거대한 티셔츠를 입고 있었다. 기분이 곧장 열 배는 좋아졌다. 그가 옆구리에 '페이스트리 발레리'라고 찍힌 종이 봉투를 들고 나타났을 때는 더욱 그렇다.

"바버라의 최고 소장품 중 하나?"

내가 티셔츠를 가리키며 말했다.

"나의 새 스타일리스트죠."

리언이 내게 페이스트리 봉투를 건네고, 침대 끄트머리에 앉아 머리를 매만져 뒤로 넘겼다. 그는 또 초조해하고 있었다. 안절부절못하는 모습이 왜 이토록 사랑스럽게 느껴질까?

"샤워하는 거 괜찮았어요?"

그가 내 젖은 머리로 고갯짓을 하며 마침내 물었다.

"발이 그런데?"

"플라밍고 스타일로요."

나는 그에게 한쪽 무릎을 접어 올려 보였다. 그가 미소를 지었다. 한쪽 입꼬리가 내려간 그의 미소를 보는 건 뭐랄까, 내가 참여하고 있는 줄도 몰랐던 게임에서 이긴 것 같은 기분을 들게 해준달까?

"문도 잠그지 않고 했어요. 샤워하는데 당신이 들어올지도 모른다고 생각했죠. 하지만 오늘 아침은 내가 인과응보를 맞이할 때가 아니었나 봐요."

그는 으으음 하고 목이 메는 것 같은 소리를 내며 허겁지겁 크루아상을 먹었다. 나는 미소가 배어 나오는 걸 참았다. 안절부절못하는 그의 모습이 사랑스럽다는 생각에는 부작용이 있었다. 그럴수록 더 안절부절못하게 하고 싶어지는 것이다.

"여하튼 당신도 알몸이나 다름없는 내 모습을 이미 봤잖아요."

내가 말을 이었다.

"그것도 벌써 두 번이나. 그러니까 욕실에 들어와 나를 봤다고 해도 엄청나게 놀랄 일은 아니었을 거예요."

그가 이번에는 나를 바라봤다.

"거의."

그가 단호하게 말했다.

"다 벗은 거하고는 다르죠. 사소하지만 분명한 차이가 있다고요."

긴장이 되어서 속이 불편했다. 분위기가 어색하게 무거워졌다.

"놀랄 일이 없는 건 오히려 당신 쪽이에요."

그가 말했다.

"당신은 실제로 내가 다 벗은 모습을 봤으니까."

"궁금하기는 했어요…. 내가 욕실에 들어갔을 때, 당신 혹시…."

그가 욕실로 어찌나 빨리 사라지는지, 달려가면서 무슨 핑계를 댔는지 거의 알아들을 수 없었다. 그가 욕실 문을 닫고 샤워기를 트는 소리가 들렸다. 미소가 떠오른다. 답을 얻었다. 레이철은 신이 나서 죽을 것이다.

46

~~~~

리언

전에는 쪽지 쓰는 게 이렇게 어렵지 않았다. 만난 적이 없는 친구에게 아무 생각이나 끼적일 때는 어려울 게 없었다. 이제는 깨어 있는 동안 내 생각의 대부분을 차지하는 여자에게 보내는 메시지이니, 신중하게 공을 들이게 되었다.

엉망이었다. 펜과 포스트잇 쪽지를 들고 앉았는데, 머릿속에서 모든 단어가 일거에 지워졌다. 그녀의 메시지는 까불거리고, 끼 부리고, 시끄러운 그녀를 그대로 드러냈다. 이건 브라이턴에서 보낸 주말 이후의 첫 쪽지였다. 침실 문에 강력 테이프로 붙여놓았다.

안녕, 룸메이트? 야행성 생활로 다시 돌아가는 과정은 괜찮았어요? 우리가 집을 비운 사이에 파티마의 가족이 또 쓰레기통을 뒤졌더라고요. 그 앙큼한 것들이요.
당신이 바다를 헤치며 나를 데리고 나와준 거, 다시 한번 고맙다는 말을 적고 싶었어요. 언젠가 당신도 광활한 물에 빠져봐요. 내가 은혜를 갚을 수 있게, 동등한 입장에 설 수 있게 말이에요. 『오만과 편견』의 호수에서 방금 빠져나온 다아시 씨 같은 당신 모습이 기대되기도 하고요. ××

내 쪽지는 허술하고 지나치게 생각이 많았다. 퇴근해서 메모를 쓰고는 출근하러 갈 때 고쳐 썼다. 그러고는 호스피스에 앉아 내내 후회하는 것이었다. 집에 돌아와 답장을 보고 기분이 다시 나아질 때까지 그 모양이었다. 그런 식의 주기가 반복되었다.

수요일이 되었을 때 마침내 용기를 끌어모아 주방 조리대 위에 이런 쪽지를 남겼다.

주말 계획은? x

집을 나오고 보니 내가 쪽지를 잘못 쓴 것 같았다. 너무 짧아서 무슨 얘기인지 이해하지 못하는 것은 아닐까? 무시당하는 느낌이 들지는 않을까? 이게 왜 이렇게 어려운 건가?

하지만 기분이 또 나아졌다.

이번 주말에는 집에 혼자 있으려고요. 혹시 당신의 버섯 스트로가노프를 요리해주러 올 생각인 거예요? 나는 데운 걸로만 먹어봤잖아요. 오븐에서 갓 나온 걸 먹으면 얼마나 더 맛있을까요? xx

포스트잇 쪽지를 가져다가 답장을 쓴다.

그럼 디저트는 티핀[19]으로? x

~~~~

19   잘게 부순 비스킷과 설탕, 시럽, 건포도, 체리, 코코아파우더 등을 섞어 만드는 케이크.

리치 형 초조하구나?

나 아니! 그렇지 않아.

리치가 피식 웃는다. 그는 기분이 좋은 상태였다. 요즘에는 대체로 기분이 좋았다. 적어도 이틀에 한 번씩은 거티에게 전화를 걸어 항소가 어떻게 진행되는지 들을 수 있으니까. 얘기할 것이 너무 많아서 이틀에 한 번씩은 꼭 통화를 해야 했다. 증거를 다시 조사하고, 목격자들이 나서기로 했다. 그리고 마침내 CCTV 영상을 입수했다.

나 맞아, 조금은.

리치 형 잘할 거야. 티피는 형한테 관심이 있어. 계획이 어때? 오늘 밤이 디데이야?

나 당연히 아니지. 너무 일러.

리치 어떻게 될지 모르니까 하는 말인데, 다리 면도는 했어?

답할 가치가 없는 질문. 리치가 킬킬거린다.

리치 난 티피가 마음에 들어. 형 좋은 사람 얻은 거야.

나 티피를 얻은 건지는 모르겠는데?

리치 뭐? 그 전 남자 친구 생각하는 거야-?

나 티피는 이제 그를 사랑하지 않아. 하지만 복잡한 문제야. 그녀가 걱정이 좀 돼.

리치 그놈 또라이야?

나 음.

리치 티피를 해친 거야?

그 생각에 속이 꼬인다.

나 어떤 면으로는 그런 것 같아. 그런 얘기는 별로 하려고 하지 않아. 하지만 그 사람, 좋지 않은 느낌이 들어.

리치 젠장. 외상 후 스트레스 장애 같은, 뭐 그런 얘기하는 거야?

나 그런 것 같아?

리치 형. 형은 지금 공황장애의 달인과 얘기하고 있는 중이야. 하지만 모르겠어. 나는 티피를 만나본 적이 없으니까. 하지만 그녀가 어떻게 해결해야 할지 고민하는 중이라면, 형이 할 수 있는 일은 별로 없어. 그냥 곁에 있어주면서 스스로 준비가 되도록 기다려주는 것 말고는.

재판으로 얻은 트라우마와 감옥에서 보낸 한 달 때문에 리치는 큰 고초를 겪었다. 6주가량이나 이어진 증상이었다. 손이 떨리고, 갑작스럽게 극심한 공포가 찾아오고, 신경을 긁는 플래시백에 시달리고, 아주 작은 소리에도 펄쩍 놀랐다.

리치 형이 대신 결정을 내려주는 건 안 돼. 나아졌는지, 아닌지, 그건 그녀 스스로 내려야 할 판단이야.

나 넌 좋은 사람이야, 리처드 투메이.

리치 그 생각은 잠깐 넣어두었다가 3주 후에 판사들 앞에서 말해, 형.

5시쯤에 집에 도착했다. 티피가 오늘 낮은 모와 거티와 함께 보낸다고 했다.

주말에 집에 있으니까 이상했다. 이 아파트는 이제 주말엔 티피의 것이었다.

오늘 약속을 준비하면서 평소답지 않게 긴 시간을 들였다. 오늘 밤에 어디에서 자게 될지 하는 생각을 떨쳐낼 수가 없었다. 엄마 집으로 돌아가야 하나, 아니면 이 집에서 잘 것인가? 우리는 브라이턴에서 이미 한 침대에서 잤다….

저의가 없다는 걸 보여주기 위해 엄마 집에서 자겠다는 문자를 보내볼까? 하지만 그건 너무 서둘러 가능성을 차단해버리는 짓 같았다. 그리고 그런 문자를 보내는 것은 리치의 충고에 반하는 짓이었다. 내가 그녀 대신 결정을 내려버리는 예가 될 것이었다.

문에서 열쇠가 돌아가는 소리가 났다. 나는 빈백에서 점프로 일어서기를 시도했다. 하지만 강철 같은 허벅지를 가진 사람이라도 불가능한 일이었다. 그리하여 집에 들어선 티피는 빈백에서 벗어나려고 반 스쿼트 자세를 하고 있는 내 꼴을 보고 말았다.

티피가 웃으며 그거 모래 늪 같지 않아요?

그녀는 아름다웠다. 딱 붙는 파란색 탑에 나풀나풀한 회색 롱스커트를 입고, 밝은 핑크색 구두를 신고 있었다. 그녀가 멀쩡한 쪽 발로 균형을 잡고 서서 구두를 벗으려고 했다.

내가 도와주려고 다가갔지만, 손을 저어 나를 물리치더니 주방 조리대에 올라앉아 벗는 방법을 택했다. 그래도 얼마 전보다는 다친 발목을 더 잘 움직이는 듯 보였다. 잘 낫고 있다는 신호였다.

그녀가 눈썹을 치켜떴다.

티피 내 발목 살펴보는 거예요?

나 순수하게 의학적 관심에서요.

그녀가 방그레 웃더니, 절뚝거리며 내려와 냄비를 훑어보았다.

티피 냄새 끝내주네요.

나 당신이 버섯 스트로가노프를 좋아할 것 같아서요.

고개를 돌려 미소를 짓는 그녀를 보고 다가가 백허그를 하고 싶어졌다. 허리에 팔을 감싸고 목에 입을 맞추고 싶었다. 하지만 잘못 짚은 것이면 어쩌나 싶어, 애써 욕구를 내리눌렀다.

티피 그나저나 우편함에 저게 있던데요.

그녀가 조리대 위 작은 하얀 봉투를 가리켰다. 내게 온 편지였다. 봉투를 열었다. 초대장이었다. 손으로 조심스럽게 쓴 글자는 약간 삐뚤삐뚤했고 맞춤법이 여러 군데 틀렸다.

친애하는 리언.

나 일요일에 생일 파티 해요. 왜냐하면 여덟 살이 되기 때문이거든요. 꼭 와야 되요!!! 뜨개질 좋아하는 아저씨 친구 티피도 대려와요. 초대장 너무 늦게 보내서 미안해요. 원래 제데로 된 초대장을 세인트 마크스에 보냇거든요? 근데 엄마가 그러는데, 어떤 간호사가 잃어버렷대요. 나쁜 사람이에요. 그런데 병원은 아저씨 주소를 알려줄 수 없다는 거예요. 하지만 우리 대신에 보내준다고 했어요. 이건 제데로 갔으면 좋겠네요. 어쨌든 꼭 와야 되요!!

홀리 xoxoxoxoxoxo

나는 미소를 지으며 편지를 티피에게 보여줬다.

나 당신이 내일 파티에 가고 싶지는 않겠죠?

티피가 즐거운 표정으로 나를 기억하네요!

나 홀리는 당신에게 집착하고 있다니까요. 꼭 갈 필요는 없어요.

티피 농담해요? 꼭 갈 거예요. 제발, 여덟 살 생일은 평생 한 번밖에 돌아오지 않잖아요, 리언.

47

~~~~

티피

초콜릿 티핀이 성적으로 흥분을 일으킬 거라고는 생각조차 해본 적이 없다. 우리는 소파에 앉아 있다. 손에 와인 잔을 들고 다리가 맞닿아 있다. 마음만 먹으면 그의 무릎에 앉을 수 있을 만큼 가까웠다. 그리고 그의 무릎은 내가 지금 가장 앉고 싶은 곳이었다.

"말해봐요."

무릎으로 그를 찌른다.

"사실대로."

어쩔 줄 몰라 하는 리언. 나는 눈을 가늘게 뜨고 그에게 더 가까이 다가갔다. 눈길이 그의 입술 위를 서성였다. 그도 마찬가지였다. 그의 입술을 바라보니 자석처럼 몸이 앞으로 더 끌려가는 듯했다. 우리는 이 순간을 맴돌고 있었다. 마치 그네를 타고 정점까지 올라갔는데 중력이 작동하지 않아 거기서 그대로 멈춘 기분이랄까? 이번에는 의심할 여지가 없었다. 그는 키스를 원하고 있었다.

"말해줘요."

그가 머리를 숙였다. 나는 마지막 순간에 살짝 몸을 뺐다. 그는 내 장난에 반쯤은 재미있고 반쯤은 안달이 난다는 표정이었다.

"키가 훨씬 작을 거라고."

그가 마지못해 말했다. 그도 뒤로 물러나 네모난 티핀을 또 하나 집어 들었다. 나는 손가락에 묻은 초콜릿을 핥아먹는 그를 보았다. 나는 영화 만드는 사람들이 뭔가 핥는 걸 섹시하다고 생각하고 장면에 담는 게 늘 이상하다고 생각해왔는데, 리언이 내가 틀렸음을 보기 좋게 증명하고 있었다.

"작다고 생각했다고요? 그게 다예요? 그리고 그건 벌써 말한 거고."

"그리고… 더 뚱뚱하고."

"더 뚱뚱하다!"

빙고! 내가 끌어내려고 의도한 답이 이거였다.

"내가 뚱뚱할 거라고 생각했다고요?"

"그냥- 넘겨짚은 거예요!"

리언이 다가와 나를 다시 끌어당기며 말했다. 이제 나는 그의 가슴에 거의 붙어 있었다.

나는 이 분위기를 한껏 즐기며 그에게 몸을 기울였다.

"작고 뚱뚱하다. 그거 말고는?"

"옷을 이상하게 입을 거라고 생각했어요."

"흠, 이상하게 입죠."

내가 구석에서 마르고 있는 내 옷을 가리키며 말했다. 건조대에는 나의 새빨간 나팔바지와 모가 작년 생일에 준 무지개색 뜨개 점퍼가 걸려 있었다. 하지만 아무리 나라도 저 두 개의 아이템을 동시에 입지는 않는다. 내게도 적정선이란 것이 있다.

"하지만 이상하게 입는데 잘 입는 것처럼 보이는 재주가 있어요."

그가 말했다.

"꼭 다 생각이 있어서 그렇게 입는 것처럼. 당신답게 보이게."

나는 웃음을 터뜨렸다.

"고마워요."

"당신은?"

그는 나를 잡았던 손으로는 와인을 마시려고 다른 손으로 바꿨다.

"내가 뭐요?"

"당신은 내가 어떻게 생겼을 거라고 생각했냐고요."

"나는 커닝을 했지요. 페이스북에서 당신을 봤어요."

내가 털어놓았다.

리언이 와인을 입으로 반쯤 가져가다가 놀란 모습을 했다.

"난 그럴 생각은 하지도 않았는데!"

"어련하시겠어요. 나 같으면 내 집에 이사 들어와서 내 침대에 누워 잘 사람이 어떻게 생겼는지는 알고 싶을 거예요. 하지만 당신은 외모에 별 관심이 없는 것 같아요. 그렇죠?"

그가 잠시 생각에 잠긴다.

"당신을 보고 나서 당신 외모에는 관심이 생겼죠. 하지만 관심이 있거나 없거나 달라질 게 뭐가 있었겠어요? 이 셰어하우스의 첫 번째 조건이 우리가 만나지 않는 거였는데."

웃음이 터져버렸다.

"그럼 우리 그 규칙은 깨버린 거네요."

"그 규칙?"

"아무 말도 아니에요."

나는 손을 저었다. 거티의 '제1 규칙'이나 그 규칙을 깨는 문제에 대해 얼마나 많은 생각을 했는지 리언에게 설명하고 싶지는 않았다.

"아아."

리언이 냉장고 위에 놓인 내 피터팬 시계를 보고 갑자기 말했다.

12시 반이었다.

"늦었어요."

그가 걱정스러운 눈으로 나를 봤다.

"시간이 어떻게 지나가는지도 모르고."

나는 어깨를 으쓱했다.

"상관없잖아요?"

"이제 엄마 집엔 갈 수 없어요. 마지막 전철이 12시 10분이었는데."

그의 얼굴에 낭패감이 서렸다.

"나 그냥… 소파에서 잘까요? 당신이 괜찮다면?"

"소파에? 왜요?"

"당신이 침대에서 잘 수 있게?"

"이 소파는 너무 작아요. 태아처럼 몸을 말아야 할걸요?"

심장이 쿵쾅거렸다.

"당신은 당신 쪽에 자고, 나는 내 쪽에서 잘게요. 지금까지 쭉 왼쪽과 오른쪽 규칙을 지켜왔잖아요. 이제 와서 뭐하러 바꿔요?"

그가 나를 바라봤다. 내 생각을 읽으려는 듯이 내 얼굴 구석구석을 살피며 눈을 깜빡거렸다.

"그냥 침대밖에 더 돼요?"

내가 다시 그에게 가까이 다가가며 말했다.

"얼마 전에도 한 침대에서 잤고."

"모르겠어요. 꽤 단순한 일이긴 한데…."

충동적으로 그의 뺨에 입을 맞춘다. 살짝. 그리고 다시, 또다시. 광대뼈에서부터 입가까지 쉬지 않고.

뒤로 물러나 앉아 그의 눈을 본다. 나는 벌써 달떠 있었고, 그의 눈빛이 나를 번개처럼 훑고 지나갔다. 불현듯 내 몸의 80퍼센트가 심장 박동으로 울리는 것 같았다. 침을 삼킨다. 우리는 입을 맞추기 직전의 거리로 붙어 있었다. 이번에는 패닉의 신호가 없었다. 그저 더없이 기쁘고 맹렬한 욕구만이 있었다.

그리하여 마침내, 내가 그에게 키스를 했다.

나는 우리의 제대로 된 첫 키스가 부드럽게 천천히 이루어지기를 원했다. 그래서 입술로 직행하지 않고 뺨에 입을 맞춘 것이다. 하지만 막상 키스를 하자 이제까지의 기다림이 너무 길었던 듯했다. 더불어 티핀을 먹는 섹시한 과정까지 있었다. 본격적인 키스였다. 옷을 벗어 던지기 전에 하는 그런 키스. 침대로 허둥지둥 가는 과정에 이루어지는 그런 키스. 나는 놀라지 않았다. 숨을 고르려고 얼굴을 뗐을 때, 내가 어느새 다리로 그를 두르고 있음을 깨달았을 때도 놀라운 마음이 들지 않았다. 롱스커트가 허벅지로 밀려 올라와도 겁이 나지 않았다. 내 등을 감싼 그의 손이 있는 힘을 다해 나를 끌어당겼다.

나는 몸을 비틀어 와인 잔을 거칠게 내려놓고, 발목을 편안한 자세로 내려놓았다. 우리는 굶주린 듯 곧장 다시 키스를 했고, 내 몸은 열기에 차서 반응했다. 그런 열기는 단 한 번도 느껴본 적이 없었다. 그의 손이 내 목덜미로 옮겨 갔다가 가슴 옆을 스쳐 내려왔다. 짜릿한 감각이 내리치며 거의 비명이 터져 나올 정도였다. 온몸의 구석구석이 과부하가 걸린 느낌이었다.

다음은 뭐가 될지 전혀 알 수 없었다. 아무 생각도 나지 않았다. 그 상태에 너무도, 너무도 감사하는 마음이 들었다. 플래시백과 전 남자친구에 대한 생각이 한꺼번에 증발했다. 옷을 모조리 벗어버리고 그의 몸에 최대한 밀착하고 싶다는 것 말고는 어떤 생각도 떠오르지 않았다. 리언의 몸은 탄탄하고 따뜻했다. 내가 그의 셔츠 단추를 풀기 시작하자 그는 내 허리를 잡았던 손을 풀고 소파 뒤로 셔츠를 벗어 던졌다. 셔츠가 날아가 램프에 깃발처럼 매달렸다. 리언의 가슴을 손으로 쓸어본다. 그를 이런 식으로 만질 수 있다는 게 신기하고 경이로웠다. 잠깐 그에게서 떨어져 몸을 비틀어 탑을 벗고, 곧장 그에게 달려들었다.

그가 날카로운 숨을 들이마시더니, 다시 키스를 하려고 다가가는 나를 멈춰 세웠다. 손으로는 내 팔뚝을 잡고 눈길은 내 몸에 박혀 있는 채로. 나는 탑 아래 얇은 슈미즈를 입고 있었다. 목 라인이 깊은 V로 패이며 브라를 따라 내려와 있는 슈미즈를.

"세상에."

그의 목소리가 쉬어서 나왔다.

"당신 좀 봐요."

"당신이 전에 못 본 건 하나도 없어요."

나는 또 키스를 하려고 애가 닳아 파고들었다. 그가 다시 나를 멈춰 세웠다. 여전히 뚫어져라 바라보며. 답답함에 내 입에서 이상한 소리가 튀어나왔다.

그러더니 그는 내 쇄골에 입술을 눌렀고, 아래로 점점 내려갔다. 내 가슴을 가로질러 키스를 할 무렵에 나는 까부는 소리를 멈췄다.

생각을 2초 이상 하는 것이 불가능한 상태가 되었다. 생각은 그냥 연기처럼 사라져버렸다. 뇌의 대부분이 섹스에 대한 생각만으로 자동 재정비되고 있었다. 가령 머리에서 발목의 통증을 다루는 부분이 완전히 잊혀졌다. 뇌는 이제 리언이 브라 근처에 키스하고 있다는 데만 집중하고 있었다. 뚱뚱하게 보일까 걱정하던 부분도 완전히 기능을 멈춘 것 같았다. 신음 말고는 아무 소리도 낼 수 없었다. 말을 담당하는 센터 역시 기능을 멈춘 게 분명했다.

리언의 손이 스커트의 허리 라인으로 내려가 실크 팬티를 만지작거렸다. 좋은 속옷을 입은 건 당연지사였다. 계획을 세운 것은 아니었지만, 혹시 모르는 일이었다. 준비는 해야 했다.

슈미즈를 벗어젖혔다. 이제는 방해만 되었다. 남은 옷을 벗으려면 리언을 감은 다리를 풀어야 했지만, 풀기가 너무 싫었다. 머리가 생각을 좀 길게 이어보려고 가공할 노력을 기울이고 있지만, 소용이 없었다. 그래서 단념하고 리언에게 해결책이 있기를 기대해본다.

"침대?"

리언의 입술은 이제 내 목덜미에 가 있었다.

고개를 끄덕였다. 하지만 나는 밑에 있던 그가 자세를 바꾸려고 하자, 싫다는 뜻으로 웅얼거렸다. 다시 키스하려고 머리를 내리면서. 그가 미소 짓고 있는 것이 입술을 통해 느껴졌다.

"당신이 꿈쩍을 하지 않으면 침대로 갈 수가 없어요."

그가 다시 움직이려고 시도하면서 상기시켜줬다.

머리는 침대로 가자고 하는데 몸이 또 따로 놀았다. 그가 키득거렸다. 여전히 입을 맞추면서.

"소파?"

그가 대안을 제안했다.

그 편이 낫겠다. 그럴 줄 알았다. 리언이 해결책을 갖고 있을 줄 알았다. 마지못해 그의 무릎에서 떨어져 그가 움직일 수 있게 해주었다. 그의 손이 내 스커트를 쥐고서 지퍼를 찾았다. 나는 엉덩이의 봉제선을 따라 박힌 지퍼를 찾으려고 몸을 뒤틀었다.

"여자들 옷은 사악해요."

지퍼를 내리자 리언이 스커트 벗는 걸 도와줬다. 다시 그의 몸에 붙으려 했다. 하지만 그가 멈춰 나를 똑바로 바라봤다. 그의 눈길에 볼이 또 달아올랐다. 그의 벨트를 끌렀다. 그가 날카로운 숨을 들이마셨다. 청바지 단추를 풀고 있는 사이에 그의 눈길이 내 얼굴로 돌아왔다.

"조금 도와줄래요?"

단추를 풀며 헤매다가 눈썹을 치켜올린다.

"그 부분은 당신에게 맡기려고."

그가 말했다.

"시간 두고 천천히 해요."

절로 배어 나오는 미소. 그가 청바지를 벗고 자기 옆에 나를 눕혔다. 팔다리와 살과 쿠션이 한 덩어리가 되었다. 소파는 당연히 비좁았다. 움직일 틈이 전혀 없었다. 우리는 이제 웃고 있었다. 하지만 웃는 것도 오로지 키스 사이사이에서만 일어나는 일이었다. 그의 몸이 닿는 곳마다 평소보다 다섯 배는 더 강렬하게 느끼도록 내 몸이 새롭게 프로그래밍된 것 같았다.

"누가 소파로 오자 그랬죠?"

리언이 물었다. 그의 얼굴이 내 가슴 위에 있었다. 그는 이제 브라 밑으로 입을 맞추며 내려가고 있었고, 나는 신음을 냈다. 정말로 불편했지만, 이 정도 불편함은 이 상황에서는 비싸지 않은 대가였다.

그가 다시 내 입에 키스를 하기 위해 일어나 앉으려다가 팔꿈치로 내 배를 쳤다. 그제야 나는 타임아웃을 불렀다.

"침대."

단호하게.

"현명하군요."

침대로 가기까지 또 10분은 걸릴 터였다. 일어서려는데 그가 먼저 일어서서 나를 안아 들었다.

"잘만 걸을 수 있는데."

내가 반발했다.

"이건 이제 우리 방식이에요. 그리고 이렇게 하는 게 더 빠르니까."

그가 옳았다. 몇 초도 안 되는 사이에 나는 침대에 누워 있었고, 그가 내 위에 올라탔다. 내 입술에 느껴지는 그의 입술은 뜨거웠다. 손은 내 가슴 위에 있었다. 웃음기는 사라졌다. 숨조차 쉬지 못할 지경이었다. 나는 미친 듯이 달아올랐다. 더는 기다릴 수 없었다.

그때 초인종이 울렸다.

48

~~~~

리언

우리는 동시에 얼어붙었다. 고개를 들어 그녀를 본다. 볼이 새빨개져 있다. 입술은 키스를 너무 많이 해서 부어올랐고, 하얀색 베개를 벤 머리카락은 오렌지색으로 엉켜 있다. 이렇게 섹시하다니, 반칙이다.

나   누구 올 사람 있어요?

티피   네? 아니에요!

나　하지만 이번 주말에 내가 여기 있는 걸 아는 사람은 아무도 없어요!

　　티피가 끄응 소리를 낸다.

티피　복잡한 질문 말아요. 지금 나는 생각이란 걸 할 수가 없으니까.

　　그녀의 입술에 다시 입술을 포갠다. 하지만 초인종이 또 울린다. 욕이 나왔다. 옆으로 몸을 굴려 눕고서 마음을 가라앉히려고 애썼다.

　　티피가 나와 함께 굴러 내 위에 올라탄 자세가 되었다.

티피　그냥 가겠죠.

　　갑자기 이보다 좋은 제안이 없는 것 같았다. 그녀의 몸은 너무도 아름다웠다. 계속 만지지 않고는 배길 수 없었다. 그녀를 온 데 더듬으며 내가 너무 닥치는 대로 하고 있다는 것을 알았지만, 아무것도 놓치고 싶지 않았다. 손이 열 개는 더 있었으면 좋겠다.

　　초인종이 또 울린다. 그리고 또. 5초 간격으로. 티피가 못마땅하다는 소리를 내며 옆으로 털썩 누웠다.

티피　빌어먹을. 누구지?

나　나가봐야겠어요.

　　그녀가 손을 뻗어 내 배꼽에서 박서까지 훑는다. 머릿속이 텅 비어버린다. 나는 그녀를 원했다. 너무도, 너무도-

　　딩동, 딩동, 딩동, 딩동.

티피　망할! 내가 나갈게요.

나　아니, 내가 갈게요. 타월을 두르고 욕실에 있었던 척하면 돼요.

　　티피가 나를 본다.

티피　어떻게 지금 그런 생각을 금방 해낼 수 있어요? 내 머리는 완전히 작동을 멈춰버렸는데. 틀림없이 나보다 집중을 안 하고 있었던 거죠.

　　그녀는 상체를 다 벗은 채 누워 있었다. 실크 팬티만 벗으면 알몸이었다. 그 상황에서 물러나기 위해서는 어마어마한 내면의 힘과 끊이지 않고 빽빽 울려대는 초인종 소리가 필요했다.

나 그럴 리가. 당신은 지금 내 정신을 엄청나게 어지럽히고 있어요.

티피가 키스를 했다. 초인종은 이제 쉼 없이 울리고 있었다. 단 1초도 멈추지 않았다. 초인종을 누른 손가락을 떼지 않고 있는 것이다.

누군지 모르겠지만 증오스러웠다.

티피에게서 몸을 떼고 다시 욕을 내뱉은 다음에 라디에이터에 걸린 수건을 집었다. 침실 밖으로 나간다. 추슬러야 했다. 문을 열어주고 우리를 방해한 인간에게 주먹을 날리고는 침대로 돌아올 것이었다. 좋은 계획, 탄탄한 계획이다.

아파트 정문을 연다. 그러고서 우리 집 현관을 홱 열고는 기다렸다. 그제야 내가 머리가 젖어 있지 않으며 샤워를 하다가 나온 사람처럼은 보이지 않는다는 데 생각이 미쳤다.

처음 보는 남자가 우리 집 현관으로 다가온다. 그는 나에게 주먹을 맞고서 가만히 있을 사람으로는 보이지 않았다. 키가 컸고, 좋은 몸을 보아 체육관에서 아주 많은 시간을 보내는 사람이었다. 갈색 머리에 완벽하게 다듬은 턱수염, 비싼 셔츠, 화가 난 눈.

갑자기 나쁜 예감이 든다. 좀 더 몸을 가리고 나올걸 싶다.

나 무슨 일이신가요?

그는 혼란스러워 보였다.

화난 눈의 남자 여기 티피 집 아닌가요?

나 맞습니다. 저는 그녀의 룸메이트입니다.

화난 눈의 남자는 이 정보에 딱히 기뻐하는 것 같지 않다.

화난 눈의 남자 티피 안에 있어요?

나　미안합니다. 당신 이름을 듣지 못했는데요?

　　그가 화난 눈길을 오래 던진다.

화난 눈의 남자　저스틴.

　　아.

나　아뇨, 집에 없습니다.

저스틴　주말에는 티피가 이 집을 쓴다고 하던데.

나　그녀가 말해준 겁니까?

　　순간 당황한 기색을 보이는 저스틴. 하지만 이내 표정을 잘 숨긴다.

저스틴　그래요. 지난번에 봤을 때 얘기했어요. 셰어하우스의 조건 얘
　　기. 침대를 공유한다나 뭐라나 하는 거 전부 다.

　　그녀가 이 남자에게 그런 얘기를 했을 리 만무하다. 그녀는 그가 마
음에 들어 하지 않을 얘기임을 알았을 것이다. 지금 이 극도로 적대적
인 몸짓만 봐도 탐탁지 않은 게 뻔했다.

나　방을 공유하는 거죠. 어쨌거나 맞아요. 그녀는 보통 주말은 혼자서
　　여기에 지냅니다. 지금은 어디 좀 갔어요.

저스틴　어디?

　　어깨를 으쓱하고 내 상관할 바 아니라는 표정을 짓는다. 동시에 키
가 커 보이도록 몸을 더 꼿꼿이 세운다. 그에게 우리 키가 비슷하다는
것을 보여주기 위함이었다. 내 기준으로는 꽤 원시인 같은 짓이었지
만, 동시에 기분이 은근히 좋아지기도 했다.

나　내가 어떻게 압니까?

저스틴이 대뜸　집 좀 봐도 되겠어요?

나　뭐라고요?

저스틴　집 좀 봐도 되겠냐고요. 그냥 한번 둘러보게.

그는 정말로 집에 들어올 것처럼 벌써 걸음을 옮기고 있었다. 그가 늘 이런 식이겠거니 짐작이 든다. 불합리한 것을 요구하고는 돌진해서 손에 넣는 것.

나는 움직이지 않았다. 그는 결국 걸음을 멈추어야 했다.

나 아니요. 미안합니다. 당신은 들어올 수 없어요.

이제는 그가 나의 적대감을 감지했다. 얼굴에 짜증이 묻어난다. 그는 여기에 도착했을 때부터 이미 화가 나 있는 상태였다. 지금은 줄에 묶여 싸울 준비를 하는 개 같았다.

저스틴 왜 안 됩니까?

나 여긴 내 집이니까요.

저스틴 그리고 티피 집이기도 하고. 그녀는 나의….

나 당신의 뭡니까?

저스틴이 거짓말을 끝내지 못한다. 그는 알고 있다. 내가 적어도 티피가 싱글인지 연애를 하고 있는지 정도는 안다는 것을.

저스틴 문제가 복잡해요. 하지만 우리는 아주 가까운 사이예요. 집을 둘러본다고 그녀가 기분 나빠할 일은 없을 거라고 장담해요. 이곳이 그녀에게 걸맞은 곳인지 확인하려는 거예요. 임대에 임대, 전대 계약을 한 거죠? 이 집 주인도 다 서명을 하고?

이 남자와 그런 문제를 따지고 들 기분이 아니다. 또, 전대 계약 같은 건 없었다. 집주인과 나는 몇 년간 얘기도 나눈 적이 없었다. 티피 얘기는 집주인에게 꺼내지 않았다.

나 들어올 수 없습니다.

저스틴이 나를 정면으로 보고 섰다. 나는 허리에 두른 수건 말고는 걸친 게 아무것도 없었다. 싸움이 벌어지면 티피가 아주 싫어할 것이라는 생각이 들었다.

나　안에 여자가 있어요.

　저스틴이 뒤로 머리를 젖힌다. 이 얘기는 예상하지 못하고 당한 것이었다.

저스틴　그래요?

나　그래요. 그러니까 떠나주시면 감사하…

　그의 눈이 가늘어진다.

저스틴　누굽니까?

　아, 이런 망할.

나　그게 당신하고 무슨 상관입니까?

저스틴　그럼 티피는 아니란 말이죠?

나　왜 티피라고 생각하는 거죠? 내가 방금 당신에게-

저스틴　그렇지. 주말을 맞아 어디 갔다고 했지. 근데 그녀가 부모님과 함께 있지 않다는 건 내가 알고 있단 말이죠. 그리고 티피는 부모님에게 갈 때 빼놓고는 무슨 일이 있어도 혼자서 런던을 떠나지 않는다는 것도 알고. 그러니까-

　그가 나를 밀치고 들어오려고 시도한다. 하지만 나는 준비가 되어 있었다. 그에게 내 몸을 실었다. 그가 휘청했다.

나　가세요, 당장. 당신 문제가 뭔지 모르겠지만, 내 집에 들어오는 순간 당신은 법을 어기는 거예요. 그러니까 내가 경찰에 전화 거는 거 보고 싶지 않으면, 당장 여기서 나가요. 방 안에 있는 여자가 벌써 걸었을지도 모르지만.

　그가 콧구멍을 벌렁거린다. 싸움을 벌이고 싶어 하면서도, 싸우지 않으려고 안간힘을 쓰고 있다. 유쾌한 남자는 아니다. 나는 거의 그가 주먹을 날리기를 바라는 심정이 되어 있었다.

하지만 그는 싸움을 걸지 않았다. 그의 눈이 침실 문 쪽으로 번득이더니 내 청바지가 내던져져 있는 거실로 향한다. 셔츠는 티피의 우스꽝스러운 원숭이 램프에 걸려 있다. 티피의 옷이 보이지 않는 게 천만다행이다. 만약 티피의 옷이 보였다면, 그가 알아볼 것이었다.

저스틴　티피 보러 다시 오지.

그가 물러섰다.

나　다음에는 그녀가 집에 있는지 전화부터 하고 오시죠. 그리고 당신을 만나고 싶어 하는지도 확인하고.

나는 문을 쾅 닫았다.

49

~~~

티피

새 남자와 함께 있는데 전 남자 친구가 나타났다. 좋다고 할 사람이 세상 어디에 있겠는가. 그런 일을 바랄 사람은 아무도 없다. 무슨 기묘한 성적인 이유가 아니고서는.

하지만 누구도 이만큼 화가 나기는 쉽지 않을 것이다.

나는 떨고 있다. 손뿐 아니라 다리도 떨린다. 있는 힘을 다해 조용히 옷을 입어보려고 했다. 저스틴이 들어와서 팬티만 입은 내 모습을 볼지도 모른다는 생각에 몸이 마비되는 것 같았다. 하지만 소리가 들릴지도 모른다는 두려움이 옷을 입어야겠다는 충동을 압도해버렸을 때는 채 반도 입지 못한 상태였다. 팬티 차림에 산타가 그려진 커다란 점퍼만 입은 채 다시 침대로 가라앉는다. 옷장 안에서 가장 먼저 잡히는 옷이 이 점퍼였다.

아파트 현관문이 쾅 닫히자 나는 총성을 들은 것처럼 펄쩍 뛰었다. 얼굴은 눈물로 범벅이 됐고, 정말로, 진정으로 무서웠다.

리언이 침실 문을 부드럽게 두드렸다.

"나 말고 아무도 없어요. 들어가도 되겠어요?"

벌벌 떨며 깊게 호흡하고, 볼에서 눈물을 닦아냈다.

"들어와요."

그는 나를 한 번 보고, 내가 했던 것처럼 옷장에서 가장 먼저 잡히는 옷을 꺼내 들었다. 그가 옷을 입고 침대맡에 앉았다. 고마운 마음이 들었다. 문득 옷을 벗은 사람 가까이에 있고 싶지 않았기 때문이다.

"확실히 갔어요?"

내가 물었다.

"건물 현관이 닫히는 소리가 들릴 때까지 기다렸어요."

리언이 말했다.

"갔어요."

"하지만 다시 올 거예요. 다시 본다고 생각만 해도 견딜 수 없어요. 견딜 수가… 저스틴이 증오스러워요."

눈물이 다시 새어나오는 것을 느끼며 또 한 번 깊게 떨리는 숨을 내쉰다.

"왜 그렇게 화가 났을까? 늘 그래왔는데 내가 잊어버린 걸까요?"

손을 뻗었다. 안기고 싶었다. 그가 다가와 나를 끌어당겼다. 내 뒤에 앉아 내가 푹 파묻히도록 안았다.

"당신을 잃고 있다는 걸 안 거예요."

리언이 나직이 말했다.

"두려운 거죠."

"하, 이번에는 돌아가지 않을 거예요."

리언이 내 어깨에 입을 맞췄다.

"모나 거티를 불러줄까요?"

"그냥 당신이 옆에 있어주면 안 돼요?"

"되죠."

"그냥 자고 싶어요."

"그럼 자요."

그는 몸을 돌려 브릭스턴 담요를 우리 두 사람 몸 위로 끌어당겼다. 그러고는 램프를 껐다.

"필요하면 깨워요."

어떻게 그럴 수 있었을까? 아침 7시까지 단 한 번도 깨지 않고 쭈욱 잤다. 나는 위층 남자가 아침 7시마다 내는 뭔지 모를 소리에 깼다. 뛰는 동작이 아주 많은, 아주 에너제틱한 에어로빅? 시끄러워서 화가 나기는 해도, 회사에 가려고 일어날 때는 알람보다도 효과가 훨씬 좋은 소리다.

리언이 없었다. 나는 울다가 잠을 잔 후의 게슴츠레한 눈으로 다시 현실을 파악해보려고 했다. 어제 일을 돌이켜보는 중에 리언이 머리를 들이밀었다. 소파에서의 즐거운 상황이 슬프게 끝난 일과 저스틴의 난입을 생각하던 참이었다.

"차 마실래요?"

"당신이 만들었어요?"

"아니요. 집요정을 시켰어요."

그 말에 미소가 그려진다.

"걱정 안 해도 돼요. 당신 차는 특별히 진하게 타라고 했으니까."

그가 말했다.

"들어가도 돼요?"

"그럼요. 당신의 침실이기도 한데."

"당신이 있을 때는 아니잖아요."

그가 진하게 탄 차를 건넨다. 그가 내게 차를 만들어준 건 처음이다. 그는 홍차에 우유를 넣어 마시는 걸 좋아한다. 그걸 내가 알듯이, 그도 내가 홍차를 어떻게 마시는지 파악했을 것이다. 뒤에 남긴 흔적으로 누군가를 얼마나 쉽게 알 수 있게 되는지, 신기한 일이다.

"어젯밤 일은 미안해요."

내가 말문을 열었다.

리언이 머리를 흔들었다.

"미안해하지 말아요. 당신 잘못이 아니에요."

"나는 그와 사귀었죠. 그것도 자발적으로. 누가 떠밀어서 사귄 게 아니에요."

말투를 가볍게 하려고 애썼음에도, 리언의 얼굴이 찌푸려졌다.

"그런 관계는 '자발적인' 부분이 아주 빨리 없어지죠. 자기 곁에 원하는 사람을 묶어두는 방법은 아주 많아요. 아니면 곁에 있기를 원한다고 믿게 하는 방법이라고 해야 하나?"

머리를 기울이고서, 침대 가장자리에 걸터앉은 그를 본다. 팔뚝을 무릎에 얹고 양손으로 머그컵을 쥔 그를. 그는 반쯤 등을 돌리다시피 앉아 있었다. 그와 눈이 마주칠 때마다 미소를 짓고 싶어졌다. 그는 머리를 매만지고 왔다. 이제껏 본 그의 머리 중 가장 단정했다. 귀 뒤로 매끈하게 넘긴, 목 밑에 구불거리는 머리카락.

"호되게 배운 것 같네요."

조심스럽게 입을 연다. 그는 이제 나를 보고 있지 않았다.

"엄마는 자기를 학대하는 남자들과 아주 오랜 시간을 보냈어요."

학대라는 단어에 움찔. 리언이 그걸 알아챘다.

"미안해요."

"저스틴은 나를 한 번도 때린 적이 없어요."

나는 재빨리 말했다. 볼이 달아올랐다. 리언의 엄마는 별별 일을 다 겪었다. 그런데 나는 나를 좀 자기 마음대로 하려는 전 남자 친구 때문에 이렇게 호들갑을 떨고 앉아 있다니.

"그런 학대를 말하는 게 아니에요. 감정적 학대를 말하는 거예요."

"아."

그거였나? 저스틴과 사귈 때 내가 겪은 것이?

맞다. 다시 생각해볼 것도 없었다. 당연히 감정적 학대였다. 루시와 모와 거티는 그 단어를 쓰지 않으면서 그 말을 하고 있었다. 몇 달 동안. 머그컵 뒤에 얼굴을 숨기고 차를 한 모금 꿀꺽 마신다.

"곁에서 지켜보기 힘겨운 일이었어요."

리언이 차를 내려다보며 말했다.

"엄마는 이제 회복 중이에요. 상담 치료도 많이 받고, 좋은 친구들도 있고. 문제의 근원에 다가가고 있어요."

"흠. 나도 그 상담 치료라는 거 해보고 있는 중인데."

그가 고개를 끄덕였다.

"잘했어요. 도움이 될 거예요."

"벌써 도움이 되고 있는 것 같아요. 모의 생각이었어요. 그리고 모는 진짜 항상 옳거든요."

실은 바로 지금 모가 따스한 말 한마디를 해주면 좋겠다는 소망이 들었다. 핸드폰을 찾아 두리번거리는데, 리언이 침대 옆 테이블에 놓여 있는 핸드폰을 가리켰다.

"시간 줄게요. 홀리 생일은 신경 쓰지 말아요. 지금 홀리 생일에 가고 싶을 리…."

그가 내 화난 표정을 읽었다.

"그깟 지난밤 일 때문에 내가 홀리 생일을 놓칠 거라고 생각해요?"

"그냥 그 일로 당신이 진이 다 빠졌고, 그렇다고 생각해서…."

나는 머리를 흔들었다.

"절대로 아니에요. 내가 할 리가 없는 일은… 저스틴이 내 중요한 일을 훼방 놓는데도 손도 못 쓰는 거예요."

그가 미소 지었다. 그의 눈길은 내 얼굴을 떠나지 못하고 있었다.

"좋아요. 고마워요."

"우리 선물 사야 하니까 일찍 나가요!"

"나는 홀리에게 이미 건강이라는 선물을 줬어요!"

그가 문을 빠져나가며 대꾸했다.

"그걸로는 부족해요. 선물은 어린이 액세서리 전문점 같은 데서 산 것이어야 한다고요!"

50

~~~~

리언

서더크의 홀리네 집은 비좁고 다 허물어져가는 타운 하우스였다. 사방에 페인트가 벗겨지고, 그림들은 벽이 아니라 바닥에 세워져 있었다. 하지만 친근한 느낌의 집이었다. 그냥 조금 지쳐 보일 뿐.

아이들 무리가 현관문을 쏜살같이 드나들며 뛰어다닌다. 살짝 정신이 없다. 여전히 어젯밤 일 생각으로 헤매고 있기 때문이다. 저스틴과의 실랑이에서 분출된 아드레날린이 여전히 웅웅거리고 있다. 경찰에 신고하기는 했지만, 그보다 더 많은 조치를 취하고 싶었다. 나는 접근금지명령을 받아내야 한다고 생각했다. 하지만 내가 제안할 수 있는 일이 아니었다. 그녀가 선택해야 한다. 나는 무력했다.

집 안으로 들어간다. 여기저기 널린 파티 모자와 우는 아기가 몇 명 보인다. 필시 한시도 가만히 있지 못하는 여덟 살짜리 아이들에게 눈물이 나도록 괴롭힘을 당한 것이다.

나 홀리 보여요?

티피가 멀쩡한 쪽 다리로 까치발을 세운다.

티피 저 아이인가요? 〈스타 워즈〉 옷 입은?

나 〈스타 워즈〉가 아니라 〈스타 트렉〉입니다. 그리고 아니에요. 저쪽 주방 근처에 있는 아이인가?

티피 딱 봐도 남자애잖아요. 그나저나 코스프레 파티 아니에요?

티피가 뒹구는 카우보이 모자를 집어 들어 내 머리에 씌운다.

모자 쓴 내 모습을 감상하고자 복도에 달린 거울로 몸을 돌린다. 내 머리 꼭대기에 모자가 위태롭게 얹혀 있다. 모자를 벗어서 티피에게 씌운다. 훨씬 나았다. 섹시한 카우걸 분위기가 난다.

티피가 거울을 확인하더니 모자를 더 눌러쓴다.

티피 좋아요. 그럼 당신은 마법사 해요.

그녀가 의자에 걸려 있던 달이 그려진 망토를 집어 들어 내 어깨에 두르고는 리본 모양 매듭을 지어 묶었다. 그녀의 손가락이 닿는 느낌만으로도 어젯밤이 떠오른다. 이런 생각을 하기에는 몹시 부적절한 장소였기에 떨쳐내려고 안간힘을 쓰지만, 티피는 나를 도와주지 않았다. 어젯밤 소파 위에서 익숙해진 손길로 내 가슴을 쓸어내리다니.

그녀의 손을 붙잡는다.

나 이러지 말아요.

티피가 짓궂은 표정으로 한쪽 눈썹을 치켜올린다.

티피 뭐가요?

이런 식으로 나를 고문할 생각을 하고 있다면, 적어도 기분이 조금 나아졌다는 뜻이리라.

계단 위에 앉아 있던 홀리를 찾아냈다. 찾기가 왜 이렇게 힘들었는지 알겠다. 완전히 탈바꿈했다. 밝은 눈동자에 머리숱이 풍성해졌다. 말을 할 때면 머리카락이 앞으로 흘러내렸다. 홀리는 흘러내린 머리카락을 귀찮다는 듯이 입으로 불어 넘겼다. 약간 통통해진 듯도 보였다.

홀리 리언!

그녀가 날듯이 내려와 계단 아래서 끽 선다. 〈겨울왕국〉의 엘사 옷을 입고 있다. 영화가 개봉한 2013년 이래 생일 파티를 주최하는 지구 상 모든 여자아이들과 마찬가지로. 엘사 옷을 입기에는 나이가 좀 되었지만, 생각해보면 어린 시절 대부분을 놓쳤으니 이해할 만하다.

홀리 티피 언니 어디 있어요?

나 티피 왔어. 화장실에 갔지.

그제야 진정된 모습을 보이는 홀리. 홀리는 내 팔짱을 끼고 거실로 끌고 가서, 많은 아이들의 씻지도 않은 손을 거쳐 간 작은 소시지 롤을 먹이려고 했다.

홀리 둘이 아직도 안 사귀는 거예요?

홀리를 내려다본다. 아이는 열대과일 주스가 담긴 플라스틱 컵을 입으로 반쯤 가져가고 있었다.

예전과 다름없이 눈동자를 굴리는 아이. 그 모습을 보니 홀리를 닮은 다른 아이를 보는 것 같은 느낌은 사라지고, 예전 그대로의 홀리 모습이 눈에 들어온다.

홀리 아저씨하고 언니는 하늘이 맺어준 인연이라니까요!

티피가 이 말이 들리지 않을 곳에 있기를 바라며 주위를 둘러본다. 절로 미소가 지어진다. 케이와 나에 대해 비슷한 말을 들었을 때는 기분이 어땠는지 돌이켜본다. 대체로는 케이가 나에게 관계 공포증이라고 불렀던 반응을 한 것 같다. 물론 붙임머리를 땋은 작고 조숙한 어린 아이의 입에서 들은 얘기는 아니었지만.

나 그게 이제…

홀리 좋았어! 그럴 줄 알았다니까! 사랑한다고 말했어요?

나 그런 말 하기에는 아직 좀 일러.

홀리 아저씨가 티피를 아주 오랫동안 사랑해왔다면 얘기가 달라지죠.

할 말을 찾을 수 없다.

홀리   그랬다니까요.

나, 상냥하게   그건 잘 모르겠구나, 홀리. 우리는 친구였어.

홀리   사랑에 빠진 친구.

나   홀리—

홀리   그럼 좋아한다고는 말했어요?

나   그거야 말 안 해도 당연히 알지.

홀리가 눈을 가늘게 뜬다.

홀리   과연 그럴까요?

조금 심란해진다. 모르나? 알겠지? 키스로도 힌트가 모자랄까?

홀리   아저씨는 사람들에게 진짜 감정을 말하는 법을 몰라요. 모든 환자
들 중에서 나를 얼마나 특별히 좋아하는지 말한 적이 거의 없잖아요?
그래도 난 알기는 했지만.

홀리가 아주 적절한 예를 들었다는 듯이 만세를 부른다. 웃음을 억
누르느라 애를 먹는다.

나   그녀에게 꼭 알려줄게.

홀리   상관없어요. 내가 티피한테 말할 거니까.

이 말을 남기고 홀리는 사람들 사이로 쏜살같이 달아난다. 젠장.

나   홀리! 홀리! 아무 말도 하면—

주방에 함께 있는 두 사람을 찾아낸다. 홀리 입장에서 보자면 내가
훼방꾼이었다. 티피는 미소를 지으며 아이가 하는 말을 듣고 있다. 주
방의 조명 아래에서 그녀의 머리칼이 구리색으로 반짝거린다.

홀리   난 그냥 아저씨가 좋은 사람이라는 걸 알아줬으면 좋겠어요. 언니
도 좋은 사람이에요.

홀리가 까치발을 하고는 속삭인다. 다 들리게.

홀리 그러니까 아저씨를 발깔개 취급하면 안 돼요.

티피가 탐문하는 듯한 눈으로 나를 본다. 가슴에서 무언가가 따뜻하게 녹아내린다. 입술을 꼭 다물고 그들에게 다가가 홀리의 머리칼을 헝클어뜨리고, 티피를 끌어당겨 안는다. 홀리는 이상하고도 뭘 좀 아는 아이였다.

51

~~~~

티피

리언이 엄마의 집으로 가고 난 오후에 모와 거티가 왔다. 간절하던 와인 한 병을 들고. 나는 지난밤에 일어난 난리를 얘기해주었다. 모는 이해심이 가득 담긴 표정으로 고개를 끄덕였고, 거티는 쉬지 않고 욕을 해댔다.

"오늘 밤 우리 집에서 잘래?"

모가 말했다.

"내 침대에서 자면 돼."

"고마워. 하지만, 아니. 난 괜찮아. 도망치고 싶지 않아. 저스틴이 나를 해치고 싶어 하는 건 아니야."

모는 내 말에 아주 확신이 드는 눈치는 아니었다.

"그렇게 확신한다면 할 수 없고."

"언제든지 전화해. 택시 불러줄 테니까 집에 와."

거티가 와인을 비우며 말했다.

"그리고 내일 아침에 전화해. 리언과의 섹스 문제로 나한테 할 얘기가 있을 테니까."

그녀를 빤히 바라본다.

"뭐!"

"내 이럴 줄 알았다니까! 그냥 알겠더란 말이지."

거티가 스스로 흡족해하며 말했다.

"그게 말이지, 사실 우리는 섹스를 하진 않았거든."

나는 혀를 메롱 내밀었다.

"그러니까 네 레이더는 또 고장이 난 거야."

그녀가 눈을 가늘게 떴다.

"하지만 옷을 벗고 만지는 행위는 있었겠지…."

"바로 그 소파에서."

벌에 쏘인 것처럼 벌떡 일어나는 거티. 모와 나는 킬킬거렸다.

"그래."

거티가 불쾌하다는 듯이 스키니진을 털어내며 말했다.

"우리 화요일에 리언 만나. 그를 들볶아서 너에게 어떤 꿍꿍이인지, 괜찮은 사람인지 확인할 거야."

"잠깐, 뭘 어쩐다고?"

"리치 사건으로 그를 만나기로 했다고."

"그리고 모도 거기 따라가는 이유는…."

"나도 리언을 봤으면 하니까."

모가 부끄러운 줄도 모르고 말했다.

"왜? 나 빼놓고 다 만났잖아."

"그래, 하지만… 하지만…."

그들을 보는 내 눈이 가늘어진다.

"그는 내 룸메이트라고."

"내 의뢰인이기도 하고."

거티가 조리대 위에서 핸드백을 집어 들며 지적했다.

"리언을 만나는 게 너한테는 엄청 복잡한 일이었겠지만, 우리한테
는 아니야. 그냥 문자 보내고 약속 잡아서 브런치 먹는 건 되게 자연스
러운 일이라고. 다들 그렇게 살듯이."

짜증나게도 반박할 거리가 별로 없다. 상황을 감안할 때 그들이 과
잉보호를 하는 것도 탓할 수 없었다. 그들의 과잉보호가 없었으면, 나
는 여전히 저스틴의 아파트에 눌러앉아서 잠이 들 때까지 질질 짜고
있을 것이었다. 아무리 그래도 친구들에게 리언을 소개시켜주는 건 아
직 망설여졌다. 간섭을 받는다는 건 성가신 일이다.

하지만 화요일에 퇴근했을 때 그런 복잡한 기분이 사르르 풀렸다.
커피 테이블에 쪽지가 있었다.

좋지 않은 일들이 일어났었죠. 실제로 말이에요(모가 그걸 다시
상기시켜주라고 했어요).

하지만 당신은 견뎌냈어요. 그리고 그런 일 앞에서 이제 더 강
해졌어요(이건 거티가 전해 달라는 말이에요… 그녀의 버전은 욕설
이 추가로 포함되어 있지만).

당신은 사랑스러워요. 그리고 내가 그 사람처럼 당신을 다치게
하는 일은 절대로 없을 거예요(내가 하는 말이에요).
리언 xx

"너 나를 사랑하게 될 거야."

레이철이 나의 화분 장벽 너머로 까치발을 들었다.

눈을 비빈다. 마틴과 통화를 끝낸 후였다. 그는 복도를 가로질러 기
나긴 길을 오기보다는 전화를 걸었다. 직접 오지 않고 전화를 걸면 자
기가 바쁘고 중요한 사람처럼 보일 거라고 생각하는 듯했다. 그렇지만
이제 나에게는 그의 전화를 받지 않아도 되는 힘이 생겼다. 그리고 정
말로 얘기해야 할 일이 생기면, 대신 레이철에게 괜히 화풀이를 해대
면 된다. 마틴을 상대하는 게 꼭 나쁜 면만 있지는 않았다.

"왜? 무슨 짓을 한 건데? 나한테 성이라도 사준 거야?"

그녀가 나를 멀거니 봤다.

"어떻게 딱 그런 말을 하다니, 진짜 희한하다."

"왜? 진짜로 성을 사주게?"

"당연히 아니지."

그녀가 정신을 차리며 말했다.

"성을 살 돈이 있으면 내 걸 먼저 샀겠지. 기분 나쁘게 듣지는 말고.
하지만 정말 성과 관련된 일이기는 해."

머그컵을 들고 책상 아래서 다리를 빼냈다. 이 대화에는 차가 필요
하다. 우리는 늘 하던 대로 주방으로 향했다. 상사들의 눈을 요리조리
피해서. 도착해서는 안에 도사리고 있는 사람은 없는지 꼼꼼하게 확인
한 후 들어갔다.

"얘기해! 빨리! 빨리!"

안전지대에 들어서면서 레이철을 재촉했다.

"좋아. '벽돌공에서 디자이너가 된 저자'의 두 번째 책을 위해 내가 계약한 일러스트레이터 있잖아. 무슨 경이라고 하던가?"

"맞아. 로디 일러스트레이터 경."

레이철과 내가 그를 부르는 이름이었다.

"글쎄, 로디 경이 캐서린 책 홍보사진 촬영을 위해 그야말로 완벽한 해결책을 내놨지 뭐야."

마케팅팀은 이제 캐서린 책에 실리는 제품들의 쇼케이스를 하고 싶어 했다. 주류 언론은 나서기를 꺼려했다. 그들은 타샤 차이-라테 같은 유튜버들의 말이 판매로 연결된다는 것을 여전히 이해하지 못했다. 그래서 우리는 예산을 써서 소셜 미디어에 '씨앗'을 심을 예정이었다. 사진들을 인터넷에 뿌린다는 얘기다. 타샤가 블로그에 공유해주겠다고 약속했다. 하지만 출간이 고작 일주일 남짓밖에 남지 않은 상황에서 마케팅팀과 홍보팀은 촬영 문제로 주기적인 혼란을 겪고 있었다.

"그가 웨일스에 성을 소유하고 있거든."

레이철이 대단원을 발표했다.

"거길 우리가 사용할 수 있다는 거야."

"진짜야? 공짜로?"

"완전히. 이번 주말이야. 그리고 장거리 여행이니까 하룻밤 재워주겠다는 거야! 토요일 밤에! 성에서! 그리고 무엇보다 좋은 건, 마틴이 한낱 디자이너라는 이유로 나를 빼놓고 갈 수가 없다는 거야…. 왜냐하면 로디 일러스트레이터 경이 캐서린을 데려갈 사람은 나여야 한다고 주장하고 있거든!"

그녀가 기쁨에 겨워 손뼉을 쳤다.

"너도 당연히 가야지. 캐서린은 마틴과 해나라는 이름의 혐오 인물들로부터 방패막이가 되어줄 네가 없이는 꿈쩍도 하지 않을 테니까. 웨일스 성에서 보내는 주말! 웨일스에서 보내는 주말이라니!"

나는 그녀를 조용히 시켰다. 이제 꽤 큰 소리로 노래를 부르기 시작했고, 성에 간다는 기쁨으로 춤을 추고 있었던 것이다. 엉덩이를 흔드는 동작이 많이 들어가는 춤. 지금은 주방에 우리 둘뿐이지만, 언제 누가 나타날지는 모르는 일이었다.

"이제 이틀 동안 무료로 일할 의향이 있는 모델만 찾아내면 돼."

레이철이 말했다.

"마틴한테 얘기를 하기가 싫을 정도야. 그가 나를 좋아하게 되는 건 질색이거든. 회사의 균형을 와장창 깨버리게 될 거라고."

"말해! 정말 좋은 기회잖아."

레이철 말이 맞다. 캐서린은 내가 없이는 가지 않을 것이다. 그 말인즉슨 주말 내내 집을 떠나 있어야 한다는 의미다. 주말의 일부분이라도 리언과 보내기를 간절히 바라고 있었는데 말이다. 벗은 채로. 왜 안 그렇겠는가?

레이철이 내 표정을 읽으며 눈썹을 꿈틀거렸다.

"아."

"아니, 아니야. 아주 좋아."

나는 짐짓 쾌활하게 말했다.

"너랑 캐서린과 떠나는 주말은 아주 끝내줄 거야. 게다가 공짜로 성을 방문하다니! 내 미래의 집을 물색하러 다니는 척해야지!"

레이철이 냉장고에 기댄 채 나를 유심히 본다.

"너 그 사람 정말 좋아하는구나. 그렇지?"

나는 티백을 빼며 딴청을 피웠다. 사실이다. 나는 그가 정말로 좋았다. 약간 두렵기도 했다. 전체적으로 봤을 때는 좋은 종류의 두려움이었다. 하지만 나쁜 두려움도 아주 없지는 않았다.

"그래, 그럼 그 사람도 데려가자. 네가 주말에 그를 못 보는 건 안 될 말이지."

"데려가자고? 교통비 담당하는 직원은 또 어떻게 구워삶으라고?"

"이 종마가 어떻게 생겼는지 다시 얘기해줘 봐."

레이철이 말했다.

"뭐라더라? 키가 크고, 짙은 피부색에, 잘생기고, 신비롭게 섹시한 미소를 가졌다고 했던가?"

이 세상에 오직 레이철만이 '종마'라는 단어를 아무 거리낌 없이 입에 담을 수 있을 것이다.

"그가 공짜로 모델을 서주면 어떨까 생각해보는 건데…."

입에 머금었던 차를 뿜을 뻔했다. 레이철이 빙긋 웃더니 뭉개진 립스틱을 닦으라고 종이 타월을 건넸다.

"리언이? 모델을?"

"안 될 거 뭐 있어?"

"응…. 왜냐하면…."

그는 질색을 할 것이기 때문이다. 틀림없다. 아니면… 오히려 아닐 수도 있다. 그는 남의 눈을 정말로 의식하지 않는 사람이었다. 누가 그의 사진을 찍어 인터넷에 올린다고 해도 별로 신경 쓰지 않을 것 같기도 했다.

하지만 그가 수락한다면, 본격적으로 주말여행을 함께 가자고 초대

하는 셈이 된다. 약간 색다른 형태이기는 하지만. 틀림없이 진지한 제
안으로 여겨질 것이다. 사귀는 사이 비슷한 것이 되지 않을까? 그 생
각을 하니 목구멍이 죄어오고, 약한 패닉으로 속이 살짝 울렁거렸다.
침을 삼켜 그 느낌을 물리친다. 나 자신에게 짜증이 났다.

"해봐. 물어보라고."

레이철이 닦달했다.

"너와 함께 있을 수 있는 일이라면 승낙할 거라고 장담해. 그리고
마틴은 내가 상대할게. 이 성을 헌납하면, 며칠 동안 나 좋다는 건 다
한다면서 알랑방귀를 뀌겠지?"

이런 얘기를 어떻게 꺼내야 할지 알 수 없었다. 처음에는 통화를 하
다가 자연스럽게 꺼낼 수 있을 것이라 생각했다. 하지만 할 수가 없었
다. 이제 7시 40분이었고, 리언이 일을 시작하기까지는 5분밖에 남지
않았다.

물어보는 게 아주 어려운 일은 아니었다. 저스틴이 나타났던 밤 이
래로 리언과의 관계는 달라졌다. 성적인 긴장감과 추파를 담은 쪽지
이상의 것이 되었다. 나는 무슨 이유인지 모르게 약간 겁을 집어먹고
있었다. 그를 생각할 때면 미소가 떨어지지 않고 기쁨이 솟구치는데,
뒤이어 폐소공포증 같은 것이 쫓아오는 것이었다. 저스틴이 남긴 후유
증이 아닐까 싶었다. 그런 것 때문에 주저앉는 나날에는 이제 마침표
를 찍었다.

"있잖아요."

나는 카디건을 끌어당겨 입으며 말문을 열었다. 발코니에서 통화
중이었다. 발코니는 내가 밤에 전화하면서 있기에 가장 좋아하는 장소

가 되었다.

"당신 이번 주말에 약속 있어요?"

"으음, 없어요."

그는 나와 통화하면서 호스피스에서 식사를 하고 있었다. 그 때문에 평소보다도 말수가 더 적었다. 그것이 나에게 오히려 유리하게 작용할 것 같았다. 의논을 하기 전에 그에게 제안을 온전히 설명할 시간이 많아지니까 말이다.

"이번 주말에 캐서린과 함께 니트웨어 사진을 찍으러 웨일스의 한 성에 가요. 왜냐하면 나는 그녀의 개인 돌보미이기 때문이죠. 그리고 쥐꼬리만 한 봉급을 받으면서도, 하라는 대로 하는 게 당연시 여겨지기도 하고 말이에요. 심지어 주말이라도. 그냥 뭐 원래 그래요."

잠깐의 침묵.

"그래서요?"

리언이 말했다. 짜증스러운 목소리는 아니었다. 생각해보면 그가 짜증이 날 이유도 없었다. 나는 일을 해야 했다. 리언이야말로 그런 사정을 이해해줄 만한 사람이다.

마음이 조금 편안해졌다.

"하지만 나는 주말에 당신을 정말로 보고 싶어요."

딴말로 할까 하는 생각이 들기 전에 말해버렸다.

"그리고 레이철이 정말로 재미있을지도 모를 아이디어를 냈어요. 어쩌면 굉장히 나쁠 수도 있는 아이디어이지만요."

"응?"

리언은 약간 불안한 목소리였다. 그는 레이철을 잘 모르지만, 그래도 아주 모르지는 않았다. 레이철이 낸다는 아이디어에는 종종 많은 양의 술과 방종이 뒤따른다는 것을.

"나와 함께 웨일스의 성에서 공짜 주말을 보내는 건 어떨까 하고…. 당신이 니트웨어의 모델을 서주는 대가로요. 버터핑거스의 소셜 미디어에 올릴 사진을 찍는 거예요."

전화기 건너편에서 음식을 먹다 걸려 켁켁거리는 소리가 커다랗게 들려왔다.

"심하게 마음에 안 드는 모양군요."

얼굴이 달아오르는 게 느껴졌다. 긴 침묵. 이런 제안을 하다니. 리언은 와인과 대화로 보내는 조용한 밤 정도가 다인 사람이었다. 카메라 앞에서 뽐내며 걸어 다니는 게 아니라.

"마음에 안 드는 건 아니에요. 그냥… 무슨 말인지 곱씹어보느라 그런 거지."

그에게 시간을 좀 주면서 기다렸다. 기다리는 시간은 몹시 괴로웠다. 이 민망한 대화가 어떻게 끝날지가 뻔히 보인다는 생각이 드는 바로 그 무렵, 리언이 말했다.

"좋아요, 그럼."

눈을 끔벅거렸다. 발코니 아래로 여우 파비오가 어슬렁거렸다. 경찰차가 요란하게 사이렌을 울리며 질주해 갔다.

"좋아요, 그럼?"

그에게 내 목소리가 전달될 만큼 조용해진 다음에 겨우 말했다.

"하겠다는 거예요?"

"당신과 함께 가는 주말여행인데, 비교적 적은 대가 아닌가요? 게다가 그런 일로 나를 놀릴 유일한 사람은 리치인데, 리치는 지금 인터넷을 할 수 없으니까."

"정말이에요?"

"당신도 모델 해요?"

"아, 마틴은 내가 너무 크다고 생각할 테니까요."

나는 팔을 내저었다.

"그냥 캐프롱 역할로 가는 거랍니다."

"우리의 친애하는 마틴도 만나게 될까요? 그리고 거기에 뭐 하러 간다고요?"

"캐프롱. 미안. 캐서린 뒷바라지하는 나를 보고 레이철이 지어낸 용어예요. 캐서린 더하기 샤프롱[20], 캐프롱이요. 그리고, 맞아요. 마틴이 이 일을 주관할 거예요. 지휘권을 쥐었으니 더더욱 참을 수 없게 나오겠죠."

"훌륭해요. 대기 시간에는 그의 몰락을 모의할 수 있겠군요."

~~~~~

20   사교계에 나가는 여성의 보호자로, 주로 나이 든 기혼 여성이다.

10월

52

~~~

리언

그리하여 나는 모직 점퍼를 입고 두 쌍의 갑옷 사이에 섰다. 지시에 따라 가깝지도 멀지도 않은, 중간 거리 정도 떨어진 곳을 멀거니 보고 있었다.

티피가 들어오고 나서 내 인생은 이상해졌다. 이상한 인생이 두렵다는 얘기는 아니다. 오히려 편안했다. 그렇게 느껴질 줄은 몰랐다. 케이가 말하곤 했듯이, 나는 내 방식을 고수하며 사는 사람이니까.

티피와 함께 있으면 그게 되지가 않는다.

그녀는 지금 캐서린을 도와 모델들의 스타일을 매만져주고 있었다. 나 말고 다른 모델 두 명은 뭘 먹고는 살까 싶을 정도로 빼빼 마른 십대였다. 마틴은 그들이 마치 식재료인 양 바라보았다. 착한 아이들이었지만, 올해의 〈그레이트 브리티시 베이크 오프〉[21]에 대한 정보를 나누고 나니 우리 사이에는 할 얘기가 뚝 떨어졌다. 시간만 헤아리고 있는데 티피가 내 옷을 봐주러 왔다. 다시 매만져봤자 달라질 것도 없는데, 그냥 나를 만질 구실로 온 것이었다.

로디 일러스트레이터 경이 촬영장을 명랑하게 돌아다녔다. 그는 유쾌한 상류층 신사였다. 그의 성은 곧 무너질 것처럼 낡았지만, 어쨌거

~~~

[21] 영국의 베이킹 경쟁 TV 프로그램.

나 방들을 갖추었다. 적당히 장엄한 전망도 갖추었고, 그래서 다들 즐거워하는 듯 보였다.

마틴만 빼고. 티피와 그의 몰락을 꾀하는 농담을 나누기는 했다. 그런데 그는 다른 모델들에게 침을 흘리고 있지 않을 때에는 나를 흉벽에서 밀어 떨어뜨리는 쉬운 길이 무엇일까 연구하는 사람처럼 보였다. 도대체 왜 그러는지 알 수 없었다. 티피와 나의 관계를 아는 사람은 아무도 없었다. 여기 오면서 우리 사이를 숨기는 것보다 쉬운 일은 없다고 생각했지만, 혹시 그가 우리 사이를 알게 된 것은 아닌지 싶었다. 그런데 또 생각해보면, 설령 그가 안다고 치더라도, 나를 그렇게 잡아먹을 듯이 노려볼 건 또 뭔가?

아, 아무려나. 사진작가가 시키는 대로 살짝 다른 방향을 바라본다. 이번 주말에 집을 벗어날 수 있게 되어 그저 감사하는 마음이었다. 저스틴이 또 올 것 같은 안 좋은 예감이 들었다. 그는 언제가 되어도 또 올 것이다. 지난 토요일에는 그냥 물러났다고 해도, 그대로 끝낼 생각이 아니었다. 확실했다. 그런데 그때 이후로는 또 잠잠했다. 꽃다발도 문자도 없었다. 티피가 있는 곳에 나타나는 일도 없었다. 무언가 모의하며 때를 노리고 있는 것은 아닌지 걱정되었다. 그런 남자들은 약간 겁을 주는 것만으로는 사라지지 않는 법이다.

터져 나오는 하품을 억누른다. 간혹 누린 쪽잠을 제외하면 제대로 잠을 잔 게 언제였는지 모르겠다. 티피를 슬쩍 훔쳐본다. 레인부츠를 신고 알록달록 홀치기염색한 청바지를 입은 그녀는 〈왕좌의 게임〉에서 나오는 것 같은 의자 팔걸이에 걸터앉아 있었다.

마틴 좋아요. 20분간 휴식!

그가 또 나를 징발해갈까 봐 도망을 쳤다. 지금까지 나의 휴식 시간은 고대 무기들을 옮기거나, 흩어진 밀짚을 청소기로 빨아들이거나, 빼빼 마른 모델의 손가락에 난 좁쌀만 한 상처를 확인하는 것으로 채워지고 있었다.

나, 티피의 왕좌에 다가가며   저 사람, 나한테 무슨 불만일까요?

티피가 고개를 흔들고는 의자에서 내려온다.

티피   왜 저러는지 정말이지 짐작조차 못 하겠어요. 심지어 회사 직원들보다 당신한테 유독 더 재수 없게 굴고 있으니. 그렇지 않아요?

레이철이 내 뒤에서 소곤소곤   도망쳐요! 도망가! 그가 오고 있어요!

티피는 두말이 필요하지 않았다. 내 손을 붙들고 앞문 홀 쪽으로 나를 잡아 이끌었다. 세 방향으로 계단이 나 있는 곳이었다.

캐서린이 우리 뒤에서 외친다   나 혼자 상대하라고 버리고 가는 거야?

티피   이런 젠장, 선생님! 그냥 70년대 보수당 하원의원이라고 상상하시라고요!

몸을 돌려 캐서린의 반응을 확인하지는 않았지만, 레이철의 코웃음 소리는 들었다. 티피가 화려하게 장식된 구석으로 나를 데리고 갔다. 한때 무슨 조각상을 모셔뒀던 것 같은 곳이었다. 티피가 내 입에 세차게 키스를 했다.

티피   당신에게 온 시선이 쏠리는 거 참을 수 없어요. 다들 당신만 쳐다보고 있잖아요. 질투가 나서 어쩔 줄을 모르겠어요.

따뜻한 차를 홀짝이고 있는 것처럼, 가슴에서부터 아래로 무언가가 퍼져가며 입술에 미소가 번진다. 무슨 말을 해야 할지 찾을 수 없어 키스를 한다. 차가운 돌벽을 등진 그녀의 몸이 내 몸으로 밀착해온다. 그녀의 손이 내 목을 감싸고 있었다.

티피가 내 입을 맞추며   다음 주말,

나　응?

키스를 하느라 정신이 없다.

티피　그때는 우리 둘만이에요. 아무도 없이 우리 둘만. 우리 집에서. 그리고 어느 누구라도 우리를 방해하거나 열여덟 살짜리의 상처 난 손가락을 봐달라고 당신을 끌고 가면, 내가 직접 나서서 사형시키겠어요.

티피가 잠시 말을 끊는다.

티피　미안해요. 성이니 뭐니, 모든 게 내 머리에 무슨 짓을 했나 봐요.

물러서서 그녀의 얼굴을 살핀다. 말하지 않았나? 말한 줄 알았는데.

티피　뭐요? 왜요?

나　리치의 재판이 금요일이에요. 미안해요. 재판이 끝나고 주말은 엄마 집에 있기로 했어요. 내가 말하지 않았어요?

익숙한 두려움이 스멀거린다. 유쾌하지 않은 대화가 시작될 것이라는 두려움. 뭔가 말하는 걸 까먹고, 나 때문에 계획을 바꾸고….

티피　아뇨! 정말이에요?

속이 뒤틀린다. 다시 그녀를 끌어당기려고 하지만, 그녀가 눈을 동그랗게 뜨고서 내 손을 쳐낸다.

티피　안 말해줬어요! 리언, 난 몰랐어요. 미안해요. 하지만 그날은 캐서린의 책이 나오는 날인데….

혼란에 빠진다. 왜 미안하지?

티피　나도 재판에 가고 싶었단 말이에요. 하지만 캐서린의 책이 금요일에 출간돼요. 무슨 이런 일이 있을까요? 리치한테 나 집에 있을 때 전화 좀 해달라고 말해줄래요? 제대로 사과를 하고 싶어요.

나　왜요?

티피의 눈빛이 초조하게 흔들린다.

티피 항소심에 가지 못하잖아요!

그녀를 물끄러미 들여다보며 눈을 몇 번 깜박인다. 그녀가 정말로 화가 나지 않았다는 것을 알고는 마음이 놓인다.

나 생각지도 않았는데… 당신이….

티피 농담이죠? 내가 항소심에 가지 않을 거라고 생각한 거예요? 이건 리치 일이잖아요!

나 정말로 갈 마음이었어요?

티피 그래요, 리언. 정말로, 정말로, 가고 싶었다고요.

그녀의 뺨을 손가락으로 찔러본다.

벌써부터 웃고 있었던 티피 호! 이건 또 뭐람?

나 당신 꿈 아니죠? 실제로 존재하는 사람 맞죠?

티피 맞아요, 나는 실존인물이랍니다. 이런 바보.

나 현실성이 없어요. 어떻게 이렇게 착하면서도 이렇게 예쁠 수가 있어요? 당신은 신화에 나오는 인물 같아요. 자정이 되면 괴물로 변하는 거 아니에요?

티피 적당히 좀 해요. 젠장, 당신이 사람 보는 눈이 낮은 거라고요! 내가 왜 당신 동생의 항소심에 가고 싶어 하면 안 되는 거죠? 그는 내 친구이기도 해요. 사실 난 당신보다 리치하고 먼저 말을 나눴다고요. 아시는지 모르겠지만.

나 당신이 리치를 먼저 만나지 않아서 다행이에요. 걔는 나보다 훨씬 더 매력적이거든요.

티피가 눈썹을 꿈틀거린다.

티피 그래서 항소심 날짜를 안 알려준 거예요?

신발로 바닥을 긁는다. 말한 줄 알았다. 그녀가 내 팔을 꼭 쥐었다.

티피   괜찮아요. 정말. 그냥 장난치는 거예요.

수개월간 이어진 쪽지와 음식, 그러고도 그녀를 전혀 알지 못했던 시간으로 생각이 흘러갔다. 이제 만나고 보니 그때와는 너무도 다른 느낌이었다. 그 모든 시간을 허비했다니 믿을 수가 없었다. 그 수개월 만이 아니었다. 그 전부터였다. 평생 꾸물거리고 망설이고 기다리기만 했던 시간들.

나   아니, 얘기했어야 해요. 우리 사이에 정리가 더 필요하겠어요. 되는 대로 번개하듯이 만나고 이런 거, 아니면 우연히 맞닥뜨린다든지, 더 이상 그런 식으로만 만날 수는 없겠어요.

생각을 곱씹어보며 말을 끊는다. 간혹 가다 낮 근무로 바꿀 수 있을까? 주중 하룻밤은 집에 머물까? 제안을 하려는데, 티피가 눈을 크게 뜨고 있다. 심각한 표정으로. 거의 불안해 보일 정도였고, 나는 얼어붙었다. 문득 좋지 않은 제안이라는 확신이 들었다. 잠시 시간이 흐른다.

티피, 밝게   냉장고에 일정표를 달면 어때요?

맞다. 그게 더 적절하겠다. 우리의 날들은 아직 이르다. 나는 우리 관계에 과하게 안달을 하고 있었다.

아무 말도 꺼내지 않아 다행이다.

53

~~~

티피

아주 멀리 있는, 거미줄이 가득한 천장을 올려다본다. 추워도 너무 춥다. 이불 하나와 담요 세 개에다가 왼쪽에 인간 모양을 한 라디에이 터처럼 열기를 뿜는 레이철을 두고서도.

오늘은 속이 터지게 답답한 날이었다. 갈구하는 사람을 앞에 두고도 8시간 동안 쳐다만 보는 것은 흔히 겪을 만한 일이 아니다. 솔직히 말 하자면, 이 성에 있는 사람들이 연기처럼 사라지고 나와 리언만 남는 공상을 하루 종일 했다. 알몸으로. 옷까지 연기처럼 다 없어지기를 바 라면서. 그리고 재미있는 장소를 찾아다니며 섹스를 하는 것이다.

저스틴 문제는 아직도 엉망진창이었다. 리언과의 사이가 진전되면 서 좋은 두려움이 나쁜 두려움으로 좀 더 기울어가고 있기도 했다. 리 언이 더 많은 시간을 함께 보내보자는 말을 할 때면 패닉에 빠지는 기 분, 덫에 빠지는 것 같은 기분이 곧장 조여왔다. 하지만 정신을 똑바 로 차리고 생각해보면, 그런 감정 아래에는 리언을 향한 말할 수 없이 좋은 느낌이 있었다. 최고로 좋은 기분을 느낄 때 내 마음이 가는 곳 에 그가 있었다. 그 덕분에 저스틴과 있었던 일을 더 단호하게 극복하 려는 의지를 가질 수 있었다. 그런 짐을 리언과 함께 지고 싶지는 않았 다. 가벼워지고 싶었다. 어디에 묶이지 않고, 갈망에서 놓여나고 싶었 다. 그리고 알몸이 되고 싶었다.

"그만 좀 해."

레이철이 베개에다 입을 박고 웅얼거렸다.

"뭘 그만해?"

그녀가 깨어 있는 줄은 몰랐다. 알았다면 나 혼자 생각하지 않고 그녀에게 얘기를 했겠지.

"섹스 못 해 동동 구르는 너 때문에 내가 다 신경이 곤두선다."

레이철이 이불을 한껏 끌어당기며 말했다.

나도 이불을 쥐고 몇 센티미터쯤 다시 끌어왔다.

"동동 구르는 거 아니거든?"

"웃기시네. 나 잠들 때까지 기다렸다가 내 다리 붙들고 하려고 했다는 거 장담해."

아주 차가워진 발로 그녀를 찔렀다. 그녀가 꽥 소리를 질렀다.

"내가 섹스 못 한다고 동동 구른다 해서 네가 잠을 못 잔다는 게 말이 돼?"

내가 레이철의 논점을 인정하면서 말했다.

"만약 그게 가능하다면, 빅토리아 시대 사람들은 모두 평생 한숨도 못 잤을걸?"

그녀가 몸을 돌려 눈을 가늘게 떴다.

"하여간 참 괴상한 애라니까. 살그머니 나가서 네 남자 친구를 찾아다니란 말이야."

"남자 친구 아니야."

반사적으로 그 말이 튀어나왔다. 여덟 살짜리처럼.

"너의 특별한 친구. 너의 연인. 너의 자기. 너의-"

"나, 간다."

357

나는 이불을 걷어차며 씩씩거렸다.

해나는 다른 침대에서 살짝 코를 골고 있었다. 잠자는 모습만 보면 그녀는 퍽 좋은 사람처럼 보였다. 하지만 침대에 누워 침을 흘리고 있는데 나쁜 년처럼 보이기도 쉬운 일은 아니다.

리언과 나는 오늘 밤 만날 계획을 세워두었다. 마틴은 사람 열받게 하려고 작정했는지, 리언을 침대가 둘인 방으로 옮겨서 사진작가와 함께 쓰게 했다. 우리가 침대로 몰래 숨어 들어가긴 틀렸다는 뜻이었다. 하지만 해나와 사진작가가 잠이 든 이 절호의 기회에 방을 빠져나와 성을 탐험하러 다니지 않을 이유가 없었다. 원래는 약간의 휴식을 취한 후에 새벽 3시에 만나기로 했지만, 너무 흥분해서 잠을 이룰 수 없었다. 오히려 잘됐는지도 모른다. 막 잠에서 깼을 때는 할리우드 스타들의 발끝에도 못 미칠 테니까. 사람들이 실제라고 믿는 할리우드 스타들의 막 잠 깬 모습에 비교하면 말이다. 뜬눈으로 누워 몇 시간 동안 부적절한 생각이나 하고 있었던 게 잘한 짓인지도 모른다.

하지만 이토록 빌어먹게 추우리라는 건 계산에 넣지 않았다. 속옷에다 가운만 걸쳐 입을 상상을 했었다니. 네글리제 스타일의 섹시한 속옷이며 뭐며 바리바리 싸 왔던 것이다. 하지만 지금 나는 잠옷 바지에 모직 양말을 신고, 점퍼 세 개를 겹쳐 입은 꼴을 하고 있었다. 너무 추워서 이 옷들을 벗을 방도가 없었다. 립글로스 정도나 반짝반짝 바르고 머리를 좀 헝클어뜨리고서 살그머니 문을 열었다.

문이 어찌나 우렁차게 삐걱대는지, 영화에 나오는 클리셰가 따로 없었다. 하지만 다행히도 해나는 깨지 않았다. 몸이 빠져나갈 만큼만 문을 열고, 다시 문이 내는 신음에 흠칫하며 닫았다.

약속 장소는 주방이었다. 누구 눈에라도 띄면 좋은 핑계를 댈 수 있는 곳이었기 때문이다. 내가 직장에서 먹어대는 비스킷의 양을 생각하면, 한밤중에 간식을 찾아다닌다고 해서 놀랄 사람은 없었다. 혹시 복도에 늘어선 방에서 누구라도 나오면 들킬까 싶어서 주의를 기울이며 카펫 깔린 복도를 빠르게 걸었다.

아무도 없었다. 파워워킹 끝에 몸이 좀 데워졌다. 그래서 계단은 날듯이 달려 내려왔다. 주방에 도달했을 때는 숨이 좀 찼다.

주방은 이 성에서 사랑받는 느낌이 나는 유일한 곳이었다. 최근에 리모델링을 한 이곳의 가장 안쪽에 오븐이 있었다. 아주 마음에 들었다. 나는 나이트클럽에서 '원 디렉션' 전 멤버를 우연히 만나, 반드시 그와 함께 클럽을 나가겠다고 굳게 결심한 소녀처럼 오븐에 들러붙었다.

"질투해야 하나요?"

리언이 내 뒤에서 말했다.

어깨 뒤로 그를 돌아봤다. 그는 문가에 서 있었다. 머리는 방금 만져서 매끈하게 넘겼고, 티셔츠에 트레이닝 바지 차림이었다.

"당신 체온이 이 오븐보다 높다면, 난 당신 거예요."

나는 엉덩이와 종아리를 데우려는 목적으로, 그를 눈에 더 잘 담으려는 목적으로 몸을 돌렸다.

그는 무심한 듯, 서두르지 않고 거리를 좁혀왔다. 그에게는 때로 절제된 자신감이 있었다. 자주 드러내지는 않지만, 한번 드러내면 어처구니없이 섹시했다. 그가 입을 맞추었고, 나는 한결 따뜻해졌다.

"빠져나오는 건 문제없었어요?"

머리칼을 어깨 뒤로 넘기려고 그와 떨어지며 묻는다.

"카메라맨 래리는 업어 가도 모를 것처럼 잘만 자던데요."

리언이 내 입을 찾아 천천히 키스를 하며 말했다.

심장이 벌써부터 천둥을 쳤다. 약간 어지럽기도 했다. 보통은 머리속에서 놀던 피가 다른 곳으로 흘러가기라도 한 것처럼. 우리는 입술을 계속 붙인 채였고, 리언이 나를 들어 오븐의 불판에 올렸다. 나는 그의 몸에 다리를 둘렀다. 그가 내 몸에 밀착해왔다.

이제 오븐에서 나오는 열기가 플란넬 잠옷을 뚫고 엉덩이를 태우려 위협하고 있었다.

"타요, 타."

나는 리언을 밀면서 그의 몸에 쏟아져 내렸다. 그는 코알라 스타일로 나를 안아서 수납장 위에 올려놓았다. 그의 입술이 내 몸 온 구석에서 무늬를 그렸다. 목과 가슴, 다시 입술, 목, 쇄골, 입술. 머리가 빙글빙글 돌아가기 시작했다. 사고가 거의 정지 상태가 되었다. 그의 손이 잠옷 바지를 찾아냈다. 그러고는 내 살에 닿았고, 내 사고는 거의 정지 상태에서 100퍼센트 정지 상태가 되었다.

"음식을 만드는 곳에서 섹스하는 건 나쁜 짓일까요?"

리언이 숨을 몰아쉬며 몸을 뗀다.

"아니요! 그냥… 주방은 깨끗하잖아요! 위생적이고."

나는 그를 다시 끌어당겼다.

"좋아요."

그가 말했고, 내 점퍼들이 눈 깜짝할 사이에 다 벗겨졌다. 더 이상 춥지도 않았다. 사실은 여기서 옷 몇 개가 더 없어져도 견딜 수 있었다. 무슨 바보 같은 생각으로 네글리제를 안 입은 걸까?

나도 리언의 티셔츠를 홱 벗기고 트레이닝 바지의 밴드를 내렸다. 그가 바지를 벗었다. 그의 몸을 일으켜 내 몸에 끌어당기려고 하는데,

그가 순간 멈추었다.

"괜찮겠어요?"

그가 쉰 목소리로 물었다. 그는 물어보려고 흥분을 가라앉히고 있었다. 나는 키스로 화답했다.

내 입에 자기 입을 대고서 그가 말했다.

"괜찮다는 뜻인 거죠?"

"그래요. 이제 입 다물어요."

내가 말했고, 그는 시키는 대로 했다.

우리는 정말 바짝 달라붙어 있었다. 나는 거의 알몸이었고, 그도 거의 알몸이었다. 내 머리는 리언으로 가득 찼다. 이거다. 드디어 일어나고 있다. 내면의, 성적으로 억눌려 있던 빅토리아인이 너무도 감사하는 마음에 거의 흐느낄 지경이 되었다. 리언이 내 엉덩이를 잡아 끌어당기고, 내 다리는 그의 등을 두르고 엉겨 있었다.

그러고는, 왔다. 기억이, 쳐들어왔다.

뻣뻣하게 굳어버린 건 순식간의 일이었다. 리언은 처음에는 알아채지 못했다. 너무도 지독한 3초 동안 그의 손이 내 몸 위에서 움직였고, 그의 입술은 내 입술을 여전히 세게 누르고 있었다. 이런 느낌을 설명하기란 정말 어렵다. 아마 공황일 것이다. 어쨌거나 나는 꼼짝달싹할 수가 없었고, 이상한 기분으로 가라앉았다. 얼어붙고 올가미에 걸린 느낌이었다. 내게서 어떤 결정적인 부품이 떨어져 나간 것 같은 기이한 감각에 빠져들었다.

리언의 손이 느려지다가 내 양 볼에 와서 완전히 멈췄다. 그가 내 얼굴을 부드럽게 들어 올려 자기를 보게 했다.

"아."

그가 내뱉었다. 그가 내게서 몸을 풀었고, 그와 동시에 나는 온몸을 벌벌 떨기 시작했다.

몸에서 떨어져 나간 그 부품을 되붙일 수 없을 거라는 기분에 빠졌다. 이런 감정이 어디에서 오는 것인지 알 수 없었다. 일주일 내내 그려왔던 섹스를 이제 막 하려던 게 방금 전이었다. 그리고 순식간에… 뭔가가 기억으로 들어왔다. 리언의 것이 아닌 몸, 같은 일을 하고 있는 손, 하지만 나를 만지지 말았으면 하는 손.

"자리 좀 비켜줄까요, 아니면 안아줄까요?"

그가 이제 한 발치 떨어져서 물었다.

"안아줘요."

나는 가까스로 말했다.

그는 조리대에 널려 있는 점퍼 더미를 끌어내리며 나를 품에 안았다. 점퍼를 어깨에 둘러주면서 나를 더 가까이 끌어안았다. 이제 내 머리는 그의 가슴에 푹 파묻혀 있었다. 그가 지금 얼마나 실망했을지 알려주는 유일한 증거는 내 귀에 쿵쿵 울리는 그의 심장 소리뿐이었다.

"미안해요."

그의 가슴에 대고 웅얼거렸다.

"미안하다는 생각 절대 하지 말아요. 미안해 말아요. 알았어요?"

나는 떨며 미소를 지었고, 그의 살에 입을 맞추었다.

"알았어요."

54

~~~~~

리언

나는 화를 잘 내지 않는다. 대개는 온순하고 화를 돋우기 힘든 사람이다. 싸움에 휘말리는 쪽은 언제나 리치였다. 그는 대개 여자를 대신해 싸웠다. 여자가 도움이 필요하든 말든, 필요하다고 생각되면 꼭 나섰다. 하지만 지금은 나에게 뭔가 야만적인 일이 일어날 것 같았다. 몸이 부드럽게 움직여지지 않는다. 적대적인 마음을 드러내고 신경을 곤두세워봤자 티피에게 도움이 되지 않을 텐데도.

하지만 그를 해치고 싶다. 정말이다. 그가 티피에게 무슨 짓을 했는지는 모른다. 이번에는 무엇이 그녀를 얼어붙게 했는지 잘 알지 못한다. 뭐였든 간에, 그가 했던 행동이 그녀를 상처 입혔고, 그녀는 추운 곳에 있다가 실내로 들어온 아기 고양이처럼 온몸을 벌벌 떨고 있다.

그녀가 얼굴을 닦으며 일어난다.

티피 미안─ 아, 아니. 안녕?

나   안녕. 차 마실래요?

그녀가 고개를 끄덕인다. 손에서 그녀를 놓아주고 싶지 않다. 하지만 그녀는 좀 떨어지고 싶어 하고 있다. 붙들고 있는 건 좋은 생각이아니다. 다시 옷을 주워 입고 주전자를 보러 간다.

티피 아까는….

말이 바로 끊어진다. 주전자가 끓기 시작한다. 조용히 부글부글.

티피   너무 끔찍해요. 무슨 일이 벌어진 건지도 모르겠어요.

나   새로운 기억이 떠오른 거예요? 아니면 카운슬러와 이미 쭉 얘기해
     왔던 일이에요?

그녀가 이마를 찌푸리며 고개를 젓는다.

티피   기억 같은 게 아니었어요. 내 마음속 눈으로 들어온 게 아니었⋯.

나   그냥 몸이 기억하는 것 같은?

그녀가 시선을 들어 올린다.

티피   그래요. 정확해요.

차를 따르고서 우유를 꺼내려 냉장고를 열다가 멈춘다. 냉장고는 'F
and J'라는 글자로 아이싱된 작은 핑크색 컵케이크로 가득 차 있었다.

티피가 조용히 걸어와 내 허리를 감싼다.

티피   아, 우리가 간 다음에 열린다는 결혼식에서 쓸 케이크인가 봐요.

나   몇 개인지 세봤을 것 같아요?

티피가 웃었다. 빵 터뜨리는 웃음이 아니고, 여전히 눈물기가 남아
있는 웃음이었지만, 그래도 좀 나았다.

티피   아마도 열심히 셌겠죠? 하지만 참 많기도 많네요.

나   너무 많아요. 내가 보기엔⋯ 300개쯤.

티피   결혼식에 300명을 초대하는 사람이 어디 있겠어요? 아주 유명하
     거나 인도 사람 아닌 이상은.

나   유명한 인도 사람 결혼식일까요?

티피   로디 일러스트레이터 경은 딱히 그렇게 말하지는 않던걸요.

컵케이크 두 개를 슬쩍해서 티피에게 하나를 건넨다. 벌건 눈이 아
직 그대로지만, 그녀는 이제 웃고 있다. 컵케이크를 거의 한 입에 다
먹었다. 우리는 오븐에 나란히 기대어 한동안 말없이 먹기만 한다.

티피   그러니까 말이에요… 당신의 전문적인 견해로는….

나   호스피스 간호사로서?

티피   의사 비슷한 사람으로서….

오, 안 돼. 이런 대화는 절대로 좋게 흘러가는 법이 없다. 사람들은 간호학교에서 세상의 모든 의학적 지식을 가르쳐준다고 믿는 것도 모자라, 학교를 나온 지 5년이 지나서도 그걸 기억한다고 넘겨짚는다.

티피   우리가 섹스를 하려고 할 때마다 나 왜 이렇게 뒤집어지는 걸까요? 그런 생각을 하면 세상에서 가장 우울해지고 말아요.

내가 조심스럽게   그러지 말아요. 시간을 들여서 원인을 알아보고, 더 안전하게 느껴질 때까지는 그 원인을 피해보는 것도 방법일 것 같아요.

그녀가 나를 날카롭게 쳐다본다.

티피   나는, 아니… 당신이 그렇게 생각하진 않았으면…. 있잖아요, 그는 나를 결코 다치게 하지 않았어요.

이 말에 반박하고 싶다. 그는 그녀를 몹시 다치게 한 것 같았다. 하지만 나는 그런 말을 할 입장이 아니다. 그래서 그녀에게 그냥 컵케이크를 하나 더 가져다준다.

나   잘 모르면서 단정 지으려는 게 아니에요. 난 그냥 당신 기분이 나아지기를 바랄 뿐이에요.

티피가 나를 물끄러미 보더니, 난데없이 내 볼을 찔렀다.

내가 소리를 지르며   저기, 이봐요!

아까 그녀의 볼을 손가락으로 찔러보기는 했지만, 직접 당해보니 훨씬 크게 놀랄 만한 일이었다.

티피   당신 진짜구나. 당신같이 좋은 사람이 있을 수 있나 싶어서.

나   나 그런 사람 아니에요. 이 세상 대부분의 사람들을 싫어하는 심술쟁이 성질 팍팍한 노친네라고요.

티피 대부분?

나 적은 수의 예외가 있죠.

티피 어떻게 선택해요? 예외는?

왠지 불편한 마음으로 어깨를 으쓱한다.

티피 정말요, 심각하게. 왜 나예요?

나 흠. 그게 내 생각에는… 그냥 편하게 느껴지는 사람들이 있어요. 많
지는 않아요. 당신도 그중 하나예요. 직접 만나기 전부터 그랬어요.

티피가 나를 바라본다. 머리를 기울이고 내 눈을 어찌나 오래 바라
보는지, 이 얘기는 그만했으면 좋겠다는 생각에 몸이 배배 꼬인다. 그
녀가 다가와 아이싱 맛 나는 키스를 천천히 했다.

티피 난 기다릴 만한 가치가 있을 거예요. 알게 될 거예요.

그 점에 대해서는 한 치의 의심도 품은 적이 없었다.

55

~~~

티피

모니터에서 눈을 떼며 의자에 등을 기댄다. 모니터를 너무 오래 바
라봤다. 성에서 찍은 니트웨어 사진들이 「데일리 메일」의 여성판 「피

메일」에 실렸고, 기분이 묘했다. 캐서린은 이제 명실공히 셀럽이었다. 어찌나 순식간에 일어난 일인지 눈을 비비고 봐도 믿기지가 않았다. 그리고 사진 속 리언이 얼마나 섹시한지 모르겠다며 여자들이 단 댓글을 끊지 못하고 계속 읽었다. 그가 섹시하다는 건 누가 말해주지 않아도 알았다. 불쾌한 동시에 인증을 받은 듯한 만족감도 들었다.

그의 기분이 어떨지 궁금했다. 그가 테크놀로지에 어두워도 너무 어두운 나머지 「데일리 메일」의 댓글을 볼 줄 모르면 좋겠다. 개중에는 퍽 19금인 내용도 있었기 때문이다. 인종주의적 발언도 당연히 빠지지 않았다. 인터넷 댓글이 오죽하랴. 그러고는 이 모든 것이 지구온난화가 진보주의자들의 음모라는 주장으로 귀결되는 것이었다. 인터넷의 블랙홀을 맴돌며 트럼프가 신 나치인지, 리언의 귀가 너무 크지 않은지를 놓고 사람들이 펼치는 기이한 의견을 따라 읽으며 나도 모르는 새 30분을 허비했다.

퇴근하고 상담을 받으러 가는 날이었다. 루시는 평소대로 불편할 만큼 오래 침묵을 지켰다. 그러면 나는 거의 반 자발적으로 생각하기조차 버겁고 끔찍하고 고통스러운 이야기를 하기 시작하는 것이었다. 나는 내가 기억력이 나쁘다고 믿었다. 그렇게 믿도록 저스틴이 얼마나 영악하게 꾸며냈는지 몰랐다. 저스틴은 뻔뻔하게도 내가 옷을 잔뜩 내다버렸다고 믿게 했다. 자기 마음에 들지 않는단 이유로 그냥 구석에 처박아놓았던 것이면서.

섹스도 그랬다. 섹스를 하면, 정말로 교묘하게 빚진 느낌이 들게 했다. 자기가 나를 슬프게 해서 어떤 생각도 못 하는 상황에서조차.

하지만 루시에게는 평소와 마찬가지로 모든 것이 업무일 뿐이었다. 그저 고개만 *끄덕끄덕*하거나, 머리를 비스듬히 하고서 나를 보거나,

아니면 입 밖으로 내어 말하는 것만으로도 통증이 느껴지는 극단적인 사례에는 때로 "그래요" 하고 토닥거려주거나 했다.

이번에는 상담 말미에 내가 어떻게 지내고 있는 것 같으냐고 물어왔다. 미용사가 방금 자른 머리가 마음에 드냐고 묻는 것 같은 말투였다. 나는 하던 대로 얘기하기 시작했다.

"솔직히 아주 잘 지내고 있어요, 정말 감사해요."

하지만 루시는 나를 쳐다보기만 했다. 그러면 나는 또 내가 정말로 어떻게 지내고 있는지 생각하게 되는 것이었다. 두어 달 전의 나는 술을 마시러 가자는 저스틴에게 싫다는 말을 할 수 없었다. 기억들을 묻어두려고 모든 정신적 에너지를 팽창시키고 있었다. 그가 나를 학대했다는 걸 인정할 의지조차 없었다. 이제 나는 여기까지 왔다. 모가 아닌 사람에게 저스틴과의 사이에서 일어난 일이 내 잘못이 아니며, 그 사실을 진정으로 믿고 있다고 말하고 있었다.

지하철을 타고 집에 오는 길에 켈리 클라크슨의 노래를 계속 듣는다. 유리창에 비친 내 모습을 보며 어깨를 쭉 펴고 내 눈을 똑바로 응시한다. 저스틴의 집에서 지금 집으로 가는 지하철을 처음 탔을 때와 꼭 마찬가지로. 그렇다. 상담을 마치고 나온 길이라 약간 눈물에 젖었지만, 이번에는 선글라스를 끼고 있지 않았다.

말하자면 나는 나 자신이 몹시도 자랑스러웠다.

집에 돌아오자, 「피메일」에 실린 사진에 대한 리언의 감상을 알 수 있었다. 냉장고에 붙은 쪽지.

저녁은 해놓지 않았어요. 이제 저녁이나 차리기에는 내가 너무 유명해져서요.

(그래서 캐서린과 당신의 성공을 축하하는 의미로 배달 음식을 시켰어요. 냉장고에 맛있는 태국 음식이 있어요) x

그러니까 네티즌들의 반응은 안중에 없다는 뜻이었다. 그건 좋았다. 켈리 클라크슨의 「Stronger」를 흥얼거리며 태국 음식을 전자레인지에 넣었다. 전자레인지가 돌아가는 동안에 펜을 집어 든다. 리언은 수요일까지 일을 하고 엄마 집으로 간다고 했다. 금요일 리치의 재판과 캐서린의 출간기념회가 끝날 때까지는 그를 만날 수 없다. 그는 계속 바빴다. 내일 아침에 마지막 조니 화이트를 방문하러 간다고 했다. 카디프로 가는 첫 기차를 탔다가 집에 돌아와 쪽잠을 자고 출근하려는 계획이었다. 나는 사람이 제대로 구실을 하려면 그 정도 수면 시간으로는 부족하다고 지적했지만, 그는 집에 있을 때조차 잠을 잘 못 자는 게 분명했다. 차라리 나가서 돌아다니는 편이 나을 수도 있었다. 그는 『벨자』를 마침내 다 읽었는데, 그것이 그가 낮에도 깨어 있다는 확실한 증거였다. 대부분의 시간을 카페인에 의지해서 살아가는 것 같았다. 우리는 원래 인스턴트커피를 이렇게 빨리 동내지 않았다.

간단하게 썼다.

유명인사로서의 새로운 삶을 그렇게 잘 받아들이다니 기쁘네요. 반면에 난 당신이 너무 섹시하다고 생각하는 인터넷의 100명쯤 되는 여자들에게 민망할 만큼 심하게 질투가 나요. 당신을 바라보는 사람이 오직 나였을 때가 훨씬 좋았다는 생각을 한답니다.

조니 화이트 8번이 우리의 주인공이기를 간절히 기원해요!

xx

이튿날 저녁 답장을 보니 리언은 지쳐 있었다. 글씨만 보고도 알 수 있었다. 펜을 꼭 쥘 힘조차 없는 것처럼 글자들이 엉성했다.

조니 화이트 8번은 우리의 주인공이 아니었어요. 그는 굉장히 불쾌한 사람이고, 동성애 혐오자였어요. 그리고 날짜 지난 비스킷을 억지로 엄청나게 먹이기도 했고.

리치가 인사해달래요. 그는 잘 지내요. 잘 버티면서. x

흠. 리치는 버티고 있는지 모르겠지만, 리언이 잘 버티는지는 의심이 갔다.

56

~~~

리언

지각이다. 사건의 트라우마가 잘 극복되지 않는다는 리치와 20분 동안 통화했다. 사건 아닌 다른 이야기를 한 것은 아주 오랜만의 일이었다. 항소심이 사흘밖에 남지 않았는데, 이상하기도 했다. 거티와 너무 자주 얘기를 나누다 보니 주제를 바꾸고 싶은 마음이 들었나 보다.

리치와 접근금지명령에 관해서도 의논했다. 그 문제에 대한 그의 입장은 명확했다. 티피가 결정할 문제라는 것이었다. 그는 결정을 강요하는 것은 좋지 않다고 생각했다. 그녀 스스로 결정에 다다르도록 내버려두어야 한다고 했다. 전 남자 친구가 그녀가 사는 집을 안다는 게 여전히 싫었지만, 내가 그런 말을 그녀에게 할 수는 없었다.

완전 지각이었다. 유니폼 셔츠 단추를 잠그며 건물을 나서다 5호에 사는 이상한 남자와 마주친다. 티피의 말에 따르면 7시 정각에 힘찬 에어로빅을 하고, 주차 자리에 바나나 상자들을 쌓아두는 남자. 그가 내 이름을 알고 있는 데 놀란다.

나 안녕하세요?

5호에 사는 이상한 남자 진짜 간호사였네!

나 간호사 맞아요. 저 지각을 해서-

5호에 사는 이상한 남자가 내가 알아야 할 것이 있다는 듯이 핸드폰 화면을 흔든다.

5호에 사는 이상한 남자가 뿌듯하다는 듯이 당신 이제 유명인사예요!

나 뭐라고 하셨는지?

이상한 남자 「데일리 메일」에 나왔잖아요! 그 유명인 호모 점퍼 같은 걸 입고!

나 호모는 더 이상 올바른 용어가 아니라고 알고 있는데요. 5호에 사는 이상한 분. 저 가야 해요. 나머지 「피메일」도 재미있게 보세요!

전력을 다해 달아난다. 뒤늦게 돌이켜보며 유명인의 삶은 좋지 않겠다고 다짐한다.

프라이어 씨도 사진을 볼 만큼은 깨어 있는 시간이 있었다. 당연히 재미있어하겠지. 곧 그만두기는 하겠지만, 신나서 나를 골릴 터였다. 이 기회를 절대로 놓치지 않고 핸드폰 화면에 사진들을 띄워놓을 것이다.

흠. 검은색 셔츠에 어마어마하게 큰 코바늘 목도리를 두르고서 저 멀리를 바라보는 사진에는 1만 4,000개의 좋아요가 달려 있었다. 별일도 다 있다.

프라이어 씨 엄청 근사해, 리언!

나 왜 아니겠어요. 감사합니다.

프라이어 씨 어떤 숙녀가 이런 패션을 하라고 설득했겠지? 간호사님을 망신시키려고 말이야.

나 네, 흠. 티피의 생각이었어요.

프라이어 씨 아하, 룸메이트. 그리고… 여자 친구?

나 아뇨, 아니에요. 여자 친구는 아니에요. 아직은.

프라이어 씨 아니라고? 저번에 애기를 할 때는 둘이서 서로 아주 홀딱 반한 것 같던데.

있는 힘을 다해 무표정을 유지하려고 애쓰면서 차트를 확인한다. 망가진 간 기능 검사였다. 좋지 않았다. 예상한 결과였지만, 그래도 좋지 않았다.

나 저는… 맞아요. 말씀하신 대로 그녀에게 빠져 있어요. 그런데 그냥 너무 서두르고 싶지 않을 뿐이에요. 그녀도 마찬가지인 것 같아요.

프라이어 씨가 인상을 찌푸린다. 그의 작은 구슬 같은 눈이 눈썹 주름 아래로 사라지다시피 한다.

프라이어 씨 조언 하나 해도 될까, 리언?

고개를 끄덕인다.

프라이어 씨 타고난 자네의 성격… 그 절제하는 성격 때문에 망설여서는 안 돼. 그녀에 대한 감정이 어떤지 확실히 해야 한다고. 어쨌거나 자네는 닫힌 책이잖나.

나 닫힌 책이요?

침대 시트를 매만지는 프라이어 씨의 손이 떨리고 있다. 차트에 적힌 예후를 생각하지 않으려고 애쓴다.

프라이어 씨 조용하고, 침울하지. 그녀는 분명 자네의 그런 점이 아주 매력적이라고 생각할 거야. 하지만 자네의 그런 점이 두 사람 사이의 벽이 되게 해서는 안 돼. 나는 말하는 걸 너무 오래 미뤄- 이런저런 걸 너무 늦게까지 방치했어. 이제는 할 수 있었을 때 내가 원하는 걸 말했더라면 얼마나 좋았을까 생각해. 내 인생이 달라졌을 수도 있지 않을까 생각하지. 지금이 만족스럽지 않다는 뜻은 아니야. 하지만… 젊을 때는 시간을 말도 안 되게 많이 낭비해버리곤 하니까.

이 병원에서는 지혜를 전수받지 않고서는 어디 한 군데 갈 수가 없다. 하지만 프라이어 씨의 말 때문에 조금 불안해진다. 웨일스 일 이후에 티피와의 관계를 서두르지 않는 것이 좋겠다고 생각했다. 하지만, 어쩌면 나는 너무 참고 있는 건지도 모른다. 아는 사람은 다 알듯이 내가 원래 그런 경향이 있기도 하다. 이제는 낮 근무로 바꾸는 문제를 그녀와 얘기할 걸 하는 생각이 든다. 나는 그녀를 위해 웨일스에 갔고, 커다란 카디건을 입고서 쉴 새 없이 바람에 얻어맞는 나무 앞에서 포즈를 취했다. 그 정도면 내 감정을 확실히 보여준 것 아닌가?

리치 형은 마음을 쉽게 열어주는 사람이 아니야. 타고나기를 그래.

나 아니야! 난 과감해. 표현도 잘하고, 열린 책이야.

리치 나하고 있을 땐 그렇지. 하지만 그건 중요하다고 칠 수 없어. 게다가 대개는 내가 먼저 말을 꺼내니까 형이 말하는 거고. 형은 날 좀 본받아야 된다니까. 나한테 연애는 그냥 하면 되는 거야. 나한테는 손에 얻기 어려운 관계란 없어. 그렇게 밀고 나가는 게 나한테는 늘 먹혔으니까.

의표를 찔린 기분이다. 티피와의 모든 것이 잘되고 있다고 느꼈는데, 이제는 불안해졌다. 프라이어 씨가 한 말을 리치에게 하지 말았어야 했다. 리치가 어떤 식으로 나올지 알았어야 했다. 리치는 열 살 때부터 복도에서 마주치는 소녀들에게 바칠 세레나데를 쓰는 아이였다.

나 그럼 어떻게 해야 할까?

리치 이런 제기랄, 형. 그냥 그녀에게 좋아한다고, 정식으로 사귀자고 해. 그게 형이 원하는 거잖아. 그렇다면 어려울 게 뭐 있어? 나 가야겠어. 거티가 클럽을 나선 후 10분에 대해 상술해달래. 다시 말이야! 기가 막힌다. 그 여자 정말 기계 아니야?

나 그녀는—

리치 신경 쓰지 마, 신경 쓰지 마. 그녀를 욕보이는 말은 한 단어도 듣지 않겠어.

나는 초인, 슈퍼우먼이라고 말할 생각이었다.

나 좋아.

리치 섹시하기도 하고.

나 너, 생각도 하지—

리치가 폭소를 터뜨린다. 나도 어느새 미소 짓고 있다. 그가 그렇게 웃음을 터뜨릴 때면 절로 미소를 짓게 된다.

리치 조심할게. 착하게 군다고. 하지만 나를 여기서 빼준다면, 저녁은
한번 살 거야. 아니면 청혼을 한다든지.

미소가 약간 지워진다. 걱정이 찌르르하게 몰려왔다. 항소심이 정말
열린다. 이틀 남았다. 리치가 무죄라는 시나리오를 상상하는 것조차
스스로 금하고 있었다. 하지만 내 머리는 의지에 반하여 리치가 무죄
로 풀려나는 장면만 계속 돌려보고 있다. 그를 집으로 데려와 티피의
페이즐리 문양 빈백에 앉혀놓고, 맥주를 마시고, 다시 나의 동생이 되
는 장면을.

무슨 말을 해줘야 할지 알 수 없었다. 너무 큰 기대 하지 마? 하지만
기대하는 것 말고 리치가 할 수 있는 일이 뭐가 있는가? 나도 마찬가
지인데. 그게 항소를 하는 전적인 의미였다. 그럼…. 만약 잘되지 않더
라도 정신줄을 놓으면 안 돼? 역시 터무니없다. 어떤 말로도 이 문제
의 중대함을 표현할 수 없다.

나 금요일에 보자.

리치 그렇게 나와야 내가 사랑하는 열린 책이지. 금요일에 보자, 형.

57

～～～

티피

금요일 아침 일찍 열리는 재판이었다. 그날이 왔다.

리언은 엄마 집에 있었고, 함께 법원에 간다고 했다. 레이철과 모가 우리 집에 왔다. 모도 출판기념회에 가기로 했다. 내가 이 책에 쏟아부은 그 모든 공을 감안하면, 마틴조차 내가 한 명 더 달고 오는 것에 토를 달지 못했다.

거티도 잠깐 들렀다 갔다. 리치 사건에 대해 잠깐 얘기하려고 매우 황급하게 왔다 간 것이었다. 그녀는 벌써부터 그 우스꽝스러운 변호사 가발을 쓰고 있었다. 18세기 그림에서 가져온 듯한 가발.

턱시도를 입은 모는 사랑스러웠다. 나는 말쑥하게 차려입은 모가 너무 좋다. 강아지가 사람처럼 차려입은 모습 같달까. 그는 눈에 띄게 불편해하고 있었고, 적어도 구두라도 벗고 싶어서 조바심을 쳤다. 하지만 그가 구두끈에 손이라도 대려고 하면 거티가 으르렁거렸고, 그는 훌쩍거리며 포기했다. 거티가 떠나자 안도하는 모습이 완연했다.

"알아둬. 모하고 거티는 100퍼센트 섹스하는 사이야."

레이철이 헤어 브러시를 건네며 말한다.

거울로 그녀를 물끄러미 봤다. 이 아파트에는 거울이 없어도 너무 없다. 레이철의 집에서 준비를 했어야 했다. 그녀의 집에는 전체를 거울로 붙인 장롱이 한 벽면을 다 차지한 침실이 있다. 성적인 이유의 인테리어인 것은 두말하면 입 아팠다.

"쟤네 그런 사이 아니야."

내가 정신을 차리고 브러시를 낚아채며 말했다. 갈기 같은 머리를 다독여서 매끈한 올림머리를 하려고 시도 중이었다. 우리 회사 DIY 책 중 하나에 나와 있는 머리. 저자는 내게 따라하기 쉬울 거라고 장담했지만, 나는 두 번째 단계에서 15분을 헤매고 있었다. 전부 합해서 22개의 단계가 있었고, 집에서 나갈 시간까지는 30분밖에 남아 있지 않았다.

"한다니까."

레이철이 팩트의 문제라는 투로 말했다.

"내가 이런 건 기가 막히게 맞힌다는 거 너도 알잖아."

거티 역시 친구가 누군가와 잠을 자면 '기가 막히게' 알아맞힌다는 정보를 전해주고 싶은 마음을 억누른다. 경쟁으로 번지는 것은 바라지 않는 일이었다. 더욱이 리언과는 아직도 섹스를 못 하고 있는 마당에.

"둘은 그냥 함께 사는 거야."

나는 입 안 가득 헤어핀을 물고서 말했다.

"예전보다도 서로 더 편해진 거라고."

"그런 편안함은 오직 서로 벌거벗고 난 다음에만 가능해."

레이철은 주장을 굽히지 않았다.

"그거 참 이상하고 징그럽다. 어쨌거나 모는 무성애자가 확실해."

그제야 욕실 문이 닫혀 있는지 확인한다. 모는 거실에 있었다. 지난 한 시간 동안 그는 참을성을 발휘하는 것처럼 보이기도 하고 지루해 보이기도 했다. 우리가 자기를 본다고 생각하는 때에 따라 표정이 바뀌었다.

"너는 그렇게 생각을 하고 싶은 거야. 그놈의 '우리는 남매 같은 사이야'란 생각 때문에. 하지만 그가 무성애자가 아니란 건 확실해. 작년 여름 한 파티에서 내 친구 켈리에게 끼를 부렸거든."

"하필 지금 그런 얘기를 해야겠니?"

헤어핀을 뺄어냈다. 너무 일찍 뽑았다. 핀은 4단계에서 써야 하는 것이었다. 나는 3단계에서 여전히 헤매고 있었다.

"이리 와봐."

레이철의 한마디에 안도의 숨이 새어나왔다. 하느님, 감사합니다.

"왜 여태까지 내버려둔 거야?"

내가 볼멘소리를 냈다. 그녀는 브러시를 받아들고, 한 손으로는 올림머리 설명서를 획획 넘기며 내가 이제까지 저질러놓은 난장판을 수습해갔다.

"이런 거도 못하면 뭘 배우겠니?"

*

아침 10시. 이렇게 이른 아침에 정장을 입고 있으니 이상했다. 나의 근사한 새 원피스에 차를 흘릴까 봐 이루 말할 수 없이 불안했다. 마티니를 마신다면 같은 불안감을 느끼지 않겠지만 맨정신에는 그렇다. 실크 옷을 입고 머그컵으로 차를 마시면 어쩐지 이상하다.

레이철이 또 해냈다. 머리칼이 아주 부드럽고 윤이 나게 탈바꿈했다. 여신 머리처럼 구불구불 흘러내려 목덜미에서 묶여 있는데, 사진에 나온 것과 똑같았다. 하지만 부작용이 있었으니, 결과적으로 내 가슴의 막대한 부분이 드러난 것이다. 상점에서 이 드레스를 입어볼 때 나는 머리를 내리고 있었다. 어깨를 드러내는 소매와 사랑스러운 연출을 하려고 아래로 끌어내린 목 라인이 몸을 얼마나 드러낼지는 깨닫지 못했다. 뭐, 괜찮다. 오늘은 나의 날이기도 하니까. 나는 이제 정식 편집자였다. 과감한 옷을 입을 자격이 확실히 있다.

캐서린을 확인하라는 알람이 울린다. 내가 전화를 자주 거는 리스트에 캐서린이 내 친엄마보다도 높이 있다는 사실을 의식하지 않으려고 애쓰며 전화를 걸었다.

"준비되셨어요?"

그녀가 전화를 받자마자 내가 냉큼 말했다.

"거의!"

들뜬 목소리.

"옷매무새만 잠깐 더 매만지고. 그리고-"

"뭘 잠깐 매만진다고요?"

수상한 느낌이 몰려왔다.

"아, 해 떠 있는 밝은 날에 다시 입어보니까 자기네 홍보팀이 얼마나 음울하고 지루한 의상을 골라줬는지 알게 됐지 뭐야. 그래서 끝단하고 목 라인을 좀 손봤지."

쏘아붙이려고 입을 열었다가 닫았다. 일단, 옷은 이미 돌이킬 수 없을 것이다. 단 길이를 이미 줄였다면 엎질러진 물이며 되돌릴 길은 없다. 그리고 둘째로, 프로답지 않게 과한 노출을 작정한 사람 곁에 있으면 내가 덜 튈 것이다.

"좋아요. 30분 후에 데리러 갈게요."

"뿅!"

그녀가 요즘 애들을 비꼬는 마음으로 저런 말을 썼기를 바랐다. 확신은 서지 않았지만.

통화를 끝내며 시계를 봤다. 10분의 여유가 있었다. 레이철이 준비할 시간을 고려 요소로 넣었어야 했다. 내가 생각했던 것보다 항상 50퍼센트의 시간을 초과하기 때문이다. 당연히 내 머리를 해주느라 늦었다고 탓할 것이었다. 하지만 그녀는 얼굴 윤곽 화장의 자타공인 여왕이었으며, 얼굴 형태를 미묘하게 바꾸는 데 적어도 40분은 쓴다. 그것도 눈과 입술은 시작도 못 하고 말이다.

리언에게 어떻게 되어가고 있냐고 문자를 치려던 순간에 아파트 전화가 울렸다.

"미친, 이거 뭐야?"

레이철이 욕실에서 외쳤다.

"우리 집 전화기야!"

내가 소리 나는 곳을 향해 벌써 질주하며 외쳤다. 냉장고 근처 어디에서 들려오는 것 같았다. 이런 옷을 입고 전력 질주를 하기란 쉽지 않다. 치마 부분이 아주 많이 펄럭거렸고, 달리는 사이에 맨발이 망사에 걸리는 위험한 순간이 두 번은 있었다. 다친 발목에 걸렸을 때는 움찔했다. 그 발로 이제 걸을 수는 있지만, 달리는 것까지는 무리였다.

"너희 뭐라고?"

모가 신기하다는 듯이 물었다.

"집 전화라고."

주방 바닥에 어질러진, 믿을 수 없을 만큼 많은 물건을 헤집으며 내가 되풀이했다.

"미안, 90년대인 줄?"

내가 전화기를 찾아내는 순간에 레이철이 말했다.

"여보세요?"

"티피?"

이마가 찌푸려진다.

"리치? 당신 괜찮아요?"

"솔직하게 말할게요, 티피. 나 똥 지리고 있어요. 물론 진짜 지리는 건 아니지만. 당장이라도 지릴지 몰라요."

"잠깐만요."

방으로 들어가 단단히 문을 닫았다. 그러고는 원피스를 찢지 않고 침대에 걸터앉기 위해 치마 부분을 가지런히 했다.

"당신 말이에요. 잘은 모르겠지만, 지금 무슨 밴 같은 데 있어야 하는 거 아니에요? 어떻게 전화를 거는 거예요? 그 사람들이 당신 법정 나가는 날은 기억하고 있는 거죠?"

거티와 리언에게 재소자들이 법정에 모습을 나타내야 할 때 나타나지 않는 호러 스토리를 닳도록 들은 터였다. 감옥과 관련된 다양한 관료주의가 빚어낸 결과였다. 법원 호송 중에 탈출하는 이야기. 그런 이야기가 머릿속에서 이 상황에 겹쳐졌다. 당국은 며칠 전에 더욱 암울한 런던의 감옥으로 리치를 옮겨놓았다. 재판에 대비해 더 가까운 곳에 데려다 놓은 것이었다. 하지만 감옥에서 법원까지 가는 길이 여전히 남아 있었다. 죄수 호송 과정에서 혼선이 빚어져 이 모든 노력과 준비가 수포로 돌아갈지도 모른다는 생각에 몸이 욱신거려왔다.

"아니, 아니에요. 밴이라면 좀 탔죠. 웃긴 일인데요. 밴에서 다섯 시간은 앉아 있었어요. 아니, 지금 법원이에요. 법원 유치장. 전화는 걸 수 없게 되어 있지만, 아일랜드 출신 숙녀인 교도관께서 내가 그분 아들을 떠올리게 한대요. 내 꼴이 지금 말이 아닌 걸 생각하면 칭찬인지

381

욕인지 모르겠지만요. 여자 친구에게 전화를 걸라고 하는데, 나는 여자 친구가 없잖아요? 그래서 당신한테 걸면 어떨까 생각한 거예요. 왜냐하면 당신은 리언의 여자 친구고, 그 정도면 충분한 구실이에요. 당신 아니면 학교 다닐 때 만난 리타였어요. 그녀하고는 엄밀하게 말해 헤어진 적이 없거든요."

"당신 지금 횡설수설하고 있어요, 리치."

내가 말했다.

"왜 그래요? 불안해서 그래요?"

"'불안해서'라는 말을 쓰니까 내가 할머니가 된 것 같잖아요. 이건 공포라고요."

"그렇다고 더 좋게 들리지는 않네요. 공포영화 같고. 코르셋이 너무 꽉 조여서 기절할 것 같지는 않고요?"

"조금 있으면 할 것 같아요."

"거티는요?"

"아직 못 만났어요. 어쨌거나 변호사가 해야 할 일을 하느라 바쁘겠죠. 지금은 완전히 나 혼자만 있어요."

그의 말투에는 평소대로 가벼운 자조가 담겨 있다. 하지만 굳이 귀기울이지 않아도 목소리의 떨림이 전해져왔다.

"당신은 절대 혼자가 아니에요."

내가 엄한 어조로 말했다.

"당신에게는 우리 전부가 있어요. 그리고 명심해요. 우리가 처음 대화를 나눴을 때 기억나요? 수감 생활을 버티기 위해 감옥에 있는 걸 받아들이게 됐다고 했죠? 자, 그게 여기서 최악의 시나리오인 거예요. 여태껏 경험한 것보다 훨씬 더."

"재판받다가 토하면 어떡하죠?"

"그러면 청소부를 부르겠죠. 더 유리할 수도 있어요. 법정에서 토하는 사람이 무장 강도 타입으로 보이지는 않을 테니까요."

그가 목이 졸리는 듯한 목소리로 킬킬거렸다. 순간 정적이 흘렀다.

"형을 실망시키고 싶지 않아요. 형은 기대를 너무 많이 해요. 다시는 형의 기대를 저버리고 싶지 않아요. 지난번은 최악이었어요. 진짜, 최악이었어요. 형의 얼굴을 보는 거 말이에요."

"당신은 그를 실망시킨 적이 없어요."

이 말을 하는데 가슴이 두방망이질을 쳐댔다. 중요한 일이었다.

"그는 당신이 한 짓이 아니라는 걸 알아요. 시스템이… 시스템이 당신 두 사람을 다 실망시킨 거예요."

"1심 판결을 그냥 받아들여야 했어요. 그냥 복역하고 출소를 했어야 했어요. 그동안에 형이 자기 인생을 살아갈 수 있도록."

"리언은 당신이 무슨 짓을 저지른다고 해도 맞서 싸울 사람이에요. 그는 동생이 괴롭힘당하는 걸 결코 두고 보지 않을 사람이에요. 만약 당신이 포기한다면, 그거야말로 그를 상처 입히는 일이에요."

그가 떨리는 숨을 커다랗게 들이마시고는 다시 내뱉었다.

"좋아요. 숨 쉬는 거, 불안할 때 도움이 돼요. 기절하지 말라고 냄새 맡는 소금은 챙겼어요?"

그가 또 킬킬거렸다. 이번에는 목이 덜 막혀서 나왔다.

"내가 쫄보인 줄 알아요?"

"당신이 아주 용감한 사람이라는 거 믿어요."

내가 말했다.

"하지만 맞아요. 난 당신을 쫄보로 보는 거예요. 그렇게 해서 당신이 스스로 얼마나 용감한 사람인지 기억나게 할 수 있다면."

"아, 당신 좋은 여자예요, 티피."

"나도 알아요. 이제 좀 괜찮아진 것 같아서 하는 말인데…. 당신이 방금 전에 말한 '리언의 여자 친구' 얘기로 돌아가볼 수 있을까요?"

멈칫하는 순간.

"여자 친구 아니에요?"

그가 말했다.

"아직은 아니에요. 그게, 우리는 아직 얘기를 하지 않았어요. 엄밀하게 말하면 우리는 데이트 몇 번 한 게 다니까."

"형은 당신에게 미치도록 빠져 있어요. 말은 안 할지 몰라도…."

불안감이 쑤셔왔다. 나도 리언에게 미치도록 빠져 있다. 깨어 있는 시간 대부분 그를 생각하며 보낸다. 잠자는 동안에도 간혹. 하지만… 알 수 없었다. 그가 내 남자 친구였으면 좋겠다는 생각을 하면 더럭 덫에 갇힌 기분이 들었다.

더 불안해하는 쪽은 리언이 아니라 내가 아닐까 생각하며 옷을 매만진다. 나는 리언이 정말 좋았다. 그러니 이 불안감은 터무니없었다. 이성적으로 생각하자면, 그를 내 남자 친구라고 남들에게 소개하고 싶었다. 누군가에게 미치면 으레 그렇게 하고 싶으니까. 그렇지만….

루시는 뭐라고 말할까?

아무 말도 하지 않을 것이다. 덫에 갇히는 것 같다는 이 기이한 공포심은, 나를 절대로 놔주지 않는 남자와 연애를 했다는 사실과 연관이 있다. 거의 확실하다. 루시는 내가 스스로를 휘젓고 뒤집어서 그 사실을 깨닫게끔 할 것이다.

"티피?"

리치가 말하고 있었다.

"이제 가봐야겠어요."

"오, 그래요."

생각에서 깨어난다. 리치가 이제 법정으로 나가려는 참인데, 전 남자 친구 일이나 걱정하고 있고, 이게 무슨 짓인지 몰랐다.

"행운을 빌어요, 리치. 나도 그곳에 있으면 좋을 텐데."

"어쩌면, 어쩌면 철창살 건너편에서 봐요."

그가 말했다. 목소리가 다시 떨리고 있었다.

"만약 그렇게 되지 못하면, 리언을 돌봐줘요."

이번에는 그의 요청이 이상하게 들리지 않았다.

"그럴게요. 약속해요."

58

~~~~

리언

이 양복이 싫다. 마지막으로 입은 게 1심 때였다. 그러고는 엄마 집 옷장에 쑤셔 넣었다. 오염이라도 된 것처럼 태워버리고 싶은 유혹이 들었다. 안 태워서 다행이었다. 법체계가 정의 실현에 실패할 때마다 양복을 계속 태울 능력이 내게는 없다. 이번이 우리의 마지막 항소가 아닐 수도 있다.

엄마는 떨며 흐느끼고 있다. 엄마를 위해 강해지려고 무진 애를 쓰지만, 엄마와 함께 이곳에 있는 것이 참을 수 없이 힘들다. 다른 어떤 사람과 있어도 이보다는 힘들지 않을 것이다. 끔찍하다. 엄마에게 엄마 노릇 해주기를 바라는 게 과한 소망일까? 거꾸로 행동하지 말고 말이다. 슬프면서도 화가 날 지경이다.

폰을 확인한다.

> 방금 리치와 통화했어요. 약간의 사기 진작을 위해 전화했더라고요. 그는 잘 있어요. 결과가 어떻든 간에 당신 가족 모두 괜찮을 거예요. 내가 할 수 있는 일이 뭐라도 있으면 문자해줘요. 전화 한 통 하러 슬쩍 빠져나오는 건 언제든지 할 수 있으니까요. 티피 xx

시릴 만큼 두렵고 긴 아침을 보내고 나서, 잠시나마 마음이 따뜻해졌다. 내 감정을, 진지한 쪽으로 우리 관계를 진전시켜보고 싶다는 뜻을 티피에게 명확하게 말하겠다는 각오를 새로이 다진다.

엄마 리언?

한 번 더 지난번 재판을 돌아본다. 몸은 여위고 머리가 길게 자란, 한계에 다다른 리치가 뒤를 돌아 나를 보았다. 그때의 그를 머릿속에서 비울 수가 없었다. 형을 선고받던 순간 그의 모습이 어땠는지 기억이 되살아났다. 계산된 범죄라는 말도 안 되는 헛소리가 집중포화로 쏟아질 때, 그의 눈이 얼마나 커졌고 공포로 텅 비어갔는지를.

엄마 리언? 애야?

나 가요.

다시 안녕, 법정.

법정은 너무도 밋밋하다. 미국 법정 드라마에서 나오는 나무 좌석과 아치형 천장과는 너무도 다르다. 책상에 아주 많은 서류와 카펫, 단으로 배열된 벤치들이 있을 뿐이다. 그 벤치에 지루하다는 표정을 짓고 있는 변호사와 기자 몇 명이 재판을 보러 와 앉아 있다. 한 기자는 핸드폰을 충전하려고 콘센트를 찾았다. 법학대 학생 한 명이 스무디 병의 뒷면을 물끄러미 들여다보고 있다.

이상했다. 올해 초만 같아도 나는 두 사람 모두에게 소리를 지르고 싶었을 것이다. '씨발, 집중 좀 해. 당신들은 누군가의 삶이 파괴되는 광경을 보고 있단 말이야.' 하지만 이런 광경은 이 의식의 일부일 뿐이고, 이제 우리는 어떻게 게임을 해야 하는지 알고 있다. 능력 있는 변호사와 함께였다. 이번엔 이런 광경이 크게 거슬리지 않았다.

『해리 포터』 시리즈의 캐릭터처럼 망토를 걸친 쪼글쪼글한 남자가 교도관과 리치와 함께 들어왔다. 리치는 수갑이 채워져 있지 않았다. 좋은 신호였다. 하지만 그의 모습은 내가 예상한 만큼 나빴다. 다시 운동을 하면서 지난 몇 달간 몸을 키웠지만, 어깨가 축 처진 모양을 보니 근육이 그 무게로 그를 내리눌러버린 것 같았다. 지난해 처음으로 법정에 들어서던 동생의 모습은 거의 찾아볼 수 없었다. 죄가 없으면 자유의 몸으로 풀려나기 마련이라는 자신감으로 뭉쳐 있던 그때의 동생이 아니었다. 나와 나란히, 한 단계씩 함께 자라며 내 뒤를 든든히 봐주던 동생이 아니었다.

쳐다보기조차 힘겨웠다. 그의 눈에 깃든 공포를 바라보기가 너무도 고통스러웠다. 그가 나와 엄마를 바라봤다. 어디서 힘이 솟아났는지, 그에게 용케 미소를 지어 보였다. 사람들이 그를 유리 상자에 넣고 문을 닫았다.

기다림의 시간. 예의 기자는 폰을 콘센트에 꽂는 데 성공하고서 로
이터 홈페이지처럼 보이는 웹사이트를 버젓이 스크롤하고 있다. 그의
머리 바로 위에 핸드폰 사용을 금한다는 거대한 안내판이 달려 있음
에도. 스무디 병은 이제 보풀이 인 목도리에서 풀려난 실오라기를 잡
아당기고 있다.

리치에게 계속 미소를 지어야 한다. 거티가 있다. 그 우스꽝스러운
의상 때문에 나머지 변호사들과 구분이 되지 않을 정도다. 심지어 그
녀가 내 주방에서 테이크아웃 중국 음식을 먹는 모습을 본 적도 있는
데 말이다. 그녀를 보는 것만으로도 털이 쭈뼛 서는 것 같다. 무언가
목 뒷부분에서 느껴지는, 이제 거의 본능적인 감각. 그녀가 우리 팀이
맞다는 걸 상기하고 또 상기해야 했다.

망토를 걸친 쪼글쪼글한 남자 모두 일어서십시오!

모두 일어선다. 세 명의 판사가 무리 지어 법정으로 들어선다. 세 명
모두 중년의 백인 남성이고, 내 엄마의 차보다 더 비싸 보이는 구두를
신었다는 점을 지적한다면 너무 일반화인 걸까? 그들이 자리에 앉는
동안에 솟아오르는 증오심을 가라앉히려고 애쓴다. 그들이 앞에 놓인
서류를 훑어본다. 이윽고 판사들이 고개를 들고 거티와 검사를 본다.
그들 중 누구도 내 동생은 쳐다보지 않았다.

판사 1번 시작할까요?

59

~~~~

티피

무대에 선 캐서린은 아주 작았고, 검은색 천으로 둘러싼 막대기처럼 보인다. 그녀 뒤의 스크린에는 무서울 정도로 거대하게 확대된 그녀가 되풀이해서 클로즈업된다. 한 스크린에는 그녀의 손만 보인다. 그녀가 코바늘을 어떻게 쓰는지 보여주는 스크린이다. 그리고 다른 두 스크린은 그녀의 얼굴에 집중되었다.

신기했다. 다들 넋이 나가 있었다. 우리는 코바늘뜨기에 관한 주간 행사 치고는 과하게 차려입었지만, 캐서린이 계속 우긴 드레스 코드였다. 그녀는 부르주아 반대를 외치면서도, 값비싼 것을 몸에 걸치는 일은 사랑했다. 칵테일 드레스를 입은 여자들이 아치형 천장 아래 달린 커다란 스크린 속 캐서린의 거대한 얼굴을 응시했다. 턱시도를 입은 남자들이 캐서린의 위트에 낄낄거렸다. 새틴 드레스를 입은 한 젊은 여자가 캐서린의 손동작을 따라 하는 모습도 보였다. 정작 그녀가 손에 들고 있던 것은 작은 염소 치즈 카나페였지만 말이다.

이런 정신없고 황당한 광경이 펼쳐지고 있음에도, 리치와, 통화 중에 떨리던 그의 목소리에서 생각을 떼어놓지 못하고 있었다.

살짝 빠져나간다 해도 알아챌 사람은 없다. 나는 법정에는 약간 어울리지 않아 보일 것이다. 하지만 집에 들러 택시에서 갈아입을 옷을 챙겨 가면 된다….

세상에, 택시 탈 생각까지 하고 있다는 게 나 스스로도 믿어지지 않았다.

"저기!"

레이철이 갑자기 내 갈비뼈를 찌르며 소곤거렸다.

"아야! 왜?"

"봐봐! 타샤 차이-라테야!"

그녀의 손가락을 따라갔다. 섬세한 라일락 색깔의 칵테일 드레스를 입은 젊은 여자가 뒤에 눈이 번쩍 뜨이게 잘생긴 남자 친구를 달고 군중 사이로 막 들어서고 있었다. 그 뒤로 턱시도를 입은 위협적인 남자가 두 사람을 따랐다. 경호원까지 대동하다니 대단하다.

레이철이 맞았다. 분명히 그녀다. 유튜브에서 본 조각 같은 광대뼈를 알아볼 수 있었다. 자제하려고 했지만, 속이 울렁거렸다. 유명인에게 맥도 못 추는 얼간이 같으니.

"진짜 왔네!"

"마틴이 좋아죽겠군. 타샤가 나랑 사진 찍어줄까?"

레이철이 물었다. 스크린들을 채운 거대한 캐서린들이 관객을 향해 미소 짓고 있었다. 손에는 코바늘로 뜬 정사각형 조각을 들고.

"내가 너라면 턱시도를 입은 저 커다란 남자를 걱정하겠는데."

"영상을 찍으려고 해! 봐봐!"

타샤 차이-라테의 말도 안 되게 잘생긴 남자 친구가 새철 백에서 딱 봐도 값비싼 비디오카메라를 꺼내 버튼을 만지작거렸다. 타샤는 머리와 화장을 체크하고, 손가락으로 입술을 톡톡 두드렸다.

"세상에. 유튜브 채널에 이 행사를 올리려는 거야. 캐서린이 감사 연설에서 네 얘기 할 것 같아? 우린 이제 유명해질 거라고!"

"진정 좀 해."

모와 눈길을 교환하며 그녀에게 말했다. 그는 카나페가 잔뜩 쌓인 테이블에서 길을 트며 오고 있었다. 다른 사람들이 모두 코바늘뜨기에 정신이 팔린 사이에 음식을 잔뜩 쟁여두고 있는 것이다.

타샤의 남자 친구가 카메라를 들고 타샤의 얼굴을 찍었다. 그녀는 곧장 미소로 얼굴을 감쌌다.

"더 가까이, 더 가까이."

모를 타샤 쪽으로 휘이휘이 몰고 가며 레이철이 웅얼거렸다. 우리 는 무심한 척 보이려고 애쓰며 한 무리로 뭉쳐서 갔다. 그들이 하는 말 이 들리는 지점까지.

"…놀라운 분이에요!"

타샤가 말하고 있었다.

"그리고 이곳, 아름답지 않나요? 세상에, 여러분, 이곳에 오다니, 저 오늘 정말 대박이에요. 여러분과 모든 것을 공유할 수 있으니까요. 생 방송으로! 여러분은 제가 진정한 예술가들을 얼마나 지지하는지 아시 죠? 캐서린이야말로 진정한 예술가의 전형이랍니다."

군중이 우레 같은 박수를 치고 있었다. 캐서린이 시연을 끝낸 것이 다. 타샤는 남자 친구에게 또 영상을 찍으라며 재촉하는 몸짓을 했다.

"이제 몇 마디 감사의 말을 전하려고 합니다!"

캐서린이 무대에서 말하고 있었다.

"이거야."

레이철이 흥분해서 속삭였다.

"틀림없이 네 이름을 말할 거야."

위가 꼬였다. 그녀가 내 이름을 말해주기를 원하는 건지 아닌지 헛갈렸다. 이곳에는 아주 많은 사람들이 있었고, 타샤 차이-라테의 유튜브 채널을 통해 곧 몇 100만 명도 더 보게 될 것이었다. 2~3센티미터쯤 작아 보이기를 꾀하며 옷매무새를 고쳤다.

하지만 걱정할 일도 아니었다. 캐서린은 모든 친구와 가족들에게 감사하는 것으로 시작했다. 황당한 수준으로 장황하게 이어지는 리스트였다. 그녀가 사람들을 가지고 놀려는 심산인지 궁금한 마음을 가눌 길이 없다. 그렇다면 딱 그녀다운 짓이다. 관객의 주의가 산만해졌다. 사람들은 화이트 와인과 핑거 푸드를 찾아 돌아다녔다.

"그리고 마지막으로,"

캐서린이 장엄한 톤으로 입을 벌렸다.

"제가 마지막까지 아껴두어야 했던 두 분이 계십니다."

나일 리 없다. 부모님이겠지. 레이철이 나에게 실망한 눈길을 던지고는 타샤와 그녀의 남자 친구에게로 주의를 돌렸다. 그들은 집중한 얼굴로 한 장면, 한 장면을 찍고 있었다.

"두 사람 없이는 결코 세상의 빛을 보지 못했을 책입니다. 이 두 사람은 『코바늘뜨기로 내 옷 만들기』의 출간을 성사시키기 위해 너무도 열심히 일했습니다. 무엇보다 그들은 맨 처음부터 저를 믿어주었습니다. 제가 이 행사에 이렇게 많은 분이 모일 만큼의 행운을 누리기 훨씬 전부터 말입니다."

레이철과 내가 마주봤다.

"나일 리는 없어."

레이철이 어느덧 매우 초조해진 표정으로 속삭였다.

"내 이름도 기억 못 했던 경우가 대부분이란 말이야."

"티피와 레이철은 지난 3년간 저의 편집자와 디자이너로 일해주었습니다. 그리고 그들이야말로 제가 거둔 성공의 이유입니다."

캐서린이 웅장한 어조로 말했다. 좌중이 박수를 쳤다.

"상상할 수 있는 최고로 내 책을 만들어준 그들에게 말로는 다 감사를 표현할 수 없습니다. 상상할 수 있는 가장 아름다운 책으로 만들어주었어요. 레이철! 티피! 여기로 올라와주시겠어요? 두 사람에게 드릴 것이 있어요."

우리는 둘 다 넋이 나갔다. 레이철에게 과호흡이 오는 게 아닌가 걱정되었다. 살면서 지금만큼 나의 의상 선택을 후회한 적이 없었다. 천 명의 사람들 앞에 젖꼭지만 겨우 가린 옷을 입고 설 판이었으니까.

하지만 한참이 걸려 가까스로 무대 위에 올라섰을 때, 알아보지 않을 수 없었다. 캐서린이 거대한 스크린에서 미소 지으며 아래를 내려다보는 얼굴을. 눈물까지 약간 글썽이는 게 아닌가! 나는 사기꾼이 된 기분이 조금 들었다. 아니, 내 말은 이렇다. 지난 몇 달간 업무의 대부분을 캐서린의 책에 매달려서 보낸 건 사실이다. 하지만 나는 캐서린의 책에 대해 불평도 아주 많이 했다. 그리고 그녀와 처음 일을 시작했을 때는 사실 관심도 없었다.

무대에 서자 무슨 일이 일어나는지도 모르게 정신이 없었다. 캐서린은 내 볼에 키스를 하며 엄청나게 큰 백합 꽃다발을 안겨주었다.

"두 사람 까먹은 줄 알았지?"

그녀가 잘난 척하는 미소를 띠며 내 귀에 소곤거렸다.

"아직은 명성이 내 머리를 그렇게까지 썩혀버리지는 않았다고."

관객이 박수를 치고 있었다. 지붕에서부터 메아리를 치며 오는 소리. 나는 순전한 의지력만으로 드레스의 가장 윗부분이 몸에 붙어 있기를 바라며 미소를 지었다. 무대에 서니 조명이 정말로 밝았다. 눈을 깜빡일 때마다 눈 안쪽에서 별이 번쩍거리는 것 같았다. 모든 것이 매우 하얗고 환하거나, 검고 그늘지게 보였다.

소동이 일어난 걸 알아채지 못한 건, 그 소동이 관객의 가장 앞줄에 도달할 때까지도 몰랐던 건, 다 조명 때문이었던 것 같다. 인파 사이에 소요가 일었다. 사람들 고개가 돌아갔고, 누가 민 것처럼 비틀거리며 비명을 지르는 사람들도 있었다. 한 형체가 길을 헤치고 와 무대 앞에서 멈췄다.

제대로 보이지가 않았다. 나는 수많은 조명에 눈이 멀어 있었고, 꽃다발을 꼭 붙들고 있으려고 애쓰는 중이었다. 이런 구두를 신고 난간 없는 계단을 내려갈 수 있을지 걱정하고 있었다.

하지만 목소리는 알아들었다. 그리고 알아들었을 때는 모든 것이 깜깜해졌다.

"마이크 좀 주실 수 있을까요?"

저스틴이 말하고 있었다. 참으로 개연성 없게도, 불가능하게도, 사람들 사이를 헤치고 나온 형체는 당연히, 그였기 때문이다.

"하고 싶은 말이 있습니다."

캐서린이 생각할 겨를도 없이 그에게 마이크를 건넸다. 그녀는 이마를 찌푸리며 마지막 순간에 나를 흘깃 보았다. 하지만 마이크는 이미 저스틴의 손에 있었다. 그게 저스틴이었다. 달라고 한다. 갖는다.

그가 내게로 얼굴을 돌렸다.

"티피 무어, 나 좀 봐."

마치 그가 나를 줄에 매달아놓은 것처럼 머리가 이리저리 흔들리다가 그의 눈과 마주친다. 그가 있었다. 각진 턱과 완벽하게 다듬은 수염, 턱시도 재킷 아래 강하고 넓은 어깨를 한 그가. 눈은 부드럽고 이곳에 있는 유일한 여자는 나뿐이라는 듯이 내 얼굴을 훑고 있었다. 내가 상담 시간에 말하던 남자, 나를 다치게 한 남자의 흔적은 찾아볼 수 없었다. 이 남자는 꿈에서 현실로 나온 남자였다.

"티피 무어."

그가 다시 말을 이었다. 모든 것이 잘못되고 있다. 나의 다른 인생, 저스틴이 필요하지도 않고, 저스틴을 원하지도 않는 인생이 나를 버리겠다고 갑자기 위협하고 있다.

"네가 없는 나는 길을 잃었어."

그가 말을 멈춘다. 침묵이 요동친다. 속을 울렁거리게 하고 메아리로 되돌아온다. 음악이 끝났을 때 귀에 남는, 길고도 하나로 합쳐져 이어지는 듯한 음조처럼.

저스틴이 한쪽 무릎을 꿇었다.

문득 관객의 반응을 깨닫는다. 관객들이 구구구, 아아아, 하는 소리를 내뱉으며 놀라고 있다. 무대 위 나를 둘러싼 얼굴들이 보인다. 레이철은 충격에 얼굴이 일그러져 있었다.

캐서린의 입도 벌어져 있었다. 나는 필사적으로 도망치고 싶었다. 하지만 아무리 힘을 끌어모아도 소용없었다.

"제발."

입을 벌려 말했다. 대체 왜 애걸하는 것으로 말문을 열었을까? 다시 말하려 했으나 저스틴이 가만있지 않았다.

"너는 내가 함께해야 할 운명의 여자야."

그가 말했다. 그의 목소리는 나직했지만 마이크를 쓰고 있어서 좌중에 제대로 전달되었다.

"이제야 알겠어. 내가 우리 사이를 의심했다니 믿을 수조차 없어.

너는 내가 이 세상에 태어나 원할 수 있는 모든 것이야. 아니, 그 이상이야."

그가 머리를 옆으로 까딱 기울였다. 한때 내가 저항할 수 없다고 생각하던 몸짓.

"널 가질 자격이 없다는 거 알아. 네가 나에게는 과분하다는 걸 알아. 하지만…."

내 속의 무언가가 금방이라도 툭 끊어질 듯 팽팽하게 조여온다. 저스틴이 날 가지고 노는 방법을 얼마나 잘 아는지, 거티가 했던 말이 기억났다. 그가 여기 있었다. 처음에 나를 홀렸던 저스틴이.

"티파니 무어, 나와 결혼해줄래?"

그의 눈에 있는 무언가 때문이다. 나를 넘어가게 한 것은 언제나 그 눈이었다. 팽팽한 침묵이 목을 조른다. 내가 동시에 두 장소에 있다는 느낌, 내가 동시에 두 사람이라는 느낌이 너무도 생생하다. 반쯤 잠이 든 상태에서, 깨어 있는 것과 꿈꾸는 것 사이에서 어디론가 끌려가는 듯했다. 여기 저스틴이 나를 되찾겠다고 애걸하고 있다. 내가 언제나 원했던 저스틴이. 첫 순간부터 나를 가졌다가 숱한 다툼과 이별을 반복하게 했던 저스틴이. 싸워서 되찾을 가치가 있다고 늘 믿었던 저스틴이.

입을 벌렸다. 하지만 마이크 없는 내 목소리는 백합꽃 뒤로 사라져버렸다. 내 귀에도 내 대답이 들리지 않았다.

"그녀가 예스라고 했어요!"

저스틴이 일어서서 팔을 쫙 펼치며 외쳤다.

"나와 결혼해주겠답니다!"

난리가 났다. 너무 시끄러웠다. 조명이 눈꺼풀 아래를 줄무늬로 그슬렸다. 저스틴이 나를 끌어다가 꼭 안고 내 머리칼에 입을 가져다 댔다. 기분이 이상하지도 않았다. 늘 그랬던 대로의 느낌. 그의 단단한 몸이 내 몸에 닿는 것, 그의 온기. 그 모든 게 끔찍하게도, 완벽하게도 익숙했다.

60

~~~~

리언

거티 윌슨 여사님, 우리의 첫 번째 전문가 증인으로서, 여사님께서 어떤 일을 하시는지 재판장님들께 말씀해주시겠습니까?

윌슨 여사 저는 CCTV 분석가이자 화질 개선 전문가입니다. 15년간 이 일을 해왔습니다. 현재 영국의 가장 중요한 CCTV 포렌식팀에서 일하고 있습니다. 저희 팀이 이 화면의 화질을 개선했습니다(스크린에 손짓을 한다).

거티 정말 감사합니다. 윌슨 여사님. CCTV 영상을 조사해온 여사님의 경험으로 보아, 오늘 우리가 본 이 짧은 영상 두 개에 대해 어떤 말씀을 해주실 수 있겠습니까?

윌슨 여사 할 말 많습니다. 우선 말하자면, 두 사람은 같은 사람이 아닙니다.

거티 그렇습니까? 절대적 확신처럼 들리는데요.

월슨 여사 절대적으로 확신합니다. 우선 개선한 영상에서 보이는 후드티의 색깔을 봅시다. 한쪽만 검은색이에요. 화면에 보이는 대로입니다.

거티 두 이미지를 같은 화면에 띄워주실 수 있을까요? 감사합니다.

월슨 여사 그리고 이 사람들이 걷는 모양을 보십시오! 흉내는 꽤 잘 냈습니다. 맞아요. 하지만 첫 번째 사람은 딱 봐도 술에 떡이 되어 있습니다. 지그재그로 걷는 걸 보십시오. 진열장으로 들어갈 태세죠. 그런데 다음 사람은 훨씬 똑바로 걸을뿐더러, 칼을 꺼낼 때 더듬거리지도 않습니다. 첫 번째 남자는 맥주를 떨어뜨릴 뻔했고요!

거티 새로 얻은 CCTV 영상을 보면, 피고인이 상점 밖에서 지그재그로 걷는 걸 좀 더 확실하게 볼 수 있지 않습니까?

월슨 여사 아, 그럼요.

거티 첫 번째 인물, 우리가 투메이 씨라고 확인한 인물이 걸어간 후 얼마 있다가 나타난 무리 말입니다. 그중에 그 주류 판매점에 칼을 들고 들어간 사람을 지목해주실 수 있겠습니까?

검사 터너가 판사들에게 재판장님, 순전한 추측입니다.

판사 화이트 아니요, 질문 허용하겠습니다. 콘스탄틴 변호사는 증인의 전문성에 기대어 증인을 부른 겁니다.

거티 월슨 여사님, 이 영상을 보면서 이 중 어떤 남자가 주류 판매점에 들어갔는지 알 수 있을까요?

월슨 여사 아, 그럼요. 제일 오른쪽에 있는 남자요. 후드를 눌러썼고, 이쪽 화면에서는 상점에 들어가지 않지만요, 왼발을 내디딜 때마다 어깨가 떨어지는 모양을 보세요. 어깨를 문지르는 모양을 보세요. 상점에서 칼을 꺼내 들 때와 같은 몸짓입니다.

검사 터너   우리는 투메이 씨의 유죄 여부를 가리는 항소심 중입니다. 신원을 알 수 없는 행인을 끌어오는 게 사건과 무슨 관련이 있습니까?

판사 화이트   무슨 말인지 알겠어요, 터너 검사. 콘스탄틴 변호사, 지금 다루는 사건과 관련 있는 질문이 더 있습니까?

거티   없습니다. 재판장님. 이 문제는 좀 더 뒷날 돌아볼 수 있겠지요. 이 사건이 재수사되는 날에 말입니다.

검사 터너가 손으로 입을 막고 조소를 터뜨린다. 거티가 그를 얼려 버리는 눈빛을 쏜다. 지난번 재판에서 터너는 리치를 쥐 잡듯이 위협했다. 그를 깡패라 부르고, 폭력적인 성향의 범죄자이자 원하는 것은 뭐든 빼앗는 사람으로 묘사했다. 그가 거티의 응시에 창백해졌다. 나로서는 기쁘게도, 터너는 가운과 가발을 걸치고서도 거티의 거친 눈길에는 적응이 되어 있지 않았다.

리치와 내 눈이 마주쳤고, 나는 오늘 처음으로 진심 어린 미소를 지었다.

휴정 시간에 바깥으로 나와 핸드폰을 켰다. 내 심장은 딱히 평소보다 빨리 뛰고 있지는 않았다. 그냥 좀 더 큰 소리로, 둔탁하게 뛰고 있었다. 모든 것이 과장된 느낌이었다. 커피를 샀는데 맛이 더 강하게 느껴지고, 하늘이 맑은데 해가 황량하게 느껴진달까? 이렇게 잘 되어가는 것이 믿어지지 않았다. 거티는 멈출 줄을 몰랐다. 그녀가 하는 한마디, 한마디가 너무도… 결정적이었다. 판사들은 계속 고개를 끄덕였다. 첫 재판에서는 한 번도 고개를 끄덕인 적이 없던 판사조차.

이런 장면을 상상만 했는데, 그게 현실이 되었다. 백일몽 같다.

티피에게서 문자 몇 개가 와 있었다. 간단히 답장을 두드렸다. 손바닥은 젖어 있었고, 문자를 써 보내면 징크스가 될까 봐 두려웠다. 그녀에게 전화를 걸고 싶었다. 전화를 걸었으면 좋았을 것을, 타샤 차이-라테의 페이스북 페이지를 들여다보고 말았다. 그녀가 캐서린의 출판기념회를 촬영할 것이라고 했다. 티피가 해준 말이었다. 조회수가 이미 몇천을 넘긴 영상이 그녀의 채널에 있었다. 썸네일의 아치형 천장을 보니 출판기념회에서 찍은 영상 같았다.

법원 바깥의 벤치에 앉아 영상을 플레이했다. 캐서린이 감사의 말을 전하는 순서였다. 그녀가 티피에게 감사를 건네는 장면에서 미소가 흘러 나왔다. 티피가 말한 바에 따르면 편집자들은 언제나 찬밥 신세고, 디자이너들은 심지어 더 푸대접을 받는다고 했다. 티피와 함께 무대에 오르는 레이철이 환한 미소를 발했다.

갑자기 카메라가 덜컹거리며 흔들렸다. 누군가 인파를 밀치며 앞으로 나가고 있었다. 그가 무대에 뛰어오르는 순간, 나는 누구인지 알아보았다.

이런 지독한 기분이라니. 법정을 나가 이즐링턴으로 달려가고 싶은 욕구가 물밀듯이 몰려왔다. 몸을 잔뜩 숙이고 작은 화면에서 플레이되는 장면을 노려봤다.

영상은 그녀가 승낙하는 장면에서 끝났다.

끔찍한 기분이 얼마나 생생한지, 놀라울 정도였다. 다른 사람의 청혼을 승낙하는 장면까지 봐야 알 수 있는 걸까? 그 사람에 대한 진정한 감정을.

61

~~~~

티피

저스틴이 무대 아래로 나를 끌고 갔고, 나는 순순히 따랐다. 그 순간에는 시끄러운 소리와 조명과 사람들에게서 벗어나는 것만큼 바라는게 없었기 때문이다. 하지만 무대 옆 커튼을 지나치자마자 나는 그의손아귀에서 내 손을 잡아 뺐다. 손목이 아프다고 비명을 지르고 있었다. 그가 너무 세게 쥐고 있었다. 우리는 무대 옆 좁은 방 안에 있었다. 검은 벽으로 둘러싸인 방. 거기에 우리 말고는 검은색 옷을 입고 워키토키를 장착한, 발치에 엄청나게 많은 케이블을 늘어놓고 있는 남자한 명밖에 없었다.

"티피?"

그의 목소리에 서린 연약함은 100퍼센트 꾸며진 것이었다. 그걸 내가 모를 리가.

"망할, 대체 왜…."

나는 덜덜 떨고 있었다. 서 있기조차 힘들었다. 특히 이런 하이힐을신고는.

"이게 무슨 짓이야?"

레이철이 커튼을 홱 젖히고 들어와 구두를 벗어던졌다.

"티프– 티피!"

그녀가 달려와 나를 꼭 끌어안았다. 저스틴이 우리 두 사람을 내려다본다. 살짝 가늘어진 눈으로. 그 눈 너머로 뭔가 계산하는 것이 다 보였다. 나는 레이철의 두툼하게 땋은 머리에 기댄 채 울지 않으려고 매우, 매우 애를 썼다.

"티피?"

또 나를 부르는 소리. 모였다. 그가 어디 있는지 가늠할 수 없었다.

"축하해주려고 친구들이 다 모였네."

저스틴이 선심 쓰듯이 말한다. 하지만 그의 어깨는 뻣뻣하게 굳어 있었다.

"모, 너야?"

내가 외쳤다. 저스틴 뒤에서 그가 나타났다. 재킷도 없이 나타난 그는 뛰어다닌 것처럼 머리칼이 헝클어져 있었다.

순식간에 그가 내 옆에 와 있었다. 캐서린이 무대 위에서 『코바늘뜨기로 내 옷 만들기』로 화제를 되돌리려고 애쓰는 소리가 들려왔다.

저스틴이 우리 셋을 바라본다. 레이철은 여전히 나를 꼭 붙들고 있고, 나는 저스틴을 바라보며 그녀에게 몸을 기대고 있었다.

"내가 승낙 안 했다는 거 알지?"

내가 단호한 목소리로 말했다. 그의 눈이 떡 벌어졌다.

"무슨 말이야?"

나는 머리를 흔들었다. 이런 기분은 익숙했다. 무언가 잘못됐다고 끊임없이 신호가 울리는 느낌.

"이제 넌 내게 사실이 아닌 걸 믿게 할 수 없어."

그의 눈이 번득거렸다. 아마 이렇게 생각했겠지. '원래부터 그렇게 해왔는데, 그것도 수도 없이.'

"더 이상은 아니야. 내가 보고 믿고 생각하는 걸 스스로 의심하게 하는 거, 그런 걸 가스라이팅이라고 한다더라. 일종의 학대라고. 더 이상은 안 돼."

이 단어가 그를 쓰러뜨렸다. 레이철이나 모가 봤는지는 모르겠으나, 나는 그가 충격받는 모습을 봤다. 익숙했던 티피가 가스라이팅이라는 말을 입에 올리다니, 학대라는 말을 쓰다니. 어쩔 줄 몰라 하는 모습을 보자니, 공포와 함께 흥분이 휩쓸고 지나갔다. 기차가 마구 달려 지나가는데 플랫폼 가장자리에 서 있는 것 같은 기분이었다.

"너는 분명히 예스라고 했어."

그가 말했다. 무대 조명이 커튼을 뚫고 들어와 저스틴의 얼굴에 노란색 줄무늬를 그려놓았다.

"네가 하는 얘기 들었어! 그리고… 너 정말 나랑 결혼하고 싶은 거 맞잖아. 아니야, 티피? 우리는 운명이야."

그가 내 손을 잡으려고 했다. 이토록 뻔한 연기라니. 내가 물러섰고, 레이철이 번개처럼 나서서 그가 내민 손을 찰싹 때렸다.

다시 입을 연 그는 상처받은 목소리를 냈다.

"이건 또 뭐지?"

"애 건드리지 말라는 뜻이야."

레이철이 또박또박 씹어뱉었다.

"가는 게 좋겠어, 저스틴."

모가 말했다.

"이게 다 뭐야, 티피?"

아직까지는 순한 목소리로 저스틴이 물었다.

"우리가 헤어진 것 때문에 네 친구들이 화가 난 거야?"

그는 내게 1센티미터라도 더 다가오려고 애썼다. 하지만 레이철이

철벽방어 중이었다. 그리고 다른 한쪽에는 모가 버티고 있었다. 우리는 한 팀이었다.

"뭐 좀 물어봐도 될까?"

내가 문득 말했다.

"물론이지."

검은 옷의 음향기사가 우리를 짜증스러운 눈으로 봤다.

"여기 있으시면 안 돼요."

저 바깥 군중이 요란하게 박수를 치는 가운데 그가 말했다. 나는 그의 말을 무시하고 저스틴에게 눈을 맞췄다.

"나 오늘 여기 있는지 어떻게 알았어?"

"무슨 말이야? 이 행사는 동네방네 광고가 됐어, 티피. 인터넷 안 봐도 알 정도던데."

"하지만 내가 여기에 있을지는 어떻게 알았지? 내가 이 책을 작업하는지 도대체 어떻게 알았냐고?"

나는 내가 맞다는 걸 확신했다. 셔츠 칼라를 만지작거리는 그의 눈동자가 흔들렸다.

"어떻게, 쇼어디치에서 열리는 출판기념회에 내가 있을 줄 알았어? 내가 유람선에 탈 거라는 걸 어떻게 알았어?"

그는 동요하고 있었다. 오늘 처음으로 그가 불쾌하고도 내리까는 눈빛을 보이며 비웃었다. 이것이 좀 더 그다웠다. 이것이 내 기억 속에 떠오르기 시작하던 저스틴이다.

그는 어떻게 대처할지 잠시 결정을 내리지 못하다가, 편안한 미소를 짓는 쪽으로 작전을 바꿨다.

"네 친구 마틴이 귀띔을 해줬어."

그가 순순히 털어놓았다. 물건을 훔치다 걸린, 말 안 듣는 소년처럼.

"마틴은 내가 얼마나 너를 좋아하는지 잘 알았어. 그래서 우리가 다시 합치게 도와준 거야."

"장난해?"

레이철이 내뱉었다. 눈에서 불을 뿜었다. 그녀가 그렇게 무서운 표정을 짓는 건 한 번도 본 적이 없었다. 그만큼 심각한 사태였다.

"애초에 마틴은 어떻게 알았어?"

"조용!"

음향기사가 쉬쉬거렸다. 우리 모두 그를 무시했다.

"너희 회사 회식에서 만났잖아, 기억 못 해?"

저스틴이 말했다.

"그게 중요해? 우리 둘만 좀 조용한 데로 가면 안 될까, 티피?"

회식이라니? 저스틴과 사귀는 동안 회식에는 잘 가지 않았다. 저스틴이 싫어했고, 자기 없이 나만 가는 걸 싫어했기 때문이다.

"너와는 어디도 갈 생각 없어, 저스틴."

나는 깊게 떨리는 숨을 내쉬며 말했다.

"그리고 너와 결혼하고 싶지도 않아. 나는 네가 나를 귀찮게 굴지 말고 내버려두기를 원해."

이 말을 하는 상상을 아주 많이, 수도 없이 했다. 상처받은 얼굴을 하거나, 충격을 받아 뒷걸음질을 치거나, 손으로 입을 막는 그를 상상 속에서 늘 그려왔다. 울면서 나를 더 가까이 끌어당길 것이라고 상상했다. 완력으로 나를 붙잡고 놔주지 않을까 봐 두려운 마음이었다.

하지만 그는 그저 황당해했다. 짜증난 얼굴. 열이 받은 것처럼 보이기도 했다. 이제까지 내가 자기를 심하게 오해하게 했으며, 모든 게 다

부당하다는 듯이.

"너 진심 아니야."

그가 입을 열었다.

"진심이야."

모가 말했다. 그의 목소리는 듣기 좋으나 매우 단호했다.

"정말로, 정말로, 진심이지."

레이철이 덧붙였다.

"아니야."

저스틴이 머리를 흔들었다.

"넌 우리 관계에 기회를 주지 않고 있어."

"기회?"

웃음이 터질 노릇이었다.

"나는 네게 돌아가고 또 돌아갔어. 기회는 셀 수도 없을 만큼 있었어. 너를 보고 싶지 않아. 평생, 다시는."

그가 인상을 찌푸렸다.

"쇼어디치의 그 술집에서 두 달 정도 이따가 만날 수 있을 거라고 했잖아. 나는 그 조건을 따랐고, 지금 10월이야. 안 그래?"

"두 달 사이에는 많은 일이 변할 수 있어. 나는 아주 많은 생각을 했어. 아주 많은 기억을… 끄집어냈지."

다시 시작이었다. 그의 눈에 공포 비슷한 것이 번득였다. 그가 마지막으로 내게 손을 내밀었다. 이번에도 레이철이 나섰다. 따귀를 날린 것이다.

"대단한 한 방이네. 내가 못 할 일을 해줬어."

모가 웅얼거리며 나와 함께 뒤로 더 물러났다. 저스틴이 충격으로 벌어진 눈을 하고 뒷걸음질을 쳤다.

"당신, 나가요."

화가 날 대로 난 음향기사가 저스틴에게 명했다. 이 모든 소란의 근본적 뿌리가 저스틴임을 이제 확신하는 것이었다. 그가 나서서 저스틴을 뒤로 몰았다.

저스틴은 버티면서 음향기사에게 경고의 손짓을 했다. 고개를 돌려 출구를 봤고, 다시 고개를 돌려 나를 봤다.

순간 모와 레이철, 음향기사까지 내 곁에서 사라지는 것 같았다. 나와 턱시도를 입은 건장한 저스틴만이 이 비좁고 어두운 곳에 있는 것 같았다. 산소가 떨어지는 것처럼 절박한 심정이 되었다. 1~2초밖에 되지 않는 순간이었지만, 방금 일어난 모든 일을 합친 것보다도 더 나쁜 순간이었다.

저스틴은 요란한 소리를 내며 커튼 사이 백스테이지 구역으로 빠져나갔다. 나는 몸을 떨며 레이철에게 무너져 내렸다. 그가 갔다. 끝났다. 하지만 그는 예의 절박하게 숨 막히는 기분을 남겨놓고 갔다. 축축해진 손으로 레이철과 모의 팔을 붙드는데, 불현듯 그를 떨쳐낼 수 없으리라는 역겨운 공포가 느껴졌다. 그가 물러나는 모습을 아무리 많이 본다고 해도 떨쳐낼 수 없을 것이라는 공포가 밀려왔다.

62

~~~

리언

생각을 할 수 없다. 아무 생각도 할 수가 없다. 겨우 발을 딛고 법정으로 돌아왔지만, 백일몽을 꾸는 기분이다. 주위 모든 것이 비현실적인 분위기로 변해간다. 리치에게 기계적인 미소를 보낸다. 그의 눈은 희망으로 몹시도 밝게 빛났다. 나는 아무것도 느낄 수 없다.

쇼크를 받은 것 같다. 빨리 회복해서 재판을 들어야 한다. 이제까지 그 무엇도 리치에게서 내 마음을 떼어놓지 못했다. 그게 새삼 믿을 수가 없다. 갑자기 티피에게 맹렬히 화가 났다. 깃털같이 많은 날 중에 하필이면 오늘을 골라 나를 걷어차고 저스틴에게 돌아가다니. 그리고 어쩔 수 없이 엄마에게 생각이 미친다. 리치와 내가 무슨 말을 해도 늘 남자들에게 돌아가던 엄마.

머릿속 어디선가 이런 말이 들렸다. 엄마는 그 남자들과 함께하고 싶어서 함께한 게 아니라고. 그저 다른 방법도 있다는 생각을 못 했던 것이다. 혼자서는 자신이 아무런 의미가 없다고 생각했으니까.

하지만 티피는 혼자가 아니었다. 그녀에게는 모와 거티, 레이철, 내가 있었다.

리치. 리치 생각을 하자. 리치에게는 내가 필요하다. 그를 다시 잃을 일은 망해 죽어도 없다.

거티가 변론을 요약하고 있다. 가까스로 귀를 기울인다. 실력이 너무 좋아서 저절로 듣게 된다. 그러고는 팡파르도 없이 재판이 끝났다. 모두 일어섰다. 판사들이 자리를 떴다. 리치는 아쉬움에 젖은 눈길을 보내며, 어딘지 모르겠지만 왔던 곳으로 다시 인도되어 갔다. 우리는 말없이 법원 건물을 가로질렀다. 거티는 핸드폰에 뭘 타이핑하고, 엄마는 쉬지 않고 손가락 마디를 꺾었다.

출구에 도달하자 엄마가 곁눈질을 한다.

엄마 리언? 무슨 안 좋은 일 있니?

그때 거티가 숨을 헉 들이마시며 손을 입에다 갖다 댄다. 그녀는 페이스북에서 재생되는 영상을 보고 있었다. 그런 그녀를 멍한 눈으로 쳐다본다.

거티 오, 이런 세상에.

엄마가 깜짝 놀라서 무슨 일이에요?

나 티피요.

엄마 네 여자 친구? 그 애가 어쨌는데?

거티 그럴 리가 없어.

나 그럴 리가 있어요. 원래 다 그렇잖아요. 돌아가는 거죠. 이제껏 익숙 했던 걸 떠나는 건 어려운 일이에요. 그녀 잘못이 아니에요. 어쨌거나, 원래 다들 그러는 거 알잖아요.

거티의 침묵이 모든 것을 말해줬다. 갑자기 세상없어도 이곳을 빠져나가야겠다는 마음이 몰려왔다.

나 주말 내로 판결이 나진 않겠죠?

거티 그래요. 다음 주에 나올 거예요. 내가 전화할—

나 고마워요.

그러고서 나는 떠났다.

걷고 또 걷는다. 울 수도 없다. 목이 바짝 타고 눈이 아프다. 리치가 어떻게 될까 하는 두려움도 이유일 것이다. 하지만 사실, 오로지 저스틴 생각밖에 나지 않는다. 환호성을 지르는 사람들에게 팔을 벌리고 "그녀가 예스라고 했어요"라고 외치던 모습.

모든 장면이 주마등처럼 흘러간다. 끝도 없이 이어지는 쪽지, 브라이턴, 소파에서 티핀을 함께 먹던 밤, 홀리의 생일 파티, 아가 오븐에 몸을 기대고 했던 키스. 그녀가 저스틴 생각을 하는 순간 몸이 얼마나 차게 식었는지까지 기억이 미치자 속이 뒤틀린다. 하지만 마음을 강하게 먹는다. 그녀가 안됐다는 감정은 품고 싶지 않다. 지금은 배신당했다는 기분에만 빠져 있고 싶다.

하지만 어쩔 수 없다. 벌벌 떨리던 그녀의 무릎으로 생각이 자꾸 되돌아가는 것을.

결국 이 모양이다. 눈물이 흐르고 만다. 어차피 이럴 줄 알았다.

63

~~~

티피

백합 냄새에 숨이 막힌다. 우리는 어둠 속에 옹송그리고 있었고, 모가 내 옆에 꽃다발을 들고 서 있었다. 드레스를 짓누른 꽃이 꽃가루 자국을 남겨놓았다. 실크에 남은 자국을 내려다보다가 내가 얼마나 심하게 떨고 있는지 깨닫는다. 옷자락이 다 파들거리고 있었다.

저스틴이 떠나면서 무슨 말을 했는지 정확히 기억이 나지 않았다. 사실 아까 소동이 터졌을 때부터 저스틴과 했던 대화의 많은 부분이 이미 기억나지 않는 기분이 들었다.

어쩌면 이것은 모두 초현실적인 백일몽인지도 몰랐다. 나는 지금 실제로는 저 바깥 관객들 사이에 서서 캐서린이 감사 연설에서 내 이름을 불러줄까 궁금해하고 있다. 그리고 카나페 쟁반에 오른 돌돌 만 음식이 오리일까 닭일까 궁금해하고 있다. 지금 이 음향실은 꿈이고.

"저스틴이 아직… 아직 저기에 있으면 어떻게 하지?"

방금 저스틴이 지나간 검은색 커튼을 가리키며 레이철에게 소곤거린다.

"모, 이거 좀 맡고 있어봐."

레이철이 말했다. '이거'란 나를 지칭하는 것 같다. 그녀가 백스테이지 구역으로 사라졌다. 무대에서는 캐서린이 관객에게 작별 인사를 하고, 다시 박수 소리가 들려왔다.

모가 부드럽게 내 팔꿈치를 쥐었다.

"괜찮아."

그가 속삭인다. 다른 아무 말도 하지 않는다. 그저 예의 그 안아주는 것 같은 침묵, 내가 너무도 사랑하는 침묵으로 곁을 지켜주었다. 이 어두운 커튼 건너편 세상에서는 사람들이 여전히 손뼉을 치고 있었다. 여기에 있으니, 아스팔트 위로 세차게 내리는 빗소리를 이불을 덮은 채 듣고 있는 것 같다.

"여기들 계시면 정말 안 된다니까요."

레이철이 다시 들어오는데, 이제는 정말로 화가 난 음향기사가 말했다. 그는 레이철이 쏘아보자 한 발짝 뒤로 물러났다. 그럴 만도 했다. 레이철은 전투태세의 얼굴을 하고 있었다.

레이철은 음향기사에게 대답하지 않고 우리 쪽으로 왔다.

"네 미친 전남친은 안 보여."

내 옆으로 돌아오며 그녀가 말했다.

캐서린이 무대에서부터 총총 달려왔다. 하마터면 모와 부딪칠 뻔하면서.

"참 나, 무슨 그런 난리가 다 있어? 괜찮아? 이제 생각해보자니 그 작자…."

"티피의 스토커 전남친이죠."

레이철이 알려줬다.

"스토킹 얘기가 나왔으니 말인데, 마틴하고 몇 마디 좀 나눠야겠군…."

"지금은 말고."

나는 레이철의 팔을 잡으며 애걸했다.

"지금은 잠깐이라도 나랑 있어줘, 응?"

그녀의 얼굴이 누그러진다.

"좋아. 그럼 나중에 그놈 고환을 떼다 줄에 묶어 매다는 걸 허해주시겠습니까?"

"허한다. 그리고, 우웩."

"그 자식이 그… 그 쓰레기한테 네 소재를 미주알고주알 고해바쳤다니, 어이가 없다. 고소해야 돼, 티피."

"접근금지명령 신청을 하는 게 좋겠어."

모가 조용히 말한다.

"마틴을 상대로? 업무하는 게 어색해질 것 같은데."

내가 약한 목소리로 말했다. 모가 나를 물끄러미 봤다.

"누구 말하는지 알잖아."

"이제… 이… 컴컴한 방 좀 벗어날 수 있을까?"

내가 간청했다.

"좋은 생각이야."

캐서린이 말했다. 음향기사가 레이철의 눈을 피해 고개를 끄덕였다.

"난 가서 사람들하고 어울려야 해. 하지만 자기들은 내 리무진 타고 가는 거 어때?"

"뭘 타고 가라고요?"

레이철이 캐서린을 멀뚱하니 봤다. 캐서린이 멋쩍은 표정을 지었다.

"내가 원한 게 아니었어. 버터핑거스 홍보팀이 내게 리무진을 내준 거 말이야. 리무진이 바깥에 그냥 주저앉아 있어. 그거 타고 가. 고급 차량에 실려 다니는 모습을 보이기에는 내가 퍽 난감해서. 그랬다가는 사회주의자 클럽에서 쫓겨날 테니까."

"감사해요."

모가 말했다. 뿌연 패닉의 안개가 잠깐 걷히는 기분이 든다. 홍보팀 팀장이 리무진 빌리는 데 자발적으로 거금을 들일 생각을 하다니. 그녀는 예산을 빡빡하게 짜기로 악명이 높았다.

"이제 여기만 빠져나가면 돼. 사람들을 뚫고."

레이철이 말했다. 그녀의 입술이 단호한 선으로 일자가 되었다.

"하지만 먼저 경찰에 저스틴을 신고해야 해."

모가 내게 말했다.

"경찰에 하나도 빼놓지 않고 다 말해야 돼. 꽃, 마틴 얘기…. 다."

입에서 반쯤은 신음이고 반쯤은 훌쩍이는 듯한 소리가 새어나왔다. 모가 내 등을 쓸어내렸다.

"해."

레이철이 자기 핸드폰을 내밀며 말했다.

나는 다른 사람인 척하면서 인파 사이를 지나쳤다. 하지만 사람들은 계속 내 등을 두드리고 미소를 지으며 내 이름을 불렀다. 처음에는 "승낙한 거 아니에요. 결혼하는 거 아니에요. 내 남자 친구도 아니에요"라고 일일이 말해주고 싶었다. 하지만 그들은 내 말을 듣지 못했거나 들을 마음이 없었다.

주차된 캐서린의 리무진이 눈에 들어왔다. 그냥 리무진도 아니고 기차처럼 긴 스트레치 리무진이었다.

"안녕하세요, 실례합니다."

레이철이 리무진 기사에게 말을 걸었다. 바텐더에게 작업을 걸 때 동원하는 최고로 다정한 목소리로.

"캐서린이 우리더러 이 리무진을 타도 된다고 해서요."

장황한 대화가 이어졌다. 당연하게도 기사는 캐서린이 차를 타게 해줬다는 우리의 말을 그냥 믿을 생각이 없었다. 캐서린과 통화를 하고 레이철이 전투태세 얼굴을 다시 장착하고서야 우리는 리무진에 올라탔다. 하늘에 감사하는 마음이 들었다. 나는 모의 재킷을 어깨에 두르고도 미친 듯이 떨고 있었다.

리무진 안은 바깥보다 더 말이 안 됐다. 기다란 소파와 작은 바, 두 개의 TV 화면과 사운드 시스템까지 갖췄다.

"이런 망할."

레이철이 내뱉었다.

"황당하다. 누가 보면 봉급도 최저임금보다 더 주는 줄 알겠네."

기사가 차를 출발시키는 사이에 우리는 잠시 묵묵히 앉아 있기만 했다. 레이철이 말을 이었다.

"자, 오늘 일이 참 뜻하지 않게 돌아갔다는 거에 대해서는 우리 모두 같은 생각이겠지?"

어찌 된 셈인지 이 말에 결국 무너지고 말았다. 나는 손으로 얼굴을 감싸고 울음을 터뜨렸다. 어린아이처럼 몸을 뒤틀며 흐느꼈다. 모가 연민을 담아 내 팔을 꼭 쥐었다.

삐익 하는 버저 소리.

"거기 괜찮으십니까?"

기사가 물었다.

"어느 분이 천식 발작을 일으키시는 것 같은데요."

"다 괜찮아요!"

레이철이 외쳤다. 나는 엉엉거리며 우는 사이에 숨을 쉬기 힘들어 쌕쌕거리고 있었다.

"제 친구가 방금 전에 천 명의 사람들 앞에서 미친 전남친한테 기습을 당했어요. 그와 결혼하는 것처럼 보이게 조작을 당했거든요."

기사는 잠시 말이 없었다.

"아이쿠, 바 아래 티슈 있어요."

집에 도착해서 리언에게 전화를 걸었다. 그는 받지 않았다. 오늘 몰아친, 눈을 멀게 할 만큼의 광기 속에서, 나는 재판이 어떻게 됐는지 더 자세히 알고 싶었다. 그가 마지막으로 보낸 문자로는 성애 안 찼다. 얼마나 잘 풀리고 있다는 걸까? 재판은 끝났을까? 판결은 언제일까?

너무 간절하게, 그와 얘기하고 싶었다. 구체적으로 말하면 그의 어깨에 기대 그만의 근사한 냄새를 들이마시기를, 그가 늘 하던 대로 내 등을 쓸어내려주기를 원했다. 그리고 그와 얘기하는 것이다.

믿을 수가 없었다. 저스틴이 그 많은 사람들 앞에서 그런 상황으로 나를 몰아넣었다는 것을…. 무슨 생각이었던 걸까? 자기 하자는 대로 내가 따라갈 줄로 알았을까? 자기가 원하면 내가 다 해주기 때문에?

한때는 그랬던 게 사실이다. 세상에, 구역질이 났다.

마턴에게 접근해 나의 행적을 좇게 했다는 사실 때문에 모든 일이 한층 심각해졌다. 그 모든 괴이한 마주침. 그는 그 만남이 우연 이상이라고 생각하는 내가 오히려 미쳤다고 생각하게 만들었다. 모든 일이 용의주도하게 계획되고 계산된 것이었다. 하지만 왜 그렇게 했어야 했을까? 나를 원한다면, 그는 나를 가질 수 있었다. 나는 그의 것이었다. 나는 그를 위해서라면 무슨 짓이든 했을 것이다. 왜 그는 그렇게 멀리까지 밀어붙이고서는 나를 되찾으려는 짓에 계속 매달리는 걸까?

레이철은 우리 집에 오지 못했다. 오늘 밤 조카를 돌본다고 했다. 콧물범벅으로 엉망인 나를 돌봐주다가 또 콧물범벅쟁이를 돌보러 가는 것이었다. 하지만 모가 나와 있어주겠다고 했다. 죄책감이 조금 들었다. 사실을 말하자면, 지금 내가 원하는 건 리언이었으니까.

놀라울 만큼 생각이 확연해졌다. 나는 리언을 원했다. 나는 여기 내 곁에 있어줄 그가 필요했다. 초조하게 꼼지락거리는 몸짓, 한쪽 입꼬리가 내려가는 미소, 힘들이지도 않고 모든 일을 더 밝게 느껴지게 하는 그가 필요했다. 오늘의 광란 후에 새로운 생각이 내 머리를 쳤다.

만약, 좋은 두려움이 때로 나쁜 두려움이 된다면, 그런 모든 것을 다시 배워야 한다면, 그게 뭐 어떤가? 두려움에 굴복한다면, 두려움이 리언과 나 사이를 가로막게 내버려둔다면, 그것이야말로 저스틴에게 승리를 안겨다주는 것이다.

리언은 약간의 두려움을 감수하고도 함께할 만한 사람이다. 그는 너무 가치 있는 사람이다. 핸드폰을 들고 그에게 다시 전화를 걸었다.

64

~~~

리언

티퍼에게서 부재중 전화가 세 통 와 있다.

그녀와 얘기할 수 없다. 변명을 듣고 싶지 않다. 여전히 걷고 있고, 어디를 걷고 있는지도 알 수 없다. 주위를 빙빙 맴돌고 있는 것도 같다. 매우 비슷한 스타벅스를 아주 여러 번 본 듯하다. 런던의 이 동네는 너무도 비좁아 찰스 디킨스 소설에 나오는 곳 같다. 자갈 깐 길과 공해로 얼룩진 벽돌, 음산한 창문들, 머리 위 좁은 하늘이 건물들 사이로 조각조각 보인다. 하지만 오래 걷지 않아도 더 시티[22]의 환한 하늘

~~~

22   런던의 금융가 시티오브런던을 줄여 부르는 말.

색 세상에 다다를 수 있다. 모퉁이를 도는데, 어느새 내 얼굴과 마주하고 있다. 어떤 유리 빌딩 앞에서.

행색이 형편없다. 지치고, 양복 안에 구겨져 있는 몰골. 나는 양복이 영 어울리지 않는다. 말쑥한 차림을 하려고 더 애써야 했다. 리치에게는 안 좋게 보였을지 모른다. 엄마는 그래도 만족했다. 엄마는 무릎까지 오는 부츠만 신으면 다 말쑥하다고 생각했으니까.

나의 사나운 생각에 지레 놀란다. 잔인하고 단정적인 생각. 엄마를 용서하기까지 먼 길을 왔다. 아니면 용서했다고 생각했거나. 하지만 지금은 엄마를 떠올리는 것만으로도 화가 났다.

오늘은 모든 것에 오로지 화가 났다. 리치는 애초에 교도관에게 끌려와 법정에 서는 일이 없어야 했다. 판사들이 내 동생의 사건을 들어준다는 것만 해도 감지덕지했던 게 화가 났다. 티피에게 감정을 보여줄 방법을 걱정하는 데 사로잡혀 제때에 고백하지 못한 것, 그녀에게 악몽을 안겨준 남자에게 진 것에 화가 났다. 그녀에게 악몽을 주었지만, 거창하고 로맨틱한 이벤트를 열어주는 방법은 확실히 아는 남자. 지금 저스틴이 어떤 기분일지는 뻔하다. 당연히 하늘을 날 것 같겠지.

그녀가 그에게 돌아갈 것이라고는 꿈에도 생각하지 않았다. 하지만 그런 게 다 무슨 소용인가. 일은 늘 그렇게 돌아가버리고 마는 것을.

핸드폰을 내려다본다. 티피의 이름이 있다. 그녀가 문자를 했다. 열어볼 수가 없다. 하지만 열어보고 싶은 유혹도 감당할 수 없다. 핸드폰을 끈다.

집에 갈까 생각해본다. 하지만 집은 티피의 물건으로 가득하다. 그녀의 냄새, 옷, 흔적이 가득한 공간. 그녀는 출판기념회에서 돌아올 것이고, 오늘 밤과 주말 동안 아파트는 그녀의 것이다. 그러니 집에 갈 수 없다. 엄마 집에도 갈 수 없다. 티피에게 화가 난 것만큼이나 엄마에게도 맹렬하게 화가 났다. 예전에 리치와 함께 쓰던 방에 오늘 묵어야 한다면, 그 역시 견디기 힘들 터였다. 티피가 있는 곳에 있을 수 없고, 리치가 없는 곳에도 있을 수 없다.

갈 곳이 없다. 어디도 집이 될 수 없었다. 그저 계속해서 걷는다.

셰어하우스, 하지 말걸 그랬다. 내 인생을 열어 누군가를 들어오게하면 안 되었다. 나는 잘 지내고 있었다. 안전하게, 그럭저럭 살아내고 있었다. 이제 내 아파트는 나의 것이 아니었다. 그 집은 우리의 것이었다. 그녀가 떠나고 나서 내게 남는 것은 티핀과 벽돌공의 책들과 그 빌어먹을 페이즐리 문양의 빈백이 사라졌다는 사실뿐이리라. 사라진 게 가득한, 남의 집처럼 느껴질 것이다. 내가 처음에는 원하지도 않았던 것들이 사라진 집.

어쩌면 여전히 그녀를 구해낼 수도 있을지 모른다. 청혼을 승낙했다고 해서 그녀가 반드시 결혼을 한다는 뜻은 아니다. 그 많은 사람들이 보는데 싫다고 말하기는 힘들었을 것이다. 밀려드는 위험한 희망을 느끼고는 있는 힘을 다해 그 희망을 잠재운다. 구원은 남이 대신해줄수 없다. 자신을 구할 사람은 자신뿐임을 상기한다. 남이 해줄 수 있는 최선은 당사자가 준비가 되었을 때 옆에서 도와주는 것뿐이다.

뭐라도 먹어야 했다. 언제 식사를 했는지 기억도 나지 않는다. 어젯밤이었던가? 벌써 영원처럼 멀게 느껴졌다. 배가 고프다는 것을 깨닫고 나서야 속이 꾸르륵거린다.

스타벅스로 휘적거리며 들어간다. 타샤 차이-라테의 영상을 보고 있는 여자 두 명을 지나친다. 저스틴이 티피에게 청혼하는 장면이 나오고 있다. 우유를 듬뿍 넣은 홍차와 버터가 잔뜩 들어간 토스트 비슷하게 생긴 것을 먹고서 멍하니 벽을 바라본다.

테이블을 치우던 직원의 호기심과 안쓰러움이 담긴 눈길을 보고서야 내가 다시 울고 있다는 것을 깨닫는다. 눈물은 멈추지 않을 것같이 흐른다. 멈추려는 노력도 그만둔다. 하지만 사람들이 쳐다보기 시작했고, 다시 혼자 걷고 싶어졌다.

더 걸었다. 이 말쑥한 구두가 발꿈치를 쓸어 문지르고 있었다. 병원에서 신는 신발이었으면 좋겠다는 생각이 간절하다. 편안하게 맞는 신발을 신었으면 좋겠다고. 15분쯤 흐르고 나서 정신을 차려보니, 무작정 걷고 있는 게 아니다. 호스피스는 언제나 간호사 한 명쯤은 받아줄 준비가 되어 있었다.

65

~~~~

티피

거티에게 전화가 왔다. 별 생각도 없이 반사적으로 전화를 받았다.

"여보세요?"

내 목소리는 내 귀에도 이상할 만큼 덤덤했다.

"너 이 망할, 뭐가 문제야? 도대체 어디가 잘못된 거냐고?"

그녀의 말에 충격을 받아 다시 눈물이 터졌다.

"폰 이리 줘."

모가 말했다. 폰을 가져가는 그를 보며 훅 숨을 들이마셨다. 그는 정말로 화가 나 있었다.

"너 도대체 지금 뭐 하자는 거야?"

그가 핸드폰에 대고 말했다.

"아, 그래? 영상을 보셨다고? 그런데 먼저 무슨 일이었던 건지 진상을 물어볼 생각은 들지 않던? 가장 친한 친구에게 고래고래 소리를 지르기 전에 무죄추정의 원칙을 적용해볼 생각은 들지 않더냐고?"

눈이 벌어졌다. 영상? 빌어먹을. 무슨 영상?

그제야 감이 왔다. 타샤 차이-라테가 모든 장면을 찍고 있었다. 마틴이 일을 꾸몄을 것이다. 영상이 찍힐 것임을 저스틴이 알았다는 의미다. 청혼에 대한 나의 대답이 커다란 스크린에 뜨는 게 그에게 그토록 중요했던 이유가 거기 있었다. 영상에 담겨야 했던 것이다.

마틴은 웨일스의 성에서 리언이 나와 함께 있는 것을 보았다. 저스틴이 우리 집에 나타나 타월만 두른 리언을 보고서 의심을 키운 바로 다음의 일이었다.

"모."

마음이 다급해졌다.

"거티한테 리언 어디 있는지 물어봐줘."

*

"전화 다시 걸어봐."

"티피, 리언의 폰은 여전히 꺼져 있어."

모가 나직하게 말했다.

"다시!"

나는 소파와 주방 사이를 초조하게 서성거렸다. 심장이 어찌나 세차게 뛰는지, 갈비뼈 사이로 뚫고 나올 것만 같았다. 리언이 영상을 보고 내가 저스틴과 약혼했다고 생각한다. 그 생각을 하자 견딜 수가 없어졌다. 결코 견딜 수 없었다.

"꺼져 있어."

모가 내 핸드폰에 귀를 대고 말했다.

"네 폰으로 걸어봐. 내 전화를 안 받고 있는지도 모르잖아. 나를 증오하고 있을 거야."

"그는 너를 증오하지 않아."

"거티는 증오하던데."

모가 눈을 가늘게 떴다.

"거티는 넘겨짚는 버릇이 좀 있지. 고치려고 노력하고 있어."

"리언이 나를 아주 잘 아는 건 아니잖아. 내가 자기한테 절대로 그런 짓을 하지 않을 걸 모른다고."

내가 양손을 잡아 비틀며 말했다.

"내가 저스틴에게 정말로 목을 매고 있는 줄 알아. 그냥 그렇게 생각하-"

목이 멨다.

"리언이 무슨 생각을 하고 있든 다 바로잡을 수 있어."

모가 나를 달랬다.

"그냥 얘기할 준비가 될 때까지 기다려주자. 리언도 힘든 하루를 보냈잖아. 리치의 재판 때문에."

"그러니까!"

발끈했다.

"나도 알아! 오늘이 얼마나 중요한 날인지 내가 몰랐을 거 같아?"

모는 아무 말도 하지 않았다. 나는 얼굴을 닦았다.

"미안해. 너한테 쏘아붙일 일이 아닌데. 너는 나한테 너무 잘해준 죄
밖에 없는데. 그냥 나한테 화가 나서 그래."

"왜?"

"왜냐하면… 그와 사귄 게 사실이잖아?"

"저스틴?"

"오늘 일이 내 잘못이라는 뜻이 아니야. 그런 게 아니라는 건 나도
알아. 하지만 그가 그렇게 불시에 덮치지 않았다면, 내가 더 강했다면
이 지경까지 되지는 않았을 거란 생각을 지울 수가 없어. 아니 빌어먹
을, 세상 누가 지금 사귀는 사람과 헤어지게 하려고 청혼을 하느냔 말
이야. 지금 내가 연애를 한다는 얘기는 아니고, 말이 그렇다는 거야."

"흠."

눈물을 다시 닦으며 모를 보았다. 나는 눈이 영원히 마르지 않을 것
처럼 울고 있었다. 눈물이 쉬지 않고 줄줄이 새어 나왔다.

"아니겠지. 너랑 거티."

"알아챈 거야?"

모가 불편한 모습을 보였다.

"레이철이 알아챈 거지. 이제 보니 레이철의 레이더가 거티 것보다
훨씬 훌륭하네. 하지만 그런 말은 거티한테 하지 마. 아니다, 말해버려.
누가 거티 감정 따위에 신경이나 쓸 줄 알고?"

내가 사납게 내뱉었다.

"마침 전화가 오네."

모가 폰을 건네며 말했다.

"걔랑 말하기 싫어."

"내가 받을까?"

"네 맘대로 해. 네 여자 친구잖아."

떨리는 다리로 소파에 앉는 나를 그가 한참 동안 바라본다. 나는 유치하게 굴고 있었다. 하필이면 다른 때도 아니고 이런 순간에 모와 거티가 사귀고 있다는 걸 알게 되니, 모가 거티의 편을 들 것 같다는 기분이 들었다. 나는 모가 내 편을 들어주기를 원했다. 거티에게 소리를 지르고 싶었다. 그녀는 리언에게 말할 기회가 있었다. 내가 그에게 절대로 그런 짓을 할 사람이 아니라는 걸, 뭐든 보고 믿기 전에 나하고 먼저 얘기를 해봐야 한다는 걸 말해줄 수도 있었다.

"거티는 리언이 어디 있는지 모른대."

잠시 후에 모가 말했다.

"거티는 정말로 너하고 얘기하고 싶어 해, 티피. 사과하고 싶대."

머리를 흔들었다. 그녀가 사과하겠다는 뜻을 전했다고 해서 화를 풀 생각은 없었다.

"거티가 그러는데, 리치가 감옥에 도착하면 법률문제로 그와 얘기를 나눠야 한다고 당국에 얘기했대. 전화 통화를 하겠다고."

모가 거티의 얘기를 듣느라 잠시 있다가 말했다. 핸드폰 너머로 작지만 당황스러워 허둥지둥하는 거티의 목소리가 내게도 들렸다.

"이 소동이 다 어떻게 된 건지 리치에게 말해주겠대. 리치가 리언에게 전화로 설명을 해줄 수 있게 말이야. 그런데 그가 감옥에 들어가고 절차가 진행되는 과정이 언제 끝날지 몰라. 오늘 밤 늦게, 아니면 심지어 내일 아침까지 갈 수도 있다네. 그래도 리치가 전화 걸 수 있을 때까지 기다리는 게 최선의 희망이라고. 리언이 계속 집에 오지 않는다면 말이야."

"내일 아침?"

아직 해도 지지 않은 오후였다.

모가 괴로운 표정을 지었다.

"이게 최선의 방법인가 봐."

어처구니가 없었다. 감옥에 붙들려 있는 사람이 할 수 있는 유일한 전화 한 통이 누군가에게 연락할 수 있는 유일한 방법이라니.

"리언의 폰은 꺼져 있어."

내가 멍하게 말했다.

"그는 전화를 받지 않을 거야."

"좀 추스르고 폰 켤 거야, 티피. 리치가 건 전화는 꼭 받을 테니까."

나는 담요 몇 개로 몸을 말고 발코니에 앉아 있었다. 평소 우리 침대를 덮던 브릭스턴 담요도 덮고서. 저스틴이 우리 집에 불쑥 찾아와 리언을 협박하던 그날 밤에도 리언은 이 담요를 얼굴 끝까지 끌어올려주었다.

그는 내가 저스틴에게 돌아갔다고 생각하고 있었다. 그 때문에 나는 절박한 패닉 상태를 거쳤고, 빌어먹을, 이제는 리언이 나를 이 정도밖에 못 믿나 하는 생각이 들었다.

물론 나를 믿어주기를 바란 것은 아니었다. 내가 저스틴에게 여러 번 돌아간 것은 사실이었다. 그 얘기를 리언에게 했다. 하지만… 이번에는, 이번에는 다르다고 느끼지 않았다면, 리언과 시작조차 하지 않왔을 것이다. 내 인생의 그 시기를 진정으로 뒤로하고 떠날 생각이 없었다면 말이다. 나는 정말 열심히 노력했다. 그 모든 최악의 기억을 퍼올리고, 모와 끝도 없이 대화를 나누고, 상담을 하면서. 리언은 내가 스스로를 고치기에는 너무 망가졌다고 생각했나 보다.

거티는 거의 10분마다 전화를 걸고 있었다. 나는 계속 전화를 받지 않았다. 거티는 나를 8년 동안 알고 지냈다. 리언을 안 지는 1년도 채되지 않았다. 내가 그런 리언에게 왜 나를 믿어주지 않는지 화가 난다면, 거티에게는 적어도 여덟 배는 더 화가 나는 게 맞다.

그리고 저스틴이 내가 사는 곳을 안다는 사실을 생각하지 않으려고 기를 썼다. 마틴은 내 책상에 접근할 수 있었고, 거기엔 인사과가 돌리는 급여명세서가 있었다. 내 주소를 알아내기는 어렵지 않았을 것이다.

망할, 제기랄. 역시 그 남자가 괜히 싫은 게 아니었다.

부서져가는 작은 야외 테이블에서 진동을 멈추지 않는 핸드폰을 내려다본다. 테이블에는 새똥이 떨어져 있고, 런던의 실외에 버려진 모든 것이 그렇듯이 두껍고 끈적끈적한 먼지 더께로 덮여 있다. 거티의 이름이 핸드폰 화면에 떴고, 이번에는 홧김에 받아버렸다.

"왜?"

내가 말했다.

"나는 못된 년이야."

거티가 매우 빠른 속도로 말했다.

"나도 나 자신을 믿을 수가 없어. 네가 저스틴에게 돌아갈 거라고 넘겨짚는 짓을 하면 절대로 안 되는 거였어. 너무, 너무, 너무 미안해."

나는 조금 어안이 벙벙한 기분이 되어 대답을 하지 않았다. 거티와 나는 숱하게 싸웠지만, 거티가 곧장 사과하는 일은 단 한 번도 없었다.

"나는 네가 해낼 수 있다는 걸 믿었어야 했어. 네가 해낼 수 있다고 믿어."

"뭘 해내?"

더 본때를 보일 만한, 더 성난 반응을 생각해내기도 전에 그 말이 입에서 튀어나오고 말았다.

"저스틴에게서 벗어나는 거."

"아, 그거."

"티피, 너 괜찮아?"

"아니, 안 괜찮아."

나는 아랫입술이 떨려오는 것을 느끼며 말했다. 입술을 꽉 깨문다.

"리치는 아직…."

"아직 전화 안 왔어. 너도 알다시피 이런 일이 그렇잖아, 티피. 유치장에서 윈즈워스로 옮기는 데까지만 해도 자정이 다 될지도 몰라. 게다가 그 감옥이 어지간히 난장판이라야지. 감옥에서 전화를 걸게 해줄지, 그것도 확실하지 않아. 그러니까 너무 기대하지 않았으면 좋겠어. 변호사와 통화하게 해줄지는 고사하고 개인적인 통화를 해주게 할지도 모르겠다는 얘기야. 꼭 걸게 해달라고 약속을 받아놓기는 했어. 통화가 되면 전부 말해줄게. 리언에게 말해달라고 부탁할게."

시간을 확인한다. 저녁 8시. 시간이 믿을 수 없도록 천천히, 악몽과도 같이 천천히 흐르고 있었다.

"나는 너한테 정말로, 정말로 화가 났어."

내가 말했다. 화난 목소리로 들리지 않는다는 걸 알기 때문에 한 말이었다. 그냥 슬프고 지친 목소리로 들리리라. 나의 가장 친한 친구가 절실히 필요하기도 했다.

"당연하지. 나도 나한테 화가 나. 최악이야. 모도 지금 나하고 말을 안 해. 이런 말을 하면 기분이 나아지는 데 도움이 좀 될까?"

"도움 안 돼."

내키지 않는 마음으로 말한다.

"나는 네가 왕따 되는 거 싫어. 네가 희생양이 되는 거 싫단 말이야."

"아, 걱정 안 해도 돼. 나는 그래도 싸."

우리는 다정한 침묵 속에 잠시 있었다. 전화받을 때만 해도 거티가 불을 지핀 거대한 분노의 웅덩이에 다시 도달해 있었으나, 그 분노는 어느새 증발해버린 것 같았다.

"나는 저스틴을 정말로 증오해."

나는 처참한 심정으로 내뱉었다.

"나와 리언을 헤어지게 하려고 이 짓을 꾸민 거야. 내 생각을 말해 줄까? 그는 나하고 결혼하려는 생각도 아니었을걸. 나를 되찾았다는 확신이 들면 그냥 다시 떠나려는 마음으로 이런 짓을 벌이는 거야."

"그놈은 그걸 잘라버려야 해."

거티가 힘주어 말했다.

"너에게 해롭기만 했어. 그가 죽기를 열심히 바란 적도 있다고, 그것도 여러 번."

"거티!"

"너에게서 티파니다움을 모조리 씻어내버렸으니 말이야. 진짜 역겨운 일이었지."

브릭스턴 담요를 만지작거린다.

"이 난리를 다 겪고 나니 알게 됐어…. 나는 리언이 정말 좋아, 거티. 정말로, 정말로 좋아."

나는 눈을 훔치며 훌쩍거렸다.

"최소한 정말로 승낙을 했냐고 물어보기라도 해줬으면 얼마나 좋았을까? 그리고… 그리고… 심지어 내가 승낙을 했다고 해도… 그냥 그렇게 포기하지 않았으면 얼마나 좋았을까?"

"한나절 정도밖에 지나지 않았어. 그는 쇼크 상태고, 법정에서 진을 다 뺐어. 몇 달간 이날만을 위해 추슬러왔잖아. 저스틴에겐 그렇게 완벽한 타이밍이 또 없었던 거야. 시간을 좀 줘. 그럼 리언이 돌아올 거라는 게 내 바람이야."

나는 머리를 흔들었다.

"모르겠어. 그럴 것 같지 않아."

"믿음을 가져, 티피. 네가 리언에게 바라는 것도 그거 아니야?"

66

~~~

리언

병동들 사이를 돌아다니는데, 내가 이 병원에 붙은 유령처럼 느껴진다. 숨을 쉬는 것조차 힘을 들여야 할 수 있을 것 같은 상태인데, 혈관에서 피는 어떻게 뽑을 수 있을까? 더없이 다행스럽게도 그건 눈 감고도 할 수 있는 일이다. 이곳에는 내가 할 수 있는 일이 있다. 리언, 조용하지만 믿을 만한 간호사로 알려져 있으니까.

몇 시간 흐르고 정신을 차려보니 코럴 병동을 맴돌고 있다. 도망치듯 빠져나온다.

코럴 병동에는 프라이어 씨가 있다. 죽어가면서.

하지만 근무 중이던 수련의가 코럴 병동에 들어가는 모르핀 양에 대해 부서를 받아야 한다고 한다. 더 숨을 수가 없다. 코럴 병동으로 간다. 회백색 복도, 휑하고 긁힌 자국이 나 있는 그 병동을 나는 속속들이 알았다.

발을 멈춘다. 밤색 양복을 입은 사내가 팔뚝을 무릎에 올려놓고 바닥을 내려다보며 앉아 있다. 이 새벽에 사람이 있다니 이상한 일이었다. 야간에는 문안객을 받지 않았다. 그는 매우 나이가 많았고, 백발이었다. 낯이 익었다.

저런 자세를 안다. 용기를 끌어모으는 사람의 모습. 감옥 면회실 밖에서 많이 봐서 안다.

그를 알아보기까지는 약간 시간이 걸렸다. 생각이란 걸 거의 하지 않고, 자동조종장치를 단 것처럼 움직이고 있었기 때문이다. 바닥을 물끄러미 바라보고 있는 백발의 남자는 브라이턴의 조니 화이트 6번이었다. 그조차 터무니없게 느껴졌다. 조니 화이트 6번은 나의 다른 쪽 세상에 있는 사람이다. 티피로 가득 찬 세상. 하지만 여기 그가 와 있다. 내가 결국 프라이어 씨의 조니를 찾아낸 모양이다. 그가 인정하기까지는 시간이 좀 걸렸지만.

기뻐야 마땅했다. 하지만 기뻐할 수가 없다.

그를 본다. 아흔두 살, 프라이어 씨를 찾아 자신이 가진 것 중 최고로 좋은 양복을 입고 해안에서부터 이 먼 길을 온 조니 화이트. 전생처럼 오래전에 사랑했던 남자를 찾아서 온 것이다. 그가 기도하는 사람처럼 머리를 숙이고 앉아, 자기가 남기고 떠나버린 것을 마주할 힘을 모으고 있다.

프라이어 씨에게는 살날이 며칠 남지 않았다. 몇 시간이 될 수도 있다. 조니 화이트를 보니, 배에 주먹을 얻어맞은 것 같은 기분이 되었다. 그는 너무 빌어먹게 오랫동안 떠나 있었다.

조니 화이트가 시선을 들다가 나를 본다. 우리는 말하지 않았다. 침묵이 우리 사이에 놓인 복도를 따라 뻗어왔다.

조니 화이트 죽었나?

그의 목소리는 쩍쩍 갈라져 나왔다.

나 아닙니다. 너무 늦으신 건 아니에요.

아니기는커녕 그는 정말로 늦었다. 그저 작별인사만 하면 될 일을, 뭐 그렇게 힘들다고 지금까지 오지 못했을까?

조니 화이트 그를 찾아내기까지 한동안 시간이 걸렸어. 자네가 다녀가고 난 후에.

나 무슨 말씀이라도 하지 그러셨어요.

조니 화이트 그래야 했지.

그가 다시 바닥으로 눈길을 떨어뜨린다. 침묵을 건너가 그의 옆에 앉는다. 나란히 앉아서 긁힌 리놀륨 바닥을 바라본다. 이건 나에 관한 일이 아니다. 나의 이야기가 아니다. 하지만… 플라스틱 의자에 앉아 고개를 떨어뜨리고 있는 조니 화이트는, 다른 세상에서 편안하게 살아가는 듯 보였던 조니 화이트와 같은 사람이다.

조니 화이트 저기 들어가고 싶지 않아. 자네를 봤을 때는 그냥 가야겠다고 생각하던 중이었지.

나 여기까지 오셨어요. 이제 몇 미터밖에 남지 않았어요.

　그가 무거운 것을 끌어올리듯이 힘겹게 머리를 든다.

조니 화이트 날 보고 싶어 할 거라고 확신하나?

나 그분은 지금 의식이 없을지도 몰라요, 화이트 씨. 하지만 혹여 의식
　이 없다고 해도 선생님과 함께 있으면 더 행복할 거예요. 전 조금도 의
　심하지 않아요.

　조니 화이트가 일어서서 바지를 털고, 할리우드 배우처럼 조각 같
은 턱을 똑바로 들었다.

조니 화이트 아예 안 하는 것보다 늦게라도 하는 게 좋겠지.

　그는 나를 쳐다보지 않고 문을 밀고 나아갔다. 그의 뒤로 흔들리는
문을 본다.

　일어선다. 움직일 시간이다.

내가 수련의에게 당직 간호사가 모르핀에 대해 부서를 해줄 거예요. 나
　는 지금 근무 중이 아니거든요.

수련의 유니폼을 왜 안 입고 계신가 했네요. 당직도 아닌데 도대체 왜
　여기 있는 거예요? 썩 집에 가요!

나 그래요. 좋은 생각이네요.

　새벽 2시. 런던이 어둠 속에서 숨죽이고 있다. 버스 정류장으로 뛰
어가며 핸드폰을 켠다. 심장박동이 목구멍까지 두들기는 것 같다.

　수도 없이 많은 부재중 전화와 메시지. 놀라서 핸드폰을 본다. 어디
서부터 시작할지 알 수 없다. 하지만 알 필요도 없다. 핸드폰을 켜자마
자 처음 보는 런던 전화번호가 뜨며 진동했기 때문이다.

나 여보세요?

목소리가 떨려 나온다.

리치　아, 망할. 엄청 고맙네. 교도관이 폭발 직전이었어. 10분 동안 형
한테 전화를 걸었단 말이야. 형이 안 받으니까, 내가 왜 꼭 전화를 해
야 하는지 계속 설명해야 했다고. 그나저나 5분밖에 안 남았어.

나　너 괜찮아?

리치　내가 괜찮냐고? 나는 괜찮아, 이 멍청아. 형한테 무지하게 열받았
다는 것만 빼고 말이야. 그리고 거티한테도.

나　왜?

리치　티피 말이야. 예스라고 하지 않았어. 그 미치광이 저스틴 놈이 그
냥 그녀 대신 답을 한 거라고. 그걸 알아보지 못하겠던?

버스 정류장을 10미터 앞두고 꼼짝없이 멈춰선다. 나는… 무슨 얘
기지 받아들여지지 않았다. 눈을 깜빡거린다. 침을 삼킨다. 속이 약간
뒤집힌다.

리치　그래. 거티가 티피에게 전화를 걸어서 저스틴에게 돌아갈 거냐고
난리를 치면서 퍼부었고, 모는 거티에게 미친 듯 화가 났고, 그랬대.
모가 거티더러 형편없는 친구라고 했다고. 적어도 그놈에게 돌아갔다
고 단정 짓기 전에 티피한테 물어볼 만큼의 믿음도 없었느냐는 거지.

가까스로 목소리를 되찾는다.

나　티피는 괜찮아?

리치　형하고 얘기할 수 있었으면 훨씬 괜찮았겠지.

나　지금 집으로 가는 중이었어.

리치　그래?

나　그래. 크리스마스 유령의 방문을 받았거든.

리치가 무슨 말인지 못 알아듣고　크리스마스는 아직 좀 멀지 않았어?

나 그래. 사람들이 그러잖아. 매해 크리스마스가 점점 빨라진다고.[23]

버스 정류장 가림막에 기대선다. 어지러운 동시에 속이 울렁거린다. 대체 무슨 짓을 하고 있었던 건가? 병원에서 시간을 허비하다니.

나, 그제야 두려움이 몰려들며 티피는 안전해?

리치 저스틴은 여전히 활개치고 다니고 있지, 그걸 묻는 거라면. 하지만 모가 함께 있어. 그리고 거티가 그러는데, 모는 저스틴이 한동안은 나타나지 않을 거라고 생각한대. 자기 상처를 보듬거나 다른 계획을 생각해내는 데 시간을 보낼 거라나 뭐라나. 그놈은 모든 일에 계획을 세우나 봐. 원래 그런 놈이래. 그 꼴통이 그간 티피 회사에 다니는 마빈을 이용해서 티피가 어디에 있는지 정보를 캐냈다는 거 알아?

나 마틴이야. 그리고… 이런, 망할.

리치 다 형이랑 티피를 헤어지게 하려는 수작이었어, 형. 그 유튜버가 촬영을 하게끔 해서 형이 확실히 보도록 꾸민 거라고.

나 나는… 내가 그냥 넘겨짚었다니.

리치 여, 형. 그냥 가서 바로잡아, 알았어? 그리고 엄마 얘기를 해.

나 엄마 얘기를 뭘 하라고?

리치 형이 법원에서 엄마와 거티를 떠난 다음에 엄마 집에 돌아가지 않은 게 다 이 난리 때문이잖아. 심리치료사가 아니어도 그 정도는 다 짐작할 수 있는 거야. 우리 둘 다 마더 콤플렉스가 있다는 거.

버스가 오고 있다.

나 그게 무슨 상관인지 잘 모르겠는데?

---

23 크리스마스에 관한 속설 중 하나. 기업들이 마케팅 효과를 위해 크리스마스를 점점 더 일찍 기념한다는 것이다.

리치 엄마는 항상 자기를 거지같이 취급하는 남자들에게 돌아가거나, 그 남자랑 비슷한 남자를 찾아내곤 했지. 그렇다고 해서 티피도 똑같은 사람이라는 뜻은 아니란 얘기야.

나, 자동적으로 그건 엄마 잘못이 아니었어. 그녀는 학대를 당한 거야. 조종당하고.

리치 그래, 그래, 나도 알지. 형이 늘 하는 말이잖아. 하지만 형이 지금 열두 살이라고 치자. 그 나이 때도 그렇게 생각하는 게 위로가 됐겠어?

나 네 생각에는 그러니까…

리치 나 가봐야 돼. 그냥 티피한테 가서 빌어. 형이 일을 거지같이 망쳐 놨다고. 그리고 형이 학대받는 싱글맘 손에서 자랐고, 맨손으로 동생을 보살핀 거나 다름없다고 말해. 도움이 될 거야.

나 그건 좀… 감정적인 협박이 아닐까? 그리고 우리 엄마와 비교되는 걸 티피가 좋아할까?

리치 무슨 얘긴지 알겠어. 좋아, 형 방식대로 해. 어쨌든 해결을 하라고. 티피를 되찾아. 그녀는 형 인생 최고의 선물이니까! 알겠어?

67

~~~

티피

우리는 식사하는 걸 까맣게 잊고 있었고, 지금은 새벽 2시 반이었다. 이제야 막 배가 고프다는 걸 기억해냈다. 모가 음식을 사러 나갔다. 커다란 잔에 와인을 따라주고, 그보다 더 큰 그릇에는 찬장에 있던 과자를 담아주고 갔다. 리언이 사다놓은 과자였다. 그는 내가 다른 남자와 결혼하는 걸로 모자라 간식까지 도둑질한다고 생각하겠지.

이제 누구에게 더 화가 나는지도 알 수 없었다. 저스틴인지, 리언인지. 발코니에 너무 오래 앉아 있는 바람에 다리에 경련이 일어나려고 했다. 살면서 품어볼 수 있는 모든 감정을 한정된 시간 안에 두루 거쳤고, 그 모든 감정은 이제 비참함이라는 커다랗고 추한 수프로 한데 엉켜 있었다. 내가 지금 확신을 품을 수 있는 유일한 생각은 처음부터 저스틴을 만나지 않았으면 좋았을걸 하는 것뿐이었다.

핸드폰이 진동했다.

리언이 전화를 걸고 있었다.

이걸 보려고 온밤을 기다렸다. 심장이 철렁 내려앉았다. 리치와 얘기를 한 걸까?

"여보세요?"

"안녕."

그의 목소리는 너덜너덜하고 이상하게 낯설었다. 그의 몸에서 기운이란 기운은 모조리 다 빠져나간 것처럼.

집 아래로 차들이 지나가는 모양을 내다보며 그가 다른 말을 하기를 기다린다. 헤드라이트 빛이 눈에 노랗고 하얀 줄을 그어놓았다.

"나 지금 거대한 꽃다발을 들고 있어요."

나는 아무 말도 하지 않았다.

"사과의 마음을 표현하려면 거대한 상징물이 있어야 할 것 같아서."

리언이 말을 이었다.

"하지만 저스틴도 당신에게 거대한 꽃다발을 주었다는 걸 기억해냈죠. 사실은 지금 내가 들고 있는 것보다 훨씬 좋고, 훨씬 비싼 꽃을. 그래서 생각하고 있어요. 꽃은 별로다. 집에 가서 당신 얼굴을 보고 말해야겠다고 생각했는데…. 하지만 여기 와서 보니, 엄마 집에 열쇠를 두고 왔다는 걸 깜빡했네요. 오늘 엄마 집에서 잘 예정이었으니까 말이에요. 열쇠가 없으니 문을 두드려야 하잖아요? 그러면 당신이 놀랄 거고. 당신에게는 불안정한 전 남자 친구가 있으니까요."

지나가는 차들을 계속 본다. 리언이 한번에 이렇게 길게 말을 한 건 처음이지 싶다.

"그래서 지금 어딘데요?"

결국 묻고 말았다.

"길 위쪽을 봐요. 건너편 길, 제과점 옆에."

이제 그가 보였다. 제과점 간판의 밝은 빛을 받아 실루엣으로 보이는 그의 모습이. 핸드폰을 귀에 대고 한 손에는 꽃다발을 들고 있었다. 양복 차림이다. 재판 후에 옷을 갈아입었을 리가 없다.

"아주 많이 상처받았겠지요?"

그가 말했다. 그의 목소리는 다정했고, 나는 녹아내렸다.

나는 다시 울고 있었다.

"정말 미안해요, 티피. 그렇게 단정하면 절대 안 되는 거였어요. 당신은 오늘 내가 필요했는데, 나는 당신 곁에 있어주지 않았어요."

"당신이 필요했어요."

나는 흐느꼈다.

"모와 거티와 레이철 전부 다 아주 잘해주고 정말 많이 도와줬어요. 나는 내 친구들을 사랑해요. 하지만 나는 당신을 원했어요. 당신은 지난번 저스틴 일 때 다 별일 아니라고 느끼게 해줬어요. 그런 건 상관하지 않고 나를 아껴주는 것 같았단 말이에요."

"당신 아껴요. 그리고 저스틴 일이 상관없는 것도 맞고요."

그는 이제 길을 건너 이쪽으로 오고 있었다. 그의 얼굴이 보였다. 매끈하고 샤프한 광대 라인, 부드럽게 곡선이 진 입술. 그가 나를 올려다보고 있었다.

"다들 당신에게 내 감정을 고백하지 않으면 당신을 잃을 거라고 말했어요. 그런데 로맨틱한 이벤트의 왕인 저스틴이 끼어들었고…."

"로맨틱하다고요?"

나는 씩씩거렸다.

"로맨틱? 어쨌거나 난 로맨틱한 이벤트는 바라지도 않아요. 내가 왜 그런 걸 원하겠어요? 다 받아봤어요. 아주 거지 같았다고!"

"알아요. 당신이 옳아요. 나도 그걸 알았어야 했는데."

"그리고 난 당신이 성급하게 밀어붙이지 않는 게 좋았어요. 나는 진지한 관계로 들어선다는 생각을 하면 겁을 집어먹으니까! 내가 지난번 관계에서 벗어나려고 얼마나 고생했는지 보라고요!"

"아."

리언이 말했다.

"그래요. 그게… 맞아요. 알겠어요."

그가 숨죽여 말하는 소리가 들렸다. '빌어먹을 리치'라고 말하는 것 같았다.

"이제 폰 없어도 당신 하는 얘기 들려요. 알고 있죠?"

나는 차 소리 위로 내 목소리가 들리도록 크게 말했다.

"난 이 기회에 소리나 빽빽 질러볼 생각이에요."

그가 전화를 끊고 뒤로 약간 물러섰다.

"그럼 소리 지릅시다!"

그가 외쳤다.

나는 눈을 가늘게 떴다가 담요를 걷어내고, 난간을 따라 걸었다.

"와우."

리언이 내뱉었다. 겨우 알아들을 정도의 목소리로.

"당신, 끝내주네요."

내 몸을 내려다본다. 파티에 입고 갔던 오프숄더 드레스 차림 그대로인 걸 보고 조금 놀란다. 머리카락이 어떤 꼴인지는 누가 알 것이며, 화장은 아침보다 5센티미터는 흘러내려 있을 것이다. 하지만 드레스가 꽤 끝내주기는 했다.

"상냥하게 굴지 말아요! 당신한테 화내고 싶으니까!"

"그래요! 맞아요! 소리 질러야지."

리언이 칼라 단추를 다시 채우고 타이를 조여 매며 준비태세에 들어갔다.

"저스틴에게는 절대 돌아가지 않아요!"

내가 외쳤다. 그리고 소리 지르는 기분이 너무 좋았기 때문에 한 번 더 외쳤다.

"지랄맞게 저스틴에게 돌아가지 않는다고!"

근처 어디선가 차 알람 소리가 터졌다. 우연이라는 건 알았지만, 그럼에도 기분은 좋았다. 이제 고양이가 울어주고, 쓰레기통 더미가 넘어져주기만 한다면 딱인데. 깊은 호흡을 하고 계속 소리를 지르려다가 그만둔다. 리언이 한 손을 올리고 서 있었다.

"나도 뭐 좀 얘기해도 돼요?"

그가 외쳤다.

"그러니까, 뭘 좀 외쳐도?"

한 운전자가 천천히 지나치면서 두 개의 층을 사이에 두고 서로에게 고함을 질러대는 우리를 재미있다는 듯이 쳐다봤다. 그때 리언이 길거리에서 소리를 지르는 짓 같은 건 한 번도 해보지 않았을 것이라는 생각이 떠올랐다. 입을 닫고 고개를 끄덕였다.

"내가 다 망쳤어요!"

리언이 외쳤다. 그는 목을 가다듬고 더 크게 말하려고 애썼다.

"겁을 먹었어요. 핑계가 안 되는 거 알지만, 나는 두려워요. 재판, 당신, 우리 전부 다. 나는 변화에 대처를 못 해요. 그럴 때 나는…."

단어가 다 떨어졌다는 듯이 그가 허둥거렸다. 뭔가 따뜻한 것이 내 가슴속으로 들어왔다.

"허둥지둥한다고요?"

내가 제안했다. 가로등 불빛 아래서 한쪽 입꼬리가 내려가며 미소로 옮겨 가는 모습이 보였다.

"그래요. 적당한 단어네요."

그는 발코니로 더 가까이 다가오며 다시 목을 가다듬었다.

"때로는 예전대로 사는 게 더 쉽게 느껴져요. 더 안전한 것 같죠. 하지만… 나는 당신이 해내는 걸 봤어요. 당신이 해낼 수 있는 일을. 당신이 얼마나 용감한지 봤죠. 나도 그렇게 되고 싶어요. 괜찮겠어요?"

난간에 손을 짚고서 그를 내려다본다.

"말을 참 많이도 하네요. 그 아래에서 말이에요, 리언 투메이."

"응급 상황에서는 나도 장황해질 수 있는 것 같네요."

웃음이 났다.

"변화하는 거, 그거 지금 너무 많이 하지 말아요. 난 있는 그대로의 당신이 좋으니까."

그가 싱긋거렸다. 수트를 입은 그는 부스스했고 후줄근하면서도 잘생겼다. 갑자기 그에게 키스를 하고 싶다는 마음만으로 가득해졌다.

"그래요, 티피 무어, 나도 당신을 좋아해요."

"다시 말해봐요."

내가 손을 말아 귀에 대고 외쳤다.

"당신을 정말로, 정말로 좋아한다고요!"

그가 우렁차게 외쳤다.

위층 창문이 달그락거리는 소리가 나며 열렸다.

"좀 작작 좀 해주겠소?"

5호에 사는 이상한 남자가 외쳤다.

"잠 좀 잡시다! 밤새 깨어 있으면 아침에 어떻게 스카이요가를 한답니까?"

"스카이요가래요."

나는 재미있는 마음에 입 모양으로 리언에게 말했다. 이곳에 이사왔던 첫날부터 그가 아침마다 뭘 하는 건지 궁금했는데!

"유명해졌다고 사람이 변하면 안 돼요, 리언."

5호에 사는 남자가 경고한 뒤 창문을 닫는 중이었다.

"기다려요!"

내가 외쳤다. 그가 나를 내려다봤다.

"댁은 누구시오?"

"이웃이요. 안녕하세요!"

"아, 리언의 여자 친구?"

나는 주저하다가 활짝 미소를 지었다.

"그래요."

나는 단호하게 말했고, 길 쪽에서 작게 지르는 탄성이 들려왔다.

"그리고 질문이 있어요."

5호에 사는 이상한 남자가 어린아이가 다음에 뭘 하려는지 보려고 기다리는 사람처럼 나를 응시했다.

"그 많은 바나나로 뭘 하시는 거예요? 당신 주차 자리의 빈 상자들에서 나온 바나나는 다 어디로 가나요?"

뜻밖에도 그는 이가 반쯤 빠진 미소를 크게 지어 보였다. 미소를 짓자 꽤 친근해 보였다.

"증류를 하지! 사랑스러운 과실주가 된다고!"

그 말과 함께 그는 창문을 쾅 닫았다.

리언과 나는 서로를 바라보다가 동시에 웃음을 터뜨렸다. 얼마 지나지 않아 너무 웃어서 눈물이 나기 시작했다. 배를 부여잡고 흉하게 웃다가 숨을 쌕쌕거렸고, 얼굴을 있는 대로 구겼다.

"스카이요가라니!"

나는 리언의 속삭임을 들었다. 교통 소음 사이로 딱 알아들을 만한 목소리였다.

"바나나 과실주라니!"

"뭐라는지 안 들려요."

나는 5호에 사는 이상한 남자의 진노를 다시 깨울지도 모른다는 두려움에 소리는 지르지 않았다.

"더 가까이 와요."

리언이 주위를 둘러보다가 몇 발자국 뒷걸음질을 쳤다.

"잡아요!"

그가 무대에서 연극을 하는 듯한 소리로 외쳤다. 그러고는 꽃다발을 던졌다. 곡선을 그리며 허공을 날던 꽃다발은 이파리와 이상하게 생긴 국화 꽃잎을 떨어뜨렸다. 나는 위험하게 난간으로 돌진하는 꽃다발을 꺅 비명 소리를 내며 겨우 붙들었다.

꽃다발을 테이블에 올려놓을 즈음에 리언이 사라졌다. 나는 영문을 모르는 채로 발코니 끝에 기대어 섰다.

"어디 있어요?"

내가 외쳤다. 그는 하수관을 타고 올라오고 있었다. 나는 다시 웃음을 터뜨렸다.

"뭐 하는 거예요?"

"가까이 가고 있죠!"

"하수관을 오르는 남자라고는 생각 못 했는데."

그가 손으로 잡을 곳을 찾으며 올라오는 모습을 보니 철렁했다.

"나도 생각 못 했어요."

그가 왼쪽 발 디딜 곳을 찾으며 허우적거리다가 말했다.

"당신은 확실히 나에게서 최대치를 끌어내는 재주가 있어요."

그는 이제 1미터쯤밖에 떨어져 있지 않았다. 배수관은 우리 발코니 바로 옆을 타고 올라가 있었다. 그가 난간에 거의 닿았다.

"이게 무슨 짓이에요?"

나는 그렇게 말하면서도 도와주려고 몸을 움직였다.

그는 조심스럽게 한 다리를 배수관에서 내리고 다른 다리도 내려 손으로 난간을 잡고 매달렸다.

"세상에."

쳐다볼 수도 없을 만큼 무서운 장면이었다. 하지만 눈을 돌릴 수도 없었다. 내가 눈을 감았다가 그가 손을 놓치기라도 하면? 그가 매달려 난간 가장자리에 발 디딜 곳을 찾느라 허우적거리는 모습을 보는 것보다 그게 더 무서웠다.

그가 몸을 끌어올렸고, 나는 있는 힘껏 그를 잡아당기고 난간을 올라오는 그를 꽉 붙들었다.

"좋았어!"

그가 제 몸을 쓸어내리며 말했다. 숨 고르며 나를 봤다.

"안녕."

내가 말했다. 나의 과한 드레스에 갑자기 약간 수줍어졌다.

"정말 미안해요."

그가 나를 안으려고 팔을 벌렸다.

나는 그에게 몸을 기댔다. 그의 수트에서 가을 냄새가 났다. 해마다 이맘때쯤이면 머리카락에 걸리는 바깥 냄새가. 나머지는 내가 딱 원하는 대로의 리언 냄새가 났다. 그가 나를 끌어당길 때 눈을 감고 그의 체취를 숨으로 들이마셨다. 나에게 닿은 탄탄한 몸을 느끼면서.

모가 피시 앤 칩스가 담긴 비닐봉투를 들고 나타났다. 그가 들어오는 소리를 듣지 못했기 때문에 살짝 허둥거렸지만, 리언이 나를 감싸고 있으니, 저스틴이 나타날지 모른다 해도 거의 두렵지 않았다.

"아."

모가 우리 둘을 보고서 말했다.

"내 피시 앤 칩스는 다른 곳으로 가져갈게. 그래도 될까?"

68

~~~

리언

나　타이밍이 안 좋은 것 같네요.

티피　지금 그 말, 농담이죠?

나　농담 아니에요. 하지만 내가 틀렸다고 말해주기를 바란 건 맞아요.

티피　틀렸어요. 타이밍 완벽해요. 우리만, 우리의 아파트에서, 함께 있잖아요. 정말 이보다 좋을 수는 없어요.

　　우리는 서로를 바라봤다. 그녀의 드레스는 믿지 못할 만큼 아름다웠다. 한번 잡아당기면 어깨에서 스르르 흘러내려 바닥에 떨어질 것 같았다. 간절하게 그러고 싶었다. 하지만 참았다. 그녀는 준비되었다고 말했지만, 오늘은 옷을 찢고 섹스를 하는 그런 날은 아니었다. 천천히, 아름답게, 옷은 애를 태울 만큼 오래 입고 있는 섹스의 날이다.

445

티피 침대?

　이 목소리, 리치가 묘사한 그대로다. 깊고도 섹시한, '침대' 같은 단어를 말하면 훨씬 더 섹시하게 들리는 목소리.

　침대 발치에 서서 다시 서로의 얼굴을 바라본다. 손으로 그녀의 얼굴을 잡고 키스를 한다. 내 몸에 기댄 그녀의 몸에서 긴장이 풀리는 것이 느껴진다. 뒤로 물러서서 푸른 눈동자 뒤, 타닥타닥거리며 타오르는 빛을 본다. 눈 깜짝할 사이에 우리는 입술을 대고 있었고, 그녀의 맨어깨에만 손을 얹고 있자니 어마어마한 노력이 들었다.

　그녀가 손을 뻗어 내 타이를 풀고 재킷을 빼서 벗긴다. 셔츠 단추를 천천히 푸는 동안 나에게 입을 맞춘다. 키스를 하고 있었음에도 우리 사이에는 여전히 공기가 흐를 틈이 있었다. 서로 존중하는 거리를 유지하는 듯이.

　그녀는 내가 드레스 지퍼를 내릴 수 있게 자기 머리카락을 쥐고 올렸다. 나는 지퍼를 내리는 대신에 손으로 그녀의 머리카락을 잡고 약간 잡아당겨 내 손목에 감았다. 그녀가 신음을 냈다. 듣고만 있을 수 없는 소리. 그녀의 어깨를 따라 목까지 키스를 하면서 그녀의 머리칼이 시작되는 곳까지 이르렀다. 그녀가 스스로 지퍼를 잡기에 이를 때까지 최선을 다해 그녀의 몸에 입을 맞추었다.

티피 리언, 집중해요. 드레스.

　나는 그녀의 손가락 사이에서 지퍼를 받아 들고 천천히 내렸다. 그녀가 원하는 것보다 천천히. 그녀가 안달이 나서 꿈틀거렸다. 그녀가 나를 미는 바람에 내 다리가 침대에 닿았고, 우리는 다시 꼭 껴안았다. 맨몸과 드레스.

　마침내 드레스가 바닥에 떨어졌다. 실크가 희미하게 일렁거리더니 그녀가 나타났다. 검은색 속옷 말고는 아무것도 입지 않은 채로. 눈은 여전히 불타는 듯했다. 그녀를 잘 보기 위해 몸을 조금 떨어뜨린다.

티피가 웃으며 당신은 늘 그런다니까요.

나 뭘요?

티피 나를 그렇게 본다고요. 내가… 옷을 벗을 때 말이에요.

나 전부 다 보고 싶으니까. 서두르기에는 너무 중요한 일이니까.

티피가 한쪽 눈썹을 꿈틀거렸다. 참을 수 없을 정도로 섹시했다.

티피 서두르지 않기로?

그녀가 손가락으로 내 박서 위쪽을 더듬었다. 그러다가 손이 살짝 더 아래쪽으로 내려왔다. 내가 그녀를 원하는 곳에서 간발의 차이가 나는 곳까지.

티피 그 말 한 거 후회할 거예요, 리언.

그녀가 내 이름을 말하기가 무섭게 이미 후회가 들었다. 그녀의 손가락이 내 아랫배를 훑었다. 고통스러울 만큼 천천히 벨트의 버클에 닿았다. 그녀가 지퍼를 내리자 나는 바지를 벗고 양말을 벗어던졌다. 그녀의 눈길이 고양이처럼 내 움직임을 따라다니는 걸 의식하며. 다시 가까이 끌어당기려고 하는데, 그녀가 내 가슴에 손을 얹었다.

티피가 목쉰 소리로 침대.

잠깐이나마 숨 쉴 틈이 생긴다. 우리는 침대의 예전 우리 자리로 자동적으로 움직였다. 그녀는 왼쪽, 나는 오른쪽. 이불 아래로 들어가면서 우리는 서로를 바라봤다.

나는 그녀를 보며 옆으로 누웠다. 그녀의 머리카락이 베개에 흐트러져 있었다. 이불 아래 있지만, 그녀의 맨몸이 느껴졌다. 만질 곳이 얼마나 많은지 깨닫는다. 나는 우리 사이의 빈 공간에 손을 올려놓았다. 그녀가 우리가 2월에 그었던 선을 무너뜨리며 내 손을 잡았다. 내 손가락에 입을 맞추다가 그 손으로 자기 입술을 쓸었다. 우리 사이를 드나들던 공기가 불현듯 사라졌고, 그녀는 나와 꼭 붙어 있었다. 그래야 했다. 우리 사이에는 한 치의 틈도 없었다.

69

~~~

티퍼

"이제 당신은 내가 다 벗은 모습을 봤어요. 나를 유혹하기도 했죠. 그러고도 여전히 그런 눈으로 나를 보고 있네요."

그의 웃음이 그 근사한 입꼬리 내려가는 미소로 바뀌었다. 브라이턴에서의 몇 주 동안 나를 사로잡았던 미소.

"티파니 무어, 달이 아주 여러 번 차고 기우는 동안 이런 눈으로 계속 당신을 바라볼 생각이에요."

"달이 여러 번!"

그가 진지하게 고개를 끄덕였다.

"말도 얼마나 예쁘게 하는지, 그리고 기발하게 모호하기도 하고."

"그게 말이에요, 오랜 연애는 당신을 저 산으로 도망가게 할 것 같

더라고요."²⁴

그의 가슴에 머리를 얹으며 생각했다.

"무슨 말인지 알겠어요. 하지만 지금 당신 말을 들으니 기분이 이상하게 따뜻하네요."

그가 말없이 내 정수리에 입을 맞추었다.

"그리고 난 작은 동네 언덕조차도 쉬지 않고는 달려 올라갈 수가 없다고요."

"여기 근처 경사 10도의 헤른힐은요? 거기는 올라갈 수 있을걸요."

"흠."

나는 등을 대고 누웠다가 팔꿈치를 괴고 몸을 일으켰다.

"헤른힐을 달리는 건 아무 관심 없어요. 달이 여러 번 기우는 계획이 더 마음에 들어요. 내 생각에 그건… 이봐요, 내 말 듣고 있기는 한 거예요?"

"응?"

리언은 시선을 들어 올리려고 애썼다. 그가 미소를 지으며 말했다.

"당신이 너무 매혹적이어서, 당신 말에조차 집중을 못 하겠어요."

"나는 당신이 정신을 딴 데 팔 줄 모를 거라고 생각했는데요."

그가 내게 입을 맞추었다. 그의 손은 내 가슴 위에서 동그라미 비슷한 걸 그리고 있었다.

"그럼요. 정신을 딴 데 팔 수가 없죠. 그리고 당신은…."

벌써부터 생각을 똑바로 할 수가 없었다.

〰〰〰

24   '산으로 도망가다'는 무서운 상황에서 도망치는 일을 뜻하는 관용구이다. 높은 곳이 안전하다는 생각을 바탕으로, 인간관계에서 도망치는 경우를 의미하기도 한다.

"다 잡은 물고기고?"

"내가 하려던 말은, '정신을 딴 데 돌리기 아주 쉬운 사람'이라는 거였어요."

"이번에는 집중하려고 정말 애쓰고 있다고요."

"10분 안에 다시 정신을 쏙 빼놓겠어요."

리언이 내 목을 키스해서 내려가며 말했다.

"당신 우쭐하기는."

"우쭐한 게 아니라 행복한 거예요."

몸을 떼고 그를 바라본다. 볼이 아파왔다. 쉬지 않고 미소를 지었으니. 이 말을 하면 레이철이 어떻게 반응할지 뻔하다. 손가락을 입에 넣고 토하는 시늉을 할 것이다. 하지만 사실이었다. 오늘 그 난리가 났었는데도, 나는 속이 울렁거릴 만큼, 현기증이 날 만큼 행복했다.

그가 나를 향해 눈썹을 치켜올렸다.

"그 재치 있는 대답은 다 어디 가고 꿀 먹은 벙어리예요?"

그의 손가락은 내 피부를 가로지르며 알 수 없는 그림을 그렸고, 나는 숨을 멈췄다.

"하나 생각 중이에요…. 그냥…. 1분만 시간을 줘요…."

리언이 샤워를 하는 사이에 나는 우리가 내일 할 일의 리스트를 적어 냉장고에 붙였다. 다음과 같았다.

1. 판결에 대해 생각하지 않도록 매우 열심히 노력한다.
2. 접근금지명령을 신청한다.
3. 모와 거티에 대한 얘기를 모와 거티와 나눈다.

4. 우유를 산다.

나는 그가 나타나기를 기다리며 꼼지락거렸다. 그러다가 단념하고 폰을 집어 들었다. 물소리가 나는지 귀 기울여 확인하면서.

"여보세요?"

거티가 전화기 너머 뭉개지는 목소리로 말했다.

"안녕!"

"오, 하느님, 감사합니다."

거티가 말했다. 그녀가 베개로 쓰러지는 소리가 들리는 것 같았다.

"너하고 리언은 어떻게, 해결을 본 거야?"

"응, 해결을 봤지."

"아, 잤구나?"

씨익 웃는다.

"레이더가 다시 켜졌네."

"그럼 내가 다 망치지는 않은 거야?"

"다 망치지 않았지. 명확히 하자면, 다 망치려고 했던 건 저스틴이지, 네가 아니야."

"지금 기분이 한껏 관대한 모양이네. 피임은 한 거야?"

"네, 엄마. 안전하게 했죠. 오늘 화해할 때 엄마와 모도 안전하게 했어요?"

내가 다정하게 물었다.

"그러지 마."

거티가 말했다.

"내가 모의 페니스 생각을 하는 것만으로도 충분히 이상한데, 너까지 그러면 곤란하지."

나는 웃었다.

"내일 커피 마시러 갈 수 있어? 그냥 우리 셋만? 너희가 어쩌다 사 귀게 됐는지 듣고 싶어. 대충만 알면 돼. 페니스 관련 디테일은 없이."

"접근금지명령 받아내는 얘기도 해야겠지?"

거티가 제안했다.

"티피야?"

모가 뒤에서 말하는 소리가 들렸다.

"'접근금지명령'이라는 말을 듣고 내 생각을 하다니, 참 다정하기도 하지."

화제가 바뀌면서 마음이 약간 무거워졌다.

"하지만, 그래. 그 얘기 해야지."

"리언하고 안전한 기분은 들어?"

"우리 다시 피임 얘기로 돌아가는 거야?"

"티피."

거티는 내가 딴청을 피울 때 따라주는 법이 없다.

"그 아파트에 있을 때 안전한 기분이냐고."

"여기에 리언과 함께 있으면, 그래."

"그래, 좋아. 하지만 그렇다고 해도 너를 보호할 응급 명령 따내는 얘기는 해야 해. 심리가 열리기 전에."

"뭐- 잠깐. 심리가 열린다고?"

"저 가여운 애에게 생각할 시간을 좀 주라고."

모가 뒤에서 말했다.

"너와 리언이 다시 잘됐다니 기뻐, 티피!"

그가 외쳤다.

"고마워, 모."

"내가 찬물을 끼얹은 건가?"

거티가 물었다.

"약간. 하지만 괜찮아. 레이철이 있으니까."

"그래라. 가서 레이철하고 온갖 추저분한 디테일을 이야기하렴."

거티가 말했다.

"내일 커피, 언제 어디에서 만날지 문자해."

"안녕."

전화를 끊고서 귀를 기울였다. 물이 떨어지는 소리가 여전히 들린다. 레이철에게 전화를 걸었다.

"섹스?"

그녀가 전화를 받으며 뱉은 첫마디. 나는 웃었다.

"고맙지만 사양할게. 나는 임자 있는 몸이란다."

"그럴 줄 알았다니까! 화해한 거야?"

"화해 말고도 더 했지."

나는 과장된 투로 섹시하게 말했다.

"자세히! 자세히!"

"월요일에 너의 궁금증을 제대로 채워줄게. 하지만… 성인이 된 후의 삶 전체를 통틀어 내 가슴이 기량 발휘를 제대로 못했다는 거 정도는 말해줄게."

"아, 그렇구나."

레이철이 박식한 체하며 말했다.

"흔한 문제지. 너 그런…."

"쉿!"

내가 소곤거렸다. 물소리가 멈췄다.

"끊어야겠어!"

"이렇게 가면 어떡해! 젖꼭지 얘기를 하려던 참이었는데!"

"섹스 후에 절친들에게 전화를 돌렸다는 걸 알면 리언은 내가 되게 이상하다고 생각할 거야. 아직 초반이잖아. 아직은 지구인인 척해야 한단 말이야."

"좋아. 하지만 월요일 아침에 두 시간짜리 회의를 잡아놓겠어. 주제: 가슴 개론."

잠시 후에 리언이 타월을 두르고 욕실 밖을 나와 돌아다녔다. 머리칼을 뒤로 매끈하게 넘겼고 어깨는 작은 물방울들로 반짝거렸다. 그는 내가 적어놓은 해야 할 목록을 봤다.

"이만하면 할 만하네요."

그가 냉장고에서 오렌지 주스를 꺼내며 말했다.

"거티와 레이철은 잘 있대요?"

"응?"

그가 고개를 돌려 미소를 지었다.

"시간 더 줄까요? 전화는 두 통이면 된다고 생각했죠. 거티는 모와 함께 있을 테니까."

볼이 달아올랐다.

"오, 그러니까 난…."

그가 오렌지 주스를 들고 다가와 입을 맞췄다.

"걱정하지 말아요. 당신이 레이철과 얼마나 많은 걸 공유하는지 모른 척할 테니까요. 그게 나한테 좋을 테니."

"내가 다 말해주면, 레이철은 당신이 남신이라고 생각할걸요."

나는 마음을 놓고 오렌지 주스를 받아 들며 말했다.

리언이 흠칫했다.

"레이철이 내 얼굴을 다시 똑바로 쳐다볼 수 있을까요?"

"그럼요. 뭐, 어디 다른 데를 보게 되기는 하겠지만."

70

~~~~

리언

주말이 길티 플레져의 몽롱함 속에서 지나갔다. 티피는 내 품을 좀 처럼 벗어나지 않았다. 거티와 모랑 커피를 마시러 갔을 때만 빼놓고. 우리가 해결해야 할 중요한 문제가 분명 몇 가지 있었다. 그녀를 잠시 동안 잃은 토요일 새벽의 기억 같은 것. 하지만 나는 그녀를 되찾아오 는 법을 배우고 있다. 생각보다 만족스러운 기분이다.

그녀는 저스틴에 관해 신경이 곤두서 있는 게 확실했다. 스스로 생 각하는 것보다 훨씬 더. 우유를 잔뜩 샀으니 카페로 와 집까지 데려다 달라고 핑계를 댈 정도였다. 접근금지명령을 빨리 받아낼수록 좋을 일 이다. 그녀가 외출한 사이에 현관 걸쇠를 고치고, 발코니 문도 손봤다. 뭐라도 해야 했다.

월요일에 휴가를 받고, 티피를 지하철까지 데려다주었다. 그러고는 소시지와 시금치를 구워 식사를 마련했다.

나 혼자만 있으니 기분이 별로였다. 묘하기도 했다. 나는 보통 홀로 외롭게 있는 사람이었다. 하지만 티피가 집에 없으니, 이가 하나 빠져버린 것 같은 부재감이 느껴졌다.

한참을 서성이고 핸드폰은 쳐다보지도 않는 시간이 흐른 후에 엄마에게 전화를 걸었다.

엄마 리언? 아가? 너 괜찮니?

나 안녕, 엄마. 전 괜찮아요. 금요일에 그렇게 가버려서 미안해요.

엄마 괜찮아. 우리 다 속상했잖아. 더욱이 넌 새 여자 친구가 다른 남자와 결혼한다는 그런 사건이 있었고… 오, 리언, 얼마나 가슴 아플까!

아, 당연히 알겠지. 누가 이 소식을 엄마한테 전해줄 생각을 했을까?

나 다 오해였어요. 티피에게 좀 안 좋은 예전 남자 친구가 있어서요. 그 사람 때문이에요. 그녀는 청혼을 승낙하지 않았어요. 그 남자가 억지로 꾸민 거예요.

드라마틱한, 연속극 같은 호흡이 전화기를 통해 전해진다. 짜증이 나려는 걸 엄청난 노력을 동원해 참는다.

엄마 가여운 것!

나 네, 그런데 티피는 잘 지내고 있어요.

엄마 그놈 따라가봤어?

나 따라가본다뇨?

엄마 그 전 남자 친구란 놈! 티피에게 그런 짓을 해놨잖아!

나 …어떻게 했으면 좋겠는데요, 엄마?

엄마에게 대답할 시간을 주지 않기로 마음먹는다.

나 접근금지명령을 받으려 하고 있어요.

엄마 오, 그래. 정말 잘됐구나.

거북한 침묵. 이런 대화는 왜 이렇게 힘이 들까?

엄마 리언.

기다린다. 바닥을 내려다보며 꼼지락거린다.

엄마 리언, 티피는 나하고는 아주 다르구나.

나 네?

엄마 너는 늘 다정한 아이였어. 소리를 지르고 여기저기 달음질치는 리
치와는 달랐지. 하지만 나는 내가 사귄 남자들을 네가 싫어했다는 걸
알아. 뭐, 나도 그들을 싫어하게 됐지. 하지만 너는 딱 처음부터 그들
을 싫어했어. 안다… 내가 잘못된 본을 보였다는 거.

정말이지 이루 말할 수 없이 불편한 기분이 된다.

나 엄마, 괜찮아요.

엄마 나 정말로 정신 차리려고 애쓰고 있어. 리언.

나 알아요. 그리고 엄마 잘못이 아니었어요.

엄마 나도 그렇게 믿으려고 했었어.

잠자코 생각한다. 나도 그렇게 믿으려고 했다. 계속 말로 하면, 계속
노력하면 그게 현실이 될 수도 있을 거라고.

나 사랑해요, 엄마.

엄마 아, 우리 아가! 나도 사랑해. 그리고 우린 리치를 되찾을 거야. 그
리고 그 애를 돌봐줘야지. 언제나 그랬듯이?

나 그럼요. 언제나 그랬듯이.

아직도 월요일. 월요일은 끝나지 않는 날이다. 나는 쉬는 날이 싫다.

457

사람들은 쉬는 날에 뭘 할까? 재판, 호스피스, 저스틴, 재판, 호스피스, 저스틴만 생각났다. 떠올리기만 해도 따뜻하고 포근해지는 티피에 대한 생각조차도 나를 완전히 안심시키지는 못했다.

나 안녕하세요, 거티. 리언이에요.

거티 리언, 아직 소식이 없어요. 판결이 나오면 내가 알려줄 테니까, 확인하려고 전화하지 않아도 돼요.

나 그렇군요. 물론이죠. 미안해요.

거티가 싹싹하게 내일쯤 판결 나오지 않을까 싶어요.

나 내일이요.

거티 오늘 나오긴 할 거 같은데. 하지만 더하기 하루.

나 오늘 더하기 하루요. 네.

거티 당신은 취미나 뭐 그런 거 없어요?

나 딱히요. 보통은 그냥 일만 하느라고요.

거티 아. 당신은 티피와 함께 살잖아요. 취미와 관련된 책은 차고 넘칠 거예요. 코바늘뜨기나 판지로 뭐 만드는 책이라도 읽고 있어봐요.

나 고마워요. 거티.

거티 별말씀을. 나한테 전화 그만 걸어요. 나 아주 바쁜 사람이니까.

거티가 전화를 끊었다. 그녀가 전화를 이렇게 끊어버리면 나는 여전히 무안하다. 아무리 많이 당해도.

71

~~~~~

티피

회사에 얼굴을 내밀 생각을 하다니, 마틴의 뻔뻔함에 말이 나오지 않는다. 그를 늘 겁쟁이라고 낮잡아봤으나, 이제 보니 더 떨고 있는 쪽은 나인 것 같았다. 이건… 저스틴의 대리자를 보는 것 같은 상황이었다. 리언에게 나는 괜찮다고 수없이 말했던 건 소용이 없었다. 솔직히 엄청 두려웠다. 반면에 마틴은 출판기념회의 성공을 으스대며 평소와 다름없이 유유히 활보하고 다녔다. 내가 다 알아버렸음을 아직 모르는 것이다.

그는 아직 청혼 사건 얘기를 꺼내지 않았다. 사무실의 누구도 그 일을 입 밖에 꺼내지 않았다. 레이철이 내가 약혼하지 않았다는 메모를 돌렸던 것이다. 덕분에 아침부터 축하 인사를 거절해야 하는 수고를 덜 수 있었다.

레이철 [10:06] 내가 그냥 저놈 가랑이를 걷어차고, 그렇게 정리하자.

티파니 [10:07] 혹하네.

티파니 [10:10] 나 왜 이렇게 찌질하게 굴고 있는 걸까? 어제는 어떻게 말할지 완전히 계획을 짝 세워놨었는데 말이야.

그를 깔아뭉갤 정말로 훌륭한 대사 한마디가 준비되어 있었다. 이제 그 말은 사라져버렸고, 약간 겁을 집어먹은 기분이 되었다.

> **레이철 [10:11]** 모가 아닌 그 사람은 뭐라고 말했을까? 어떻게 생각해?
>
> **티파니 [10:14]** 루시 말이야? 그녀라면 그런 일을 겪었으니 겁먹는 건 자연스럽다고 말하겠지. 그리고 마틴과 얘기하는 건 저스틴과 대면하는 것과 조금 비슷한 일이 될 거라고.
>
> **레이철 [10:15]** 그렇구나. 알겠어. 하지만… 마틴은 마틴이야. 가소롭고 옹졸한 악당. 회의에서 내 의자를 걷어차고 너를 깎아내리고 홍보팀장에 게 아부나 떨어대는 시시한 인간. 팀장 엉덩이가 메간 폭스의 얼굴이라도 되는 듯이 말이야.
>
> **티파니 [10:16]** 네 말이 맞아. 난 대체 왜 마틴을 무서워하는 걸까?
>
> **레이철 [10:17]** 내가 같이 가줄까?
>
> **티파니 [10:19]** 그래주겠냐고 하면 나 너무 한심하니?
>
> **레이철 [10:20]** 오늘 내 하루가 찬란하게 밝혀지는 거지.
>
> **티파니 [10:21]** 그럼. 그래. 같이 가줘.

우리는 홍보팀의 아침 회의가 끝날 때까지 기다렸다. 마틴이 출판 기념회 일로 축하인사를 받는 것을 보고 잇새로 저주를 퍼부었다. 내 쪽으로 호기심 어린 눈길들이 날아왔지만, 어물쩍 넘어갔다. 나는 어쨌거나 창피해서 얼굴이 붉어져 있었다. 회사의 모든 사람이 내가 전 남자 친구와 한바탕 난리 쳤다는 사실을 알고 있는 게 싫었다. 그들은 내가 왜 더 이상 약혼한 상태가 아닌지 나름대로 희한한 이유를 지어 낼 것이고, 진실에 관심이 있을 사람은 아무도 없을 터였다.

레이철이 내 손을 붙들고 꽉 움켜쥐었다. 그러고는 노트와 서류 종이들을 모으고 있는 마틴 쪽으로 나를 약간 밀었다.

"마틴, 얘기 좀 할 수 있어요?"

"지금은 좀 곤란한데, 티피."

자기는 번개 회의 같은 걸 할 시간이 없는 매우 중요한 인물이라는 분위기를 풍기며 그가 말했다.

"이봐요, 마틴. 회의실로 같이 좀 가죠. 안 그러면 내 계획을 실행에 옮기겠어. 모든 사람들 앞에서 당신 거기를 걷어차는 거지, 지금 이 자리에서."

레이철이 말했다.

두려움이 그의 얼굴을 가로질렀다. 그 얼굴을 보자 불안감은 증발했다. 그는 이제 들통난 걸 알게 되었다. 그가 어떤 헛소리를 생각해낼지 듣고 싶어 기다리지도 못할 지경이었다.

레이철은 문이 달려 있는 회의실 중에 유일하게 빈 곳으로 그를 몰고 가 문을 닫았다. 그러고는 팔짱을 끼고 문에 기대섰다.

"이게 무슨 일이에요?"

마틴이 물었다.

"한번 맞혀보는 건 어때요, 마틴?"

내 목소리는 뜻밖에도 가볍고 경쾌하게 나왔다.

"정말 전혀 모르겠는데요. 무슨 문제라도 있어요?"

"만약 문제가 있다면, 저스틴이 그걸 알기까지 얼마나 걸릴까요?"

내가 물었다.

마틴이 내 눈길을 마주보았다. 그 모습이 근심에 빠진 고양이처럼 보였다.

"무슨 말인지…."

"저스틴이 말해줬어요. 그렇게 변덕 심한 사람이라고요, 저스틴이."

마틴이 찌그러졌다.

"이봐요, 당신을 도우려고 한 일이에요. 그가 지난 2월에 우리 아파트 때문에 연락을 해왔어요. 당신이 집 구하는 걸 돕고 싶다면서. 그래서 남는 방을 월세 500파운드에 제안하게끔 거래를 맺은 거예요."

지난 2월? 이런 망할.

"저스틴이 당신은 또 어떻게 알게 된 거죠?"

"페이스북 친구를 맺은 지가 옛날 옛적이에요. 당신 두 사람이 진지하게 사귀기 시작하면서 나를 친구 추가 한 것 같아요. 그때 그가 당신과 함께 일하는 사람들을 체크하고 있는 줄만 알았어요. 왜, 보호하고 싶어 하는 타입 있잖아요. 하지만 세놓는다는 광고는 내가 올렸고, 그걸 보고 연락한 건 저스틴이에요."

"당신에게 얼마를 제안했는데요?"

"자기가 차액을 내겠다고 했어요. 해나와 나는 그가 참 다정하다고 생각했죠."

"아, 그게 저스틴이죠."

내가 앙다문 이 사이로 내뱉었다.

"그리고 당신이 우리 집에 세를 들지 않겠다고 했을 때, 저스틴은 완전히 실망했어요. 이사 문제로 그가 연락을 해왔을 때부터 우리는 채팅을 했거든요. 그는 당신이 잘 지내는지, 무슨 일을 할 예정인지 가끔 알려줄 수 있느냐고 부탁했죠. 그래야 걱정을 덜겠다면서요."

"그런데 당신에게는, 참 뭐라고 말을 해야 될지 모르겠네. 그런 게 소름 끼치는 일처럼 느껴지지 않았단 말이에요?"

레이철이 물었다.

"아뇨!"

마틴이 머리를 흔들었다.

"전혀요. 저스틴이 내게 돈을 준 것도 아니에요. 돈을 받은 건 타샤 차이-라테가 영상을 찍으러 오게 했을 때뿐이에요."

"티피를 스토킹하는 대가로 그놈한테 돈을 받았다고?"

레이철이 분노로 부풀어 오르는 게 보였다. 마틴이 움츠러들었다.

"잠깐."

내가 손을 들어 올렸다.

"처음으로 돌아가보죠. 내가 어디에 있는지 때때로 알려달라고 한 거죠? 그렇게 해서 그가 쇼어디치에서 열린 출간기념회나 유람선에 내가 있다는 걸 안 거고."

"그렇다고 볼 수 있죠."

마틴이 말했다. 그는 화장실에 가고 싶은 어린아이처럼 꼼지락거렸다. 그가 안됐다는 기분이 들기 시작했지만, 그 감정을 바로 잠재웠다. 이 대화를 밀고 나가게 해주는 힘은 분노밖에 없었기 때문이다.

"웨일스에 갔던 것도?"

마틴은 땀을 흘리기 시작했다.

"내가 당신이 어딨는지 문자하면 저스틴이 내게 전화를 걸었어요."

얼굴에 경련이 일었다. 얼마나 소름이 끼치는지 당장 가서 샤워를 하고 싶을 정도였다.

"…그리고 당신이 모델 일 때문에 데리고 온다는 남자에 대해 얘기해달라고 했어요. 그의 인상착의를 저스틴에게 알려줬죠. 갑자기 입을 다물더라고요. 속이 많이 상한 것 같았어요. 저스틴은 당신을 얼마나 사랑하는지 얘기하면서 모든 것을 망쳐놓겠다고 했어요…."

"그래서 당신이 주말 내내 훼방을 놓으며 뛰어다닌 거였군요."

"나는 돕고 있는 줄 알았다고요!"

"그렇다면 당신 실력 참 구리네요. 우리는 새벽 3시에 주방에서 키스를 하고 있었으니까. 하!"

내가 말했다.

"딴 데로 빠지지 말고! 집중해, 티피."

"그래, 그래. 그러니까 돌아와서 저스틴에게 보고를 한 거고요?"

"그래요. 그는 내가 일 처리한 걸 마음에 들지 않아 했어요. 갑자기 마음이 진짜 안 좋아졌죠. 그렇잖아요, 충분히 잘 해내지 못했으니까."

"아, 그 남자 실력 좋네."

레이철이 토해낸다.

"어쨌든 그러고 나서 그는 거창한 청혼 계획을 짜길 원했어요. 완전히 로맨틱했죠."

"타샤 차이-라테에게 영상을 찍게 하라고 돈을 준 부분이 특히 그랬겠죠."

내가 말했다.

"그는 온 세상이 그 장면을 보기를 원했다고요."

그가 반발했다.

"리언이 보기를 원했던 거겠죠. 얼마가 들었던 거예요? 캐서린 책 예산에서 그만한 돈이 나올 수 없다는 걸 내 진작 알았어야 하는데."

"1만 5,000파운드요."

마틴이 순순히 털어놓았다.

"영상 일을 꾸미는 대가로 내게는 2,000파운드를 줬어요."

"1만 7,000파운드라고?!"

레이철이 꽥 소리를 질렀다.

"세상에!"

"그러고도 돈이 남아서 캐서린에게 리무진을 대준 거예요. 그렇게 하면 피어스 모건과 인터뷰를 하도록 설득할 수 있지 않을까 하고. 나는 그냥… 저스틴이 당신을 정말로 사랑하나 보다 생각했어요."

"아니, 당신은 그렇게 생각하지 않았어요."

내가 밋밋한 어조로 말했다.

"당신은 그런 건 관심도 없었어요. 저스틴이 당신을 좋아해주기를 바랐을 뿐이에요. 그는 아주 많은 사람들에게 그 능력을 발휘하죠. 내게 청혼을 한 뒤 저스틴이 당신에게 연락한 적은 있어요?"

마틴이 초조한 얼굴로 머리를 흔들었다.

"당신이 파티를 떠나는 모습을 보니 그가 바라던 대로 안 됐다는 걸 알았죠. 저스틴이 내게 화를 낼까요?"

"내 생각에는…."

나는 깊은 숨을 들이마셨다.

"마틴, 저스틴이 당신에게 화가 나건 말건, 그건 관심 없어요. 빠른 시일 안에 나를 공격한 일 혹은 스토킹한 걸로 저스틴을 재판에 끌고 갈 거예요. 내 변호사가 둘 중에 뭐가 더 마음에 드는지 결론을 내면 말이죠."

마틴의 얼굴이 평소보다도 더 창백해졌다. 저스틴과 자기가 꾸민 짓이 다 사실임을 말해주는 얼굴.

"그러니 당신은 증언할 준비를 해야 되겠어요."

"뭐라고요? 안 돼요!"

"왜 안 되는데요?"

"그게… 그런 망신이 어디 있어요. 그리고 지금은 회사가 아주 중요한 때라-"

"당신은 참 나약한 남자예요, 마틴."

그가 눈을 깜빡거렸다. 입술을 살짝 떨기도 했다.

"생각해볼게요."

그가 마침내 토해냈다.

"좋아요. 법정에서 봐요, 마틴."

나는 레이철을 뒤에 달고 바람처럼 회의실을 빠져나왔다. 내 책상으로 향하는데, 신바람이 다 났다. 사무실을 뚫고 가는 동안 레이철이 조용하게, 하지만 들리지 않을 수 없는 콧노래로 「Eye of the Tiger」를 부른 덕분이기도 했다.

마틴과 최후의 결전을 치르고 나니 세상이 약간은 더 밝아진 기분이었다. 나는 몸을 더 꼿꼿이 세우고 출판기념회에서 일어났던 일에 수치스러워하지 않기로 결심했다. 전 남자 친구가 청혼을 했고, 나는 거절했다. 그게 뭐 어떻다는 건가? 잘못된 건 하나도 없다. 오후에 화장실 가다 마주친 루비는 소리 없는 하이파이브를 해주었다. 레이철이 15분쯤마다 여자의 파워를 노래하는 곡을 보내주었고, 나는 스스로 일어설 힘이 생기는 것 같았다. 그 어떤 일을 겪고서라도.

일에 집중하자니 엄청난 노력이 들었지만, 결국 해냈다. 전화를 받았을 때는 컵케이크 아이싱의 새로운 트렌드를 조사하는 중이었다.

"티피?"

리언이 말했다.

"응?"

"티피…"

"리언, 괜찮아요?"

쿵쾅거리는 심장.

"나왔어요."

"…."

"리치요."

"세상에. 다시 말해봐요."

"리치가 풀려났어요. 무죄로."

내지르는 비명에 사무실 안의 모든 눈길이 내게 쏠렸다. 이런.

"친구가 복권에 당첨됐대요!"

나는 가장 가까운 곳에 있는 사람들 중 남 일에 관심 많은 프랜신에게 입 모양으로 전했다. 그녀를 통해 이 소식이 널리 퍼지도록. 싹부터 자르지 않으면 사람들은 내가 또 약혼을 했다고 생각할 것이다.

"리언, 무슨 말부터 해야 할지…. 정말이지 난… 판결이 내일 가야 날 거라고 생각했어요!"

"나도 그렇게 생각했어요. 거티도 그랬고."

"그러니까… 방금 나온 거예요? 상상이 안 가요! 그나저나 리치는 대체 어떻게 생겼어요?"

리언이 웃었다. 그의 웃음소리에 속이 다 울렁거렸다.

"오늘 밤에 우리 집에 올 거예요. 당신, 마침내 그를 만나는 거예요."

"믿을 수가 없네요."

"맞아요. 나도 사실은… 자꾸 꿈인 것 같아요."

"참, 무슨 말을 해야 할지, 당신 지금 어디예요?"

"병원이에요."

"휴가 낸 거 아니었어요?"

"뭘 해야 할지 모르겠더라고요. 근무 끝나고 올래요? 너무 돌아가는 거면 말고. 나는 7시쯤 집에 도착할 거예요. 난 그냥 그러면 어떨까-"

"4시 반까지 갈게요."

"사실은 내가 당신을 데리러 가야 하는데…."

"나는 혼자서도 잘해요. 정말이지, 끝내주는 하루네요. 4시 반에 만나요!"

72

~~~~

리언

병동들 사이를 돌아다니며 차트를 확인하고 수액 주사를 놓는다. 환자들과 얘기를 나눈다. 내 동생이 마침내 집에 돌아오게 되었다는 사실 말고 다른 얘기를 하면서도 내 목소리가 멀쩡한 데에 스스로 감탄한다.

집.

리치가 집으로 돌아온다. 습관처럼 그 생각을 계속 밀어내려고 노력하지만, 리치가 내 인생으로 돌아온다는 생각을 멈출 수 없다. 뜨거운 것에 덴 것처럼 고통스러웠던 생각, 너무도 희망찼기에 피해 다녔던 생각이었다.

이제는 그 생각이 현실이 되었다. 몇 시간 뒤에 리치가 진짜로 나올 것이다. 그가 티피를 만날 것이다. 그들은 전화 통화 할 때와 마찬가지로 아무렇지도 않게 얘기를 나눌 것이다. 이번에는 얼굴을 마주보고서. 그야말로 꿈이 현실이 되었다. 애초에 그가 감옥에 가지 않았어야 한다는 사실만 눈 감으면, 모든 게 완벽하다. 물론 그 생각조차 이 환희를 죽일 수는 없다.

병원 주방에서 차를 타고 있는데, 내 이름이 들린다.

티피 리언!

딱 맞추어 몸을 돌린다. 머리는 비에 젖고 볼은 발그레 물든 그녀가 커다란 미소와 함께 안겨든다.

나 워워!

티피가 내 귀에 매우 가깝게 대고 리언! 리언!

나 아야?

티피 미안, 미안해요. 난 그냥…

나 당신, 우는 거예요?

티피 내가요? 아니에요.

나 울면서. 당신도 참 굉장해요.

그녀가 놀라고 행복한 눈물로 환해진 눈을 깜빡거린다.

나 리치를 만난 적도 없으면서.

그녀가 내게 팔을 두르고 막 끓기 시작한 주전자 앞으로 내 몸을 돌려놓는다.

티피 나는 당신을 만났잖아요. 그리고 리치는 당신의 귀여운 동생이고.

나 내가 경고해두는데, 리치는 별로 귀엽지 않답니다.

티피가 티백을 찻잔에 넣고 주전자에서 물을 따른다. 마치 오래전부터 이 주방을 들락날락한 것 같은 익숙한 몸짓으로.

티피 어쨌든 리치는 내가 잘 아는 사람 같아요. 우리는 얘기를 아주 많이 나눴으니까요. 누구를 알아가기 위해 꼭 직접 얼굴을 맞댈 필요는 없다고요.

나 말이 나왔으니 말인데….

티피 어디 가는 거예요?

나 그냥 따라와봐요. 보여주고 싶은 게 있으니까.

티피 차 가져가요! 차!

그녀가 공들여 우유를 따르며 어깨 너머로 까부는 눈빛을 던진다. 당장 그녀의 옷을 벗기고 싶어졌다.

나 준비됐어요?

티피 좋아요. 준비됐어요.

복도를 지나치며 만나는 사람마다 "오, 안녕, 티피!"라거나 "당신이 티피군요!"라거나 "리언이 정말 여자 친구가 있네!"라는 말을 한다. 그럼에도 전혀 짜증이 나지 않았다.

나는 코럴 병동으로 이어지는 곳에서 티피를 끌어당겼다.

조니 화이트는 주말부터 지금까지 프라이어 씨의 곁을 떠나지 않았다. 프라이어 씨는 잠들어 있었지만, 조니 화이트가 햇볕에 얼룩덜룩해진 프라이어 씨의 손을 꼭 잡고 있었다.

이 문들을 지나면 언제나 즐거운 일이 벌어진다.

티피 조니 화이트 6번이 진짜 조니 화이트였던 거예요? 오늘 정말 최고의 날 아니에요? 모든 사람들의 아침에 만병통치약이 들어갔다거나,

시리얼 상자에 황금 티켓이 들었다거나, 그런 날?

내 입술을 그녀의 입술에 꼭 맞춘다. 우리 뒤에서 수련의 한 명이 다른 수련의에게 하는 말이 들린다.

"희한하기도 하네. 불치병 환자 아니면 아무도 안 좋아하는 줄 알았더니!"

73

~~~~

티퍼

"나 어때요?"

"진정해요."

리언이 베개에 몸을 기대며 말했다.

"리치는 이미 당신한테 푹 빠졌으니까."

"당신 가족을 만나는 거잖아요! 예쁘게 보이고 싶어요. 똑똑하고 아름답고 재치 넘치는 사람으로 보이고 싶다고요. 〈길모어 걸스〉 초창기의 수키처럼?"

"무슨 얘긴지 하나도 모르겠어요."

"좋아요. 모!"

"응?"

모가 거실을 가로질러 외쳤다.

"나 이 옷 입으니까 세련돼 보여, 아니면 지친 아줌마 같아 보여?"

"그게 궁금하다면, 그 옷은 벗어버려."

거티가 외쳤다. 나는 눈을 데굴거렸다.

"누가 너한테 물었대! 너는 내 옷 다 싫어하잖아!"

"아니야. 내가 좋아하는 옷도 몇 개는 있어. 네가 맞춰 입는 조합이 별로라는 얘기지."

"이거보다 어떻게 더 예쁘겠어요?"

리언이 미소를 지으며 말했다. 그의 얼굴 전체가 오늘은 달라 보였다. 존재하는지도 몰랐던 저 뒤쪽의 스위치를 누군가가 올려서, 이제 모든 것이 더 밝아진 것 같았다.

"아니, 거티 말이 맞아요."

랩 원피스를 벗어버리고 내가 가장 좋아하는 녹색 스키니진과 헐렁한 니트 점퍼를 집어 든다.

"나 너무 애쓰나 봐."

"딱 적당히 애쓰고 있어요."

내가 진에 다리를 끼워 넣으며 깡충깡충 뛰는데 리언이 말했다.

"오늘 당신이 내 말에 반대할 일이 있긴 할까요?"

그가 눈을 가늘게 떴다.

"어렵네요."

그가 말했다.

"그런 일은 없을 거예요. 이렇게 말하면 반대하는 게 되긴 하지만."

"내가 하는 말에 무조건 다 동의하도록! 참 똑똑하기도 하지!"

나는 침대 위를 기어가 그의 몸에 올라타고 키스를 했다. 탑을 입으려고 몸을 떼는데, 그가 나를 바짝 끌어당기며 놔주지 않았다. 나는 미소를 지으며 그의 손을 찰싹 내리쳤다.

"아무리 당신이라고 해도, 이런 옷차림은 적절하지 않다는 건 받아들여야 할 거예요."

건물 초인종이 세 번 울렸다. 리언이 너무 빠르게 튀어 오르는 바람에 나는 침대에서 내던져지다시피 했다.

"미안해요!"

그가 문으로 달려가면서 외쳤다. 모인지 거티인지가 아파트 현관문을 열어주는 소리가 들렸다. 니트 점퍼를 홱 뒤집어 입고 손가락으로 머리카락을 빗어 내리는데 속이 울렁거렸다. 나는 리언과 리치가 고대해왔던 순간을 방해하지 않기 위해 잠시 기다리기로 했다. 나가지 않고, 리치의 목소리가 들리기를 기다리며.

하지만 현관문 앞에서 들려온 것은 저스틴의 목소리였다.

"당신과 할 얘기가 좀 있어."

그가 말했다.

"오, 안녕, 저스틴."

리언이 말했다.

이미 나는 누구의 눈에도 띄지 않으려고 옷장 속에 몸을 구겨 넣고 숨어 있었다. 침실 문가에서는 보이지 않는 곳이었다. 갑자기 비명을 내지르고 싶은 심정이 되었다. 그는 여기에 와서 내가 이런 꼴이 되게 할 권리가 없다. 그가 떠나기를 원했다. 진심으로. 내 인생에서뿐만 아니라 내 머리에서도 나가주기를 원했다. 이제 문 뒤에서 벌벌 떨며 겁쟁이 노릇하는 데는 질렸다.

나는 겁쟁이가 아니다. 이런 거지 같은 일은 하루이틀에 극복할 수 없는 법이다. 하지만 나는 잠깐이나마 극복했고, 미친 듯이 화가 나서 생긴 자신감의 파도를 한껏 탈 작정이었다. 구석에서 몸을 빼냈다.

저스틴은 문가에 서 있었다. 넓은 근육질 몸을 꼿꼿이 펴고 딱 봐도 화가 난 얼굴로.

"저스틴."

내가 리언 옆으로 가며 말했다. 저스틴과 1미터밖에 떨어지지 않은 곳. 문에 손을 얹고 쾅 닫을 준비를 했다.

"너 말고 리언하고 얘기하러 온 거야."

저스틴이 짤막하게 말했다. 나는 쳐다보지도 않았다.

그러지 않으려 했지만, 움츠러들었다. 자신감이 다 빠져나갔다.

"내게도 청혼을 할 생각이라면 대답은 '노'예요."

리언이 상냥하게 말했다. 그의 농담에 저스틴이 주먹을 말아 쥐었다. 그가 앞으로 다가오기 시작했다. 몸을 울뚝불뚝하며, 눈을 번득이며. 나는 움찔했다.

"그 발 조심하는 게 좋을 거야."

내 뒤에 있던 거티가 날카롭게 말했다.

"만약 한 발짝이라도 더 와서 이 아파트에 그 발을 들여놓는다면, 당신 변호사가 나와 할 얘기가 아주 많아질 테니까."

저스틴이 머리를 굴리는 기색이었다. 상황을 다시 고려하는 것 같았다.

"네 친구들이 이렇게 간섭이 심했나? 기억에 없군, 티피."

그가 으르렁거리듯 내뱉었다. 가슴속에서 심장이 천둥을 쳤다. 그는 술에 취한 것 같았다. 좋지 않았다.

"오, 얼마나 간섭하고 싶었는지 모르지."

모가 말했다. 나는 떨리는 숨을 깊게 들이마셨다.

"나를 찬 건 네가 준 최고의 선물이었어, 저스틴."

나는 문턱 반대편에 서 있는 그만큼이나 꼿꼿이 서 있으려고 온 힘을 총동원하며 말했다.

"우리는 끝났어. 이제 끝이야. 나 그냥 내버려둬."

"우리는 끝나지 않았어."

"접근금지명령 신청했어."

그가 더 말을 잇기 전에 가까스로 뱉어낸다.

"아니, 네가 그럴 리 없어."

저스틴이 나를 조롱했다.

"티피, 애처럼 굴지 마."

내가 어찌나 세차게 문을 닫았는지, 모두가 펄쩍 뛰었다. 나까지 포함해서.

"망할!"

저스틴이 문 건너편에서 소리를 질렀고, 그러고는 주먹으로 문을 쾅쾅 내리치는 소리, 손잡이가 콰당콰당 돌아가는 소리가 들리기 시작했다. 나는 뒤로 물러나며 참았던 눈물을 훌쩍였다. 방금 저스틴의 얼굴에 대고 문을 쾅 닫았다는 게 스스로도 믿어지지 않았다.

"경찰이요."

리언이 입 모양으로 말했다.

거티가 핸드폰을 켜고 번호를 눌렀다. 다른 손으로는 내 손에 깍지를 끼고서. 모가 내 옆을 지켜 섰고, 리언이 새로 단 걸쇠를 채우고 문에 몸을 기대 막았다.

"미친 짓이야."

내가 약하게 말했다.

"이런 일이 일어나다니."

"들여보내줘!"

저스틴이 문 건너편에서 우렁우렁 소리를 질렀다.

"경찰이죠?"

거티가 폰에 대고 말하고 있었다.

저스틴이 주먹으로 문을 내리쳤다. 몇 주 전에 그가 초인종을 눌러대던 일이 떠올랐다. 그는 문을 열어줄 때까지 포기하지 않을 것이다. 침을 삼켰다. 문을 내리치는 소리는 한결같이 더 커지는 것만 같아서, 급기야 내 귀에다 바로 내리치고 있는 것처럼 느껴졌다. 눈물범벅이되고, 거티와 모는 있는 힘을 다해 나를 붙들고 있었다. 겁먹는 짓 따위는 끝이라고? 퍽이나. 저스틴이 문 저쪽 편에서 고함을 지르고 화를 내는 동안에, 리언을 봤다. 얼굴이 핼쑥하고 심각해져 있었다. 그는 바리케이드가 될 만한 물건이 없는지 주위를 둘러봤다. 내 왼쪽에서 거티가 전화로 들려오는 질문에 답을 하고 있었다.

그러고는 일순간에 그 광기와 소음이 멈췄다. 리언이 우리에게 무슨 일이지? 하는 눈길을 보내고서 손잡이를 확인했다. 문은 여전히 잠겨 있었다.

"왜 멈췄지?"

내가 거티의 손을 잡으며 물었다. 얼마나 세게 잡았는지 손가락이 하얗게 질릴 정도였다.

"문 두드리는 소리가 멈췄어요."

거티가 핸드폰에 대고 말했다. 전화받는 사람의 목소리가 아주 작게 들렸다.

"그가 문을 부술 다른 방법을 찾고 있을지도 모른대. 우리보고 다른 방으로 가야 한다고. 문에서 떨어져요, 리언."

"잠깐."

리언이 바깥에서 무슨 일이 일어나는지 알려고 문에 귀를 대며 속삭였다.

그의 얼굴이 음산한 미소로 일그러졌다. 그가 우리에게 가까이 오라고 손짓했다. 나는 떨리는 무릎으로 머뭇거리며 다가갔다. 모가 나를 부축해줬고, 거티는 아직 핸드폰에 대고 조용히 말하는 중이었다.

"당신 감옥 참 좋아하게 생겼네요."

따뜻한 목소리가 문 저편에서 말했다. 알아듣지 못할 수 없는 억양이었다.

"진짜로. 거기엔 당신 같은 남자들이 널려 있거든."

"리치!"

내가 속닥거렸다.

"하지만– 저러면 안 되는데…."

이제 막 리치를 감옥에서 빼낸 터였다. 저스틴과 싸우기라도 하면 리치에게 좋을 것이 하나도 없었다.

"좋은 지적이에요."

리언이 눈을 크게 떴다. 그가 손잡이를 잡았다. 손이 약간 떨리고 있었다. 목소리를 들어봤을 때, 리치는 문 쪽에 있고, 저스틴은 좀 더 멀리 있는 것 같았다. 거칠게 눈을 문질렀다. 저스틴이 내게 한 짓을 리치에게 보여주기 싫었다. 저스틴에게 그런 힘을 주고 싶지 않았다.

리언이 문을 홱 열어젖히자 저스틴이 서둘러 우리 쪽으로 발걸음을 뗐다. 하지만 리치가 태연하게 그를 밀었고, 저스틴은 욕을 내뱉고 비틀거리다가 벽에 부딪쳤다. 리치가 안으로 들어왔고, 리언이 재빨리 문을 잡아당겨 닫았다. 단 몇 초 사이에 끝난 일이었다. 저스틴이 나를 향해 돌진할 때 그 표정이 어땠는지 볼 겨를도 없었다. 필사적으로 문을 뚫고 들어오려던 그. 도대체 어쩌다 저렇게 된 것인가? 이런 식인 적은 한 번도 없었다. 폭력적인 적은 없었다. 그의 분노는 언제나 단단히 조절이 되어 있었다. 그가 내리는 벌은 기발하고 잔인했는데, 지금 모습은 엉망진창이고 절박했다.

"멋진 친구네요, 당신 전 남자 친구."

리치가 윙크를 보내며 말했다.

"그냥 분노가 철철 넘쳐흐르는데, 내일 아침이면 문을 그렇게 두들겨댄 걸 후회하겠죠. 그건 확실해요."

리치가 스페어 열쇠 꾸러미를 수납장에 휙 던진다. 그가 초인종을 누르지 않고 건물 안으로 들어올 수 있었던 이유가 설명되었다.

몇 번 눈을 깜빡이고서 리치를 제대로 바라본다. 그가 복도에 나타났을 때 저스틴이 조용해진 것도 무리는 아니었다. 몸집이 거대했다. 적어도 195센티미터는 되어 보였고, 시간을 보낼 일이 운동 말고는 전혀 없을 때만 가질 수 있는 근육을 자랑했다. 검은 머리는 짧게 깎여 있었고, 팔뚝에는 문신 몇 개가 있었다. 목에도 구불구불 올라탄 문신이 셔츠 칼라 위로 빼꼼 나와 있었다. 가죽 줄로 된 목걸이는 리언의 목걸이와 한 쌍임이 틀림없었다. 리언과 마찬가지로 사려 깊고 짙은 갈색 눈동자를 하고 있었다. 약간 더 짓궂은 빛을 띠는.

"경찰이 10분 안에 올 거야."

거티가 차분하게 말했다.

"안녕, 리치. 좀 어때요?"

"변호사님에게 남자 친구가 있다는 걸 알고 완전히 무너졌죠."

리치가 미소와 함께 모의 어깨를 툭 쳤다. 모가 카펫으로 2~3센티미터쯤은 꺼져 내렸다고 맹세라도 할 수 있다.

"저녁식사 빚졌는데!"

"나 때문에 포기 안 해도 돼요."

모가 황급하게 말했다.

리치가 리언을 얼마나 세차게 안는지, 몸이 부딪치는 소리가 다 들릴 정도였다.

"바깥에 저 꼴통은 걱정하지 말아요."

그가 리언을 풀어주며 말했다. 저스틴이 문을 향해 뭔가를 던지고 있었다. 뭔지 모르겠지만 벽을 세차게 때렸고, 나는 몸을 움츠렸다. 리치가 무조건적이고 친근한 미소를 내게 지었다. 리언의 한쪽 입꼬리가 내려간 미소와 판박이였다. 따뜻한 미소, 보자마자 사르르 편안해지는 미소였다.

"뼈와 살로 이루어진 당신을 만나게 되어 반가워요, 티피. 형을 돌봐준 것도 고맙고요."

"잘 돌봐준 건지 모르겠네요."

나는 덜컹거리고 있는 문을 가리켰다.

리치가 손을 내저었다.

"한번 따져봅시다. 저놈은 여기 들어오면 나와 형을 상대하게 될 거예요. 그리고… 미안해요, 친구. 우리 서로 소개를 받지 못했죠."

"모예요."

모가 의자에 앉아 얘기하는 걸로 먹고사는 사람다운 자태를 고스란히 드러내며 말한다. 자기에게 불리한 상황의 시나리오에 갑자기, 우연히 들어온 것 같은 분위기로.

"나하고 티피도 있거든요?"

거티가 날카롭게 쏘아붙인다.

"이게 뭐예요, 중세시대예요? 주먹은 내가 리언보다 잘 날릴걸요."

"들어갈 거야, 씨발!"

저스틴이 문 바깥에서 으르렁거렸다.

"취했어요."

리치가 명랑하게 말했다. 그러고는 안락의자를 들고 우리를 헤치고 나가 문 앞에다 쿵 내려놓았다.

"그렇지. 이러면 우리가 여기서 얼쩡거리고 있을 필요가 없지. 리언, 발코니는 그대로야?"

"어, 그럼."

리언이 약간 허둥대는 표정으로 겨우 입을 열었다. 그가 모를 제치고 내 옆에 섰다. 그가 내 등을 쓸어내렸다. 그가 나를 만지는 감각에 다시 정신을 차렸다.

리치가 우리를 발코니로 인도한 다음에 유리문을 닫았다. 발코니는 다 같이 있기 힘들 만큼 좁았다. 한쪽 구석에는 거티가 모에게 몸을 맡기고 있고, 나는 다른 구석에서 리언과 붙어 있었다. 그 덕분에 리치가 대부분의 공간을 차지했다. 그게 그에게 필요한 것이었다. 그는 깊게 숨을 들이마셨다가 내쉬었다. 발코니에서 내다보이는 풍경에 환한 미소를 띄우며.

"런던!"

그가 팔을 활짝 벌렸다.

"이게 그리웠다고. 저거 좀 봐!"

뒤에 남기고 온 아파트 안에서는 문을 내리치는 소리가 계속 들려왔다. 리언이 나를 바짝 끌어당겨 내 머리칼에 얼굴을 묻고는 따뜻하고 안정이 되는 숨결을 내쉬었다.

"이렇게 발코니에 나와 있으니, 경찰이 나타나면 구경하기 아주 좋을 거예요."

리치가 내게 윙크를 하며 말했다.

"그 친구들을 이렇게 금방 만날 줄은 몰랐네."

"미안해요."

쥐구멍을 찾고 싶은 심정으로 내가 말했다.

"미안해하지 말아요."

리언이 내 머리카락에 대고 머리를 흔들었고, 동시에 리치의 단호한 목소리가 들렸다. 모도 말했다.

"네가 사과할 일 아니야, 티피."

심지어 거티의 눈동자도 애정을 담아 흔들리고 있었다.

그들을 하나하나 바라봤다. 발코니에 나와 함께 옹송그리며 모여 있는 그들을. 나는 눈을 감고 리언에게 기대어 루시가 가르쳐준 대로 호흡을 하는 데 집중했다. 문을 두드리는 소리도 별것 아니다. 저 소리도 언젠가는 멈춘다. 리언의 품에서 심호흡을 하면서 새로운 확신이 드는 것을 느낀다. 제아무리 저스틴이라고 해도 영원히 버틸 수는 없다는 것을.

74

~~~

리언

경찰이 저스틴을 데려갔다. 그는 진짜 입에 거품을 물었다. 그 모습을 보고 알았다. 평생 자신을 철저히 제어하고 살던 사람이 그 통제권을 잃어버렸다는 것을. 거티가 일깨워주었듯이 접근금지명령을 받는데는 오히려 유리해졌다.

문을 본다. 발로 찬 문은 움푹 들어갔고, 주먹으로 친 자리는 페인트가 다 벗겨져 나갔다. 피까지 보였다. 티피가 고개를 돌렸다. 그녀는 그런 남자를 사랑했고, 그도 자기 방식대로 그녀를 사랑했다. 그걸 알게 된 심정이 어떨지 차마 상상도 못 하겠다.

천만다행으로 리치가 있다. 리치는 오늘 밤을 기쁨으로 환하게 밝히고 있다. 리치가 감옥 에피소드를 늘어놓는 사이 티피의 뺨에 혈색이 돌아온다. 어깨가 펴지고, 입술은 미소로 번진다. 그녀가 나아지고 있다는 갖가지 신호에 마음이 놓인다. 그녀가 펄쩍 놀라고, 울고, 두려워하는 모습은 견딜 수 없다. 저스틴이 경찰에게 끌려가는 모습을 봐도 분이 풀리지 않았다.

하지만 경찰 드라마가 끝나고 3시간이 흐른 지금, 우리는 거실에 옹기종기 모여 있다. 딱 내가 상상한 그대로. 내가 1년 내내 고대해왔던 이 밤이 웬 격분한 남자의 무단침입 시도로 잠깐이나마 방해받았다는 것을 알아채기 힘든 풍경이었다. 티피와 내가 빈백을 차지했다. 거티는 소파 위 자리를 보란 듯이 차지하고 모에게 기대 있었다. 리치는 안락의자에 앉아 이 방을 지휘했다. 문을 봉쇄하는 데 쓰였다가 원래 있던 자리로 돌아오지 않고 복도와 거실쯤에 자리를 잡은 안락의자에서.

리치   그냥 하는 말인데. 나는 진작 알아챘어요.

거티   하지만 언제요? 나도 알아채기는 했으니까. 아주 처음부터 알았다는 건 믿을 수 없고.

리치   리언이 웬 여자를 데려다가 자기 침대에 재운다는 말을 했던 순간부터 알았어요.

거티   말도 안 돼요.

리치가 너그러운 표정으로   참 나! 침대를 공유한다는 건 답이 다 정해져 있다는 뜻이에요. 내 말이 무슨 뜻인지 알죠?

거티   케이는 어땠는데요?

리치가 별 중요하지도 않은 얘기를 한다는 듯이 손을 내젓는다.

리치   그래요, 케이가 있었죠.

티피   이제 좀 그만—

리치   꽤 괜찮은 사람이었어요. 하지만 리언에게는 어울리지 않았죠.

내가 거티와 모에게   처음에는 어떻게 생각했어요?

티피   아휴, 그런 걸 왜 물어봐요.

거티가 지체 없이   끔찍한 선택이라고 생각했죠.

모   세놓는 사람이 누구라도 될 수 있었다는 걸 생각해봐요.

거티   가령 역겨운 변태일 수도 있고.

리치가 웃음을 터뜨리면서 맥주를 새로 집어 든다. 그는 11개월 동안 술을 마시지 않았다. 주량이 예전 같지 않을 거라고 말할까 하다가 만다. 리치가 어떻게 나올지 뻔히 아는데 공연한 짓을 할 이유가 없다.

내가 틀렸다는 것을 증명하려고 더 마실 테니까.

모 티피가 이 셰어하우스를 잡지 못하게 돈을 줄 생각까지 했다니까요.

거티 결과를 보다시피 티피는 거절을 했고-

모 이사하는 게 저스틴에게서 벗어나는 일환이었다는 걸 나중에 알게 됐어요. 이 친구 스스로 결정하게 내버려둘 수밖에 없었죠.

리치 이렇게 될 줄은 예상하지 못했고요? 티피하고 리언이?

모 그래요. 솔직히 말해서 난 티피가 리언 같은 남자를 만날 준비가 돼 있다고는 생각하지 않았어요.

나 그게 어떤 남자인데요?

리치 극도로 잘생긴?

나 멀대? 귀가 큰 사람?

티피가 얼굴을 찌푸리며 모는 사이코가 아닌 남자, 정상적인 남자를 말하는 거잖아요.

모 그래, 맞아요. 그런 관계에서 탈출하는 데는 시간이 오래 걸려요-

거티가 힘차게 저스틴 얘기는 금지!

모 미안. 하지만 티피가 얼마나 잘 해냈는지 말하고 싶어요. 패턴이 되기 전에 깨고 나오는 게 티피에게 얼마나 힘든 일이었을지.

리치와 내가 눈을 마주친다. 엄마 생각.

거티가 눈을 굴린다.

거티 솔직히 말해야겠다. 심리상담사하고 사귀는 건 정말 끔찍해. 1년 365일 진지하다니까.

티피 그러는 너는?

거티가 대답 대신 티피를 발로 쿡 찌른다.

티피가 거티의 발을 잡아당기며 어쨌거나 정말로 듣고 싶은 얘기를 해줘

야지. 너하고 모 얘기 제대로 안 해줬잖아! 어쩌다가? 언제? 우리가
  합의한 대로 페니스와 관련된 얘기는 빼고.

나   말해봐요.

모가 거티에게   네가 말해.

티피   아니, 아니. 거티의 버전은 변론처럼 들릴 것 같아서 싫어. 모, 로
  맨틱한 버전을 좀 들려줘봐.

  모가 거티를 곁눈질한다. 어떻게 해야 거티를 덜 거스를지 궁리하
는 것이다. 다행스럽게도 그녀는 와인 세 잔을 마신 터였고, 지금은 그
저 티피를 노려보는 데 집중하고 있다.

모   우리가 함께 살게 되면서부터 시작됐어.

거티   모는 훨씬 옛날부터 나를 사랑하고 있었지만 말이야.

  모가 그녀에게 살짝 짜증스러운 눈길을 던진다.

모   그리고 거티는 1년 넘게 나를 좋아했대. 자기 입으로 말한 거야.

거티   비밀이라고 했어, 안 했어!

  티피가 안달한다.

티피   그러고는 완전 사랑에 빠진 거야? 같은 침대에서 자고, 그런 거
  다 하고?

리치   그런 거군. 나도 룸메이트나 찾아야겠네.

2년 후
9월

티피

퇴근해서 집에 오니 현관문에 쪽지가 붙어 있었다. 우리에게 쪽지 자체는 특이할 게 없었다. 하지만 이번에는 문 바깥쪽이다. 리언과 나는 쪽지를 보통 집 안에 남겨둔다. 우리의 별남을 이웃에게 광고할 일은 없으니까.

미리 알림: 로맨틱한 이벤트가 임박했음.

(미리 말하자면 초 저예산)

콧소리를 내며 웃다가 열쇠를 돌렸다. 집은 평소와 조금도 다름이 없었다. 어수선하고, 형형색색이고, 딱 집 같았다. 문 옆에 늘 놔두는 자리에 가방을 던졌을 때 벽에 붙은 다음 쪽지가 보였다.

1단계: 모험을 위한 옷을 입어. 옷장에 있겠지?

어안이 벙벙해서 쪽지를 응시했다. 아무리 리언이라고 해도 이런 쪽지를 붙이는 건 이상하다. 코트와 목도리를 벗어 소파에 걸쳐놓았다. 그나저나 소파는 소파 베드로 바뀌었다. TV를 포기했는데도 거실에 겨우 딱 들어갔다. 하지만 리치가 묵고 갈 침대가 없다면 우리에게는 어떤 곳도 집이 되지 않을 것이다.

옷장 문 안쪽에 접어 붙여놓은 쪽지. 그 바깥쪽에는,

아직도 티피스러운 옷을 입고 있지 않은 거야?

나다운 옷을 입고 있었다. 하지만 회사 갈 때 입는 옷이었다. 그러므로 전형적으로 티피스럽다기보다는 평범하다고 할 만했다. 옷장을 뒤져 '모험'에 어울릴 만한 의상을 찾았다. 어떤 옷을 찾아야 할지 모르는 채로.

2년 전쯤에 산 파란색과 하얀색으로 된 원피스를 골랐다. 리언이 나의 모험 원피스라고 불렀던 옷. 차가운 날씨에는 조금 실용적이지 못했지만, 두터운 회색 스타킹과 노인을 위한 자선상점에서 산 방수 외투를 걸친다면….

옷을 입고서 접힌 쪽지의 안쪽을 읽는다.

다시 안녕. 당신 모습은 분명히 아름답겠지.
모험에 나서기 전에 몇 가지 물건을 더 챙겨야 해. 괜찮다면,
우리가 처음 만났던 자리로 가봐. 걱정하지 마. 방수는 확실하니까.

싱긋거리면서 욕실로 향한다. 이제는 발걸음이 빨라졌다. 무슨 꿍꿍이지? 나는 어디로 모험을 떠나는 걸까? 이제 모험용 옷을 입었고, 퇴근 전부터 처져 있던 기운이 되살아났다.

샤워기 헤드에 봉투가 매달려 있었다. 랩으로 조심스럽게, 매우 꼼꼼하게 싼 봉투였다. 바깥에는 포스트잇 쪽지가 붙어 있었다.

이건 아직 읽지 마.

다음 편지는 우리가 첫 키스를 했던 자리에 있어. 소파를 바꿨
으니 엄밀하게는 같은 자리라고 할 수 없겠지. 하지만 로맨틱
한 이벤트를 위해 그 정도는 눈감아주기를.

소파 쿠션들 사이에 또 봉투가 끼어 있는데, 이 봉투에는 '열어봐'라
고 쓰여 있다. 하라는 대로 한다. 거기에 런던에서 브라이턴으로 가는
기차 티켓 한 장이 들어 있었다. 이게 뭘까 싶어 미간을 찌푸린다. 브
라이턴? 조니 화이트를 찾으러 간 뒤로 브라이턴에는 간 적 없었다.
티켓 뒤에 적힌 메모.

바비가 쪽지 보관하는 걸 바라지는 않겠지? 그가 당신을 기다
리고 있어.

바비는 우리가 한때 5호에 사는 이상한 남자로 부르던 사람이다. 이
제 그는 든든한 친구가 되었고, 다행스럽게도 바나나로는 술을 만들
수 없다는 사실을 깨닫고 좀 더 전통적인 사과주를 만드는 작업으로
옮겨 갔다. 그가 만든 사과주는 매우 맛있었고, 매번 고통스러운 숙취
를 안겨주었다.
계단을 두 개씩 올라가서, 초조하게 동동거리며 문을 두드렸다.
그가 예의 트레이닝 바지를 입고 문을 열어줬다. 작년에 그의 바지
에 난 구멍을 꿰매주었다. 점점 못 볼 꼴이 되어가고 있었기에. 10센티
미터쯤으로 커진 구멍을 집에 돌아다니는 체크무늬 천으로 이어 붙였
고, 그는 확실히 덜 이상해 보인다.
"티파니!"

그가 내 이름을 부르고 나서 곧장 사라졌다. 길게 목을 빼고 기다렸다. 포스트잇 쪽지가 붙어 있는 작은 판지 상자를 들고 그가 다시 나타났다.

"여기!"

그가 말하며 미소를 보였다.

"자, 이제 가!"

"고마…워요?"

나는 상자를 뜯어보며 말했다.

> 브라이턴에 도착하면 잔교 옆 바닷가로 와. 어디로 갈지는 보면 바로 알 거야.

*

이렇게 괴로운 기차 여행은 생전 처음이었다. 호기심 때문에 돌아버릴 지경이었다. 가만히 앉아 있을 수가 없었다. 브라이턴에 도착할 무렵에 날은 어두워져 있었다. 하지만 해변으로 가는 길을 찾기는 어렵지 않았다. 뛰다시피 해서 잔교로 갔다. 달리는 건 내가 극단적인 상황에서만 하는 일이다. 나는 정말 흥분해 있었다.

그곳에 도착하자 리언의 속셈이 무엇인지 알 수 있었다. 그 자리는 몰라볼 수가 없었다.

바다에서 30미터쯤 떨어진 자갈밭 위에 안락의자가 놓여 있었다. 각양각색의 담요들로 덮여 있는 의자, 그 주위 돌들 사이로는 여남은 개의 티 캔들.

입을 틀어막았다. 심장이 평소보다 세 배는 빨리 뛰었다. 자갈 위를 허우적거리며, 리언을 찾아 주위를 둘러봤다. 하지만 그는 없었다. 온 해변이 텅 비어 있었다.

의자에 조개껍데기로 고정해놓은 쪽지.

앉아, 따뜻하게 몸을 감싸고, 준비되면 봉투를 열어봐. 상자도.

앉자마자 랩을 뜯어내고 봉투를 찢어 연다. 뜻밖에도 거티의 필체가 나타났다.

친애하는 티피,

리언이 이 무분별한 계획에 나와 모를 합류시켰단다. 네가 우리의 선택을 소중하게 여긴다나. 자기 혼자 다 하기는 겁이 나니까 우리를 끼운 거겠지. 하지만 그에게 뭐라고 할 생각은 아니야. 약간의 겸손함은 좋은 법이잖아.

티피, 우리는 지금보다 행복한 너를 본 적이 없어. 그리고 그 행복은 너에게서 나온 거야. 그 행복은 네 스스로가 만든 거야. 하지만 그 과정을 리언이 도와주었다고 인정하는 것도 부끄러울 일은 절대 아니고.

우리는 그가 마음에 들어, 티피. 그는 아주 좋은 남자로서 너에게 좋은 영향을 줘.

이건 물론 네가 내릴 결정이겠지. 하지만 우리의 축복은 이미 그에게 가 있단다.

모와 거티 x

추신: 그가 너네 아빠 허락은 구하지 않았다는 말을 나보고 해
달라네. 약간 구식이고 가부장적이라고 느껴진다는 이유야. 하
지만 그는 '아버님도 한배를 탔어'라고 퍽 확신하고 있어.

나는 볼에 흐르는 눈물을 닦으며 떨리는 웃음을 내뱉었다. 아빠는 리언이라면 죽고 못 산다. 민망한 사교 모임에 적어도 1년에 한 번은 리언을 데려간다. 그를 '아들'이라고 칭하며.

상자로 향하는 손이 떨렸다. 테이프를 떼어내는 데 고통스러울 만큼 긴 시간이 걸렸다. 덮개를 여는 데 성공했을 때, 나는 본격적으로 울기 시작했다.

무지개색 티슈 뭉치 안에 반지가 있었다. 아름다운 반지였다. 빈티지하고, 가운데 타원형의 호박이 박혀 있는 반지.

그리고 마지막 쪽지.

스톡웰 마데이라 하우스 3호의 티파니 로즈 무어,
내 아내가 되어줄래?
생각할 시간을 좀 가져. 나를 보고 싶다면, 나는 버니 합 여관
의 6호에 있어.
사랑해. ×

좀 추스르고 나서, 행복한 울음 때문에 들썩이던 어깨가 멈추고 나서, 눈물을 닦고 코를 풀고 나서, 나는 해변에서 일어나 버니 합 여관의 따뜻한 불빛을 향해 걸음을 옮겼다.

그가 6호의 침대에서 나를 기다리고 있었다. 다리를 꼬고, 꼼지락거리며, 초조하게.

번쩍 날아서 그를 붙든다. 그가 행복한 아야, 소리를 냈다.

"예스?"

잠시 후에 그가 내 머리칼을 걷어내 얼굴을 들여다보며 물었다.

"리언 투메이. 오직 당신만이 그 자리에 없는 채로 청혼하는 방법을 찾아낼 수 있지. 예스. 분명히, 확실하게 예스야."

"확실해?"

그가 나를 똑바로 쳐다보려고 물러나며 물었다.

"확실해."

"정말이야?"

"정말, 정말이야."

"너무 과하지는 않고?"

"젠장, 리언!"

나는 몹시 화를 내며 말했다. 테이블의 호텔 메모지를 집어 든다.

예스. 나는 당신과 결혼하고 싶어.
이제 글로 적었으니 명문화되었고, 법적으로 구속력이 있을
걸? 거티에게 확인을 해봐야겠지만 말이야. 이건 방금 내가 지
어낸 말이니까. xx

나는 메모를 그의 코밑에 흔들며 요지를 일깨워주었다. 그러고는 메모지를 그의 셔츠 주머니에 끼워 넣었다. 그가 나를 끌어당겨 머리에 입을 맞췄다. 한쪽 입꼬리가 내려간 미소를 지으며. 이 모든 것이 너무도 좋았다. 도저히 가질 수 없는 걸 손에 넣은 것처럼, 우리가 너

무 많은 행복을 차지해버려서 다른 모든 사람들에게 돌아갈 행복이 모자라게 됐다는 듯이.

"TV를 켰는데 핵전쟁이 발발했다거나, 그런 건 아닐까?"

내가 그의 곁에 누우며 말했다.

그가 미소를 지었다.

"아니야. 그런 게 아니야. 행복한 일은 그냥 일어나기도 해."

"당신 좀 봐. 이런 눈부신 낙관주의라니! 그런 건 보통 내 역할이었는데!"

"어쩌다 이렇게 됐을까? 최근에 성공한 약혼 때문일까? 밝은 미래? 품에 안은 내 인생의 사랑? 뭐라 말하기 어렵네."

나는 키득거리고는 그의 가슴에 파고들며 그의 냄새를 들이마셨다.

"당신은 집 냄새가 나."

"당신은 집이야."

그는 단순명료했다.

"당신은 침대고, 우리 집이고…."

그가 말을 끊는다. 무언가 큰 의미가 있는 단어들을 찾을 때 늘 그러하듯이.

"당신이 오기 전까지, 그곳은 집이 아니었어, 티피."

셰어하우스

| 펴낸날 | 초판 1쇄 2019년 11월 14일 |
| | 초판 3쇄 2020년 9월 10일 |

지은이	베스 올리리
옮긴이	문은실
펴낸이	심만수
펴낸곳	(주)살림출판사
출판등록	1989년 11월 1일 제9−210호

주소	경기도 파주시 광인사길 30
전화	031−955−1350 팩스 031−624−1356
홈페이지	http://www.sallimbooks.com
이메일	book@sallimbooks.com

| ISBN | 978−89−522−4159−7   03840 |

이 도서의 국립중앙도서관 출판시도서목록(CIP)은 서지정보유통지원시스템 홈페이지
(http://seoji.nl.go.kr)와 국가자료공동목록시스템(http://www.nl.go.kr/kolisnet)에서
이용하실 수 있습니다.(CIP제어번호: CIP2019042455)